PENSANDO COMO
UM ADVOGADO

PENSANDO COMO UM ADVOGADO

Uma introdução ao raciocínio jurídico

Kenneth J. Vandevelde

Tradução
GILSON CESAR CARDOSO DE SOUZA

martins fontes
selo martins

Esta obra foi publicada originalmente em inglês com o título
THINKING LIKE A LAWYER por Perseus Books / Westview Press.
Copyright © 1998 by Westview Press, uma divisão de Perseus Books, L.L.C.
Copyright © 2000, Livraria Martins Fontes Editora Ltda.,
São Paulo, para a presente edição.

1ª edição
agosto de 2000
2ª edição
setembro de 2004
1ª reimpressão
setembro de 2011

Tradução
GILSON CESAR CARDOSO DE SOUZA

Revisão técnica
Gildo Sá Leitão Rios
Revisão da tradução
Claudia Berliner
Revisões gráficas
Solange Martins
Ivany Picasso Batista
Produção gráfica
Geraldo Alves
Paginação/Fotolitos
Studio 3 Desenvolvimento Editorial

Dados Internacionais de Catalogação na Publicação (CIP)
(Câmara Brasileira do Livro, SP, Brasil)

Vandevelde, Kenneth J.
   Pensando como um advogado : uma introdução ao raciocínio jurídico / Kenneth J. Vandevelde ; tradução Gilson Cesar Cardoso de Souza. – 2ª ed. – São Paulo : Martins Fontes, 2004. – (Justiça e direito)

   Título original: Thinking like a lawyer.
   Bibliografia.
   ISBN 85-336-2015-2

   1. Direito – Metodologia 2. Hermenêutica (Direito) I. Título. II. Série.

04-4187   CDU-340.115

Índices para catálogo sistemático:
1. Raciocínio jurídico : Direito   340.115

Todos os direitos desta edição reservados à
Martins Editora Livraria Ltda.
Av. Dr. Arnaldo, 2076
01255-000 São Paulo SP Brasil
Tel. (11) 3116.0000
info@martinseditora.com.br
www.martinsmartinsfontes.com.br

Índice

Sobre o livro e o autor IX
Agradecimentos XI
Introdução XIII

PARTE I
RACIOCÍNIO JURÍDICO BÁSICO

1. Identificação do direito aplicável 3
2. Análise de leis e decisões jurisprudenciais 27
3. Síntese do direito 47
4. Pesquisa dos fatos 71
5. Aplicação do direito 81

PARTE II
RACIOCÍNIO JURÍDICO AVANÇADO

6. Uma perspectiva histórica do raciocínio jurídico 141
7. Análise, síntese e aplicação de políticas 185

PARTE III
APLICAÇÕES

8. Contratos 243

9. Atos ilícitos	259
10. Direito Constitucional	277
11. Processo civil	295
Conclusão	311
Bibliografia selecionada	313
Índice remissivo	319

Para Lidia, Jenny e Shelly

Sobre o livro e o autor

Os estudantes de direito são constantemente estimulados a aprender a "pensar como um advogado", mas recebem pouquíssima ajuda para compreender o que isso de fato significa. Espera-se, de um modo geral, que adquiram essa capacidade pelo exemplo e, talvez, por osmose. Mas a verdade é que poucos advogados, mesmo os melhores, têm plena consciência do que significa pensar como um advogado.

Neste livro penetrante e altamente revelador, Kenneth J. Vandevelde identifica, explica e interpreta os objetivos e métodos de um advogado competente. Não trata do conteúdo da lei; examina, antes, um modo avançado e eficaz de pensar aplicável a diversas áreas.

Prático e sofisticado, *Pensando como um advogado* evita as armadilhas tão comuns à maioria dos livros sobre raciocínio jurídico: nem pressupõe demasiado conhecimento jurídico nem condescende com o leitor. De valor inestimável para estudantes e profissionais do direito, a obra também coloca o pensamento jurídico ao alcance dos leigos que procuram uma melhor compreensão dos meandros muitas vezes misteriosos desse ofício.

Kenneth J. Vandevelde é diretor e professor de direito da Thomas Jefferson School of Law, em San Diego. Escreveu *United States Investment Treaties: Policy and Practice* e diversos ensaios, principalmente sobre direito internacional e história do direito americano.

Agradecimentos

Lembro-me bem do momento exato em que surgiu a idéia deste livro. Foi durante uma aula do professor Mort Horwitz sobre infrações, na Faculdade de Direito de Harvard, no segundo semestre de 1976. O leitor verá, pela data do *copyright*, que foram necessários vinte anos para o livro aparecer.

A idéia permaneceu latente até 1989, quando me tornei professor-assistente de direito na Faculdade Whittier. A viagem diária de duas horas e meia de San Diego, ida e volta, dava-me tempo para organizar os pensamentos e comecei a fazer rascunhos intermitentemente. O trabalho prosseguiu depois que me transferi para a Faculdade de Direito Thomas Jefferson, em San Diego, no ano de 1991; e, a despeito dos compromissos como vice-diretor em 1992 e diretor em 1994, finalmente pude completar a obra.

É impossível lembrar-me de todas as pessoas cujas idéias formaram meu pensamento ao longo das duas décadas decorridas entre o surgimento da idéia e a realização do projeto. Inseri na bibliografia as obras que achei particularmente interessantes ou úteis – ou porque me ensinaram alguma coisa sobre a argumentação jurídica ou porque seus autores pareciam chegar às mesmas conclusões a que eu chegara independentemente. Tanta coisa deste livro dependeu do que outros escreveram antes de mim que devo reconhecer meu enorme débito para com a comunidade de eruditos que trabalham nessa área.

Sem dúvida, minha maior dívida de gratidão é para com o professor Horwitz, cujo brilhante ensinamento estimulou meu interesse nascente pelas análises históricas e estruturais da doutrina jurídica, e para com o professor Duncan Kennedy, que nutria os mesmos interesses em longas aulas e conversas provocativas. Não sei se qualquer dos dois gostaria de ver-se associado a este projeto, mas sua influência em meu pensamento foi profunda e devo a ambos muito mais do que possam suspeitar.

Muitos de meus ex-alunos da Faculdade Whittier foram bastante atenciosos para ler o manuscrito e dar sugestões para tornar o material acessível aos estudantes de graduação ou iniciantes: Jamie Batterman, Samantha Burris, Jan Buzanis, Debbie Deutsch, Kim Kirby e Tom Zimmerman. Agradeço a cada um deles.

Também devo muito a meus colegas, professora Marybeth Herald, que leu e comentou o rascunho do manuscrito todo, e professores Lydia Clougherty, Stephen Root e Ellen Waldman, que leram e comentaram diversas partes do manuscrito. Suas sugestões foram excelentes e eles não são, é claro, responsáveis pelos muitos erros que descobrirei ou me serão mostrados nos próximos anos.

Na Westview Press, tive a sorte de contar com o estímulo e o apoio constantes de Spencer Carr. Os professores Robert Gordon e Margaret Jane Radin, editores da série em que este livro apareceu, deram contribuição inestimável para o produto final graças às suas sugestões. Espero que saibam quanto apreciei sua ajuda e não pensem que o esforço foi em vão.

Kenneth J. Vandevelde

Introdução*

As pessoas que aprenderam a pensar como advogados costumam também falar como eles, não raro para grande aborrecimento de familiares e amigos. No entanto, muitos advogados falam assim porque acham o raciocínio jurídico tão vigoroso que não conseguem evitar pensar a respeito de quase tudo do mesmo modo que pensam a respeito do direito. O paradoxo, porém, é que pouquíssimos advogados são cônscios do que significa pensar como um advogado.

Embora advogados, professores e estudantes de direito freqüentemente aludam, em conversas, ao processo de "pensar como um advogado", são raras as tentativas de analisar de modo sistemático o que realmente significa essa frase. Aos estudantes pode-se recomendar que aprendam a pensar como um advogado, mas ninguém lhes explica o que isso quer dizer exatamente. O presente livro é uma tentativa de definir essa frase vaga e, mais especificamente, de identificar as técnicas que o ato de pensar como um advogado implica.

I. COMO PENSAM OS ADVOGADOS

A frase "pensar como um advogado" envolve um modo de pensar caracterizado tanto pelo objetivo perseguido quanto pelo método utilizado. O método será discutido oportunamente. O

---

* Como alguns institutos do sistema jurídico anglo-saxão não encontram paralelo exato no nosso, evitamos buscar suas equivalências terminológicas na tradução. (N. do T.)

objetivo do pensamento jurídico, que examinaremos em primeiro lugar, consiste geralmente em identificar os direitos e obrigações vigentes entre indivíduos ou entidades, num determinado conjunto de circunstâncias.

Como ilustração da diferença entre pensamento leigo e pensamento jurídico, imagine que dois amigos – um advogado e o outro não – estejam discutindo a respeito de um repórter de jornal que prometera garantir o anonimato do informante e depois publicara seu nome[1]. O não-advogado, perplexo ante a conduta do jornalista, pode dizer ao advogado: "Ele não pode fazer isso, pode?" Na sua concepção, o direito nos diz o que "podemos" ou "não podemos" fazer.

Os advogados raramente pensam dessa maneira, embora possam ocasionalmente utilizar esses termos como uma espécie de taquigrafia para um processo de pensamento mais elaborado. O advogado diria então: "O repórter deixou de cumprir alguma obrigação legal com relação ao informante? E, se assim foi, que direitos tem o informante a reclamar do repórter?" Em suma, o objetivo do advogado é identificar os direitos e obrigações vigentes entre repórter e informante na situação descrita.

Como mostra o exemplo, pensar como um advogado exige, em essência, que se parta de uma situação de fato e se chegue, mediante algum processo, a uma conclusão relativa a direitos e obrigações de pessoas ou entidades envolvidas na situação. Vejamos agora o método utilizado pelos advogados, conhecido como raciocínio jurídico.

Identificar os direitos e obrigações específicos de uma pessoa exige um processo de raciocínio jurídico que inclui cinco etapas distintas. Podem ser resumidas do seguinte modo: O advogado deve

1. identificar as fontes de direito aplicáveis, em geral leis ou decisões judiciais;

---

1. Esse exemplo é baseado no caso *Cohen* versus *Cowles Media Company*, 501 U.S. 663 (1991).

2. analisar essas fontes para determinar as normas de direito aplicáveis e as políticas subjacentes a essas normas;
3. sistematizar as normas de direito aplicáveis numa estrutura coerente em que as mais específicas se agrupem em torno das mais gerais;
4. pesquisar os fatos disponíveis; e
5. aplicar a estrutura de normas aos fatos para determinar os direitos ou obrigações gerados pelos fatos, valendo-se das políticas subjacentes às normas para resolver casos difíceis.

O advogado pode cumprir essas etapas em diversas situações. Pode reunir fatos concernentes a acontecimentos já ocorridos a fim de determinar se o cliente tem certos direitos ou obrigações para com seu adversário. Um advogado especializado em direito comercial pode ser consultado sobre os direitos e obrigações gerados por um determinado contrato. Nesses dois exemplos os fatos já foram fixados, sendo tarefa do advogado identificar as conseqüências jurídicas desses fatos.

Em outros casos, o processo é inverso: a conseqüência jurídica desejada já é conhecida e a tarefa do advogado consiste em identificar os fatos que provocarão essa conseqüência. Um empresário pode comunicar a seu advogado, por exemplo, que deseja adquirir o direito de comprar mil artigos ao preço unitário de um dólar. Caberá então ao advogado criar um conjunto de eventos, como a negociação de um contrato, que dará ensejo ao direito de compra.

Os direitos e obrigações que os advogados identificam por intermédio do processo de raciocínio jurídico são aqueles que eles acreditam serão reconhecidos no tribunal. Por mais que um advogado esteja convencido de que determinado direito ou obrigação deveria *existir*, se o tribunal não o reconhece ele não existe dentro do sistema jurídico. Assim, o raciocínio jurídico é essencialmente o processo de tentar prever a decisão do tribunal.

Por razões que serão elucidadas no Capítulo 5, os advogados muitas vezes não conseguem prever com exatidão como um tribunal decidirá determinada causa. Nesses casos, o raciocínio jurídico nada mais pode fazer que identificar alguns dos resultados possíveis, sugerir os argumentos que levem o tribunal a chegar a um desses resultados e, talvez, dar alguma indicação da probabilidade relativa da ocorrência de cada um deles.

II. PLANO DA OBRA

Este livro é uma introdução ao processo de empregar o raciocínio jurídico para determinar os direitos e obrigações de determinadas pessoas em dada situação, ou seja, ele expõe o processo de pensar como um advogado. Divide-se em três partes.

A Parte I, "Raciocínio Jurídico Básico", fornece uma introdução às cinco etapas do processo de raciocínio jurídico, sendo cada uma tratada em capítulo separado. É escrita do ponto de vista de um profissional consciente e apresenta a versão ortodoxa do raciocínio jurídico predominante tal qual é praticada por advogados americanos neste final de século, embora nem todo advogado tenha no mesmo grau a consciência de utilizar todas as técnicas ali descritas.

O leitor provavelmente notará, em particular, duas conclusões oriundas da discussão do raciocínio jurídico básico. A primeira é que, embora o raciocínio jurídico esteja formalmente estruturado como se se baseasse na lógica mecânica, na verdade ele seria impossível sem referência às políticas subjacentes ao direito. Em segundo lugar, essas políticas são conflitantes, de sorte que o raciocínio jurídico exige que o advogado faça apreciação quanto às políticas que deverão prevalecer em determinadas circunstâncias.

A Parte II, "Raciocínio Jurídico Avançado", consiste em dois capítulos destinados a guiar o leitor rumo a uma compreensão mais profunda de como opera o processo de raciocínio jurídico. No primeiro, são traçadas as origens do modelo contemporâneo de raciocínio jurídico. A finalidade da discussão é explicar por que o raciocínio jurídico se tornou nitidamente uma mistura de lógica e apreciação, e introduzir o leitor a alguns dos problemas teóricos gerados por esse método de

INTRODUÇÃO XVII

solucionar disputas legais. No segundo capítulo, enfatiza-se a dimensão crítica do raciocínio jurídico: a apreciação de políticas. Aí, a finalidade é desenvolver uma reflexão sistemática sobre a análise, síntese e aplicação das políticas por meio das quais o advogado elabora sua argumentação e prevê decisões judiciais.

A Parte III, "Aplicações", mostra algumas maneiras pelas quais a abordagem discutida nas Partes I e II pode ser aplicada a quatro diferentes corpos do direito: contratos, infrações, direito constitucional e processo civil, cada qual tratado em capítulo à parte. Esses capítulos não pretendem constituir um resumo completo do direito em nenhum setor, sendo oferecidos meramente para ilustrar um modo de abordar ou examinar cada tema, com isso demonstrando que as mesmas técnicas básicas de raciocínio jurídico aplicam-se a todas as áreas do direito.

PARTE I
Raciocínio jurídico básico

Capítulo 1
Identificação do direito aplicável

A primeira etapa do processo de raciocínio jurídico consiste em identificar o direito potencialmente aplicável a uma determinada situação. De um modo geral, o direito se divide em dois tipos.

Um deles é o direito jurisprudencial ou, como às vezes é denominado nos tribunais americanos, "common law"*. Trata-se de direito criado por um tribunal com a finalidade de decidir uma causa específica e casos futuros semelhantes. A jurisprudência é anunciada pelo tribunal no parecer escrito que decide a causa.

O outro tipo é a legislação. Trata-se de normas jurídicas adotadas, geralmente por legislaturas ou outro colégio eleito, não para decidir uma causa específica, mas para permanecer como norma geral de conduta. A legislação vincula todas as pessoas sujeitas ao poder do governo em todas as situações futuras a que seus termos se aplicarem. Estão nesse tipo as constituições, leis, tratados, ordens executivas e regulamentos administrativos. Para simplificar, as diversas formas de legislação serão mencionadas aqui quase sempre como leis.

Duas diferenças entre a jurisprudência e a legislação são de particular importância neste estudo. Primeira: em virtude da doutrina da supremacia do Poder Legislativo, discutida mais adiante, a lei vincula a ação dos tribunais. A jurisprudência, ao contrário, pode ser modificada por eles quando houver justificativa sufi-

---

* Preferiu-se deixar a expressão em inglês, como é universalmente conhecida, por caracterizar sistema jurídico dos países de lingua inglesa. (N. do T.)

ciente. Segunda: a lei é escrita em linguagem peremptória, quer dizer, seus termos são exatos, claros e fixos até que o corpo legislativo os modifique. A jurisprudência, ao contrário, muitas vezes não cabe numa formulação única, peremptória e incontroversa. É mesmo comum que os advogados discordem entre si quanto à interpretação do direito para um caso particular. A conseqüência dessas diferenças é a aplicação da jurisprudência ser consideravelmente mais flexível que a da lei. O tribunal pode manipular a linguagem da jurisprudência e até alterá-la completamente, mas a linguagem da lei, embora sujeita à interpretação judicial, não pode ser manipulada ou modificada por tribunais. Isso significa que a aplicação da lei tende a envolver principalmente a interpretação do texto legal, ao passo que a aplicação da jurisprudência pode envolver refinamentos sutis de articulações anteriores do direito, a introdução de novas restrições ou exceções ou a rejeição pura e simples de um direito bem-estabelecido.

Como se verá neste e em outros capítulos, o método graças ao qual o advogado identifica, analisa, sintetiza e aplica ambos os tipos de direito depende da entidade governamental que cria o direito. Por isso o presente capítulo começa por uma breve introdução às fontes do direito americano, enfatizando o papel de cada entidade governamental na produção de um tipo particular de direito, com ênfase especial no Poder Judiciário. Após essa introdução, a discussão se volta para seu tema principal: o processo de identificar as normas legais potencialmente aplicáveis.

I. AS FONTES DO DIREITO AMERICANO

A. *Lei promulgada*

O direito supremo do sistema judiciário americano é a Constituição dos Estados Unidos, que estabelece princípios legais vinculantes para todos os setores dos governos estaduais e federal. A Constituição foi redigida em 1787 por uma convenção em Filadélfia e a seguir ratificada por todos os Estados. Ela começa com as palavras "Nós, o Povo dos Estados Unidos" e se presume adotada diretamente pelo povo, visto como a fonte última do direito no país.

A Constituição estabelece três poderes para o governo federal: Legislativo, Executivo e Judiciário. O Legislativo e o Executivo criam legislações e serão discutidos nesta subseção. O Judiciário cria jurisprudências e será examinado na próxima subseção[1].

O Legislativo federal é o Congresso, eleito pelo povo e com poderes constitucionais para promulgar leis que regem diversas questões de competência federal, como o comércio interestadual e a segurança nacional. Desde que se harmonize com a Constituição, a lei aprovada pelo Congresso vale para todas as pessoas sujeitas ao direito dos Estados Unidos. Além disso, graças à doutrina da supremacia do Legislativo[2], os poderes Executivo e Judiciário são obrigados a aplicar e defender as leis aprovadas pelo Congresso.

O Poder Executivo é chefiado por um presidente eleito e compõe-se de vários departamentos [ministérios] que prestam contas ao presidente, como o Departamento de Estado, o Departamento de Justiça e o Departamento de Defesa. A Constituição habilita o Poder Executivo a administrar e defender as leis aprovadas pelo Congresso.

À medida que o mundo foi se tornando mais complicado e as funções do governo se multiplicaram, o Congresso passou a promulgar cada vez mais leis que estabeleciam apenas princípios jurídicos gerais, delegando aos diversos departamentos autoridade para adotar regulamentos mais específicos, desde que consistentes com as leis. Esses regulamentos administrati-

---

1. Todos os cinqüenta Estados possuem uma constituição que estabelece o mesmo governo tripartite. Cada Estado possui um Legislativo, um Executivo chefiado pelo governador e um Judiciário encabeçado pela corte de apelação, usualmente chamada suprema corte. Os Estados também possuem diversos departamentos administrativos independentes. Essas entidades estaduais funcionam como seus equivalentes federais, mas obedecem à constituição estadual tanto quanto à federal.
2. A expressão "supremacia do Legislativo" é imprópria, pois sugere que o Legislativo prevalece, em todos os aspectos, sobre os outros poderes. Significa apenas que o Legislativo é o supremo corpo encarregado de elaborar o direito.

vos definem os termos das leis e explicam como eles se aplicam a cada tipo de situação. A razão disso é que o Congresso não dispõe de recursos ou proficiência para redigir legislações detalhadas.

O governo federal inclui certo número dos chamados departamentos independentes*, criados por lei e cujos membros são nomeados pelo presidente. Deles são exemplos a Comissão Federal de Comunicações, a Comissão de Crédito e Câmbio e a Comissão Federal de Comércio. Essas entidades são consideradas independentes porque seus membros em geral são nomeados para um mandato fixo e, ao contrário dos chefes dos departamentos do Executivo, não podem ser demitidos por vontade do presidente. Os departamentos independentes freqüentemente têm autoridade não só para baixar regulamentos administrativos como também para resolver certas disputas em torno desses regulamentos, por intermédio de procedimentos que lembram os processos judiciários e, como estes, resultam em jurisprudência[3].

B. Jurisprudência

O Judiciário federal é formado pelas cortes federais [tribunais]. Os juízes das cortes federais são nomeados pelo presidente, após recomendação e consentimento do Senado. A fim de garantir sua independência dos outros poderes, os juízes são vitalícios.

As cortes resolvem disputas concernentes à aplicação do direito a determinadas situações de fato. Em muitos casos, o

---

* "Agencies" no original. (N. do T.)

3. Por exemplo, a Comissão Federal de Comércio tem autoridade para conduzir audiências a fim de determinar se uma empresa está comprometida com práticas comerciais ilícitas ou fraudulentas à luz da lei federal. Se ela concluir que a empresa violou o direito, tem poder para ordenar que a empresa interrompa a prática ilícita. As decisões dos departamentos administrativos estão sujeitas a revisão pelas cortes federais conforme a Lei de Processo Administrativo, 5 U.S.C. §§ 551-559 (1988 e Supl. 1993). Por uma questão de brevidade, a jurisprudência administrativa não será discutida aqui.

direito aplicável é uma lei. As cortes, no entanto, têm também autoridade para criar direito, conhecido como "common law", para decidir causas.

No sistema judiciário inglês, em que o americano se baseia, as cortes podiam criar normas jurídicas a fim de decidir as causas a elas submetidas. Por exemplo, a princípio o direito que regia contratos e infrações não era aprovado como lei, mas criado pelas cortes. O direito era chamado comum porque se aplicava a todo o reino, nisso se distinguindo do direito local.

Após a Revolução Americana, cada Estado incorporou a "common law" inglesa à legislação estadual, ou por provisão em sua própria constituição, ou por uma lei conhecida como lei de admissão", ou por declaração judicial. Portanto, as cortes estaduais, quando decidem causas, aplicam a "common law" tanto quanto a lei. Na vigência da doutrina da supremacia do Legislativo, já mencionada, o Legislativo estadual tem poder para modificar sua "common law" a qualquer tempo. As cortes estaduais também podem modificar a "common law" de seu Estado. Dessa forma, a "common law" continua a evoluir, sendo que sua substância varia de Estado para Estado.

O Congresso não promulgou o equivalente a uma lei de admissão federal. Mas fez passar o *Rules Decision Act*[4], segundo o qual as cortes federais devem aplicar o direito *estadual*, exceto quando a Constituição, tratados ou leis federais dispuserem diferentemente. Além disso, a Suprema Corte decidiu em 1938, no famoso caso *Erie R. R. Co.* versus *Tompkins*[5], que as cortes federais não têm autoridade constitucional para criar uma "common law" federal de alcance amplo.

Em conseqüência do *Rules Decision Act* e da decisão "Erie", não há, com raras exceções, uma "common law" federal[6].

---

4. 28 U.S.C. § 1652 (1988).
5. 304 U.S. 64 (1938).
6. Há "common law" federal em duas situações. Primeira: as cortes federais criam "common law" para certas questões, como relações exteriores, que tenham especial interesse para o governo federal. Segunda: as cortes federais criam o chamado "common law" intersticial, que é um corpo de decisões judiciais que interpreta e aplica leis federais.

Sempre que as normas do "common law" são aplicáveis a um caso, uma corte federal geralmente aplica o "common law" estadual. Em outras palavras, o "common law" é o direito estadual, com as poucas exceções mencionadas. Mas, embora as cortes federais apliquem o "common law" estadual, quase nunca o modificam. Em termos genéricos, somente os legislativos e cortes estaduais podem modificar o "common law"[7].

Uma vez que boa parte do processo de raciocínio jurídico envolve cuidadosa análise de decisões judiciais, faz-se necessário descrever a operação do Poder Judiciário com certa minúcia. Para evitar complicações, enfatizamos aqui o sistema de corte federal.

1. Corte Distrital

As causas são inicialmente levadas às cortes de primeira instância, que no sistema federal são conhecidas como cortes distritais. Em geral, a corte decide uma disputa aplicando o direito ao fato. Mais especificamente, para dirimir uma disputa a corte tem de decidir três coisas.

Deve, em primeiro lugar, decidir com precisão quais foram os fatos geradores da disputa; em segundo, que normas jurídicas regem tais fatos; e em terceiro, como o direito se aplica aos fatos. Aplicando o direito aos fatos, a corte determina os direitos e obrigações vigentes entre as partes conforme o direito e, assim, resolve a disputa.

As partes querelantes usualmente concordam em muitos pontos. Quase sempre concordam com a maioria dos fatos que geraram a disputa e, muitas vezes, total ou parcialmente, acerca do direito. Não raro, o núcleo da disputa é o modo de aplicar o direito aos fatos.

---

7. Devido à Cláusula da Supremacia na Constituição dos Estados Unidos, discutida adiante neste capítulo, o Congresso tem autoridade para elaborar leis que se tornam o direito supremo do país e, assim, anulam a "common law" estadual contrária e também leis estaduais contrárias. Além disso, de acordo com a doutrina da revisão judicial, igualmente discutida neste capítulo, as cortes federais têm poder para declarar a inconstitucionalidade das "common law" estaduais.

Qualquer ponto sobre o qual as partes não concordarem, desde que seja relevante para a solução da disputa, é posto em questão. Assim, no raciocínio jurídico, uma questão é apenas um ponto a ser resolvido. A corte resolve a disputa identificando as questões e a seguir decidindo-as.

a. Identificação das questões

Dado que só há três coisas a decidir numa disputa, só há também três tipos de questões no raciocínio jurídico: questões de fato, questões de direito e questões concernentes à aplicação do direito ao fato.

Todas as questões de fato suscitam essencialmente a mesma pergunta básica: "Qual é a situação a que o direito deve ser aplicado?" Em outras palavras, que acontecimentos geraram a disputa?

Também as questões de direito suscitam essencialmente uma pergunta básica: "Quais são as normas de direito que regem esta situação?"

As questões concernentes à aplicação do direito ao fato igualmente suscitam uma pergunta geral: "Que direitos ou obrigações existem entre as partes sob o direito que rege esta situação?" Tais perguntas são às vezes chamadas de questões mistas de direito e de fato.

Uma única disputa pode apresentar os três tipos de questões ou uma combinação delas. Por exemplo, um homem aciona uma médica alegando que ela foi negligente quando deixou de prescrever-lhe um determinado exame para fins de diagnóstico e que, em consequência, ele desenvolveu três anos depois lesões perfeitamente evitáveis caso a doença fosse diagnosticada antes.

A médica pode questionar algumas das alegações de fato do queixoso. Pode levantar, como questões de fato, duas perguntas: "O exame teria mesmo revelado que o paciente sofria da doença?" "A doença teria evolução menos grave caso tivesse sido diagnosticada mais cedo?"

As partes podem discordar também quanto ao direito aplicável. Por exemplo, a médica pode apresentar esta pergunta como uma questão de direito: "A lei que dispõe sobre prazos nas queixas contra negligência médica exige que a queixa seja feita dentro de dois anos a partir da data em que a negligência *ocorreu* ou dentro de dois anos a partir da data em que ela foi *descoberta*?" Se o direito dispuser que a queixa seja feita dentro de dois anos a partir da data em que a negligência ocorreu, então o paciente não tem direito a indenização alguma da parte da médica.

Finalmente, as partes podem discordar quanto à aplicação do direito aos fatos. Digamos que elas apresentem à corte outra pergunta como questão mista de direito e fato: "Na presente situação, constitui negligência o fato de a médica não ter prescrito o exame?" Trata-se de uma questão mista de direito e fato porque exige da corte a aplicação da definição legal de negligência aos fatos, a fim de concluir se a conduta da médica foi negligente. Se não o foi, o paciente não tem direito a indenização.

b. Decisão de questões

Determinar em que categoria uma questão se insere é importante porque determina também quem a decidirá no julgamento e até onde se poderá recorrer da decisão. Nesta subseção discutimos como cada tipo de questão é resolvido pela corte distrital. A próxima mostra como cada tipo de questão é revisto na apelação.

Para determinar como as questões serão resolvidas pela corte distrital, impõe-se antes de tudo saber se existem questões de fato relevantes. Estas só podem ser dirimidas por julgamento. Portanto, existindo questões de fato relevantes, a causa será levada a julgamento na corte distrital.

Há dois tipos de julgamento: decisão judicial e júri. Qualquer das partes pode exigir o júri se a Constituição ou uma lei federal assim o dispuser para o tipo de causa em litígio. Não havendo direito a júri, a disputa será dirimida por decisão judicial.

Na decisão judicial, o juiz decide todas as questões, isto é, determina o direito aplicável à disputa, resolve os problemas factuais necessários à solução e aplica o direito aos fatos. Em seguida, a corte registra a decisão proferindo a sentença, que geralmente acarreta a assinatura de um documento formal. A sentença é acompanhada de uma declaração escrita em que se especificam os fatos encontrados e as conclusões de direito.

No júri, o juiz decide as questões de direito e preside ao julgamento. Após as partes apresentarem suas razões, o juiz instrui o júri a respeito do direito aplicável à disputa. O júri então resolve todas as questões de fato e aplica o direito aos fatos. Finda sua deliberação, anuncia a decisão, conhecida como veredito.

Ocasionalmente, acontece num julgamento que a razão apresentada seja tão inequívoca que um júri eqüitativo só possa chegar a um resultado. Nesse caso, por moção de uma das partes[8], o juiz simplesmente decidirá em favor dessa parte sem confiar a disputa ao júri, processo conhecido como "sentença em matéria de direito".

Se o juiz confia o caso ao júri e este chega a um veredito, o juiz tem de decidir se irá proferir sentença de acordo com o veredito. Normalmente o faz. Mas em certas circunstâncias, se achar que o veredito é claramente contrário ao peso dos indícios, ordenará um novo julgamento, o que significa convocar novo júri e reabrir o caso. Inversamente, se o juiz achar que, à luz dos indícios, nenhum júri eqüitativo poderia chegar ao veredito a que chegou, proferirá sentença em matéria de direito em favor de uma das partes.

Não havendo questões de fato relevantes, não há também necessidade de julgamento e a causa será decidida pelo juiz por moção de uma das partes. Diferentes moções podem resultar numa solução do litígio sem julgamento. Por exemplo, o querelado rebate certas alegações de fato do querelante, mas declara que as disputas de fato não precisam ser resolvidas porque, mesmo na presunção de que as alegações do querelante sejam verdadeiras, este último perderá a causa. Nessas cir-

---

8. A moção é um pedido à corte para que profira uma sentença ou emita uma ordem. Embora estas possam ser orais, se a decisão for importante a corte costuma explicá-la por escrito.

cunstâncias, o querelado redige uma moção para anular a denúncia, uma vez que não há possibilidade de estabelecer uma queixa passível de ser atendida.

Inversamente, se uma das partes achar que os indícios permitem que a questão de fato seja resolvida somente de uma maneira, ela sustentará perante o juiz que não existem questões de fato genuínas, devendo o juiz decidir as questões legais e proferir sentença, processo conhecido como "sentença sumária". Existe questão de fato genuína quando um júri eqüitativo pode decidir em favor de qualquer das partes. Mas é claro que as partes podem discordar quanto à existência da questão de fato. Se ambas concluírem que não existe questão de fato genuína, pleitearão a sentença sumária[9].

c. Distinção entre questões de direito e questões de fato

A discussão anterior supõe uma distinção relativamente clara entre os três tipos de questão. Na realidade, porém, há pelo menos duas situações em que essa distinção teórica parece toldar-se.

Explica-se isso pelo fato de o julgamento típico do sistema jurídico norte-americano ser o júri. No júri, o juiz decide questões de direito, ao passo que os jurados decidem questões de fato e questões concernentes à aplicação do direito ao fato. Uma vez que, tradicionalmente, a função do juiz no júri tem sido decidir questões de direito, os advogados se acostumaram a considerar toda questão resolvida por ele como uma questão de direito.

Em todos os júris, porém, podem surgir pelo menos duas situações em que o juiz decide questões que, estritamente falando, não são questões de direito. Em ambas, a distinção teórica entre os vários tipos pode desaparecer.

---

9. A discussão, nesta seção, presume que a disputa seja de natureza civil. Se for penal, a Constituição impõe restrições adicionais aos poderes do juiz contra o réu. A diferença tem enormes conseqüências práticas para as partes envolvidas em processo penal, mas será aqui ignorada para evitar complexidades que só perifericamente dizem respeito a esta discussão.

A primeira situação ocorre quando um júri eqüitativo só pode resolver a questão de uma maneira. Como vimos acima, nesse caso o juiz aceitará moção para sentença sumária ou para sentença como matéria de direito. Em outras palavras, se os fatos não puderem ser razoavelmente discutidos, o juiz retirará as questões de fato da alçada do júri e as resolverá pessoalmente.

Quando o juiz retira uma questão da alçada do júri e a decide, os advogados costumam dizer que ele a decidiu "como matéria de direito". No exemplo acima, se o indício de que o exame para diagnóstico detectaria a doença (questão de fato) ou o indício de que a médica foi negligente (questão mista de direito e fato) se revelassem tão notórios que um júri eqüitativo só pudesse resolver essas questões de uma maneira, o próprio juiz as decidiria, acatando por exemplo o pedido de sentença sumária.

O costume poderá parecer confuso porque o que o juiz realmente decidisse seria, em substância, ou uma questão de fato ou uma questão mista de direito e fato. Dizer que a questão foi decidida como matéria de direito é o mesmo que dizer que o juiz, e não o júri, a resolveu. Com efeito, questões de fato ou questões mistas de direito e fato podem ser nominalmente convertidas em questões de direito quando os indícios forem suficientemente inequívocos.

A segunda situação em que uma questão aparentemente de fato ou de direito e fato é tratada como questão de direito ocorre quando a legislação estabelece que ela deve ser decidida pelo juiz e não pelo júri. Por exemplo, determinar se uma cláusula contratual é ambígua costuma ser considerado questão de direito. Embora, teoricamente, se possa alegar que essa determinação se define como questão de fato ou questão mista de direito e fato, algumas cortes acreditam que os juízes estejam melhor preparados que os jurados para semelhante tarefa, e por essa razão estabeleceram que ela é uma questão de direito. Vemos de novo, portanto, que isso significa simplesmente que a questão é decidida pelo juiz e não pelo júri.

A raiz da confusão é que as cortes muitas vezes relutam em confiar responsabilidade excessiva ao júri. Nas situações em que os indícios parecem inequívocos ou a questão se revela particularmente adequada à atuação do juiz, as cortes costumam excluir o júri. No entanto, em virtude da tradição segundo a qual os juízes decidem as questões de direito e os júris decidem as demais, o único modo de excluir o júri preservando aparentemente a tradição é declarar que determinadas questões são questões de direito.

2. Corte de Apelação

Depois de uma corte distrital proferir sentença (com base em moção ou julgamento), a parte vencida em uma ou mais questões pode recorrer da decisão da corte distrital a uma instância superior: a corte de apelação. No sistema federal, as cortes distritais são organizadas em grupos regionais chamados "circuitos". Cada circuito dispõe de uma corte de apelação que decide os recursos das decisões tomadas por suas cortes distritais.

A corte de apelação tem de determinar, inicialmente, que padrão de revisão utilizará para julgar o recurso. O padrão de revisão estabelece até onde a corte de apelação aceitará a decisão da instância inferior. Num dos extremos, a corte de apelação revê a decisão da questão apelada *de novo*. A revisão *de novo* é aquela em que a corte de apelação indefere por completo a decisão da instância inferior e se pronuncia de acordo com sua própria interpretação do direito ou dos fatos. No outro extremo, a corte de apelação concorda inteiramente com a sentença anterior, sustentando que ela não é passível de revisão.

O padrão de revisão depende da natureza da questão e da circunstância de ela ter sido decidida por juiz ou júri. Geralmente, a corte de apelação revisa *de novo* a determinação, por parte do juiz distrital, do direito aplicável e sua aplicação aos fatos. Se uma corte de apelação discorda da sentença anterior, quase sempre inverte essa sentença.

Já a revisão a que a corte de apelação procede quanto aos fatos apurados pelo juiz distrital não é *de novo*. Ao contrário, ela aceita os fatos materiais apurados pelo juiz distrital, a menos que sejam obviamente errôneos. Os veredictos dos júris são ainda mais acatados e a corte de apelação só os rejeita à falta de indícios substanciais[10].

Outros padrões de revisão são aplicados em determinadas circunstâncias. Por exemplo, certas decisões tomadas pelo juiz no curso do julgamento só são rejeitadas se a corte de apelação considerar que houve arbitrariedade.

3. Suprema Corte

A parte vencida na corte de apelação em uma ou mais questões pode solicitar revisão dessa sentença perante a Suprema Corte dos Estados Unidos, redigindo uma carta requisitória. A Suprema Corte tem o poder de deferir ou não a petição[11].

Se indeferir, a decisão da corte de apelação passa a ser definitiva. Se deferir, revisará *de novo* as decisões da corte de apelação sobre questões de direito e aplicação do direito aos fatos, mas acatará os achados factuais da corte distrital ou o veredito do júri do mesmo modo que a corte de apelação o fez.

II. IDENTIFICAÇÃO DA LEI APLICÁVEL

Nesta seção, examina-se o processo de identificar o direito potencialmente aplicável a um determinado conjunto de fatos. Como se viu na primeira seção, o advogado se defronta com um rol de leis jurisprudenciais e leis promulgadas que

---

10. A corte de apelação aceita os fatos apurados pela instância inferior para evitar aquilo que seria, na verdade, um novo julgamento do caso todo. Aqui, a teoria é a seguinte: como o juiz e os membros do júri viram e ouviram as testemunhas, estão em melhor situação para garantir a credibilidade dos indícios e decidir quanto aos fatos. Mas o juiz de primeira instância não está em melhor posição que a corte de apelação para decidir quanto ao direito. Além disso, uma decisão incorreta passaria a valer para casos futuros, ao passo que um fato incorreto só diz respeito a um único caso. Por isso, é importante que as questões jurídicas sejam corretamente dirimidas. Explica-se assim por que as cortes de apelação se reservam as questões de direito em detrimento da instância inferior.

11. Em raríssimos casos a parte vencida tem o direito de apelar para a Suprema Corte sem necessidade de carta requisitória: simplesmente preenche um formulário de apelação e a corte é instada a reexaminar a causa.

podem ser aplicadas a uma dada situação. O processo de determinar a norma jurídica aplicável equivale na realidade a eliminar a norma que, com toda a plausibilidade, não o é.

Uma norma jurídica pode não ser aplicável à situação por três motivos: (1) a entidade governamental que adotou a norma não tem poder para prescrevê-la a pessoas ou transações específicas envolvidas no caso; (2) o direito, por seus próprios termos, é inaplicável ao caso; ou (3) embora a entidade governamental que adotou a norma jurídica tenha poder de um modo geral, outra entidade superior aprovou norma jurídica contrária que, então, prevalece na situação. Recorrendo a esses três critérios, o advogado eliminará o direito inaplicável.

As três subseções seguintes examinam cada um dos três critérios.

A. Identificação da entidade governamental dotada de poder: uma introdução à Teoria da Escolha do Direito

O primeiro motivo pelo qual uma norma jurídica não se aplica à situação é o governo que a adotou não ter poder sobre as pessoas ou transações envolvidas no caso. Todos os governos dispõem de poderes limitados, isto é, nenhum deles pode governar todas as pessoas e transações no mundo inteiro. Assim, por exemplo, os Estados Unidos não têm de um modo geral poder para regular atividades na Holanda que não afetem pessoas ou propriedades nos Estados Unidos.

Isso significa que algumas leis parecem, por seus termos, aplicáveis a uma situação sem na verdade sê-lo. E não o são porque o governo que as adotou não tem o poder de regular as pessoas ou transações envolvidas na situação.

Conseqüentemente, o primeiro passo que o advogado deve dar para identificar o direito aplicável é descobrir quais as normas governamentais aplicáveis. Para tanto, ele se baseia no corpo de regras jurídicas conhecido como "regras de conflito de leis" ou "regras de escolha do direito".

A escolha do direito constitui um campo complexo do direito que talvez não possa ser reduzido aqui a umas poucas frases. A análise da escolha do direito, entretanto, é imprescindível para se encontrar o direito aplicável, sendo por isso necessário um breve exame. Presumindo-se que o direito norte-americano seja aplicável[12], a análise da escolha do direito apresenta duas dimensões: vertical e horizontal. As regras da escolha vertical do direito determinam se é aplicável o direito federal ou o estadual, ou se ambos o são. Presumindo-se que pelo menos algum direito estadual o seja, as regras da escolha horizontal do direito determinam *qual* dos direitos estaduais o é. Se apenas o direito federal for aplicável, então a análise horizontal da escolha do direito deixa de ser necessária.

1. Análise da escolha vertical do direito

A chave para entender o significado da análise da escolha vertical do direito é reconhecer que nem sempre o direito federal e o estadual são mutuamente exclusivos. Na maioria das vezes, se ambos contemplam uma situação, ambos se aplicam. Há exceção quando entram em conflito, caso em que o direito federal prevalece[13].

Sucede que quase todos os eventos da vida cotidiana são regidos pelo direito estadual. Por exemplo, relações familiares, transferência de propriedade, assinatura de contratos e indenização por danos pessoais estão sob o império do direito estadual. Em determinadas circunstâncias, o direito federal também se aplica: certo tipo de conduta empresarial constitui fraude para o "common law" estadual e, ao mesmo tempo, viola as

---

12. Há também a possibilidade de aplicar-se o direito de outro país ou o direito internacional. Essa possibilidade, no entanto, suscita problemas complexos demais para serem estudados neste trabalho introdutório. Por isso, presume-se aqui que as regras aplicáveis de escolha do direito identificaram o direito americano como o aplicável.

13. Essa situação é discutida no final do capítulo, relativamente à doutrina da preempção.

leis federais que tratam de extorsão. Ocasionalmente, algum aspecto de uma transação é regido apenas pelo direito federal.

A análise da escolha vertical do direito resulta assim, em última instância, nas seguintes possibilidades: (1) o direito federal é aplicável; (2) o direito estadual é aplicável; ou (3) o direito federal e o estadual são aplicáveis. Em outras palavras, a análise da escolha vertical do direito *pode* eliminar qualquer direito federal ou estadual, mas quase nunca o faz.

2. Análise da escolha horizontal do direito

A análise da escolha horizontal do direito geralmente resulta na eliminação de diversos direitos aplicáveis. Isso ocorre porque, na medida em que se aplica o direito estadual, este é o direito de apenas um Estado[14]. Os direitos de diferentes Estados costumam *excluir-se* mutuamente, não sendo aplicados ao mesmo tempo à mesma transação.

Felizmente, muitas transações ocorrem num único Estado e envolvem moradores desse Estado. Dessa forma o advogado sabe instintivamente que, na medida em que se aplica o direito estadual, o daquele Estado é que será aplicado. Portanto, na prática, o raciocínio jurídico freqüentemente exige pouca análise consciente da escolha horizontal do direito.

Mas se a situação envolver transações que afetam mais de um Estado ou moradores de Estados diferentes, existirá sempre a possibilidade de que o direito de mais de um Estado seja aplicável. Dois são os modos de determinar qual deva ser esse direito por acordo das partes ou por abertura de processo.

O acordo prévio das partes é o modo mais simples de determinar o direito aplicável à situação. As partes, ao preparar uma transação, costumam inserir no contrato uma cláusula especificando qual direito estadual o regerá. Essa cláusula, conhecida como "cláusula de escolha do direito", quase sempre é respeitada pelas cortes.

---

14. Há exceção quando a corte estadual aplica seu próprio direito processual, mas utiliza o direito substantivo de outro Estado. A diferença entre direito substantivo e direito processual é discutida na introdução à Parte III.

O outro modo de determinar o direito estadual aplicável à situação é esperar o surgimento da querela e então abrir processo para dirimi-la. Toda jurisdição tem sua seleção de normas legais que informam à corte qual direito estadual deverá ser aplicado. Tais normas variam de Estado para Estado; conseqüentemente, a aplicabilidade depende inteiramente do local em que o processo é aberto[15].

Em suma, o advogado pode não saber com certeza qual direito estadual será aplicado até a situação provocar abertura de processo. Na verdade, ele decidirá abrir esse processo junto às cortes de determinado Estado apenas porque elas irão aplicar o direito mais vantajoso para seu cliente. Escolher uma corte por razões táticas é prática comum, conhecida como *"forum shopping"*.

Quando mais de um direito estadual é potencialmente aplicável, o único recurso do advogado é pesquisar todos os direitos que o sejam. No fim, ele poderá determinar que, dependendo do local em que o processo for aberto, o cliente seja submetido a qualquer um dos diferentes direitos estaduais. Se o cliente quiser estar certo de agir de acordo com o direito, terá de cumprir todas essas diferentes leis e decisões judiciais, sabendo que qualquer disputa será dirimida pelo direito de um único Estado, mas ignorando qual vá ser esse Estado até o momento do litígio. É em parte para eliminar essa incerteza que os interessados concordam em inserir uma cláusula de escolha do direito em seus contratos.

A análise da escolha do direito desempenha assim importante papel no processo de seleção. Idealmente, resulta na eli-

---

15. Um exemplo pode ajudar a esclarecer esse ponto. Suponhamos que Slade, que se encontra no Estado A, fira Tenderfoot, que se encontra no Estado B. Tenderfoot decide então processar Slade por agressão. Quando o caso envolve dano físico, algumas cortes aplicam o direito do Estado onde ocorreu o feito – aqui, o Estado A. Outras aplicam o direito do Estado em que ocorreu o dano – aqui, o Estado B. Assim, o direito aplicável dependerá da corte em que Tenderfoot entrar com o processo. Ele provavelmente escolherá aquela que aplica o direito mais favorável a seu interesse. Pode até suceder que o Estado A aplique o direito do Estado B, e vice-versa. Em certas circunstâncias, Tenderfoot optará por um terceiro Estado, C, embora este nada tenha a ver com a disputa, porque o Estado C aplica o direito mais favorável.

minação de quaisquer considerações ulteriores a respeito de outros direitos que não os de um único Estado ou do governo federal.

B. Identificação do direito pelo mérito da causa: uma introdução à análise de normas

Após reduzir as leis potencialmente aplicáveis ao direito de uma ou duas jurisdições – um Estado, o governo federal ou ambos –, deverá o advogado eliminar em seguida as leis ou decisões jurisprudenciais que, por seus próprios termos, não se aplicam ao mérito da causa em exame. Os advogados o fazem recorrendo à análise de normas. Vejamos exatamente o que isso significa.

Cada lei ou decisão jurisprudencial contém uma ou mais normas de direito. No próximo capítulo, discutiremos com certa minúcia as técnicas a serem usadas para identificar as normas de direito numa lei ou decisão jurisprudencial. Por ora, o leitor deve apenas presumir que o advogado, ao ler cada lei ou decisão jurisprudencial, é capaz de identificar ali pelo menos uma norma de direito. São essas normas de direito que ele terá de analisar para determinar se, por seus próprios termos, a lei ou decisão jurisprudencial é potencialmente aplicável à situação.

1. A natureza das normas: forma

De um modo geral, as normas de direito apresentam a forma "se x, então y", significando que, se um fato ocorrer, corresponder-lhe-á um direito ou uma obrigação.

Assim, as normas de direito possuem predicado factual e conseqüência legal. Por exemplo, uma decisão poderá enunciar a norma de que o médico que presta serviços médicos a um paciente tem a obrigação de cuidar para que nenhum dano lhe ocorra[16]. Em outras palavras, se esses fatos (relação médico-

---

16. Ver, por exemplo, *Keene* versus *Wiggins*, 69 Cal. App. 3d 308 (1977).

paciente e prestação de serviços médicos) ocorrerem, a conseqüência (obrigação de cuidar) sobrevirá. A prestação de serviços clínicos por parte do médico é o predicado factual e a obrigação de cuidar é a conseqüência legal. Usualmente, o predicado factual exige certa combinação de fatos. Cada um desses fatos é considerado um "elemento". No exemplo acima, o predicado factual apresenta dois elementos: (1) a existência de uma relação médico-paciente e (2) a prestação de serviços médicos. Quando ocorrem os fatos constitutivos de todos os elementos, sobrevém a conseqüência legal. Essa conseqüência legal é geralmente a criação de um direito ou obrigação entre as pessoas envolvidas.

Identificar as normas de direito aplicáveis a uma situação particular significa identificar as normas de direito com predicações concretas que possam descrever acuradamente a situação[17]. Se um ou mais elementos da norma não estiverem presentes na situação em exame, a norma não se aplicará. Por exemplo, a norma acima não se aplica a um médico que ajuda o paciente a preencher sua declaração de renda porque o segundo elemento, prestação de serviços *médicos*, está ausente.

Portanto, a única maneira de determinar se uma norma é aplicável à situação é tentar aplicá-la. Trata-se de um processo complicado que será estudado mais amplamente no Capítulo 5. Aqui, basta dizer que na fase inicial de identificação do direito potencialmente aplicável, o advogado examina todas as leis passíveis de aplicação. Ou seja, o advogado procura normas com predicados factuais que, plausivelmente, sejam aplicáveis à situação.

---

17. Não quer dizer que o advogado precise estudar todas as decisões jurisprudenciais e leis da jurisdição. Ao contrário, ao longo dos anos os advogados foram aperfeiçoando uma série de técnicas de pesquisa para identificar, o mais rapidamente possível, as leis e decisões jurisprudenciais, dentro de uma dada jurisdição, que possam aplicar-se a diferentes situações. Presume-se então que, quando essas técnicas não identificam uma lei ou decisão jurisprudencial, eles provavelmente não são aplicáveis. As técnicas de pesquisa legal são muito complexas para que as resumamos aqui. Ver, por exemplo, Christopher G. e Jill Robinson Wren, *The Legal Research Manual*, 2.ª ed., 1986.

2. A natureza das normas: substância

O sistema jurídico americano presume que as normas não são pronunciamentos meramente abstratos, mas fundamentam-se em alguma política subjacente. Quer dizer, as normas criam direitos e obrigações não para si mesmas, mas para promover uma política governamental.

Quando a norma é uma lei, a política subjacente é quase sempre aquela que o Legislativo quis promover quando o aprovou. Quando a norma é uma decisão jurisprudencial, a política subjacente é quase sempre aquela que a corte articulou como justificativa para a norma ao tempo em que a enunciava. As normas jurisprudenciais também podem basear-se nas políticas subjacentes às decisões legislativas, mesmo nos casos em que estas não sejam leis. Por exemplo, a corte adota uma norma favorável aos consumidores. Cita, em apoio, legislação recente que talvez não se aplique ao caso em exame, mas ainda assim reflete a política governamental de proteger o consumidor contra o maior poder de barganha dos comerciantes e fabricantes.

As normas, além disso, raramente se baseiam numa única política, representando antes compromissos entre conjuntos de políticas opostas. Muitas vezes, um conjunto de políticas favorece a criação de um direito ou obrigação ampla, ao passo que o conjunto oposto exige a limitação ou a eliminação da mesma obrigação ou direito.

Se as políticas que favorecem aquele direito ou obrigação prevalecessem sempre, a obrigação ou direito se tornariam absolutos – sem exceções nem restrições. Se as políticas opostas ao direito ou obrigação prevalecessem sempre, a obrigação ou direito desapareceria.

Na realidade, porém, os dois conjuntos de políticas são importantes, de modo que a nenhum se permita prevalecer em todas as situações. Ao contrário, as políticas que amparam o direito ou obrigação prevalecerão algumas vezes, em outras situações prevalecerão as políticas opostas.

Os elementos da norma definem exatamente a situação em que as políticas favoráveis ao direito ou obrigação prevalecem. Satisfeitos esses elementos, o direito ou obrigação passa a vigorar; não-satisfeitos, não chega a existir.

As políticas subjacentes à norma são de grande valia para o processo de raciocínio jurídico. Se não atendesse às políticas subjacentes, a aplicação da regra a uma situação particular seria indesejável e a corte não o faria, especialmente se a norma se baseasse numa decisão jurisprudencial e não numa lei. Todavia, pelo menos no que toca à norma jurisprudencial, mesmo quando o predicado factual da norma parecer claramente inaplicável, se as políticas subjacentes à norma forem promovidas pela decisão da sua aplicabilidade a corte a aplicará procedendo por analogia, sintetizará uma nova decisão jurisprudencial para regular a situação ou modificará a norma para que se torne aplicável. Assim, conforme veremos em pormenor nos capítulos seguintes, as políticas subjacentes ajudam muito a identificar as situações em que a norma deve ser aplicada.

3. O problema da generalidade

Os elementos de uma norma são propositalmente exarados em termos muito genéricos. Isso é verdadeiro sobretudo com relação a leis e outras formas de legislação. Assim, por exemplo, a norma não costuma referir-se a um objeto específico como um automóvel vermelho ou mesmo um automóvel, preferindo aludir de maneira mais ampla a "veículos motorizados". Os elementos, portanto, descrevem os fatos em termos amplos e genéricos.

Os elementos são exarados em termos genéricos por razões ao mesmo tempo de justiça e eficiência. Se as normas fossem escritas em termos restritos, as legislaturas e cortes precisariam adotar normas muito mais numerosas, que se revelariam ineficientes e provocariam o risco de situações similares não serem tratadas da mesma maneira, o que seria injusto.

Suponhamos, por exemplo, que em vez de promulgar uma única norma para o limite de velocidade o Estado promulgasse uma norma para cada tipo de automóvel. O legislador levaria muito tempo para redigir tais normas e o advogado, outro tanto para pesquisá-las. Além disso, um código tão detalhado criaria a possibilidade de alguns automóveis serem ignorados e outros receberem tratamento preferencial. Nossa noção intuitiva de justiça ensina que todos são iguais perante a lei e que casos iguais devem ser tratados igualmente. Umas poucas regras de grande generalidade são mais fáceis de redigir e pesquisar, crendo-se que reduzam a perspectiva de tratamento desigual uma vez que todos ficam sujeitos à mesma norma.

Todavia, essa generalidade também obstrui o processo de raciocínio legal. O estilo genérico é freqüentemente tão vago que não deixa claro se um determinado conjunto de eventos satisfaz os elementos da norma. No caso da norma mencionada acima, talvez não se saiba com exatidão se alguém que por acaso solicita o conselho de um médico durante uma festa acaba por estabelecer uma relação médico-paciente.

Portanto, ao examinar as normas de direito, o advogado deve atentar para toda norma com um predicado factual que, *plausivelmente*, possa descrever os fatos particulares em apreço. Ademais, como se verá no Capítulo 5, as normas jurisprudenciais são muitas vezes escritas em diferentes graus de generalidade; assim, ao examinar tais normas, o advogado tem de decidir se elas seriam aplicáveis se reescritas em termos mais genéricos.

C. Identificação de normas írritas: uma introdução ao constitucionalismo

Depois que a pesquisa jurídica identificou todas as leis e decisões jurisprudenciais plausivelmente aplicáveis à situação em exame, o processo de eliminação está praticamente completo. Acontece às vezes, no entanto, que uma lei aprovada ou uma decisão tomada por entidade governamental esteja em contradição com um direito criado por outra entidade de poder superior; então, ignora-se a lei ou decisão.

Uns poucos princípios de direito constitucional determinam a hierarquia de poder entre as diferentes fontes do direito. Nesta última seção, alguns desses princípios mais importantes são analisados.

Em primeiro lugar, como princípio fundamental do sistema jurídico americano, a Constituição prevalece sobre todas as outras leis, sejam federais ou estaduais. A Cláusula da Supremacia da Constituição, formulada no Artigo VI, declara explicitamente que a Constituição e as leis federais complementares são o direito supremo do país. Portanto, se uma das normas aplicáveis é uma provisão constitucional, ela revoga toda lei ou decisão jurisprudencial que se lhe oponha, federal ou estadual, pelo menos nos limites do conflito. A constituição estadual prevalece sobre todas as outras leis estaduais.

Em segundo lugar, como acabamos de ver, a Cláusula da Supremacia estabelece também que o direito federal complementar à Constituição é direito supremo no país. Assim, em consonância com a doutrina do direito constitucional conhecida como doutrina da preempção, o direito federal invalida *qualquer* direito estadual sobre uma questão que o Congresso subtraiu, explícita ou implicitamente, à regulamentação dos Estados. Mesmo que o Congresso não haja, explícita ou implicitamente, proibido aos Estados regulamentar determinada questão, um direito estadual específico é írrito se se opuser diretamente ao direito federal. Há, é claro, inúmeras situações em que o direito federal e o direito estadual não estão em conflito, de modo que ambos são aplicáveis à mesma questão.

Em terceiro lugar, de acordo com a doutrina da supremacia do Legislativo, as cortes devem aplicar o direito aprovado pela legislatura. Portanto, uma lei prevalece sobre uma decisão jurisprudencial contrária[18]. Não obstante, o poder de que as cortes dispõem para interpretar leis permite-lhes aplicá-las de uma maneira não pretendida pela legislatura. Esta, conseqüentemente, às vezes promulga uma lei especialmente destinada a anular uma decisão judicial anterior que, a seu ver, aplicou indevidamente outra lei.

---

18. Essa declaração pressupõe que tanto a lei quanto a decisão jurisprudencial se originaram do mesmo poder. Além disso, em virtude da Cláusula da Supremacia, as leis federais prevalecem sobre as decisões jurisprudenciais estatais contrárias, ao passo que as leis estaduais em geral não prevalecem sobre as decisões jurisprudenciais federais.

Em quarto lugar, segundo a doutrina da revisão judicial, as cortes têm o poder de determinar a constitucionalidade de qualquer direito, inclusive leis. Dessa forma, uma decisão judicial que declare uma lei inconstitucional torna-a írrita. Na prática, isso significa uma exceção à doutrina da supremacia do Legislativo porque permite à corte recusar-se a aplicar uma lei.

Em quinto lugar, como os departamentos administrativos são criados por lei, seus regulamentos ficam subordinados às leis promulgadas pelo mesmo poder ou por poder superior[19]. Assim, as leis geralmente prevalecem sobre os regulamentos administrativos que se lhes opõem.

Todos esses princípios, radicados no sistema americano de governo constitucional, exigem que certas leis ou decisões jurisprudenciais sejam consideradas írritas em situações particulares e ignoradas simplesmente porque outra entidade, com autoridade maior, adotou um direito contrário também aplicável à mesma situação. Na ausência de direito contrário, o primeiro é válido e aplicável. Todavia, um direito írrito em determinada situação pode ser válido em outra quando o direito contrário emanado de autoridade superior não se aplica à segunda situação[20]. Embora a grande maioria das leis e decisões jurisprudenciais sejam constitucionais, às vezes os princípios mencionados desconsideram uma ou mais normas jurídicas que de outra forma seriam aplicáveis.

---

19. Emprego aqui o termo "lei" em seu sentido técnico de aprovação legislativa e não de outras formas de legislação.

20. Esclareçamos melhor esse ponto com um exemplo. Um Estado promulga uma lei estabelecendo que todas as vendas de automóveis serão taxadas em 8%. Pela Cláusula da Supremacia da Constituição, um Estado não pode taxar o governo federal. Como a Constituição prevalece sobre a lei estadual, a lei estadual da taxa é írrita quando aplicada a um automóvel vendido a um departamento do governo federal. Mas continua válida quando aplicada à venda de um automóvel a um professor de direito.

Capítulo 2
Análise de leis e decisões jurisprudenciais

O segundo passo no raciocínio jurídico é analisar as leis e decisões jurisprudenciais plausivelmente aplicáveis a fim de identificar as normas de direito e as políticas a elas subjacentes. Neste capítulo, discutem-se as técnicas de análise do direito. A legislação, geralmente mencionada aqui como lei, e a decisão jurisprudencial serão discutidas separadamente.

I. ANÁLISE DE LEIS

A análise de leis para fins de identificação da norma de direito é simples porque a própria lei é a norma de direito. Assim, o processo de identificar a lei aplicável e extrair a norma de direito é o mesmo.

Todavia, identificar as políticas subjacentes à lei pode ser tarefa das mais difíceis. Essas políticas são aquelas que a legislatura tentou promover ao elaborar a lei.

Os advogados utilizam uma série de abordagens para identificar a política subjacente à lei. Uma delas é examinar a própria lei. Ocasionalmente a legislatura, ao aprovar uma norma jurídica, sobretudo uma reforma de natureza abrangente, inclui uma seção que esclarece ao menos algumas das políticas subjacentes à legislação. Outra medida é encontrar uma decisão jurisprudencial anterior que aplicou a lei e possivelmente contém uma discussão da política subjacente àquela lei.

Mas muitas vezes nenhum desses expedientes é eficaz, devendo então o advogado tentar identificar as políticas subjacentes investigando a história legislativa da lei. A história pode incluir o registro das reuniões da comissão, os relatórios expedidos pelos membros ao enviarem o texto a plenário, os debates na assembléia antes da votação e as razões apresentadas pelo presidente ou governador quando da sanção ou veto da medida. Essa investigação, porém, pode ser também ineficaz porque, em vista dos motivos serão discutidos no Capítulo 7, a história legislativa mostra-se freqüentemente incompleta, equivocada ou passível de mais de uma interpretação.

Pesquisar a história de uma lei pode envolver indagações sobre eventos fora do processo formal pelo qual a lei foi promulgada, como o exame das condições sociais que apressaram sua aprovação. O advogado, então, pondera as circunstâncias anteriores à promulgação e procura determinar a natureza do ilícito que a motivou.

Contudo, a determinação do ilícito não revela necessariamente, com clareza bastante, a política subjacente à lei. Como explicamos no Capítulo 1, os advogados preferem leis redigidas em termos genéricos, por isso a legislatura muito provavelmente empregou para o predicado factual uma linguagem que abrangia mais que a situação específica motivadora da promulgação. Uma norma jurídica anticorrupção promulgada depois de se saber que um senador aceitou vultosas propinas de certos grupos de interesses talvez não proíba simplesmente as propinas, mas vá além e mencione, por exemplo, a doação de "qualquer coisa de valor". Quando a linguagem ultrapassa a situação precisa que a legislatura tinha em mente, o advogado tem de decidir ainda o que ela supostamente "tencionava" com respeito a todas as situações presumivelmente cobertas pela linguagem, mas que não representavam o ilícito específico conscientemente visado. Por exemplo: a lei proíbe fornecer ao senador informações sem valor comercial, mas que o senador possa considerar úteis e, portanto, valiosas?

A indeterminação da investigação da história de uma lei dá ao advogado a oportunidade de melhor atuar em benefício de seu cliente. Ele pode insistir em que determinada política subjaz à lei mesmo quando não haja nenhuma evidência externa de que essa política esteve conscientemente no espírito dos legisladores.

Em vista dos problemas ligados à descoberta da intenção dos legisladores, diversas cortes pontificaram que a melhor pista para a política legislativa está na própria linguagem da lei; portanto, se seu significado for patente, a corte não deverá ocupar-se de sua história. Dessa perspectiva, somente quando houver alguma dúvida quanto ao significado da lei a corte poderá ir além da linguagem[1].

Muitos advogados, no entanto, questionam se essa regra descreve acuradamente o processo pelo qual as cortes interpretam de fato as leis. Na opinião deles, a corte quase sempre examina os dados históricos para determinar se esses dados amparam a interpretação que deseja dar à lei. Nesse caso, a corte pode declarar que a lei não é clara e passar a discutir a história. Como quer que seja, é muito raro um bom advogado omitir deliberadamente um argumento baseado na história legislativa que possa favorecer seu cliente.

O exame a que o advogado procede das políticas subjacentes a uma lei pode ainda ultrapassar os acontecimentos históricos que originalmente motivaram sua promulgação e incluir a investigação das noções contemporâneas sobre qual seja uma boa política governamental. Interpretar uma lei de acordo com a política governamental atual, contraposta à política da legislatura que o promulgou, é atitude controvertida e que muitas cortes desaprovam. Mas quase todas as cortes concordariam que nenhuma lei deve ser interpretada de modo a

---

1. É a chamada Regra Áurea da interpretação de leis, assim redigida: "Estabeleceu-se perfeitamente bem a regra segundo a qual, quando uma lei apresentar significação duvidosa ou for suscetível, na forma, de duas construções, a corte deverá examinar fatos anteriores e contemporâneos, os motivos que induziram o ato em questão, os ilícitos que se pretendia remediar, as circunstâncias externas e a intenção subjacente à lei, para assim determinar sua verdadeira construção. Mas se o ato for patente e, estando isolado, só uma construção se lhe puder aplicar, essa lhe será aplicadas... A doutrina aplicável ao assunto se resume toda na observação de que atos passados podem ser referidos para solucionar uma ambigüidade, mas não para criá-la." Caso *Hamilton* versus *Rathbone*, 175, U.S. 414, 420-421 (1899).

conduzir a um resultado "absurdo". Essa postura se coaduna com a tese de que a intenção do legislador deve prevalecer uma vez que ele jamais teria em mente um resultado absurdo.

Se, porém, o resultado não for absurdo, muitas cortes insistirão para que se respeite a intenção ou propósito aparente do legislador. Portanto, o exame das noções atuais da política governamental será necessariamente limitado.

A escolha entre interpretar uma lei por sua linguagem ou interpretá-la com recurso a fontes extrínsecas, como a história legislativa ou as noções atuais de política governamental, constitui uma tensão básica que permeia o processo de raciocínio jurídico. Essa tensão será discutida nos Capítulos 5 e 7.

II. ANÁLISE DE DECISÕES JURISPRUDENCIAIS

A. Os componentes de uma decisão jurisprudencial

A análise de decisões jurisprudenciais é empresa bem mais complexa que a análise de leis. A discussão deste capítulo abrange os vários componentes que podem ser encontrados num parecer judicial bem-elaborado, a significação de cada um e como devem ser estudados. Como a esmagadora maioria de pareceres judiciais são decisões apeladas, a presente discussão presume que a decisão em apreço seja uma decisão apelada.

1. Fatos

Um parecer judicial geralmente começa com a descrição dos fatos. Trata-se da narrativa dos acontecimentos que geraram a querela submetida ao tirocínio da corte.

Muitos dos fatos constantes do parecer têm pouca importância, mas lá estão para fornecer um contexto aos fatos mais relevantes. Sem eles, o restante não faria sentido. Na primeira leitura, porém, o advogado geralmente não sabe quais são os fatos significativos. Como se verá, determinar quais fatos são significativos exige que, primeiro, se identifiquem as normas de direito e as políticas subjacentes que as motivaram.

2. História processual

A seguir, resume-se a história processual. Essa parte do parecer oferece a descrição dos eventos ocorridos no tribunal ou na corte inferior de apelação durante o litígio, a começar da apresentação da queixa.

Assim como na enumeração dos fatos, boa parte da história processual tem pouquíssima importância em si mesma, mas fornece contexto. A história processual geralmente aponta um detalhe de capital interesse: a natureza exata da decisão da corte inferior que motivou o apelo de uma ou de ambas as partes.

A natureza da decisão apelada é importante porque, como se viu no Capítulo 1, ela determina o padrão de revisão que a corte de apelação aplica à decisão da instância inferior. O padrão de revisão, por seu turno, determina o que a corte de apelação deverá decidir e quais efeitos essa decisão terá em casos futuros.

Por exemplo, se um médico recorre do veredito do júri que o considerou negligente na prestação de seus serviços profissionais, a corte de apelação reverá esse veredito só para determinar se ele se apoiou em indícios substanciais. Para confirmar a sentença contra o médico, a corte de apelação não precisará concluir que o acusado foi negligente, mas apenas que havia indícios substanciais disso – o que é coisa bem diversa. Os juízes apelados podem até acreditar que o médico não foi negligente, mas se houver indícios substanciais em amparo do veredito, este se manterá.

Mais: dado que a corte de apelação não se presta a decidir se o médico foi negligente, mas apenas que havia indícios substanciais de que o fora, seu parecer corroborando o veredito do júri contra o médico não poderá ser citado pelos advogados, em casos futuros, como se concluísse que o médico *foi* negligente. Esse parecer só poderá ser citado como se estabelecesse que a conduta do médico *pode ter sido* negligente. O ponto relativo ao uso de decisões anteriores voltará a ser tratado no Capítulo 5.

3. Questões apresentadas

No final da história processual, o parecer menciona as questões apresentadas. São simplesmente as questões que o apelante pediu à corte para decidir. Em outras palavras, são as questões do apelo.

Cada questão indaga, com efeito, se uma decisão tomada pelo tribunal ou corte inferior de apelação foi errônea, exigindo inversão de sentença. Todo o resto do parecer ocupa-se da decisão das questões apresentadas.

4. Normas de direito

Para decidir as questões apresentadas, o parecer começa por enunciar as normas de direito. Estas são princípios gerais de direito segundo os quais, em determinadas circunstâncias, um direito ou uma obrigação existe.

A corte enuncia essas normas porque acredita que regem as questões a decidir. De fato, as normas estabelecem os direitos e obrigações das partes neste e em casos similares. Usualmente, quase todas ou mesmo todas as normas já foram enunciadas em decisões anteriores, e a corte cita as mais antigas de onde cada norma foi extraída.

As normas de direito são da máxima importância. A história factual e a história processual são significativas porque fornecem contexto a alguma outra parte do parecer, mas as normas de direito são importantes por si mesmas. Presume-se que elas regem o caso em apreço e os casos similares: portanto, determinarão os resultados da situação que o advogado foi chamado a rever. O advogado deve ler cuidadosamente o parecer e extrair dele cada uma das normas de direito enunciadas.

Identificar as normas de direito pode ser difícil porque talvez não sejam enunciadas em linguagem clara e concisa. Os elementos podem estar disseminados por toda a discussão, exigindo que o advogado construa as normas a partir de uma série de declarações. A mesma norma costuma ser enunciada mais de uma vez, de forma ligeiramente diferente, devendo o advogado escolher a versão que melhor explique o resultado alcançado.

Vê-se então que extrair uma norma de um parecer judicial não é um processo mecânico. Dois advogados, lendo o mesmo parecer, podem muito bem discordar quanto à norma nele implícita. E, dada a necessidade eventual de construir normas, a norma extraída pelo advogado tem de ser exarada em suas próprias palavras e não nas palavras da corte.

A norma de uma decisão jurisprudencial difere, pois, da norma da legislação. Dá-se menos importância à linguagem literal de uma decisão jurisprudencial simplesmente porque, muitas vezes, não existe uma versão única e autorizada de sua norma. A indeterminação da linguagem da norma de uma decisão jurisprudencial faculta ao advogado, é claro, a oportunidade de articular a norma em sua forma mais favorável à posição do cliente.

5. Aplicação do direito ao fato

A parte seguinte do parecer aplica o direito aos fatos. Trata-se da discussão de como a corte decidiu se cada elemento de cada norma foi satisfeito pelos fatos a ela submetidos.

Dissemos no Capítulo 1 que os elementos da norma costumam ser exarados em termos muito genéricos. Ao redigir o parecer, a corte deve decidir se os fatos específicos do caso em questão entram na significação ampla e genérica dos fatos contemplados pela norma. Em alguns casos, a corte acha a linguagem da norma de direito tão clara que acredita ser possível apenas um resultado. Por exemplo, ela certamente reconhecerá que um automóvel vermelho é um veículo motorizado.

Em outros casos, a corte decidirá que a linguagem é genérica demais para levar a um único resultado e que a política por trás da norma deve ser examinada. A corte tentaria então chegar ao resultado que melhor respondesse à política subjacente àquela norma em particular.

Por exemplo, se a norma aplicável proibir o uso de "veículos motorizados" num parque[2], a corte talvez precise decidir

---

2. Esse exemplo inspirou-se num conhecido caso hipotético sugerido por H. L. A. Hart.

se um brinquedo por controle remoto operado por uma criança entra na definição de veículo motorizado. Poderá concluir que o propósito subjacente à norma é incentivar o uso recreacional do parque e garantir a segurança dos pedestres. Já que um brinquedo daquele tipo apresenta perigo relativamente pequeno para os pedestres, a segurança destes, com toda a probabilidade, não exige que o brinquedo seja considerado um veículo motorizado. Além disso, promover o uso recreacional do parque exige que o brinquedo *não* seja considerado veículo motorizado. Assim, a corte apoiaria a política subjacente à norma pontificando que ele não incide no significado da expressão "veículo motorizado".

Essas discussões sobre políticas são de considerável importância. Revelam as intenções por trás das normas e, como se verá no Capítulo 5, fornecem a base para decidir se os elementos das normas serão satisfeitos em casos futuros e mesmo se as normas devem ser modificadas.

Paradoxalmente, a despeito de sua importância, a discussão sobre políticas pode ser a parte menos metódica e estruturada do parecer. Às vezes a corte simplesmente declara que a política governamental favorece determinado resultado, sem tentar explicar como ficou sabendo que tal política existe.

Além disso, quase sempre acontece que uma decisão judicial, em vez de basear-se numa única política, reflita o equilíbrio entre pelo menos duas políticas contrárias, uma delas apoiando a criação de um direito ou obrigação, a outra se lhe opondo. No exemplo acima, a norma dos veículos motorizados baseava-se na política de promover o uso recreacional do parque e proteger os pedestres. Por um lado, a política de proteger os pedestres, levada a extremos, exigiria o banimento do brinquedo, já que o pedestre poderia tropeçar nele ou assustar-se. Por outro, a promoção do uso recreacional do parque exigiria que o brinquedo fosse ali permitido.

A corte tem de decidir, ante as circunstâncias do caso a ela submetido, como resolver o conflito. As explicações de como se resolvem tais conflitos são, quase sempre, breves e conclusivas. A corte observará, por exemplo, que existem políticas conflitantes, mas que uma prevalece, sem nenhuma discussão concreta de como determinou o peso relativo dessas políticas. Poderá decidir que o resultado é necessário para atender a determinada política, ignorando completamente as demais.

As cortes às vezes não são explícitas quanto às políticas subjacentes às suas decisões, ficando assim a cargo de advogados e juízes, em casos futuros, inferir essas políticas – na verdade, explicar a base da decisão após o fato. Um advogado criativo, em litígio subseqüente, poderá atribuir julgamentos de políticas à corte que, plausivelmente, expliquem a decisão original e, ao mesmo tempo, apóiem a reivindicação de seu cliente atual.

Seja como for, é a realização da análise que permite ao advogado determinar quais são os fatos determinantes do parecer. Os fatos determinantes são aqueles em que a corte se baseia para decidir se os elementos da norma foram satisfeitos. Talvez a corte decida que o brinquedo é um veículo motorizado porque possui motor, ainda que minúsculo. O advogado inferirá então disso que a existência de motor é um fato dispositivo.

Mas talvez a corte decida que o brinquedo não é um veículo motorizado porque, mesmo dispondo de motor, não leva motorista ou passageiros. Nesse caso, o advogado inferirá que a impossibilidade de conduzir pessoas é um fato dispositivo. Embora outros detalhes como forma, cor ou preço do brinquedo possam ter sido mencionados no parecer, a corte não se baseou neles para decidir se o elemento de um veículo motorizado foi satisfeito – não são, portanto, fatos dispositivos.

Para identificar os fatos dispositivos, o advogado tem de distinguir entre fatos necessários e fatos suficientes. Fatos necessários são aqueles que *precisam* estar presentes para que o elemento seja satisfeito. Se um fato necessário não estiver presente, o elemento não pode ser satisfeito e a norma não se aplica. Portanto, a ausência de um fato necessário significa que o elemento não foi satisfeito. A presença de um fato necessário, por outro lado, não significa que o elemento *foi* satisfeito. O fato pode ser necessário, mas não suficiente para estabelecer o elemento.

Por exemplo, se um objeto só for considerado veículo motorizado quando tiver motor e puder conduzir passageiros, então a presença de um motor é fato necessário, porém não suficiente: o objeto precisa também ser capaz de conduzir passageiros.

Fatos suficientes são aqueles cuja presença estabelece o elemento, mas não precisam estar presentes para que o elemento seja satisfeito. Se um fato suficiente estiver presente, o elemento foi satisfeito. Ao mesmo tempo, sua ausência não implica que o elemento não foi satisfeito, pois outros fatos suficientes podem estar presentes. O fato é suficiente para estabelecer o elemento; não é, contudo, necessário.

A discussão que se segue estabelece uma distinção entre o considerando e o *dictum*. O considerando é, essencialmente, a decisão do caso, ao passo que o *dictum* consiste em constatações da corte que não são estritamente necessárias para a decisão e não valerão para casos futuros. Em sentido técnico, nenhuma corte poderá considerar que determinado fato é necessário para o resultado. Considerar que o fato é necessário significa considerar, na realidade, que nas situações em que o fato não estiver presente o resultado será outro. Mas tais situações não estão sendo no momento apreciadas, de modo que a constatação relativa aos resultados que possam ocorrer na ausência do fato é o *dictum*. Por isso uma corte, em sentido estrito, pode considerar apenas que um fato é suficiente para o resultado, mas não que é necessário. Todavia, esse ponto apresenta pouca importância porque o *dictum*, com freqüência, *é* acatado em casos subseqüentes e, assim, o fato será visto como necessário.

6. Considerando

A decisão da corte com respeito à questão apresentada chama-se considerando. É a parte mais importante da decisão. Em alguns casos, a corte o enuncia com a expressão "considerando que"; em outros, deixa que o advogado o identifique.

Os mesmos problemas que envolvem a identificação de normas podem existir, em igual ou maior medida, na identificação do considerando. Quando a corte não o enuncia claramente, o advogado precisa construí-lo a partir de constatações dispersas. Esse processo pode ser inconclusivo, lançando os advogados no desacordo quanto ao que realmente se pretendeu; mas permite também ao advogado articular o considerando nos termos mais favoráveis a seu cliente.

7. Disposição

Finalmente, o parecer contém a disposição. Esta é, essencialmente, uma diretiva processual que atribui efeito à decisão da corte. Em sua forma típica, a disposição confirma ou rejeita a sentença. Em alguns casos, além de rejeitar a sentença da instância inferior, a corte de apelação devolve-lhe o caso para procedimentos adicionais, como um novo julgamento. Embora a disposição seja crucial para as partes envolvidas, tem relativamente pouco interesse para o advogado que analisa o caso com a finalidade de identificar o direito aplicável a futuras situações.

B. Uma introdução à stare decisis

Se as leis se impõem às cortes em virtude da doutrina da supremacia do Legislativo, a decisão jurisprudencial se lhes impõe em consonância com a doutrina da *stare decisis*. A expressão é a forma abreviada da frase latina *stare decisis et non quieta movere*, "respeitar a decisão e não bulir no que foi firmado". Segundo essa doutrina, espera-se que a corte decida casos "iguais" da mesma maneira. Ou seja, a decisão de um caso se aplicará a todos os casos iguais que ocorrerem no futuro.

O princípio da *stare decisis* não é uma norma rígida. Havendo justificativa suficiente, a corte pode ignorar o caso anterior, decidindo um caso semelhante de modo diferente. No entanto, a *stare decisis* presume fortemente que os casos anteriores sejam seguidos[3].

---

3. As decisões jurisprudenciais geralmente têm força apenas em sua jurisdição, a menos que a corte de outra jurisdição aplique a lei da primeira. Assim, por exemplo, as decisões das cortes estaduais de Massachusetts não vigoram nas cortes

Dessa forma, a *stare decisis* é tanto uma fonte de certeza quanto de flexibilidade no direito. Os novos casos devem geralmente ser decididos como o foram os casos antigos, assim se promovendo a certeza. Ao mesmo tempo, não sendo uma norma rígida, a *stare decisis* permite a mudança quando as políticas subjacentes pareçam exigi-lo[4]. A *stare decisis* promove ainda a justiça e a eficiência. Promove a justiça ao postular que casos iguais sejam decididos de maneira igual, o que resulta na isonomia do direito. Promove a eficiência evitando a necessidade de renovar o litígio toda vez que ele surge.

A doutrina da *stare decisis* é qualificada pela distinção entre considerando e *dictum*. O *dictum* é uma constatação da corte não estritamente necessária para a decisão do caso a ela submetido. A palavra *dictum* é a forma abreviada da frase latina *obiter dictum*, que pode ser livremente traduzida por "dito casual".

Pela doutrina da *stare decisis*, somente o considerando é vinculante; o *dictum*, não. O *dictum* revela a política da corte e dá pistas de como ela se comportará em futuros casos. E, excetuando-se mudanças nas circunstâncias e na composição da corte, pode ser acatado em casos subseqüentes. Contudo, não precisa sê-lo, ao contrário do considerando (a menos que

---

estaduais da Califórnia, exceto se a Califórnia resolver aplicar a lei de Massachusetts. (A situação em que um Estado pode aplicar a lei de outro é discutida no Capítulo 5.)

Além disso, as decisões só são imperativas numa corte se foram tomadas por ela ou por instância superior. Portanto, a corte federal de apelação tem de acatar suas próprias decisões ou as da Suprema Corte dos Estados Unidos, mas não é cerceada pelas decisões das cortes distritais federais.

Uma corte pode revogar suas próprias decisões quando houver justificativa suficiente. Mas nunca as decisões de uma corte superior. Quando uma corte inferior acredita que a decisão de uma corte superior não mais será seguida por esta, ocasionalmente resolve não se basear nela, o que deixa a corte superior na contingência de desprezar a decisão anterior ou inverter a sentença da primeira instância.

Mesmo as decisões não-imperativas conservam certa autoridade de persuasão, ou seja, a corte as examinará para orientar-se, mas será livre para chegar a uma conclusão diferente.

4. As circunstâncias em que as cortes costumam alterar a jurisprudência são discutidas no Capítulo 5.

haja justificativa suficiente para ignorar a doutrina da *stare decisis*).

Por essa razão, o considerando representa a parte mais importante do parecer judicial. É a única parte que, estritamente falando, se tornará imperativa em casos futuros. Acima de tudo, a análise de decisões jurisprudenciais deve resultar na identificação do considerando. O mais é secundário.

A afirmação de que o considerando é de importância primária parece estranhamente em contradição com a ênfase que, em páginas anteriores, pusemos nas normas de direito. Não há, porém, contradição alguma, pois um considerando é essencialmente uma norma de direito estabelecida em um nível mais baixo de generalidade; é, em suma, uma norma de direito repensada nos termos dos fatos de um caso particular.

Por exemplo, uma decisão pode estabelecer a norma de direito segundo a qual o indivíduo que deixa de cuidar razoavelmente de sua própria segurança é culpado de negligência concorrente[5]. A decisão pode prosseguir considerando que a pessoa que deixa de olhar para as duas direções antes de atravessar uma via férrea é culpada de negligência concorrente. O predicado factual na norma é a falha em cuidar razoavelmente da própria segurança física, ao passo que o predicado factual no considerando é a omissão em olhar para as duas direções. Essa omissão é apenas uma instância específica da falha em cuidar razoavelmente da própria segurança. O considerando é apenas uma instância específica da norma de direito mais geral.

Na verdade, em casos posteriores as cortes talvez nem mesmo distingam entre uma norma de direito e um considerando originado de caso anterior. Por exemplo, uma constatação de norma de direito que constituía *dictum* em caso anterior

---

5. A culpa de negligência concorrente é a negligência da parte lesada. A norma tradicional, hoje alterada em quase todas as jurisdições, era que a parte cuja lesão pudesse ser parcialmente atribuída à sua própria negligência não faria jus a indenização da outra parte cuja negligência também fosse em parte responsável pela lesão. Quer dizer, a culpa de negligência concorrente da parte lesada inviabilizava a indenização.

pode ser caracterizada em casos posteriores como considerando, a fim de lhe dar mais peso.

A distinção entre considerando e *dictum*, como a doutrina da *stare decisis* que ela qualifica, promove ao mesmo tempo a certeza e a flexibilidade no direito. Estabelecendo normas gerais no *dictum*, a corte mostra como pretende decidir casos futuros que sejam de algum modo análogos ao que ora examina, promovendo assim a certeza. Ao mesmo tempo, porém, como o *dictum* não é vinculante, a corte sempre poderá recusar-se a acatá-lo sem por isso revogar um caso anterior, promovendo assim a flexibilidade.

A distinção entre considerando e *dictum* também aprimora a qualidade do processo decisório judicial. Assuntos relativamente desnecessários para a solução de um caso podem não ter sido bem pesquisados ou apresentados pelas partes em litígio, de sorte que talvez a corte não os haja ponderado cuidadosamente. Uma norma ampla que parece promover a política governamental na situação submetida à corte pode ser contraproducente em outras situações não contempladas pela corte quando articulou a norma. Sendo a norma apenas um *dictum*, a corte tem a faculdade de desprezá-la em casos subseqüentes sem parecer ter abandonado o princípio da *stare decisis*. Desse modo, evitam-se as conseqüências potencialmente adversas de uma norma mal-examinada.

As razões que levam a corte a não acatar o *dictum* serão estudadas no Capítulo 5. Em geral, os argumentos utilizados para evitar a aplicação do *dictum* são idênticos aos utilizados para revogar uma decisão anterior. Mas há uma diferença: como o *dictum* não é vinculante, persuade-se mais facilmente a corte a desprezar o *dictum* do que a revogar um considerando.

A teoria da *stare decisis* repousa num paradoxo. Por um lado, a corte tem o poder de decidir apenas a disputa a ela submetida, e as normas que enuncia só serão imperativas em casos idênticos. Por outro, deixa-se às cortes que decidirão casos futuros a tarefa de determinar se tais casos se parecem com o original e, portanto, se o caso original deve ser seguido. Eis, pois, o paradoxo: o caso original impõe-se à corte, mas só se ela decidir que ele se impõe.

Muitos advogados, notando o paradoxo, concluem que a "common law" não é um conjunto fixo de normas e sim um processo. Trata-se de um processo pelo qual casos posteriores são decididos de um modo aparentemente consistente com casos anteriores, embora o verdadeiro significado destes últimos só se torne patente depois que os casos posteriores são decididos. Constantemente decidindo quais os casos similares e quais os dissimilares, as cortes de fato vão moldando o conteúdo das normas previamente enunciadas. As normas são definidas à medida que são aplicadas e o direito está em perpétuo estado de evolução, explicação e elaboração.

III. ANÁLISE DE DIREITOS E DEVERES

Para identificar as normas de direito, sejam oriundas de decisões jurisprudenciais ou de leis promulgadas, o advogado deve ter o cuidado de caracterizar corretamente o direito ou obrigação criado. Nesta última seção, alguns dos aspectos mais importantes de um direito ou obrigação são explicados.

A. O significado de direito e obrigação

De início, direitos e obrigações têm de ser entendidos como tipos de vínculos jurídicos entre pessoas ou entidades. Às vezes o direito utiliza outros termos além de direito e obrigação para identificar um vínculo jurídico: poder, responsabilidade, privilégio e imunidade.

Alguns juristas tentaram dar a cada um desses termos um significado específico para distingui-los uns dos outros[6]. A imunidade, por exemplo, seria um vínculo jurídico que isenta uma pessoa ou entidade de determinado poder, responsabili-

---

6. Ver, por exemplo, Hohfeld, *Some Fundamental Legal Conceptions as Applied in Judicial Reasoning*, 23 YALE L.J. 16 (1913); Hohfeld, *Fundamental Legal Conceptions as Applied in Judicial Reasoning*, 26 YALE L.J. 710 (1917).

dade ou obrigação. Assim, a soberana imunidade isenta o Estado do poder de uma corte. Esses esforços em prol da precisão terminológica, porém, nunca encontraram aceitação geral e duradoura.

Na prática, a maioria dos advogados emprega os termos "direito" e "obrigação" num sentido suficientemente amplo para abranger quase todos os vínculos jurídicos. "Obrigação" refere-se geralmente a um vínculo jurídico que obriga o indivíduo a praticar determinada ação, como a obrigação de tomar cuidado razoável ao executar uma intervenção cirúrgica. "Direito" costuma ser empregado de duas maneiras. Em primeiro lugar, refere-se a um vínculo jurídico que habilita o indivíduo ou entidade a agir, como o direito de votar nas eleições. Em segundo, alude a um vínculo jurídico que capacita a pessoa ou entidade a exigir, como o direito a pagamento de indenização.

A discussão, neste livro, segue a prática comum de utilizar os termos obrigação e direito num sentido amplo, referindo-se aos vínculos jurídicos de um modo geral. Ocasionalmente, quando o uso consagrou outro termo, como no caso da prerrogativa dos advogados*, esse outro termo será empregado.

Os termos direito e obrigação podem muitas vezes ser usados para descrever exatamente o mesmo vínculo jurídico, segundo o ponto de vista das pessoas envolvidas na relação. Por exemplo, o advogado dirá que um médico negligente tem a obrigação de pagar indenização a um paciente lesado e que o paciente tem o direito de exigir indenização do médico. Ambos têm o mesmo vínculo, que pode ser descrito do ponto de vista do paciente como um direito e do ponto de vista do médico como uma obrigação.

Os termos direito e obrigação também podem ser empregados como referência coletiva a diversos direitos e obrigações mais específicos. Assim, o direito de propriedade de um fazendeiro alude, coletivamente, a certo número de direitos como o de excluir alguns indivíduos de sua terra e o de franqueá-la a outros.

---

* No original, *attorney-client privilege*. (N. do R. T.)

B. Três características dos direitos e obrigações

Para descrever um direito ou obrigação, o advogado precisa identificar três características do vínculo jurídico. Vamos discuti-las separadamente.

Primeiro, o advogado identificará as pessoas que mantêm o vínculo. Suponhamos que o paciente tem direito a receber indenização do médico. Esse direito cria um vínculo jurídico unicamente entre essas duas pessoas. Não o criará entre o paciente e o tio do médico que mora em Louisville.

O vínculo jurídico pode existir entre mais de duas pessoas. Na verdade, alguns direitos criam vínculo jurídico entre um indivíduo e o resto do mundo. Diz-se geralmente, por exemplo, que o titular de propriedade real tem o direito de excluir dela todas as pessoas do mundo. Os direitos contra todas as pessoas são conhecidos como direitos *in rem*. Os existentes apenas contra indivíduos específicos são conhecidos como direitos *in personam*.

A segunda característica do vínculo jurídico que o advogado precisa identificar é sua matéria, ou seja, o tipo de conduta regido pelo direito ou obrigação. Por exemplo, a obrigação de pagar indenização exige que uma pessoa pague outra em dinheiro. O direito de excluir os outros da terra pode permitir ao proprietário construir uma cerca, mas não instalar minas à volta do perímetro. Cada um desses direitos ou obrigações exige ou permite apenas certos tipos de conduta.

A terceira característica que o advogado tem de identificar é a natureza do vínculo, para saber se esse vínculo é imperativo ou permissivo. Portanto, o advogado deverá examinar cautelosamente se o vínculo jurídico *exige* ou apenas *permite* determinada conduta[7]. Por exemplo, o direito de excluir os ou-

---

7. Haveria talvez uma terceira possibilidade: que o vínculo fosse *proibitivo*, ou seja, proibisse determinada conduta por parte de determinadas pessoas. Mas proibições e exigências podem ser consideradas apenas maneiras diferentes de articular o mesmo vínculo. Tanto faz dizer, por exemplo, que se exige que Michelle vá à escola ou se proíbe que ela deixe de ir. Para simplificar as coisas, o texto não distingue entre exigências e proibições, a elas se referindo coletivamente como "exigências".

tros da terra permite que o proprietário construa uma cerca, mas não lhe exige isso.

C. O significado das três características

Como ficou demonstrado, o raciocínio jurídico é o processo de utilizar normas para extrair conclusões sobre a existência de certos direitos ou obrigações em uma dada situação. Mais especificamente, o advogado precisa concluir se o direito ou obrigação descrito na conseqüência legal de uma norma também se aplica à situação em exame. Aplicando uma norma aos fatos, o advogado procurará assegurar-se de que o direito ou obrigação existente na situação tenha as mesmas características do direito ou obrigação descrito na norma regente.

Digamos, voltando ao exemplo da Introdução, que o advogado conclua que o repórter tem a obrigação contratual de não publicar o nome do informante. Ao analisar as normas que descrevem as conseqüências legais da quebra de contrato, ele terá de precisar se o direito do promissário, tal qual descrito nas normas, é o cumprimento da promessa ou a indenização por quebra de contrato. Isso determinará, por sua vez, se o direito do informante é obter uma ordem judicial proibindo a publicação de seu nome ou apenas receber indenização depois que ele já foi publicado. A incapacidade de precisar essa questão pode levar a uma conclusão errônea, como a de que a promessa do repórter conferia ao informante o direito de sustar a publicação, quando só lhe conferia o de ser indenizado na eventualidade da publicação.

Uma fonte de dificuldades é que as referências a um direito – direito de propriedade, direito à privacidade, direito de livre expressão – podem significar coisas diversas em contextos diversos. Em cada contexto, o termo poderá apresentar características ligeiramente diferentes. Acontece mesmo que, ao reconhecer a existência de um direito ou obrigação, a própria corte não determine com exatidão as características desse direito ou obrigação.

Outra fonte de dificuldade é os advogados manipularem o nível de generalidade em que uma norma jurisprudencial foi exarada. Agindo assim, eles alteram as características do direito ou obrigação descrito na conseqüência legal da norma. O direito ou obrigação encontrado na situação em exame possui assim características diferentes das descritas na norma regente.

Como se vê, em alguns casos o advogado, ao aplicar uma norma a uma situação, pode, deliberadamente, modificar uma ou mais características do direito ou obrigação descrito na norma regente a fim de alterar o resultado que essa norma parece preceituar. Por exemplo, o advogado poderá encontrar uma norma segundo a qual o proprietário tem o direito de *construir* uma cerca à volta de sua terra para excluir os outros, mas a manipulará de modo a generalizar esse direito como o de *excluir* os outros da propriedade. Alegará então que o cliente tem o direito de instalar minas à volta do perímetro. Manipulando os níveis de generalidade, o advogado tenta transformar o direito de construir uma cerca no direito de instalar minas.

Capítulo 3
Síntese do direito

O terceiro passo no raciocínio jurídico consiste em sintetizar as normas de direito num quadro único e coerente que possa ser aplicado aos fatos. Para tanto, o advogado deve determinar a relação entre as normas.

Além disso, o raciocínio jurídico exige às vezes que o advogado construa um segundo tipo de síntese, um pouco diferente: a síntese de uma única norma a partir de diversos considerandos, a fim de contemplar uma situação que não se enquadra em nenhuma norma ou considerando anterior. Portanto, nesse segundo tipo de síntese, o resultado não é um quadro de normas mas uma norma só. Obviamente, uma vez construída, a norma se integra ao quadro geral das normas.

O capítulo discute ambos os tipos de síntese. Na Seção I, descrevem-se as técnicas para organizar as normas num quadro. Na Seção II, discutem-se as maneiras pelas quais um advogado pode sintetizar uma nova norma a ser inserida no quadro.

I. SÍNTESE DE NORMAS: DA GERAL À ESPECÍFICA

Sintetizar as normas num quadro coerente significa, com efeito, que o advogado cria um esboço das normas aplicáveis, com as normas mais específicas sob as mais gerais. Na medida em que sua análise de leis e decisões jurisprudenciais identificou as políticas subjacentes às normas, o advogado deve incluí-las também na síntese[1].

---

1. A análise, síntese e aplicação das políticas são discutidas pormenorizadamente no Capítulo 7.

Como se verá no Capítulo 5, nem todas as normas são aplicadas da mesma maneira. Assim, ao sintetizar as normas, o advogado deve anotar a fonte da norma e, se ela derivou da jurisprudência, determinar se se trata de um considerando.

A. O princípio organizador básico

No raciocínio jurídico, o princípio organizador básico é ir do geral ao específico. Por isso, o advogado quase sempre começa pelas normas gerais de direito, que conduzem a pesquisa às mais específicas; em seguida, podem elas ser aplicadas a fatos particulares a fim de gerar uma conclusão.

De igual modo, ao construir uma síntese, o advogado parte do geral para o específico na busca das normas gerais sob as quais as mais específicas possam ser dispostas, e isso na forma de esboço. As regras mais específicas podem ser consideradas "subnormas" das mais gerais.

O processo de hierarquização é conduzido determinando-se o tipo de relação entre as normas. A relação entre as normas, por sua vez, determina a posição de cada norma na síntese ou esboço.

B. Relações entre as normas

Quase sempre, duas normas apresentam apenas uma de algumas poucas relações possíveis entre elas. Descrevem-se nesta subseção diversas relações possíveis[2].

1. Normas que definem uma norma mais geral

Em primeiro lugar, uma norma pode definir um elemento de outra norma. Por exemplo, uma norma descoberta numa

---

2. A terminologia usada na descrição das relações é minha. Muito pouca coisa se escreveu sobre a maneira de desempenhar a tarefa de organizar normas de acordo com suas relações mútuas, por isso não existe uma terminologia amplamente aceita para essas relações.

primeira decisão estabelece que aquele que intencionalmente tocar alguém de maneira ofensiva é responsável por agressão. Outra norma, encontrada numa segunda decisão, declara que o toque é ofensivo quando a pessoa em são juízo assim o considerar naquela circunstância. Nesse exemplo, a segunda norma define um elemento – o elemento de agressão – da primeira norma. A segunda norma é mais específica que a primeira e deve ser classificada como sua subnorma. Outras decisões podem ter gerado normas definidoras de outros elementos de uma agressão, e também elas serão classificadas sob a mais geral, criando responsabilidade para um processo de agressão.

Quando a norma geral é de natureza legislativa, as normas mais específicas que definem seus elementos provavelmente incluirão normas tanto legislativas quanto jurisprudenciais. Ao promulgar uma lei, a legislatura comumente promulga também seções específicas cuja única função é definir os elementos de uma norma estatutária. Muitas leis incluem uma seção explicitamente denominada "definições". Se o legislativo deixa de definir um elemento da lei, as cortes podem ver-se obrigadas a criar normas de jurisprudência que definam o elemento a fim de aplicar a lei a disputas particulares. Sucede ainda que a legislatura promulgue uma definição, mas essa definição não seja clara. Nesse caso, as cortes têm de criar, do mesmo modo, normas jurisprudenciais para definir os elementos da definição. Seja como for, os elementos das normas legais são geralmente definidos por uma mescla de leis e decisões de jurisprudência.

Quando a norma geral é uma norma jurisprudencial, o advogado freqüentemente descobre que as normas mais específicas, definidoras da norma geral, baseiam-se apenas na jurisprudência. Não é comum encontrar leis elaboradas para definir elementos de normas jurisprudenciais. As definições legais são aprovadas quase exclusivamente com o propósito de definir elementos de normas legislativas.

2. Normas que aplicam uma norma mais geral

Em segundo lugar, uma norma pode servir como aplicação de outra norma. Ou seja, uma norma pode estabelecer o modo pelo qual uma norma mais geral se aplica a determinada situação.

Uma decisão pode enunciar, por exemplo, que o médico que procede a uma cirurgia sem consentimento é responsável por agressão. Essa norma nada mais é que a aplicação específica da norma já descrita, que cria responsabilidade para o processo de agressão. A norma que impõe responsabilidade ao médico é mais específica que a primeira, a qual impunha responsabilidade a qualquer pessoa nos casos de agressão; deve, portanto, ser classificada como subnorma da primeira.

A norma específica que aplica a norma mais geral a conjuntos particulares de fatos pode ser, tecnicamente, um considerando de decisão jurisprudencial. Como vimos, os considerandos muitas vezes não passam de aplicações particularizadas das normas. Por motivos que serão explicados no Capítulo 5, o fato de uma determinada norma ser o considerando de uma decisão jurisprudencial e não um *dictum* deve ser levado em conta pelo advogado, o que, entretanto, não afetará o posicionamento da norma na síntese.

A norma específica que aplica a norma mais geral pode ainda esclarecer a definição dos elementos: a norma que responsabiliza o médico por agressão na verdade considera a intervenção cirúrgica como um exemplo do que significa um toque ofensivo.

Seja a norma geral estatutária ou jurisprudencial, a norma específica aplicável é usualmente criada por jurisprudência. Com efeito, o principal papel das cortes é aplicar leis ou decisões jurisprudenciais a situações particulares.

Não é comum que uma norma estatutária sirva como aplicação específica de uma norma estatutária ou jurisprudencial mais geral. Como explicamos no Capítulo 1, as legislaturas procuram aprovar leis que operem num nível superior de generalidade, quase nunca os que sejam apenas aplicações mais específicas de outra lei já em vigor.

Recordando, no entanto, que a palavra "lei" está sendo usada aqui em sentido amplo para referir-se a toda legislação, o leitor deverá observar que, às vezes, uma legislação é na verdade a aplicação de outra legislação. Isso talvez suceda com mais freqüência nas situações em que um departamento administrativo emite regulamentos para implementar uma lei. Alguns regulamentos administrativos podem não ser mais que a aplicação de uma lei a situações concretas específicas.

3. Normas que limitam uma norma mais geral

Em terceiro lugar, uma norma pode limitar o alcance de outra norma, quer dizer, pode especificar situações em que a outra não se aplique.

Por exemplo, uma decisão estabelece a norma segundo a qual quem usar de força moderada como autodefesa contra agressão física iminente não é responsável por agressão. À primeira vista, essa norma concernente à autodefesa parece contradizer a norma geral que contempla a responsabilidade por agressão. E, em certo sentido, há de fato contradição, mas unicamente num determinado conjunto de circunstâncias: aquele em que a força se faz necessária para a autodefesa. Dado que a norma da autodefesa descreve as circunstâncias sob as quais ela prevalece sobre a norma geral, a contradição pode ser solucionada encarando-se a norma da autodefesa como simples limitação ou exceção da norma geral.

A norma que cria uma exceção a outra norma ou a limita é, obviamente, mais específica que ela. Assim, a norma restritiva deve ser classificada como subnorma da norma mais geral.

Quando duas normas se contradizem, surge às vezes a questão de saber qual é a geral e qual a exceção. A norma geral, sem dúvida, é simplesmente a que se aplica a um espectro mais amplo de circunstâncias.

Freqüentemente, a norma que constitui a exceção é patente entre as outras. Por exemplo, uma norma poderá declarar explicitamente que é uma exceção a uma norma mais geral. Mesmo que não o declare, sua excepcionalidade estará implícita porque ela define um conjunto relativamente exíguo de circunstâncias em que prevalece sobre outra, deixando claro que esta prevalece nas demais circunstâncias.

Às vezes, a questão de saber qual é a geral e qual é a exceção torna-se duvidosa. Além disso, a resposta poderá mudar com o tempo. Não é incomum, em direito, que uma exceção seja aplicada a um espectro cada vez mais amplo de circunstâncias, até que a suposta exceção passe a vigorar mais que a outrora considerada norma geral. No jargão dos advogados, essa é a situação em que "a exceção engole a regra". Por fim, a "exceção" fica sendo abertamente reconhecida como a nova norma geral.

Também as normas legais, é claro, podem declarar explicitamente qual é a norma geral e qual a exceção. Não bastasse isso, como a linguagem das leis é fixa, as normas legais estão menos sujeitas a gerar o fenômeno no qual a exceção cresce até engolir a regra.

Quando a norma geral é uma norma jurisprudencial, muitas das exceções também o são. Ocasionalmente, uma legislatura promulga uma lei destinada a modificar a "common law" em determinado ponto e essa lei acaba criando uma limitação à norma jurisprudencial.

Quando a norma geral é uma lei, as exceções quase sempre são normas legais. A doutrina da supremacia do Legislativo, descrita no Capítulo 1, proíbe as cortes de modificar leis por intermédio de decisões jurisprudenciais. Mas às vezes uma corte pode criar o que vem a ser uma limitação jurisprudencial à lei, desde que a limitação se concilie com a doutrina da supremacia do Legislativo.

Uma das maneiras de a corte permanecer em consonância com a supremacia do Legislativo enquanto limita uma lei por intermédio de uma decisão jurisprudencial é descobrir que essa limitação está implícita na linguagem da lei ou obedece à intenção subjacente do legislador. A teoria é que, assim fazendo, a corte não está passando por cima da legislatura, mas chegando ao resultado que o legislador almejaria caso houvesse previsto a situação.

Outra maneira de a corte permanecer em consonância com a supremacia do Legislativo enquanto limita uma lei por intermédio de uma decisão jurisprudencial é descobrir que essa lei se torna inconstitucional sem a limitação. Como observamos no Capítulo 1, a doutrina da revisão judicial, que dá às cortes o poder de determinar a constitucionalidade da legislação, constitui na prática uma exceção à supremacia do Legislativo.

4. Normas cumulativas

Em quarto lugar, duas normas podem ser cumulativas. Isto é, uma norma pode descrever um direito ou obrigação que não se encontre em outra. Ou ainda, descrever um conjunto de fatos diferente, que dará nascença à mesma obrigação ou direito.

Em qualquer dos casos, as duas normas não constituem alternativas mutuamente excludentes porque ambas podem ser aplicadas ao mesmo tempo. Já que direitos e obrigações são cumulativos, não existe contradição entre as duas normas, ou seja, uma não limita a outra.

Por exemplo, uma decisão estabelece a norma segundo a qual aquele que intencionalmente ameaçar outro de toque agressivo iminente pode ser responsabilizado por delito de tentativa de agressão. Essa norma define a responsabilidade – a responsabilidade por tentativa de agressão – cumulativa com a responsabilidade por agressão. Pode-se cometer uma tentativa de agressão sem se cometer uma agressão, ameaçando a vítima com uma ofensa física que não chega a se materializar. E pode-se cometer agressão sem se cometer uma tentativa de agressão, golpeando uma vítima adormecida. Finalmente, podem-se cometer os dois delitos provocando receio de lesão física e infligindo-a realmente. Essas normas são cumulativas porque uma pode ser aplicada aos fatos sem afetar a aplicabilidade da outra.

Quando duas regras criam direitos ou obrigações cumulativos, ocupam posições paralelas na síntese. Nenhuma é mais geral que a outra; portanto, nenhuma é subnorma da outra, mas existem no mesmo nível de generalidade.

As normas cumulativas podem ser de natureza estatutária ou jurisprudencial, ou uma combinação de ambas. Não é raro, por exemplo, uma "common law" que prescreve responsabilidade por determinada conduta existir lado a lado com normas legais que prescrevem responsabilidade pela mesma conduta. Isso acontece quando normas legais que prevêem a responsabilidade por práticas comerciais desleais ou enganosas existem cumulativamente com normas de "common law" que prevêem a responsabilidade por fraude.

5. Normas contraditórias

Em quinto lugar, uma norma pode contradizer outra. Isto é, uma norma pode declarar que um direito ou obrigação existe em determinadas circunstâncias, enquanto outra sustenta que nenhuma obrigação ou direito ali existe.

Eis, teoricamente, algo que não deveria ocorrer. Presume-se que o direito seja um conjunto de normas internamente consistente, de tal modo harmonizadas que só conduzam a um único resultado numa dada situação.

O raciocínio jurídico tradicional requer, pois, que a contradição entre as duas normas seja dissolvida. Há pelo menos três maneiras de dissolver uma contradição entre normas.

A primeira é declarar que uma das normas invalida a outra. Se as duas emanarem de fontes diferentes, os princípios constitucionais fornecerão uma base para subordinar uma à outra. Por exemplo, a norma federal geralmente prevalece sobre a norma estadual contrária[3].

Se as duas emanarem da mesma fonte, a mais recente geralmente desloca a mais antiga. Sendo ambas leis, essa solução é praticamente inevitável nos termos da interpretação legal, segundo a qual uma lei posterior prevalece sobre uma anterior, que seja inconsistente. Sendo ambas as normas jurisprudenciais, pode ser bem menos evidente que a decisão posterior invalida a anterior. Em alguns casos, a corte estabelece explicita-

---

3. Ver Capítulo 1.

mente que a decisão anterior é revogada; portanto, a contradição deixa de existir. Em outros, a decisão posterior repudia a tal ponto a anterior que, implicitamente, esta já não dita o direito; nesse caso, diz-se que a anterior foi revogada *sub silentio*, em silêncio. Mas em outras circunstâncias o efeito da mais recente sobre a mais antiga é menos claro.

Em virtude da doutrina da supremacia do Legislativo, as normas legais podem invalidar as jurisprudenciais, mas raramente o contrário acontece. A principal situação em que a norma jurisprudencial invalida a legal ocorre quando a corte declara a inconstitucionalidade da lei. Mas a norma jurisprudencial pode também invalidar de fato a estatutária se interpretá-la e aplicá-la de uma maneira aparentemente inconsistente com sua linguagem.

O segundo caminho para dissolver a contradição é considerar uma norma como limitação ou exceção de outra. Como vimos acima, essa explicação da relação entre as normas é especialmente plausível se uma norma, por seus próprios termos, aplicar-se apenas a um conjunto limitado de circunstâncias. Prevalecerá então a norma restritiva, mas nas demais circunstâncias a norma geral se aplicará. Essa forma de dissolver a contradição requer, pois, que as situações a que ambas as normas se aplicam sejam individuadas de algum modo, de preferência com base no respeito às políticas subjacentes.

O terceiro método não trata nenhuma das normas como norma geral, considerando-as, antes, aplicáveis a conjuntos de circunstâncias mutuamente excludentes. Aqui, com efeito, não há norma geral aplicável a todos os casos. Ao contrário, há duas normas complementares, cada qual aplicável a certas situações. Como no caso das normas cumulativas, essas normas mutuamente excludentes são paralelas entre si. Nenhuma é mais geral, nenhuma é subnorma da outra.

Por exemplo, o direito dos danos estabelece certos direitos que proprietários e ocupantes têm com relação às pessoas que penetram em suas terras. Em alguns Estados, a extensão da obrigação depende da classificação do recém-chegado: invasor, autorizado ou convidado. Outra norma estabelece a obrigação do proprietário para com cada uma dessas pessoas. Em suma, não existe nenhuma norma geral que defina as obrigações do proprietário para com os que estão em suas terras. Existem, isto sim, três normas complementares, cada qual aplicável a um conjunto particular de situações.

Essa solução exige também que o advogado articule uma distinção entre os tipos de situações a que as duas normas se aplicam. Novamente, a distinção deve atender às políticas subjacentes. A menor proteção garantida aos invasores, por exemplo, pode atender à política de proteção dos direitos de propriedade, desencorajando invasões.

Em alguns casos, não é clara a fronteira entre as situações regidas por duas normas conflitantes. Duas normas notoriamente inconsistentes são reconhecidas e já foram aplicadas a circunstâncias específicas; não se sabe, porém, qual delas se aplicará a uma situação nova até que esta ocorra.

Por exemplo, uma norma de natureza constitucional estabelece que o governo não pode condicionar o recebimento de um benefício à renúncia a um direito. Assim, não pode o governo exigir que todos os funcionários evitem, sob quaisquer circunstâncias, criticar o presidente porque isso condicionaria o recebimento de um benefício (um emprego público) à renúncia a um direito (o direito de livre expressão)[4]. Ao mesmo tempo, as cortes reconheceram também que o governo pode recusar-se a subvencionar pronunciamentos dos quais discorde. Assim, não permitirá concessão de financiamento público a uma clínica médica que tencionar promover o aborto como método de planejamento familiar[5].

As duas normas são claramente inconsistentes. Se a primeira norma fosse aplicada à segunda situação, conduziria exatamente ao resultado oposto. Ou seja, a corte consideraria que o governo não tem o direito de condicionar a doação de um benefício (financiamento à clínica) à renúncia a um direito (o di-

---

4. Ver, por exemplo, *Rankin* versus *McPherson*, 483 U.S. 378 (1987).
5. Ver, por exemplo, *Rust* versus *Sullivan*, 500 U.S. 173, 111 S.Ct. 1759 (1991).

reito de endossar o aborto). A despeito de sua inconsistência, ambas as normas integram o direito constitucional, embora não se saiba ao certo em que circunstâncias a corte aplicará a primeira ou a segunda.

C. Esboço da síntese

A síntese das normas que acabamos de descrever pode ser esboçada na forma que se segue. Determinando as relações entre as normas, o advogado assinala sua posição no esboço. As normas que definem, aplicam ou limitam uma norma mais geral agrupam-se sob essa norma mais geral. As normas cumulativas, por outro lado, ocupam a mesma posição relativa no esboço.

ESBOÇO

I. Agressão: norma que impõe responsabilidade por agressão

   A. Definição de elementos

      1. Definição de intenção
      2. Definição de toque
      3. Definição de ofensa
      4. Etc.

   B. Aplicações da norma

      1. Caso do cirurgião que opera sem consentimento
      2. Etc.

   C. Exceções

      1. Autodefesa
      2. Etc.

II. Tentativa de agressão: norma que impõe responsabilidade por tentativa de agressão

A. Definição de elementos
   1. Decisões que definem elementos individuais
   2. Etc.

B. Aplicações da norma
   1. Decisões que aplicam a norma
   2. Etc.

C. Exceções
   1. Decisões que criam exceções à norma
   2. Etc.

III. Proprietários e ocupantes de terra
   A. Norma que define responsabilidade para com convidados
      1. Definição de elementos
         a. Normas que definem os elementos da norma
         b. Etc.
      2. Aplicações da norma
         a. Decisões que aplicam a norma
         b. Etc.
      3. Exceções
         a. Decisões que criam exceções à norma
         b. Etc.

   B. Norma que define responsabilidade para com autorizados
      1. Definição de elementos
         a. Decisões que definem os elementos da norma
         b. Etc.
      2. Aplicações da norma
         a. Decisões que aplicam a norma
         b. Etc.
      3. Exceções
         a. Decisões que criam exceções à norma
         b. Etc.

C. Norma que define responsabilidade para com invasores
   1. Definição de elementos
      a. Decisões que definem os elementos da norma
      b. Etc.
   2. Aplicações da norma
      a. Decisões que aplicam a norma
      b. Etc.
   3. Exceções
      a. Decisões que criam exceções à norma
      b. Etc.

II. SÍNTESE DE UMA NORMA: DO ESPECÍFICO AO GERAL

Situações há em que o advogado precisa estabelecer a existência de uma norma ainda não reconhecida em termos explícitos. Talvez seu cliente esteja numa situação sem precedentes. Pode suceder, entretanto, que não seja uma situação sem precedentes e sim que as cortes, no passado, declinaram de impor direitos ou obrigações em casos similares.

O advogado pode encarar essas situações sintetizando uma nova norma baseada nos considerandos de decisões anteriores[6]. Na verdade, alguns dos mais destacados exemplos de erudição jurídica consistem na análise de diversos casos, seguida da conclusão de que esses casos estabeleceram uma norma geral ainda não reconhecida[7].

Nesta seção, explica-se o modo de preencher uma lacuna do direito pela síntese de uma nova norma. Depois que a nova norma for sintetizada, o advogado a inserirá no quadro mais abrangente discutido na seção anterior.

---

6. Outra forma importante de resolver uma disputa para a qual não exista norma obviamente aplicável é criar uma analogia entre a nova situação e uma situação anterior contemplada por normas. O uso de analogias para decidir processos é discutido no Capítulo 5.

7. Ver, por exemplo, Warren e Brandeis, *The Right of Privacy*, 4 HARV. L. REV. 193 (1890); Fuller e Perdue, *The Reliance Interest in Contract Damages*, 46 YALE L. J. 52, 373 (1936, 1937).

O advogado, nessa situação, provavelmente não admitirá que sintetizou uma nova norma, alegando, ao contrário, que já *existia* uma norma aplicável, embora ainda não reconhecida como tal. A norma será descrita como recém-descoberta e não como recém-inventada porque, se já existe, a corte tem de aplicá-la em consonância com a doutrina da *stare decisis*. Ou seja, uma norma existente é imperativa.

A segunda razão pela qual o advogado preferirá alegar que a norma foi descoberta e não inventada é que, para algumas cortes, a criação de novas normas de direito talvez não seja consistente com os princípios democráticos. A corte poderá relutar em adotar uma nova norma, mas de bom grado aplicará uma que supostamente já existe. Esse assunto será examinado no Capítulo 6.

A. O modelo básico

O advogado sintetiza a nova norma segundo um método similar ao processo lógico da indução[8]. A indução é um método de raciocínio que, em essência, procede do particular para o geral.

Por exemplo, após provar diversas espécies de uvas e descobrir que cada uma delas é doce, alguém induzirá que todas as uvas são doces. A indução produz um resultado provável, mas não certo. Não importa quantas uvas alguém prove, há sempre a possibilidade de que a próxima tenha gosto diferente de todas as outras.

---

8. Neste livro, discuto três processos lógicos diferentes: indução, dedução e analogia. Os dois últimos são tratados pormenorizadamente no Capítulo 5.

Em termos amplos, defino a indução como o processo de raciocínio que parte dos casos específicos para a norma geral. Por dedução, entendo o raciocínio que parte da norma geral para os casos específicos. E por analogia, entendo o processo de raciocínio que parte de um caso específico para outro caso específico.

Sei que alguns lógicos considerarão essas definições tecnicamente incorretas. Mas elas servem a meu propósito, que é demonstrar que os advogados raciocinam de três maneiras diferentes – às vezes usando casos específicos para criar uma norma geral, outras usando uma norma geral para decidir casos específicos e outras, ainda, usando um caso específico para decidir outro caso específico.

Mesmo assim, as cortes formulam normas de direito segundo um processo indutivo na forma. Se foi decidido certo número de casos em que se mostrou a existência de determinado direito ou obrigação, a corte concluirá que a mesma obrigação ou direito existe em todos os casos parecidos. Após estudar diversas instâncias particulares, a corte formula uma norma geral.

Digamos que várias cortes decidam impor aos proprietários de terras a obrigação de advertir os convidados sobre certas características do local como poços ocultos, areia movediça ou taludes instáveis. Ante o aumento das decisões, é possível concluir que elas estabelecem, coletivamente, a norma que exige do proprietário advertir os convidados sobre os riscos. Nessa situação, formula-se uma norma pelo processo indutivo. A norma, no entanto, será mais ampla que qualquer das decisões isoladas em que se baseou. Portanto, o todo se torna maior que a soma das partes.

Ao criar uma norma mais ampla que qualquer decisão anterior, a corte cria uma norma ampla o suficiente para aplicar-se ao novo caso. E o novo caso, em conseqüência, pode ser decidido pela aplicação da norma recém-sintetizada.

Como se viu, a indução não força uma determinada conclusão, apenas sugere que a conclusão é possível. Do mesmo modo, a corte não é forçada a acatar uma norma nova e mais abrangente. Assim como degustar umas poucas uvas não obriga a pessoa a concluir que todas as uvas têm o mesmo gosto, as decisões anteriores envolvendo alguns riscos específicos não obrigam a corte a concluir que outros riscos estão sujeitos à mesma norma. A corte poderá corretamente observar que os considerandos das decisões anteriores não contemplavam nada mais que areia movediça, poços ocultos e taludes instáveis, decidindo não estender os considerandos a outras situações.

Quanto mais decisões dessas o advogado encontrar, no entanto, mais probabilidade haverá de a corte acatar a existência de uma nova norma. As técnicas que o advogado utiliza para propor ou contestar o reconhecimento de uma nova norma serão examinadas mais adiante neste capítulo.

B. O problema da indeterminação

A premissa para o uso do raciocínio indutivo é terem sido identificados diversos itens similares a respeito dos quais se possa generalizar com segurança. Todavia, o advogado descobrirá que o processo de formular uma generalização não é mecânico. Ao contrário, é um processo que exige o exercício do julgamento e pode levar a mais de um resultado.

Ao sintetizar a norma, o advogado deve tomar ao menos duas decisões. Decidirá, em primeiro lugar, que fatos incluir no predicado factual, determinando assim o modo de caracterizar as decisões jurisprudenciais anteriores. Cada uma dessas decisões pode estar sujeita a múltiplas caracterizações, dependendo de que fatos desses casos o advogado queira enfatizar. Ao decidir como caracterizar as decisões incluídas na norma, ele com efeito estará escolhendo os elementos da norma.

Por exemplo, o advogado pode caracterizar as decisões relativas à areia movediça, ao poço oculto e ao talude instável como casos que envolvem condições anormais, uma vez que cada condição era anormal para aquela área. Ou então caracterizá-los como casos que envolvem riscos, pois cada condição era perigosa. Poderá ainda caracterizá-los como casos que envolvem riscos ocultos, com base na teoria de que nenhum dos riscos era óbvio ao observador casual. Ou os casos podem ser caracterizados como envolvendo riscos naturais, se não foram resultado da atividade humana. Finalmente, o advogado poderá escolher enfatizar a natureza especialmente grave dos riscos e caracterizar os casos como envolvendo riscos que ameaçam a vida.

Todas essas caracterizações podem ser igualmente corretas. Nenhuma delas é a "correta", que ao ser escolhida exclui as demais. O processo de caracterização dos fatos é indeterminado. O advogado só chegará a uma dada caracterização pelo exercício do julgamento.

A segunda decisão que o advogado deverá tomar é estabelecer o nível de generalidade no qual a nova norma deveria ser formulada. Isso significa resolver se as decisões jurisprudenciais anteriores devem ser descritas em termos amplos e gerais ou em termos estritos e específicos.

No caso do poço oculto, do talude instável e da areia movediça, por exemplo, ele terá de decidir em que nível de generalidade irá caracterizar as condições de terreno que geram a obrigação de advertir. Num dos extremos, serão caracterizadas como riscos. O advogado poderá concluir então que as diversas decisões identificadas pela pesquisa estabelecem uma norma geral segundo a qual o proprietário tem a obrigação de advertir os convidados a respeito de todos os riscos do terreno.

No outro extremo, o advogado poderia caracterizar as condições como integrantes de três categorias restritas: areias movediças, poços ocultos e taludes instáveis. Cada uma dessas categorias poderia ser caracterizada de modo ainda mais restrito, de sorte que, sob a caracterização da norma feita pelo advogado, o proprietário tenha a obrigação de advertir unicamente quanto a poços ocultos de certa profundidade, taludes instáveis de certo ângulo e lençóis de areia movediça de certa extensão.

Entre esses extremos, há uma série de normas possíveis em diferentes níveis de generalização. A expressão "riscos que ameaçam a vida", por exemplo, é mais específica que o termo "riscos".

Cada um desses níveis de generalidade pode proporcionar uma norma igualmente correta. Nenhum nível de generalidade é correto, excluindo os demais. A escolha do nível de generalidade em que se vai estabelecer a norma é indeterminada. Assim, a seleção de um nível de generalidade deve basear-se no exercício de julgamento. Diferentes advogados, generalizando a respeito de um mesmo conjunto de decisões, produzirão normas em diferentes níveis de generalidade.

Os julgamentos concernentes a quais fatos incluir no predicado factual e ao nível de generalidade em que se irá estabelecer a norma estão inter-relacionados. Quanto mais geral for a norma, menos numerosos serão os fatos a especificar. Por exemplo, quando a norma for formulada de modo a aplicar-se a todos os riscos, será irrelevante considerar se os riscos são naturais ou ameaçam a vida; portanto, não se especificará essa circunstância na norma. Em outras palavras, estabelecer a norma em um nível elevado de generalidade permite que o advogado eluda as diversas especificações a serem incluídas no predicado factual. O corolário disso, evidentemente, é que se o advogado resolver incluir vários fatos pormenorizados no predicado factual, a norma não poderá de modo algum ser estabelecida num nível elevado de generalidade.

C. Exame das políticas para lidar com a indeterminação

O advogado poderá tentar resolver a indeterminação presente na síntese de uma norma examinando as políticas subjacentes às decisões. Nesse caso, utilizará as políticas subjacentes como orientação para selecionar os fatos a serem incluídos no predicado factual da norma e para escolher o nível de generalização em que a estabelecerá. Como veremos, porém, o recurso às políticas subjacentes não soluciona inteiramente o problema da indeterminação.

A primeira medida que o advogado deve tomar é selecionar os fatos a incluir no predicado factual da norma. Para começar, algumas decisões anteriores podem ter especificado que determinados fatos eram determinantes. Por exemplo, a decisão a respeito do poço pode ter especificado que a obrigação de advertir fora imposta porque o poço constituía um risco oculto; ou seja, a decisão deixou claro que o considerando mediante o qual se impôs aquela obrigação baseava-se na presença de dois fatos: o fato de a condição ser arriscada e o fato de estar oculta.

Na medida em que as decisões anteriores não esclareçam quais foram os fatos determinantes, o advogado seleciona, para inclusão na norma recém-sintetizada, aqueles que se mostraram relevantes para a realização das políticas subjacentes. Se, digamos, a política foi meramente a de garantir a segurança pessoal, então o fato de as condições serem naturais provavelmente não importa, pois uma condição pode revelar-se perigosa sendo natural ou não. E talvez não importe também que as condições estivessem ocultas, pois mesmo um risco óbvio pode ameaçar a segurança. No entanto, se a política foi a de estimular as pessoas a serem responsáveis por sua própria segurança, o fato de as condições estarem ocultas se torna mais relevante. Em tais situações, a corte poderá negar indenização aos convidados que se puseram em perigo diante de uma ameaça óbvia.

A segunda medida que o advogado deve tomar é selecionar o nível de generalidade no qual estabelecerá os elementos da norma recém-sintetizada. Na prática, ele expõe os elementos em termos suficientemente gerais para abranger os fatos de qualquer decisão anterior a partir da qual a norma esteja sendo sintetizada. Assim, se desejar incluir os casos da areia movediça, do talude e do poço, um termo pelo menos tão geral quanto "risco" deve ser empregado. Qualquer outro termo mais estrito poderia excluir algumas decisões.

O advogado precisa também expor os elementos em termos suficientemente gerais para abranger o novo caso a que a norma será aplicada. Suponhamos, por exemplo, que o advogado conclua que, nas decisões anteriores, a areia movediça, o talude e o poço estavam de algum modo ocultos: nesse caso, o termo "risco oculto" incluiria todas as decisões anteriores. Seu cliente, no entanto, foi vítima de um risco que na verdade não estava oculto e que ele apenas, infelizmente, não notou. Se o advogado caracterizar os fatos dos casos anteriores como riscos ocultos, o próprio caso para o qual a norma estiver sendo formulada ficará excluído. Por isso, o advogado caracteriza os fatos dos casos anteriores em termos ainda mais gerais – talvez como "riscos" – a fim de incluir o caso em apreço.

Mas o advogado pode também preferir sintetizar a norma em termos mais amplos que os absolutamente necessários para incluir tanto os casos anteriores quanto o atual. Suponhamos, de passagem, que a expressão "risco oculto" abrangesse de fato todas as decisões que o advogado deseja incluir. Se "riscos ocultos" as inclui a todas, o mesmo acontecerá com o termo mais geral "riscos" e, mais ainda, com a expressão "condições potencialmente perigosas". O advogado terá de optar pelo emprego de uma dessas caracterizações mais gerais ou generalizar apenas na medida estritamente necessária para incluir o caso em questão.

Ao escolher o nível de generalidade, o advogado cuidará para não ir longe demais. Em outras palavras, não pode formular uma norma em termos tão amplos que cheguem a incluir novos casos que possam tornar inaplicável o exame das políticas subjacentes às decisões anteriores. Se a norma for excessivamente ampla, sua aplicação às vezes terá resultados indesejáveis.

Digamos que ao decidir sobre as questões da areia movediça, do poço e do talude as cortes buscassem um equilíbrio entre, de um lado, a indenização por lesão e, de outro, a promoção da segurança, recusando-se a indenizar os descuidados. Em cada um desses casos a corte declararia que, estando o risco oculto, a vítima não poderia ter evitado a lesão mesmo tomando os devidos cuidados. Assim, a política de promover a segurança não excluiu a imposição de responsabilidade ao proprietário.

O advogado que caracterizasse essas decisões como atribuição de responsabilidade para todos os "riscos" estaria talvez extrapolando, pois o exame das políticas, nas decisões anteriores, jamais se aplicaria a um caso em que o risco fosse óbvio. No caso de um risco óbvio, a vítima poderia evitar o dano tomando os devidos cuidados, de modo que o exame das políticas feito com relação aos casos anteriores não se aplicará. Nos casos em que o risco fosse óbvio, a política de promover a segurança poderia exigir que o querelante descuidado ficasse sem indenização, não se atribuindo responsabilidade ao proprietário.

Portanto, o advogado deve estabelecer a norma recém-sintetizada num nível de generalidade que inclua tanto os casos anteriores quanto o caso de seu cliente. Ao mesmo tempo, não deve a norma ser estabelecida num nível de generalidade tão elevado que englobe novos casos para os quais as políticas subjacentes às decisões anteriores exigiriam resultados diferentes.

Entre esses extremos, no entanto, o advogado quase sempre dispõe de algumas opções. Conseqüentemente, a referência às políticas subjacentes talvez não elimine por completo a indeterminação na síntese de uma nova norma.

D. Como utilizar, na qualidade de defensor, a síntese de normas

A discussão da seção anterior assumia implicitamente, até certo ponto, que ao sintetizar uma norma o advogado age como observador imparcial, em busca da "verdadeira" natureza da norma para explicar tanto os casos anteriores quanto o atual.

Todavia, o advogado empenhado em sintetizar uma nova norma está quase sempre atuando como um defensor, a fim de construir uma nova norma capaz de obter o resultado pretendido por seu cliente ou opor-se à criação dessa norma. Vejamos os movimentos táticos que o advogado, em qualquer dessas situações, poderá executar em apoio da posição de seu cliente.

1. Apoio à nova norma

Em primeiro lugar, o advogado que procura criar uma norma provavelmente deseja generalizar a partir do maior número de casos possível. Lembremo-nos de que ele talvez alegue que a norma em apreço não é uma norma nova, mas, ao contrário, uma norma bem-estabelecida que apenas ainda não foi articulada em termos explícitos. Quanto mais decisões tiverem reconhecido a norma, mais esta parecerá uma norma de direito bem-estabelecida que a corte deve aplicar e menos a corte achará que ela se aventurou em terreno novo.

Em segundo lugar, o advogado certamente desejará incluir no predicado factual da norma apenas os fatos que apresentarem equivalências óbvias com o caso atual. Isso às vezes é difícil porque a corte, em processo anterior, pode ter declarado explicitamente que determinado fato – por exemplo, de que o risco estava oculto – era determinante. Ora, se o fato era determinante no caso anterior a partir do qual a nova norma será sintetizada, então ele deverá com toda certeza ser incluído nessa nova norma.

Há pelo menos um argumento que o advogado poderá utilizar para excluir da nova norma o fato determinante: alegar que tal fato era condição suficiente, mas não necessária, para o resultado obtido no caso anterior. Assim, o fato não precisa ser um elemento da norma. Esse argumento é bastante fortalecido se o fato determinante esteve ausente de algumas decisões anteriores. Mas mesmo que tenha estado presente em todas, o advogado poderá sustentar que foi apenas um fato suficiente. Isso ele fará demonstrando que as políticas subjacentes à norma não lhe ditavam a presença. O advogado alegará, por exemplo, que a única política mencionada pela corte no processo anterior foi a proteção de pessoas contra lesões evitáveis e que essa política exigiria a imposição da obrigação de advertir se o perigo estava oculto ou não. O advogado estará alegando, na verdade, que o fato da ocultação não foi realmente necessário para o resultado e que quaisquer declarações sobre a necessidade do fato devem ser consideradas *dictum*. Além disso, como a política subjacente à norma não exige que o risco esteja oculto, o *dictum* anterior da corte, declarando que a condição oculta era necessária, não deveria ser acatado[9].

Em terceiro lugar, o advogado provavelmente desejará formular a norma nos termos mais gerais possíveis, mas sem extrapolar. Uma norma mais geral abrange mais decisões anteriores porque sua linguagem, menos restrita, obscurece as pequenas diferenças entre os casos, permitindo assim que maior número destes se incluam na norma. Como explicamos acima, quanto mais decisões houver que incluam a norma, mais a corte se disporá a aplicá-la ao novo caso. Ao mesmo tempo, quanto mais ampla for a norma, maior probabilidade terá de conter o caso atual do advogado.

2. Oposição à nova norma

O advogado que pretender opor-se ao reconhecimento de uma nova norma precisará também recorrer a uma série de movimentos táticos padronizados. Ele tentará, em primeiro lugar,

---

9. Como se viu no Capítulo 2, qualquer pronunciamento da corte estabelecendo que um fato é necessário a seu considerando pode, tecnicamente, ser tomado por um *dictum*. No entanto, aqui, a discussão sobre as políticas fornece uma base para pleitear não apenas que a decisão anterior não *precisa* ser acatada, mas também que não *deve* sê-lo.

restringir o número de decisões nas quais a norma generalizada puder basear-se. Isso se faz confinando as decisões anteriores a seus fatos. Ou seja, o advogado alegará que a decisão sobre a areia movediça só diz respeito a areias movediças, que a decisão sobre o poço oculto só diz respeito a poços ocultos e que a decisão sobre o talude instável só diz respeito a taludes instáveis. Dessa forma, tudo o que for além da areia, do poço e do talude não passará de *dictum* e não precisará ser acatado. Em suma, o argumento é que não existe norma geral, somente normas específicas, das quais nenhuma se aplica no momento. Esse argumento consiste, essencialmente, num apelo à relutância das cortes em fazer novas leis.

Em segundo lugar, o advogado procurará identificar fatos determinantes dos casos anteriores que não estejam presentes na situação atual, investigando, naqueles, tantos pormenores quantos possam ser encontrados e sustentando que todos eles eram necessários (e não apenas suficientes) para as decisões tomadas e que, portanto, deverão ser inseridos no predicado factual de toda norma recém-sintetizada. O advogado alegará, por exemplo, que a areia movediça, o poço e o talude são todos riscos para a vida naturais e ocultos e que, portanto, a norma deverá limitar-se aos riscos para a vida naturais e ocultos. Obviamente, a estratégia consiste em formular uma norma que exclua o caso presente.

Em terceiro lugar, o advogado tentará formular a norma nos termos mais estritos possíveis, novamente com o intuito de excluir o caso atual. Uma das maneiras de chegar a isso é restringir a caracterização dos fatos: um poço oculto será chamado de poço oculto, não de risco ou condição anormal. Para esse argumento mostrar-se eficaz, o advogado terá de estar preparado para explicar por que o exame das políticas subjacentes à norma não se aplica do mesmo modo quando a norma é formulada em termos mais gerais; ou seja, ele terá de explicar por que uma norma formulada em termos mais gerais extrapolaria.

Capítulo 4
Pesquisa dos fatos

O quarto passo no raciocínio jurídico é pesquisar os fatos a que o direito deve ser aplicado. Na realidade, seria enganoso afirmar que a pesquisa factual se segue ao processo de análise e síntese descrito nos capítulos anteriores. Conforme a Introdução deve ter esclarecido, o advogado não pode sequer iniciar o processo de raciocínio jurídico sem uma idéia geral das circunstâncias às quais o direito será aplicado. Portanto, uma investigação factual limitada constitui, na verdade, o primeiro passo no processo de raciocínio legal.

I. O PAPEL DA PESQUISA FACTUAL

Há um jogo constante entre a pesquisa factual e os outros passos do raciocínio jurídico. O advogado utiliza os fatos básicos, conhecidos no começo da investigação, para identificar as fontes prováveis do direito aplicável. Depois que as normas gerais potencialmente aplicáveis forem identificadas, ele talvez descubra que fatos adicionais são necessários para determinar a aplicabilidade das normas mais específicas que definem, aplicam ou limitam a norma geral. Assim, o advogado alterna constantemente entre a pesquisa legal e a pesquisa dos fatos, até que todas as normas plausivelmente aplicáveis tenham sido identificadas.

A certa altura, o advogado concluirá que as normas regentes foram identificadas e sintetizadas num quadro. E é nesse ponto que deverá completar a pesquisa factual para assegurar-se de que todos os fatos relevantes foram descobertos. Assim, o quarto passo na verdade não assinala tanto o começo quanto o fim de sua investigação factual.

As normas de direito identificadas pelo advogado modelam a pesquisa factual. Logo no início da pesquisa, ele concebe o processo como uma tentativa de, simplesmente, determinar o que aconteceu. À medida que a pesquisa legal prossegue, no entanto, o advogado vai adquirindo a noção das prováveis conseqüências jurídicas dos fatos que estão sendo pesquisados. Sem demora, começa a indagar não apenas o que aconteceu, mas se os elementos das normas foram atendidos.

Suponhamos que o cliente do advogado tenha se ferido quando estava na propriedade de outra pessoa. O advogado tenta determinar se o dono da terra tinha a obrigação de advertir o cliente quanto ao risco específico que lhe causou o ferimento. A pesquisa legal identifica uma norma segundo a qual o dono teria essa obrigação se o cliente fosse um convidado, mas não se fosse um invasor. Agora a pesquisa factual do advogado procura determinar se o cliente era um convidado. Se um detalhe factual não tornar mais ou menos provável que o cliente era um convidado, o advogado encarará esse fato como irrelevante para a investigação. Portanto, as normas de direito orientam a seleção dos fatos por parte do advogado.

As normas também modelam a caracterização dos fatos. O advogado não pode, com proveito, caracterizar os fatos de modo a parecerem intuitivamente apelativos: ao contrário, os fatos têm de ser caracterizados como comprobatórios de que os elementos foram ou não atendidos. Por isso, o advogado os caracterizará de modo a estabelecer se o cliente era ou não um convidado.

II. AS REGRAS DA INVESTIGAÇÃO FACTUAL

O direito possui suas próprias regras para a investigação factual. Para o cientista, um fato é aquilo que pode ser observado empiricamente. Para o advogado, numa causa, um fato é aquilo que pode ser provado diante de um júri ou juiz de fato. Embora o cientista possa achar altamente provável, em termos empíricos, que o acusado esteve presente na cena do crime, se o júri decidir de outro modo, o "fato", para fins de julgamento, será que ele ali não esteve.

Uma maneira de ter isso em mente é fazer a distinção entre indícios e fatos. Num julgamento, o indício é a informação empírica que o advogado apresenta ao júri[1]. O fato é aquilo que o júri considera verdadeiro, podendo ou não ser inteiramente consistente com boa parte dos indícios.

Os fatos encontrados pelo júri podem diferir da evidência aduzida pelo advogado por pelo menos duas razões. Primeira, o direito dos indícios pode excluir do julgamento algumas informações de que dispõe o advogado, quando então o júri saberá menos a respeito da situação do cliente que o advogado[2]. Segunda, mesmo se presumindo que todo indício disponível seja admitido no julgamento, esse indício é muitas vezes incompleto ou contraditório, de sorte que a busca dos fatos exigirá certo grau de inferência e tirocínio, podendo haver aí divergências de opinião. No presente capítulo, discutimos cada um desses problemas separadamente.

A. O problema do direito dos indícios

O direito dos indícios prescreve regras que norteiam a investigação factual numa corte de justiça[3]. O advogado empe-

---

1. Embora, como explicamos no Capítulo 1, em muitos julgamentos o júri não seja convocado e o juiz decida sozinho todas as questões factuais, para fins de simplificação referimo-nos, no resto do capítulo, apenas aos processos de apresentação de indícios ao júri. No entanto, salvo indicação contrária, a discussão se aplica igualmente à apresentação de indícios a um juiz de fato.

2. Sem dúvida, é o juiz quem decide se um indício será admitido ou não no julgamento. Quando um juiz de fato declara que um indício é inadmissível, obviamente deve ter tomado conhecimento do indício e concluído por sua inadmissibilidade; contudo, pelo menos em teoria, ele pode descartar qualquer indício que achar inadmissível.

3. Existe pelo menos um outro corpo de leis disponível, afora os indícios, que regula a investigação factual. As normas processuais que regem os litígios cri-

nhado no raciocínio jurídico pode presumir que um fato é verdadeiro apenas quando o fato puder ser provado na corte mediante indícios admissíveis. Como quaisquer outras regras, as dos indícios podem levar a injustiças numa determinada causa, mas elas existem porque se supõe que, de um modo geral, resultam em uma apuração dos fatos mais acurada na maioria dos casos, produzindo portanto mais justiça nos julgamentos[4]. A apresentação de alguns princípios fundamentais do direito dos indícios ilustra o tipo de restrições que o direito impõe ao uso da informação nas cortes.

1. Tipos de indícios admissíveis

Em geral, permite-se ao júri considerar dois tipos de indícios: o testemunho oral sob juramento perante a corte e objetos físicos, como um documento, uma fotografia ou uma faca. Todos os indícios precisam ser autenticados. Se o indício for sob forma de testemunho, o declarante autentica seu testemunho jurando dizer a verdade e em seguida identificando-se. Se o indício for um objeto físico, é geralmente necessário que uma testemunha sob juramento identifique esse objeto. Assim, o júri fica sabendo que todo indício é mesmo aquilo que pretende

---

minais e civis contêm, tipicamente, normas de descoberta. De acordo com essas normas de descoberta, cada uma das partes pode obrigar a outra a produzir certos tipos de informação. Essas normas, é claro, só são úteis para a investigação factual depois que o cliente abriu processo.

Além disso, o fato de o advogado ter obtido a informação por intermédio de descoberta não significa que ela seja admissível. Todo item de informação obtido será aceito no julgamento apenas se for admissível conforme as normas dos indícios.

Embora, em teoria, o advogado possa ter investigado os fatos antes do litígio, para determinar os direitos e obrigações do cliente, o processo de descoberta fornece tantas informações de outro modo indisponíveis que, ao final da descoberta, os fatos podem parecer muito diferentes do que eram antes do início do litígio. Não bastasse isso, o advogado pode tomar conhecimento de muitos outros fatos no decorrer do processo. Uma vez que a informação disponível se modifica, o advogado empenhado no litígio precisa com freqüência reaplicar a lei à versão mais recente dos fatos, para determinar se sua conclusão anterior continua válida.

4. Para uma discussão mais ampla do problema de as normas conduzirem à injustiça em determinados casos, ver Capítulo 7.

ser: as observações do Sr. Clark, o contrato entre Smith e Jones, a faca encontrada na cena do crime.

Além disso, a pessoa que prestar testemunho ou autenticar um objeto deve fundamentar sua declaração, isto é, explicar como conhece a informação a respeito da qual está testemunhando. Se, por exemplo, for testemunhar que Frank atirou em Ned, terá de testemunhar antes que esteve presente no momento do atentado e pôde ver sua ocorrência, ou dar alguma outra explicação aceitável sobre o modo como obteve a informação. A testemunha só poderá falar a respeito de fatos diretamente observados, não sendo em geral permitido opinar ou especular.

A opinião da testemunha é admissível quando falar na qualidade de perito. Assim, a corte admitirá o testemunho de um perito no campo da cirurgia quando a incapacidade de um cirurgião de empregar um determinado procedimento provocou dano ao paciente. Admite-se o testemunho opinativo do perito porque se presume que um júri de leigos só consegue decidir certas questões com a assistência de pessoas especializadas ou versadas na matéria.

2. A necessidade de relevância

O indício é admissível somente se for relevante, ou seja, o indício deve tender a provar ou negar um fato importante no que se refere à ação. Por exemplo, se o querelante alegar que o querelado cometeu agressão esmurrando-lhe o nariz, a cor dos sapatos do querelado provavelmente não será relevante porque não tende a provar que a conduta deste atendeu ou deixou de atender aos elementos de uma agressão.

3. Razões para a exclusão de um indício relevante

Mesmo quando for autenticado e considerado relevante, um indício poderá ser excluído se houver dúvida quanto à sua confiabilidade ou potencial para predispor negativamente o júri, ou outras razões ainda. Talvez seja útil examinar um exemplo de indício excluído com base em cada uma dessas dúvidas.

a. Não-confiabilidade: o ouvir-dizer

O ouvir-dizer constitui o exemplo clássico de indício excluído devido à sua não-confiabilidade. O ouvir-dizer é uma declaração extrajudicial apresentada como indício da veracidade da matéria afirmada na declaração. Já que a declaração foi prestada longe da corte, o júri não está à altura de lhe garantir a confiabilidade, por isso a exclui.

Suponhamos, por exemplo, que num julgamento a questão é saber se a arma pertencia ao querelado. Suponhamos, além disso, que a ex-namorada do querelado, Marsha, dissera a um detetive que a arma *pertencia* de fato a ele. Ainda assim o detetive não poderá testemunhar a respeito da declaração de Marsha porque essa é uma declaração por ouvir dizer. Ou seja, sua declaração foi feita extrajudicialmente e está sendo apresentada como indício para demonstrar a veracidade da matéria nela contida, que é a de que a arma pertence ao querelado.

Como quase sempre sucede com o ouvir-dizer, a declaração de Marsha é de confiabilidade questionável. Talvez Marsha estivesse embriagada quando disse aquilo, talvez estivesse com raiva do acusado ou tenha se enganado. Se o promotor quiser dar a conhecer ao júri que Marsha acredita que a arma pertence ao querelado, provavelmente terá de convocar Marsha como testemunha e obrigá-la a depor sob juramento, dando oportunidade à defesa, mediante investigação cruzada, para avaliar a confiabilidade do testemunho.

A declaração não seria por ouvir dizer se fosse apresentada para provar algo distinto da matéria nela contida. Digamos, por exemplo, que a acusação desejasse provar que Marsha temia o querelado por pensar que ele era um pistoleiro, razão pela qual testemunhava com relutância[5]. Sua declaração de que

---

5. A acusação poderá tentar provar que Marsha é uma testemunha relutante por uma série de razões. Em primeiro lugar, se ela incriminar o querelado, o júri talvez atribua a seu testemunho um peso maior, na pressuposição de que quem depõe com risco pessoal deve estar dizendo a verdade. Em segundo, se ela tende a inocentar o querelado, o júri talvez não lhe dê crédito, na pressuposição de que está amedrontada demais para depor com precisão. Em terceiro, se ela for uma testemunha relutante, o júri talvez faculte ao promotor fazer perguntas dirigidas, que lhe permitam controlar melhor o testemunho.

a arma pertencia ao acusado seria admissível para mostrar, não que isso fosse verdade, mas apenas que ela *acreditava* que lhe pertencia e por isso o temia. Nessa circunstância, o fato de sua declaração não ser confiável é irrelevante, pois está sendo admitida unicamente para demonstrar sua crença na propriedade, não o fato da propriedade. Já que a não-confiabilidade da declaração não invalida sua utilidade, a corte provavelmente a admitirá como indício destinado a mostrar o estado de espírito de Marsha. No entanto, a declaração continuará inadmissível como prova da propriedade da arma.

Se o juiz acatasse a declaração de Marsha, sem dúvida explicaria ao júri que suas palavras devem ser consideradas apenas como indício de sua crença e não de que a arma pertencia ao querelado. Todavia, alguns jurados podem não ser capazes de entender tal distinção e, a despeito das instruções do juiz, considerar a declaração como indício de propriedade da arma.

Enfim, a norma do ouvir-dizer pode muitas vezes ser contornada imaginando-se, para a admissão do testemunho, outro motivo que não a prova da verdade da matéria discutida. Os advogados referem-se a isso como apresentação de indícios "sem intuito de ouvir-dizer", o que é um modo eficaz de colocar diante do júri um testemunho útil à causa, mas que de outra forma seria inadmissível.

Também é possível obter a admissão de uma declaração extrajudicial na qualidade de indício persuadindo a corte de que ela se enquadra numa das exceções à norma que exclui o ouvir-dizer. Essas exceções baseiam-se geralmente no pressuposto de que em certos casos o ouvir-dizer, dadas as circunstâncias em que a declaração foi feita, revela-se suficientemente confiável para constituir indício. Por exemplo, declarações feitas por alguém contra seu próprio interesse podem muitas vezes ser transformadas em indícios ainda que, tecnicamente, não deixem de ser por ouvir dizer, pois se presume então que quem fala contra seus próprios interesses provavelmente diz a verdade.

b. Prejulgamento: o exemplo de maus antecedentes

Indícios de maus antecedentes por parte do acusado num processo criminal é exemplo de indícios que podem ser excluídos devido à possibilidade de prejulgamento. Costumam ser excluídos porque, mesmo sendo relevante para o estabelecimento da culpa, as cortes temem que o júri lhes atribua importância excessiva. Em outras palavras, o júri poderia condenar o réu apenas porque ele cometeu crimes no passado. No entanto, quando os indícios estabelecem um padrão para o crime (como quando um vigarista aplicou o mesmo golpe no passado), eles comprovam muito mais um crime posterior que reproduza o mesmo padrão do que os indícios de maus antecedentes de modo geral. Esse tipo de indício é freqüentemente admitido.

c. Outras políticas: o exemplo do privilégio

Uma declaração feita pelo cliente ao seu advogado com a finalidade de obter aconselhamento legal é outro exemplo de indício excluído por outros princípios. Essa declaração constitui uma informação privilegiada entre cliente e advogado e geralmente não é revelada ao júri, a menos que o cliente abra mão do privilégio. A declaração, sem dúvida, pode ter enorme importância e confiabilidade, mas a política de encorajar as pessoas a buscar aconselhamento legal, permitindo-lhes falar livremente ao advogado, tem mais valor do que a admissão da informação privilegiada como indício.

B. O problema da credibilidade

Mesmo supondo-se que qualquer indício disponível possa ser apresentado ao júri, os advogados devem levar em conta que o indício em que baseiam seu raciocínio talvez seja desacreditado. Por exemplo, o advogado pode ter dito ao cliente que este está comprometido por contrato, baseando-se no relato que o cliente lhe fez de certas conversas com a outra parte. Mas, se o júri desacreditar esse testemunho, nos termos da lei não existe contrato algum e a argumentação do advogado se baseou numa premissa factual falsa.

Se o cliente tentar criar os fatos necessários ao surgimento de um direito ou obrigação, como no caso daquele que procura estabelecer algum tipo de direito contratual, o advogado deve ter em mente que apenas os fatos passíveis de ser provados perante o júri darão nascença ao direito ou obrigação legítimo que o cliente postula. Por isso, os advogados freqüentemente enfatizam a necessidade de reforçar a credibilidade da versão do cliente com a manutenção de registros escritos ou a presença de testemunhas na transação. Ao mesmo tempo, se os eventos já ocorreram e o cliente pretende apenas conhecer as conseqüências jurídicas desses eventos, deve o advogado cuidar para que sua argumentação se baseie unicamente em fatos passíveis de determinação na corte de justiça.

Capítulo 5
Aplicação do direito

O passo final no processo de raciocínio jurídico é aplicar o direito aos fatos para determinar os direitos e obrigações das pessoas envolvidas na situação. O direito, como vimos, consiste em normas e suas políticas subjacentes. O advogado procura utilizar as normas para determinar os direitos ou obrigações que existem numa dada situação. Isso exige a aplicação de um destes dois métodos: dedução ou analogia. Utilizando a dedução, o advogado determina se os fatos da situação são ou não são descritos pelo predicado factual de uma norma e, assim, se a conseqüência jurídica imposta pela norma se aplica ou não ao caso. Utilizando a analogia, o advogado determina se os fatos da situação são ou não são idênticos aos descritos pelo predicado factual da norma e, assim, se a conseqüência jurídica imposta pela norma se aplica ou não ao caso. Aplicando um ou outro método, ele se vale de normas para determinar os direitos e obrigações existentes na situação, e dessa forma completa o processo de raciocínio legal.

Como veremos, porém, a dedução e a analogia muitas vezes produzem resultados indeterminados, ou seja, o advogado não consegue determinar com bastante certeza se os fatos da situação são descritos pela situação descrita no predicado factual da norma ou se parecem com ela. Nesse caso, o advogado terá de apelar para as políticas subjacentes a fim de estabelecer os direitos ou obrigações existentes na situação.

A aplicação de políticas a uma situação requer o uso de métodos bem diferentes dos empregados na aplicação de normas. Em vez de comparar a situação atual à descrita no predicado factual, o advogado determina se a imposição da conseqüência jurídica implícita na norma atenderá melhor à política subjacente do que sua não-imposição. A aplicação de políticas não é, pois, nem dedutiva nem analógica: envolve, antes, um processo de ponderação das políticas e de avaliação da relação entre meios e fins.

Até onde o advogado deve confiar nas normas ou nas políticas é em certa medida uma questão de escolha. Ele pode, por exemplo, insistir em que os litígios deveriam ser dirimidos pela aplicação de normas e que as políticas só sejam examinadas, se tanto, quando houver grande incerteza a propósito da aplicabilidade da norma. Inversamente, poderá insistir em que é sempre preferível buscar um resultado que promova as políticas subjacentes, a menos (ou talvez ainda que) esse resultado se mostre contrário à linguagem bem clara das normas.

A escolha entre normas e políticas tem implicações profundas. Ao aplicar normas, o advogado busca consistência com decisões anteriores, independentemente de o resultado ser desejável ou não. Ao aplicar políticas, o advogado busca o resultado mais desejável. As normas encaminham o advogado para decisões passadas, as políticas o encaminham para conseqüências futuras. As normas exigem o emprego dos métodos lógicos da dedução e da analogia, as políticas exigem o emprego de um método empírico para avaliar as relações meios-fins e de um método normativo para ponderar os valores.

O papel relativo das normas e políticas é, provavelmente, a questão mais debatida na moderna jurisprudência norte-americana. E esse debate se dá tanto no nível descritivo quanto no normativo.

A questão descritiva que os advogados debatem é: na verdade, as cortes resolvem causas aplicando primariamente normas ou políticas? A teoria ortodoxa sustenta que os juízes aplicam normas por meio dos processos lógicos de dedução e analogia, recorrendo às políticas apenas nos casos difíceis. A teoria contrária sustenta que os juízes, na realidade, intuem o melhor resultado, ou seja, aquele que lhes parece mais satisfatório em termos de políticas, para depois, e só depois, recorrerem às normas a fim de explicar e justificar o resultado a que chegaram por outros caminhos. Segundo essa visão, o juiz pode até mesmo supor que está seguindo as normas, embora a interpretação dessas normas, quando ele as aplica, seja de fato orientada por uma intuição prévia quanto à solução mais desejável. Assim, as normas parecem produzir o melhor resultado.

A questão normativa que os advogados debatem é: na decisão de disputas, deve-se privilegiar as normas ou as políticas? Por razões de teoria política, apresentadas no Capítulo 6, a postura ortodoxa é, novamente, que as cortes devem privilegiar as normas, apelando para as políticas subjacentes apenas para resolver causas incertas ou decidir se as normas precisam ser alteradas. Assim, a aplicação das políticas é encarada como suplementar à aplicação das normas.

O exame da principal corrente contemporânea do raciocínio jurídico prossegue neste capítulo, onde a aplicação do direito ao fato é vista sob o prisma do emprego de dois métodos: dedução ou analogia[1]. Nas duas próximas seções, descrevemos esses métodos e explicamos brevemente como cada um pode ser suplementado pela aplicação de políticas. Nossa principal preocupação, aqui, é portanto a aplicação das normas. Reservamos para o Capítulo 7 uma discussão mais ampla da aplicação das políticas.

I. DEDUÇÃO

A. O modelo básico

A forma dedutiva que emprega o silogismo é o estilo dominante do raciocínio jurídico. O silogismo do tipo usado no raciocínio jurídico apresenta estrutura padronizada, consistindo

---

1. Como ressaltei no Capítulo 3, alguns lógicos considerarão tecnicamente incorreto o uso que faço dos termos indução, dedução e analogia. Mas eu os utilizo para mostrar que o raciocínio jurídico se apresenta de três maneiras diferentes: vai de casos específicos a uma norma geral (indução); de uma norma geral a um caso específico (dedução) e de um caso específico a outro caso específico (analogia).

numa premissa maior, numa premissa menor e numa conclusão. A premissa maior postula uma afirmação verdadeira para uma classe de objetos; a premissa menor caracteriza um objeto particular como pertencente a essa classe e a conclusão sustenta que a afirmação é portanto verdadeira para esse objeto.

Podemos, por exemplo, ouvir dizer que todos os coronéis de Kentucky usam gravatas listradas (premissa maior). Após saber que o Sr. Sanders é um coronel de Kentucky (premissa menor), concluiríamos que o Sr. Sanders usa gravata listrada (conclusão). A premissa maior, que postula uma afirmação verdadeira para uma classe de objetos, afirma que todos os coronéis de Kentucky usam gravatas listradas. A premissa menor, que descreve um objeto particular, afirma que o Sr. Sanders é um coronel de Kentucky. A conclusão assevera que a afirmação em geral sobre os coronéis de Kentucky é verdadeira para o Sr. Sanders em particular.

No raciocínio jurídico, a premissa maior estabelece uma norma de direito aplicável a uma classe de situações descritas no predicado factual; a premissa menor caracteriza uma situação particular esclarecendo se ela satisfaz ou não os elementos do predicado factual; e a conclusão determina se, por isso mesmo, a norma se aplica à situação em apreço. Em suma, a premissa maior anuncia uma norma de direito, a premissa menor descreve os fatos da situação do cliente e a conclusão informa se se demonstrou que o direito ou obrigação descrito na norma de direito existe relativamente aos fatos da situação do cliente.

Digamos que o advogado precise decidir se o cliente, um homem que esmurrou o nariz do vizinho, é imputável por agressão. Uma norma de direito pode estabelecer que a pessoa é imputável por agressão se, mediante um ato voluntário, causar um toque ofensivo em outra com a intenção de causar o toque. Essa norma constitui a premissa maior.

Após formular a premissa maior, o advogado deve em seguida formular uma premissa menor que caracterize os fatos da situação do cliente. A premissa menor caracteriza os fatos estabelecendo se satisfazem ou não aos elementos do predicado factual da norma.

Pode-se dizer que esse tratamento dos fatos, por parte do advogado, constitui um processo de categorização. A norma cria uma categoria de fatos que dão origem a uma conseqüência jurídica. Cabe ao advogado decidir se a situação do cliente se enquadra ou não nessa categoria.

No caso da norma acima citada, o predicado factual apresenta quatro elementos: (1) um ato voluntário (2) que causa (3) um toque ofensivo (4) com intenção. O advogado, com algum grau de certeza, pode estabelecer uma premissa menor segundo a qual o cliente (1) praticou um ato voluntário (2) que causou (3) um toque ofensivo (4) com a intenção de causar esse toque. Combinando as premissas maior e menor, o advogado conclui que o cliente pode ser responsabilizado por agressão. Em outras palavras, ele categoriza os fatos da situação do cliente como incidentes no predicado factual da norma. E a conclusão é que a conseqüência jurídica prevista na norma de direito existe para a situação do cliente.

Esse modelo básico de raciocínio silogístico presume que o advogado pode aplicar o direito aos fatos referindo-se unicamente à linguagem da norma legal, abordagem às vezes chamada de "textualismo" (devido à ênfase exclusiva no texto da norma) ou "formalismo". Com efeito, o advogado examina as palavras da norma e procura decidir se os fatos gerais previstos na norma englobam os fatos específicos da situação do cliente.

B. O problema da indeterminação

O raciocínio jurídico, na forma dedutiva, é porém freqüentemente indeterminado. Acontecendo isso, o advogado não poderá chegar a uma conclusão sólida se apenas aplicar a linguagem manifesta da norma aos fatos.

O raciocínio jurídico é indeterminado porque os elementos do predicado factual são estabelecidos em termos tão gerais que o advogado não consegue determinar, com certeza, se eles incluem os fatos da situação do cliente[2]. Assim, é possível

---

2. Os motivos de se redigirem normas em termos tão gerais são discutidos no Capítulo 1, como também nos Capítulos 6 e 7 sob o tópico do formalismo.

muitas vezes caracterizar os fatos da situação do cliente de diversas maneiras, daí extraindo duas ou mais premissas menores alternativas. A conclusão do processo de raciocínio jurídico dependerá inteiramente da premissa menor que o advogado escolher.

Consideremos o exemplo do cliente que esmurrou seu vizinho no nariz. Poucos duvidarão de que um soco no nariz satisfaça aos elementos de uma agressão, inclusive o elemento de toque. Portanto, a única premissa menor plausível teria de incluir o reconhecimento de que o cliente causou o toque.

Mas digamos que o cliente, em vez de esmurrar o vizinho no nariz, lhe tivesse puxado a gravata, agarrado a manga da camisa, derrubado o chapéu ou jogado ao chão a caixa de *pizza* que ele levava. Examinemos também outros contatos menos tangíveis, como bafejar-lhe no rosto, fazer com que ondas sonoras reverberem em seus ouvidos ou aplicar-lhe no corpo ondas eletromagnéticas.

O problema é que o termo "toque" é tão geral que os advogados podem divergir quanto a quais desses exemplos constitui toque, se é que algum o constitui. Se o cliente satisfez ou não os elementos de uma agressão em cada caso irá depender de como o advogado caracterizar sua conduta.

O problema da indeterminação se torna especialmente difícil quando o predicado factual incorpora um padrão jurídico, tal como "razoável" ou "boa fé". Em vez de estabelecer os fatos que devam estar presentes, os padrões apenas caracterizam os fatos num nível superior de generalidade. Se essa caracterização é aplicável ou não, dependerá de inúmeras circunstâncias que não podem estar, e não estão, especificadas no predicado factual. Portanto, os padrões são tão gerais que, com toda a probabilidade, sua linguagem não decidirá uma causa.

Por exemplo, uma norma estabelece que a pessoa é negligente se não exerce os cuidados razoáveis. Dirigir um automóvel a cem quilômetros por hora não é razoável nas imediações de escolas, quando crianças estão presentes, mas pode ser absolutamente razoável se se tratar de uma grande rodovia deserta e o motorista estiver conduzindo às pressas uma parturiente ao hospital. Em resumo, os padrões não criam uma categoria perfeitamente definida de fatos que dêem origem à conseqüência jurídica, razão pela qual podem agravar a indeterminação de uma norma legal[3].

C. Como superar a indeterminação por meio da especificidade

Como vimos acima, o problema da indeterminação surge do fato de a linguagem das normas ser tão geral que o advogado não pode ter certeza se essa linguagem abrange os fatos de uma situação particular ou não. Em outras palavras, não se sabe se os fatos devem ser caracterizados como constituintes dos elementos da norma.

Uma vez que o problema de como caracterizar fatos surge da generalidade da linguagem da norma, ele pode freqüentemente ser solucionado descobrindo-se uma norma mais específica, capaz de descrever os elementos com maior precisão. Lembremo-nos de que, no terceiro passo, o advogado organizava as normas num quadro dentro do qual normas específicas eram caracterizadas como subnormas de normas mais gerais.

Um tipo de subnorma é aquele que define um elemento de uma norma mais geral. Assim, por exemplo, o advogado poderá identificar uma norma que defina o elemento do toque. Essa norma estabelecerá, digamos, que o toque ocorre quando o querelado provoca contato físico com a pessoa do querelante ou com um objeto estreitamente ligado a essa pessoa. Essa regra acrescentará certo grau de especificidade à palavra "toque".

Depois que identificou uma norma mais específica, o advogado retoma o raciocínio silogístico, mas agora utilizando a norma específica como premissa maior. A nova premissa maior, nesse silogismo, é: quem provoca contato físico com a pessoa do querelante ou com um objeto estreitamente ligado a essa pessoa comete toque. A premissa menor poderá ser: uma

---

3. Os padrões legais são discutidos mais amplamente no Capítulo 7, sob o tópico "Formalismo e instrumentalismo".

gravata é um objeto estreitamente ligado à pessoa do querelante. A conclusão, portanto, será: puxar a gravata constitui toque.

Um silogismo parecido pode ser utilizado na tentativa de provar que derrubar o chapéu do querelante constitui toque. Nesse caso, porém, até a regra mais específica talvez seja excessivamente geral: o advogado poderá não considerar evidente que o chapéu esteja "estreitamente ligado" à pessoa. Ele então buscará uma norma ainda mais específica para definir a norma específica, e, se ela existir, recorrerá de novo ao raciocínio silogístico para se decidir com respeito ao chapéu. Se não existir, o advogado estará em maus lençóis para determinar se o chapéu é um objeto estreitamente ligado à pessoa do querelante e, portanto, se derrubar o chapéu constitui toque.

Em suma, identificar normas mais específicas às vezes parece resolver o problema da indeterminação. Mas não raro os advogados descobrem que mesmo a norma mais específica ainda é geral o bastante para suscitar dúvidas. Nesse caso, algo mais que o raciocínio formal se torna necessário para obter uma conclusão.

D. Como superar a indeterminação por meio de regras de interpretação de leis

Antes de examinar as técnicas não-formais para enfrentar o problema da indeterminação, diremos algumas palavras sobre as regras especiais de análise textual da legislação. O direito favorece especialmente o textualismo na aplicação de leis ou outras formas de legislação. De fato, como se viu no Capítulo 2, as cortes se mostram muito reservadas ante as tentativas de definir o significado de leis por intermédio de fontes extrínsecas, como história legislativa ou idéias atuais a respeito da política governamental. Seja como for, essas fontes extrínsecas podem revelar-se inconclusivas e, assim, de pouca valia, mesmo presumindo-se que a corte esteja preparada para acatá-las. Desse modo, o advogado que tenta aplicar uma lei a um conjunto de fatos muitas vezes só dispõe, para orientar sua interpretação, da linguagem manifesta.

A maior ênfase na análise textual ou formal da legislação é defensável. Se uma norma foi criada por legislação, é que seu texto partiu da entidade soberana em cuja autoridade ela se baseia. No entanto, se foi criada por jurisprudência, como explicamos no Capítulo 2, talvez não exista uma versão única e autorizada do texto da norma. Ela pode ter sido construída pelo advogado a partir de diversas passagens de uma causa anterior, ou sintetizada a partir dos considerandos de várias decisões, do modo descrito no Capítulo 3. À falta de uma versão autorizada do texto, os argumentos segundo os quais a interpretação de uma norma deve basear-se na análise dos termos precisos do texto são difíceis de sustentar.

1. As regras especiais da interpretação de leis

Em parte devido à acentuada preferência pela análise textual quando são aplicadas leis, as cortes adotaram algumas regras especiais de interpretação de leis. Elas têm por propósito auxiliar o advogado na solução de questões concernentes ao significado da linguagem. Em geral, permitem-lhe fazer inferências a respeito do significado de uma norma estatutária levando em consideração unicamente o texto.

Por exemplo, uma regra de interpretação de leis prescreve que toda palavra ou frase de uma lei tem eficácia jurídica. Assim, se uma interpretação só puder se harmonizar com a linguagem da lei pressupondo que determinada palavra é redundante ou inútil, a corte geralmente rejeitará a interpretação.

Outra regra, às vezes exarada na máxima latina "*Expresio unius est exclusio alterius*" ("A expressão de uma coisa é a exclusão de outra"), dispõe que as listas sejam exaustivas. Assim, se uma lei registrar certas instâncias a que se aplica, a corte presumirá que o legislador tencionou excluir toda instância não arrolada.

Uma terceira regra, conhecida como doutrina do *ejusdem generis* ("do mesmo tipo"), estabelece que, quando a lei contém uma lista de instâncias a que se aplica, seguida de uma expressão geral indicando outras instâncias, deve-se presumir que ela se aplicará a outras instâncias apenas quando estas forem do mesmo tipo das arroladas. Por exemplo, a lei que autorizar um investigador a examinar "livros, papéis e outros dados" só autorizará a inspeção de outros dados semelhantes a papéis e livros.

Uma quarta regra, também com freqüência resumida numa máxima latina – *"Generalia specialibus non derogant"* ("O geral não derroga o particular") –, sustenta que a lei específica prevalece sobre a lei mais geral. Por exemplo, se uma lei declara que as queixas por imperícia devem ser apresentadas no prazo de três anos e uma segunda lei prescreve que queixas por negligência médica devem ser apresentadas no prazo de um ano, é provável que a última regerá o processo por negligência movido por um paciente contra um cirurgião. Dado que os processos por imperícia médica constituem uma categoria mais restrita que os processos por negligência em geral, a lei que os reger será sem dúvida considerada mais específica e, portanto, será escolhida.

Outra regra ainda postula que as leis derrogatórias de "common law" sejam interpretadas em sentido restrito. Isso significa que a legislatura só deve modificar o "common law" até onde for necessário. Portanto, a lei que alterar o "common law" será interpretada, em casos duvidosos, como não-aplicável.

Todavia, nem todas as regras de interpretação de leis limitam o advogado ao texto. Uma regra consagrada, por exemplo, prescreve que a lei não seja interpretada de modo a conduzir a um resultado absurdo. Conseqüentemente, a corte poderá aplicar essa regra para evitar um resultado que, visto de outro modo, parece inteiramente de acordo com o texto da lei.

2. A indeterminação dessas regras especiais

Mesmo com recurso a várias outras regras de interpretação de leis, como as que acabamos de comentar, a análise textual de uma lei pode permanecer indeterminada por duas razões.

Primeira, as próprias regras de interpretação costumam ser gerais demais para levar a apenas uma conclusão. No caso da doutrina do *ejusdem generis*, por exemplo, os advogados podem divergir quanto aos aspectos que os itens arrolados têm em comum[4]. Portanto, no exemplo há pouco mencionado, um advogado concluirá que os tipos de material que o investigador está autorizado a inspecionar são somente os papéis impressos, o que excluiria microfilmes e disquetes de computador, ao passo que outro advogado concluirá que englobam qualquer material sob forma impressa, em papel ou não, o que incluiria microfilmes, mas não disquetes de computador. Um terceiro advogado dirá que o investigador está autorizado a inspecionar qualquer arquivo existente, não importa sob que forma, mas não poderá ordenar a criação de novos arquivos. Essas três caracterizações descrevem precisamente livros e papéis, mas cada qual tem um alcance diferente e, se usada, emprestará significado diverso à expressão "outros dados". Portanto, as regras de interpretação são freqüentemente vítimas do próprio problema de generalidade que deveriam combater. Eis por que as regras de interpretação de leis podem ser indeterminadas.

A segunda razão é que as regras de interpretação de leis às vezes são indeterminadas por revelar-se contraditórias na forma. Com efeito, o professor Karl Llewellyn, que lecionou na Faculdade de Direito de Colúmbia em meados deste século, escreveu um célebre artigo em 1950 onde tentou mostrar que, para cada uma das inúmeras regras de interpretação de leis, é possível estabelecer outra que aparentemente a contradiz, ao menos em parte[5]. Mostrou, por exemplo, que a regra comumente alegada segundo a qual "se a linguagem for clara e unívoca, deverá ter eficácia jurídica" é contrariada por outra regra

---

4. Decidir quais os aspectos em comum dos diversos itens de uma lista, para fins de aplicação da doutrina do *ejusdem generis*, é processo similar ao de decidir quais aspectos têm em comum diversas decisões, para a criação de uma nova norma por meio do raciocínio jurídico indutivo. Este último processo e os problemas de julgamento nele envolvidos são examinados no Capítulo 3.

5. Llewellyn, *Remarks on the Theory of Appellate Decision and the Rules or Canons About How Statutes Are to Be Constructed*, 3 VAND. L. REV. 395, 401-405 (1950).

segundo a qual não se adotará a interpretação literal quando puder "levar a conseqüências absurdas ou prejudiciais, ou distorcer a finalidade manifesta".

Uma explicação para esse fenômeno é a tensão subjacente à interpretação legal no que diz respeito à medida que o advogado pode consultar fontes extrínsecas para interpretar uma lei. Em outras palavras, os conflitos entre regras de interpretação de leis se radicam na disputa quanto à primazia a ser concedida à linguagem da norma ou às políticas subjacentes. Como vimos no Capítulo 2, o advogado pode tentar interpretar uma lei somente pelo exame de sua linguagem ou pelo recurso a fontes extrínsecas. Se optar pela consulta a fontes extrínsecas, existem pelo menos dois tipos de fontes que podem ser examinadas. Uma é a história legislativa, que será investigada no esforço de interpretar a lei de acordo com a intenção de determinados legisladores. Outra é a compreensão subseqüente do que é justo ou prudente, que poderá levar a uma interpretação da lei de acordo com as noções vigentes de justiça ou de política adequada.

Cada uma dessas teorias de interpretação legal reflete-se em toda uma variedade de regras de interpretação estatutária. Assim, enquanto algumas regras confinam o advogado à linguagem do texto, outras o autorizam a olhar além do texto: para a história legislativa ou para as noções vigentes de justiça ou de política pública sensata. Ou seja, certas regras confinam o advogado à linguagem da norma, outras ampliam a pesquisa a fim de incluir as políticas subjacentes.

Note-se como cada uma dessas teorias se reflete, por exemplo, nas duas máximas tiradas do artigo de Llewellyn. A primeira teoria – da interpretação baseada unicamente na linguagem – reflete-se na máxima segundo a qual a linguagem clara e unívoca deverá ter eficácia jurídica. A teoria contrária – de que a interpretação pode basear-se em fontes extrínsecas – reflete-se na segunda máxima, pela qual a linguagem literal não deverá ser seguida se "distorcer a finalidade manifesta" (isto é, se contrariar a intenção legislativa) ou levar a "conseqüências absurdas e prejudiciais" (isto é, se contrariar as noções vigentes de justiça e política sensata). Portanto, a primeira máxima tende a limitar o advogado ao texto, ao passo que a segunda o instiga a olhar além da linguagem da lei e investigar a história legislativa ou as noções comuns de justiça e política sensata.

As regras da interpretação legal, em suma, baseiam-se em teorias conflitantes de interpretação legal, isto é, em concepções diferentes da importância relativa das normas e políticas. Uma vez que as teorias apontam para direções diferentes, também as regras o fazem. Em conseqüência, o resultado alcançado depende das regras de construção estatutária aplicadas.

E. Como superar a indeterminação pela apreciação das políticas

A principal técnica não-textualista e não-formal para superar a indeterminação das normas é o uso da apreciação das políticas. O advogado deve decidir se as políticas subjacentes à norma serão atendidas quando se caracterizem os fatos como satisfatórios ou não-satisfatórios dos elementos da norma.

1. Os dois tipos de apreciação requeridos

O uso das políticas para superar a indeterminação requer que o advogado faça dois tipos de apreciação, discutidos nesta subseção.

O primeiro tipo de apreciação requerido diz respeito à relação entre meios e fins. No exemplo de agressão, apresentado acima, um dos fins é a preservação da paz. O advogado terá de decidir se tal fim será alcançado se o cliente for instado a pagar indenização por, digamos, derrubar o chapéu de alguém.

Em teoria, saber até que ponto um meio atenderá a um fim é questão empírica. Mas, obviamente, experiências controladas para determinar os efeitos de uma determinada norma raramente são possíveis em termos práticos[6]. Assim, cortes e ad-

---

6. Ocasionalmente, os sociólogos se interessam pela eficácia de uma determinada norma e tentam averiguar se ela de fato atende aos fins para os quais foi promulgada. Alguns tentaram, por exemplo, descobrir se a pena de morte atende à finalidade de desestimular o crime comparando dados estatísticos em sociedades com

vogados utilizam em geral uma combinação de experiência e intuição a fim de apreciar a relação entre meios e fins. Nessas apreciações, os advogados podem chegar a conclusões diferentes daquelas a que os leigos chegariam.

O segundo tipo de apreciação requerido diz respeito à importância relativa das políticas. Essa apreciação é requerida porque todas as normas representam um compromisso entre diversas políticas conflitantes. Por exemplo, a norma que define a agressão pode basear-se na política de preservar a paz, mas também na política oposta de desencorajar litígios em torno de ofensas triviais. O advogado resolverá que política deverá prevalecer numa determinada situação. De novo, tais apreciações podem levar a conclusões a que os leigos não chegariam.

O advogado, com efeito, faz duas apreciações: qual a política a escolher e quais os meios que atendem à política. Na próxima subseção, examinamos a natureza das apreciações de políticas, e na seguinte, enfatizamos sobretudo como essas apreciações se combinam para decidir uma causa. Esses tópicos são discutidos mais amplamente no Capítulo 7.

2. A natureza das apreciações de políticas

O advogado inicia o processo de apreciação das políticas identificando as políticas articuladas pela legislatura ou pelas cortes ao formularem a norma aplicável. No exemplo da agressão, o advogado pode ter descoberto no texto legal da norma jurisprudencial que o delito de agressão se baseia em diversas políticas. Uma delas é a de preservar a paz, o que se consegue encorajando a vítima a ir à corte em vez de reagir ou instigar uma rixa. Outra é a de desencorajar litígios frívolos, o que se consegue limitando a responsabilidade criminal às condutas que provocam danos graves. O advogado precisa então decidir

---

e sem pena de morte. Mas as conclusões são difíceis em virtude da impossibilidade de controlar uma única variante. Assim, no caso da pena de morte, as sociedades estudadas se mostram tão diferentes em tantos aspectos que as diferenças nos índices de criminalidade, caso existam, não devem ser necessariamente atribuídas à existência ou não da pena de morte.

se essas políticas exigem ou não indenização na situação particular em apreço.

Talvez seja tentador exprimir a aplicação das políticas ao exemplo do chapéu de forma silogística. A fim de simplificar o problema, suponhamos que exista apenas uma política: a de preservar a paz. Nesse silogismo, a premissa maior seria: comete toque quem provoca contato físico com alguma coisa estreitamente ligada a outra pessoa, de sorte que o contato cause rompimento da paz. A premissa menor seria: derrubar o chapéu de alguém pode causar rompimento da paz. E a conclusão: derrubar o chapéu constitui toque.

Entretanto, recorrer às políticas para decidir causas não é na verdade um processo dedutivo. Isso acontece porque as políticas não estabelecem uma premissa maior a partir da qual se possa raciocinar dedutivamente; as políticas não são normas gerais que contemplam toda uma categoria de casos com determinada conseqüência jurídica. Ao contrário, as políticas constituem os fins para os quais as normas constituem os meios. Assim as políticas, por seus próprios termos, são declaradas como absolutas, como objetivos a serem buscados em quaisquer circunstâncias por todos os meios, ao passo que as normas jurídicas, também por seus termos, criam uma conseqüência jurídica específica apenas nas circunstâncias limitadas contempladas pelo predicado factual.

Ao recorrer às políticas para completar o processo de raciocínio jurídico, o advogado não parte de uma norma geral para um caso específico: parte de um caso específico para pelo menos um, e provavelmente vários, objetivos políticos. Esse tipo de raciocínio exige que o advogado emita juízos empíricos a respeito da relação entre meios e fins, bem como juízos de valor a respeito do peso relativo das políticas.

As políticas, obviamente, podem ser formuladas em diferentes níveis de generalidade. A política de proteger a liberdade individual, por exemplo, pode ser formulada mais especificamente como a política de proteger a livre expressão e, mais especificamente ainda, de proteger os jornais contra processos por difamação. Quando as políticas são formuladas em níveis mais baixos de generalidade, seu campo de aplicação se limita e elas passam a assumir o caráter de normas. Portanto, à medida que as políticas se tornam mais específicas e as normas se tornam mais gerais, a distinção entre elas se desfaz. Essa idéia será discutida em pormenor no Capítulo 7. No momento, basta dizer que as políticas podem ser formuladas em diferentes níveis de generalidade e que, como veremos, os advogados podem manipular o nível de generalidade a fim de criar argumentos pró ou contra a aplicação de uma norma.

3. Combinação de apreciações para decidir causas

a. Em geral

Decidir uma causa exige que o advogado combine as duas apreciações a fim de determinar o maior benefício de cada resultado possível em termo das políticas. O melhor resultado é aquele que apresenta o maior benefício.

O advogado não pode simplesmente decidir que uma política é mais importante que as outras e em seguida propor algum resultado que promova essa política. Aqui, o problema é que talvez o resultado proposto não atenda suficientemente à política preferida a ponto de justificar o prejuízo causado à política contrária. Ao prever o resultado a que a corte possivelmente chegará, o advogado opta pelo resultado que a seu ver oferecerá o maior benefício, levando em conta o peso relativo das políticas contrárias e a medida em que cada resultado promoverá ou prejudicará essas políticas.

Por exemplo, a norma que cria responsabilidade por agressão, como se viu, baseia-se nas políticas de combater a violência e evitar litígios inúteis. Suponhamos que a corte decida que a primeira política é mais importante que a última. Nesse caso, a corte pode muito bem adotar uma norma segundo a qual todo contato físico resulta em responsabilidade por agressão, a fim de desencorajar qualquer contato físico capaz de, mesmo remotamente, conduzir à violência. A objeção a semelhante norma será que ela encoraja demais os litígios: o trânsito matinal de pessoas numa estação lotada de metrô poderá gerar milhares de processos. Assim, embora a norma atenda à política de combater a violência, será onerosa demais para a política de evitar querelas fúteis. Ao combinar os juízos, o advogado pondera tanto a importância das políticas quanto o grau em que elas serão ou não atendidas por cada resultado.

Embora os leigos possam discordar quanto ao peso relativo das políticas e ao grau em que determinado resultado promove ou prejudica uma política, as apreciações de políticas não são totalmente indeterminadas. Como estudaremos no Capítulo 7, as apreciações de políticas são feitas num contexto que inclui o contexto histórico, as pessoas encarregadas das apreciações, os fatos a que estas se aplicarão e as decisões judiciais anteriores. O contexto muitas vezes delimita, embora não determine inteiramente, as apreciações quanto ao peso das políticas e a relação entre meios e fins.

b. Linha demarcatória

Alguns advogados descrevem a aplicação do direito aos fatos empregando a metáfora da linha demarcatória: ou seja, ao adotar uma norma, o advogado traça uma linha entre duas categorias de situações factuais. Na categoria das situações que ficam de um lado da linha, existe o direito ou obrigação criado pela norma; na outra categoria, a obrigação ou direito não existe. A localização da linha é em grande medida uma questão de apreciação porque o advogado tem de determinar a importância relativa de cada política e até que ponto a aplicação da norma a uma situação atenderá ou não a cada política.

Em termos ideais, as situações que ficam de um lado da linha deveriam ser qualitativamente diferentes das que ficam do outro. Essa diferença qualitativa justificaria o tratamento diferenciado das situações. Na prática, porém, a característica da linha é que, não importa onde ela seja traçada, haverá situações de cada lado que parecerão *não* diferir qualitativamente, ou melhor, a diferença parecerá insignificante. E, se as situações de cada lado da linha apresentarem diferença insignificante, a localização exata da linha parecerá arbitrária.

Nos casos extremos, é fácil decidir em qual lado da linha o caso irá ser colocado. Voltando ao exemplo do proprietário que tinha a obrigação de advertir a respeito dos riscos, num dos extremos pode parecer óbvio que um poço de seis metros de profundidade é tão perigoso que a corte deveria impor a esse proprietário o ônus mínimo de alertar para o perigo. No outro extremo, pareceria igualmente óbvio que uma depressão de três centímetros no terreno apresenta tão pouco perigo que nenhum benefício imaginável resultaria da imposição da obrigação de alertar. O poço de seis metros e a depressão de três centímetros devem claramente ficar em lados diferentes da linha. As situações são qualitativamente diferentes e essa diferença justifica suas conseqüências jurídicas diversas.

No entanto, à medida que novos casos envolvendo poços vão surgindo, as situações nos lados opostos da linha começam a assemelhar-se cada vez mais. A dada altura, a distinção entre dois casos situados em lados opostos poderá parecer arbitrária porque já não haverá diferença qualitativa entre eles.

Não obstante, a linha tem de ser traçada em algum lugar. A alternativa seria fazer com que uma política prevalecesse sempre. O proprietário não teria nenhuma obrigação de alertar, por maior que fosse o perigo, ou precisaria alertar para qualquer condição potencialmente perigosa da terra, por mais trivial que fosse. Uma vez que ambas essas normas são altamente indesejáveis, as pessoas em geral toleram que se trace uma linha aparentemente arbitrária entre casos semelhantes, desde que sua localização reflita certa diferença qualitativa e propicie resultados desejáveis na maioria das situações.

c. Equilíbrio

Alguns advogados descrevem o raciocínio jurídico empregando a metáfora de um conjunto de escalas, referindo-se a "equilibrar" as políticas numa situação particular. Se o benefício para a política governamental relacionada com criação de um direito ou obrigação numa situação particular ultrapassar o ônus para a política governamental associada à criação da obrigação ou direito, determinar-se-á que esse direito ou obrigação existe. Se o ônus superar o benefício, não se determinará que a obrigação ou direito existe.

A metáfora do equilíbrio parece indicar que decidir uma causa exige do advogado fazer apenas o primeiro tipo de apreciação: quanto à importância relativa das políticas. E com efeito muitos advogados, caso pensem nisso, provavelmente imaginam que a prova do equilíbrio não passa disto: sopesar uma política contra outra.

Na realidade, porém, o equilíbrio exige os dois tipos de apreciação. O advogado não está apenas sopesando, digamos, a livre expressão contra o desejo do Estado de suprimir essa liberdade. Se assim fosse, uma superaria a outra, daí resultando que a livre expressão seria sempre protegida ou jamais o seria.

O que o advogado faz é avaliar esse ato particular de supressão em relação a essa instância particular de expressão. O advogado precisa apreciar até que ponto a instância de expressão verdadeiramente reforça as políticas subjacentes à livre expressão, bem como até que ponto a instância de supressão verdadeiramente reforça as políticas subjacentes ao desejo do Estado de suprimir – e ambas as coisas são apreciações da relação entre meios e fins.

O advogado poderá concluir, digamos, que a política de livre expressão é mais importante que a política de preservar a tranqüilidade do bairro. Se a prova do equilíbrio chegasse só até aí, o advogado, instado a decidir se a lei permite a um homem utilizar um alto-falante num bairro residencial às três horas da manhã, teria de responder afirmativamente – pois a livre expressão supera a tranqüilidade.

De fato, porém, o advogado procede a uma prova mais sofisticada do equilíbrio. Ele considera também, mais especificamente, a relação entre os fins e os meios adotados pelo Estado para alcançar esses objetivos. Considera, portanto, até que ponto a proibição do alto-falante às três horas da manhã promove a tranqüilidade e impede a livre expressão. Se fosse permitido ao falante usar o aparelho em outras horas do dia para transmitir a mesma mensagem, o advogado talvez concluísse que o forte nexo entre a proibição e a preservação da tranqüilidade justifica a pequena interferência na livre expressão.

F. O problema especial do dictum

Até aqui, nesta seção, presumimos que as normas identificadas e sintetizadas num quadro sejam vinculantes quando aplicáveis e que a principal tarefa do advogado é determinar se as normas de fato se aplicam à situação em exame. Mas, embora essa tese seja correta com respeito às leis promulgadas, revela-se problemática com respeito à jurisprudência.

A dificuldade é que nem toda norma jurisprudencial possui a mesma força. Como vimos, costuma-se distinguir entre o considerando de uma decisão, que é vinculante para futuros casos, e o *dictum*, que não o é.

Infelizmente, a distinção não é tão clara na prática quanto na teoria. Afora o problema de que dois advogados não concordem quanto a quais aspectos da decisão constituem o considerando e quais constituem o *dictum*, as cortes, em casos posteriores, podem acatar uma declaração que claramente era um *dictum* como se fosse uma norma legal imperativa.

Ou seja, embora a corte não precise seguir o *dictum*, muitas vezes o faz. É que o *dictum* representa a predicação por parte da corte de como decidiria todos os casos futuros dentro da abrangência da norma. Quanto mais decisões citarem uma norma no *dictum*, maiores serão as probabilidades de que outra corte o siga.

No entanto, a corte não aplicará o *dictum* se o advogado persuadi-la de que a norma levará a um resultado indesejável no presente caso. Suponhamos que o advogado, no exemplo da agressão, encontre uma decisão anterior segundo a qual a roupa de uma pessoa está "intimamente ligada" a seu corpo e que, portanto, puxá-la constitui toque. Todavia, no caso anterior, a roupa era uma gravata que o querelante usava. Como apenas fora necessário decidir se uma gravata está intimamente ligada ao corpo do querelante, na medida em que a norma se refere a qualquer outra roupa, a norma é um *dictum*.

Suponhamos agora que o advogado fique sabendo que o cliente puxou a manga da camisa de seu vizinho. A camisa é, obviamente, uma peça de roupa. Porém, exceto com referência a gravatas, a norma é um *dictum*, de sorte que a corte não precisa caracterizar a manga da camisa como uma peça intimamente ligada ao corpo. Mas deveria? A corte decide se seguirá um *dictum* recorrendo à apreciação de políticas. Ela precisa, por exemplo, estabelecer até que ponto a imposição da obrigação de indenização ao cliente atenderá à finalidade de combater a violência. Quer dizer, ela tem de decidir se puxar uma manga de camisa provoca tanta violência quanto puxar uma gravata. O advogado poderá alegar, por exemplo, que puxar uma manga de camisa tem menos probabilidade de romper a paz do que puxar uma gravata, porquanto haverá menos perigo de estrangulamento e a vítima se sentirá menos ameaçada e agredida. Assim, impor responsabilidade por puxar uma manga de camisa atende menos à finalidade de combater a violência do que impor responsabilidade por puxar uma gravata. Todavia, para continuarmos a argumentação, puxar alguém pela manga de camisa é uma maneira tão comum de chamar a atenção de alguém que impor responsabilidade por esse ato pode suscitar litígios frívolos. Assim, impor responsabilidade por puxar uma manga de camisa prejudicaria mais a política de desencorajar litígios do que impor responsabilidade pelo ato bem menos comum de puxar uma gravata. Conseqüentemente, o advogado concluirá que haverá mais benefício em desprezar o *dictum* e não impor responsabilidade por puxar a manga da camisa.

Conforme explicaremos na seção final deste capítulo, a corte faz o mesmo tipo de apreciação de políticas quando precisa decidir se revogará inteiramente uma sentença judicial anterior. No entanto, uma vez que o *dictum* não é imperativo, em teoria a corte acha mais fácil ignorar o *dictum* do que revogar a decisão anterior. Qualquer tentativa de derrogar uma sentença anterior pode contrariar a sólida política da *stare decisis*, de modo que, para se mudar o direito, são necessários bons fundamentos políticos.

A distinção entre considerando e *dictum* acrescenta indeterminação ao processo de raciocínio jurídico. Como vimos, muitas vezes o advogado não sabe ao certo que resultado determinada norma exige num caso particular. Ou seja, os termos da norma são indeterminados. Se a norma for um *dictum*, no entanto, o advogado não sabe sequer se ela será aplicada. Por isso, na tentativa de prever o veredito da corte, o advogado precisa incluir no cálculo a possibilidade de o *dictum* ser ignorado.

G. *O uso da dedução pelo advogado de defesa*

Até aqui, na discussão do raciocínio jurídico sob forma dedutiva, presumimos de modo geral que o advogado seja um observador desinteressado que procura determinar como o direito se aplica aos fatos. Em muitas circunstâncias, porém, ele atua como defensor e tenta obter uma conclusão favorável a seu cliente.

Embora o jurisconsulto possa sentir-se frustrado ante a indeterminação do direito, para o advogado de defesa essa mesma indeterminação oferece a oportunidade de tecer argumentos em favor da posição do cliente. A indeterminação do direito resulta da generalidade das normas e do fato de as políticas subjacentes só poderem ser aplicadas após apreciação. Em outras palavras, a indeterminação integra a própria estrutura do processo de raciocínio jurídico.

O defensor apega-se a essas fontes estruturais de indeterminação, esforçando-se para manipular os níveis de generalidade e as políticas a fim de alcançar resultado favorável. Dado que a indeterminação se radica em alguns aspectos recorrentes no processo de raciocínio jurídico, os advogados desenvolveram técnicas padronizadas para manipular a indeterminação em prol do cliente.

Nesta seção, algumas dessas técnicas são descritas. O caso do advogado que postula a aplicação de uma norma é examinado em primeiro lugar, seguindo-se-lhe o do advogado que propõe sua não-aplicação.

1. Em favor da aplicação da norma

O advogado favorável à aplicação de uma norma jurisprudencial costuma ampliar seu predicado factual, descrevendo os elementos em termos relativamente gerais. No mínimo, o predicado factual precisa ser exarado em termos suficientemente gerais para abranger os fatos do caso atual.

Muitas vezes isso exige que o advogado confie, não no considerando restrito de uma decisão anterior, mas nas normas mais abrangentes estabelecidas no *dictum*. O caso anterior pode ter criado a norma segundo a qual condições perigosas num terreno geram a obrigação, da parte do proprietário, de advertir para o perigo, e declarado em seguida que esse proprietário tinha a obrigação de chamar a atenção para um poço oculto. O advogado do querelante, a menos que este se tenha ferido no poço, desejaria então citar a norma abrangente estabelecida no *dictum* e não o considerando mais restrito. Mas poderia também sintetizar uma nova norma a partir dos considerandos de diversas decisões anteriores, do modo descrito no Capítulo 3.

Pode o advogado, igualmente, escolher formular a *conseqüência jurídica* de decisões anteriores num nível superior de generalidade. Suponhamos, por exemplo, que segundo decisão anterior o proprietário tinha a obrigação de fincar uma tabuleta de advertência na borda de um talude instável. Na situação atual, o anfitrião do cliente fincou a tabuleta para alertar seus convidados, mas o cliente, distraído com a festa, não lhe prestou atenção e feriu-se. O advogado pode formular a obrigação do caso anterior como a obrigação de advertir convenientemente os convidados, o que é uma formulação um tanto mais ampla, sustentando que a tabuleta era um aviso adequado sob as circunstâncias do caso anterior. E pode agora argumentar que a tabuleta fincada pelo anfitrião do cliente não é um aviso adequado sob as circunstâncias de uma festa barulhenta, de sorte que o anfitrião é responsável perante o cliente.

Outra maneira de ampliar a conseqüência jurídica de uma norma é sintetizar uma nova norma a partir de diversas sentenças anteriores. Por exemplo, se além da decisão que impunha a obrigação de alertar para o talude instável houvesse outra decisão que impunha a obrigação de erigir uma cerca ao redor do poço oculto, o advogado, citando ambos os casos, poderia citar uma norma mais ampla que impusesse a obrigação de tomar cuidados razoáveis, alegando que a tabuleta e a cerca constituíam cuidados razoáveis nas circunstâncias dos casos anteriores, mas que a tabuleta, nas circunstâncias da situação do cliente, não basta.

Talvez se torne necessário, para o advogado, descobrir ou sintetizar normas aplicáveis unicamente em níveis muito elevados de generalidade. Se nenhum caso envolvendo perigos num terreno for encontrado, o advogado buscará casos envolvendo produtos defeituosos que foram objeto de *dictum* ou a partir dos quais lhe seja possível sintetizar uma norma segundo a qual existe a obrigação de alertar aqueles que possam ser prejudicados por um risco conhecido. Embora os casos anteriores tratassem de produtos defeituosos, quando a norma é estabelecida com suficiente generalidade, parece aplicar-se diretamente ao terreno perigoso.

Ao mesmo tempo, o advogado não deve extrapolar, evitando estabelecer a norma num nível tão elevado de generalidade que pareça aplicar-se a casos em que geraria indubitavelmente resultados indesejáveis. Por exemplo, a norma sobre produtos, citada acima, é provavelmente genérica demais. Ao pé da letra, ela sugere que um proprietário tem a obrigação de advertir pessoas quanto a perigos em terra alheia, só por ter deles conhecimento, ou que o fabricante tem a obrigação de chamar a atenção dos consumidores para defeitos em produtos de outras companhias.

Referindo-se a normas ou argumentos que vão longe demais, os advogados às vezes dizem que eles "provam demais". Ou seja, embora a norma ou argumento produza resultados desejáveis em algumas instâncias, em outras esses resultados são indesejáveis. Portanto, a norma que prova demais costuma ser repelida pelas cortes em favor de uma norma mais estrita.

Uma segunda técnica para alegar que determinada norma jurisprudencial se aplica à situação é apegar-se a um mínimo de elementos da norma. Quanto mais numerosos forem esses elementos, maior será a probabilidade de um deles revelar-se inaplicável à situação do cliente. Ao citar a norma ou considerando de sentença anterior, o advogado procura eliminar do predicado factual todo fato que não foi absolutamente necessário à decisão. Conforme explicamos, qualquer fato que o advogado *incluir* será provavelmente estabelecido em termos gerais. Fatos que não encontram paralelo no caso atual serão caracterizados, se possível, como instâncias especiais dos fatos gerais e necessários ou como razões suficientes, mas não necessárias, para a aplicação da norma.

Uma terceira técnica para alegar que determinada norma se aplica à situação é demonstrar que as políticas subjacentes à norma também serão promovidas por sua aplicação ao caso presente. O advogado argumentará, por exemplo, que a política que exigiu a imposição ao proprietário da obrigação de alertar para o poço oculto exige igualmente a imposição da obrigação de alertar para o talude instável. Assim, embora um talude não seja obviamente um poço, a diferença entre ambos se torna irrelevante para a consecução da política subjacente.

Essa técnica pode exigir do advogado a manipulação do nível de generalidade em que as políticas subjacentes à norma foram exaradas. Suponhamos que a norma que impõe a obrigação de chamar a atenção para poços ocultos seja alegada em processos envolvendo poços cavados com fins comerciais e que as cortes declararam que a política subjacente à norma era a de garantir aos lesados por uma atividade econômica uma indenização da parte daqueles que a exploram. Afirmada nesse nível de generalidade, a política pareceria inaplicável a um caso posterior que envolvesse um talude natural. No entanto, se a política for reafirmada num nível mais geral – exigindo, por exemplo, que os proprietários indenizem os lesados por essa propriedade –, a política parecerá aplicar-se ao caso do talude. Em outras palavras, se a política for afirmada num nível suficiente de generalidade, a diferença entre atividade econômica e não-econômica desaparecerá.

2. Contra a aplicação da norma

O advogado contrário à aplicação da norma emprega técnicas que espelham as utilizadas por seu adversário na causa. Em primeiro lugar, ele procura exarar a norma da forma mais restrita possível, estabelecendo em termos restritos tanto o predicado factual quanto a conseqüência jurídica.

Assim, cita a versão mais restrita possível do considerando, observando, por exemplo, que os casos anteriores se referiam a poços – não a perigos. O esforço, é claro, consiste em estabelecer o predicado factual da norma em termos tão específicos que ela não possa incluir os fatos do caso atual. O advogado declarará ainda que a obrigação imposta pelas sentenças anteriores era a de alertar os convidados que haviam comparecido por razões comerciais. Não era obrigação de alertar as pessoas em geral nem uma obrigação de eliminar o perigo. Aqui, o intento é limitar a conseqüência jurídica.

Em apoio desse argumento, o advogado que se opõe à aplicação da norma poderá alegar ainda que seu adversário está citando um simples *dictum* e que nenhuma sentença jamais adotou uma norma tão ampla quanto a proposta pela parte contrária. Insinuará então que o adversário, em vez de aplicar o direito vigente, está tentando persuadir a corte a criar um direito novo – e que, porquanto o *dictum* levaria a um resultado indesejável no caso atual, não deve ser seguido. Em suma, o *dictum* prova demais.

Em segundo lugar, o advogado procura incluir o maior número possível de elementos no predicado factual. Ao enunciar normas, as cortes freqüentemente enfatizam os elementos duvidosos das disputas que julgam, omitindo às vezes elementos que foram claramente satisfeitos. O advogado contrário à aplicação da norma deve examinar suas diversas formulações e combinar elementos de cada formulação a fim de produzir uma norma que contenha todo elemento alguma vez incluído em qualquer formulação anterior. O objetivo é, certamente, incluir um elemento que não haja sido satisfeito no caso atual.

Em terceiro lugar, o advogado sustentará que a apreciação das políticas subjacentes à norma não se aplica ao caso presente. Esse argumento, na verdade, pode seguir duas abordagens diversas.

Uma delas consiste em alegar que as políticas subjacentes à norma não serão satisfeitas pelo resultado proposto pelo adversário. Suponhamos, por exemplo, que o adversário sustente que a norma segundo a qual o proprietário se torna responsável quando deixa de alertar convenientemente para um perigo deveria impor responsabilidade ao proprietário que fez apenas uma única advertência durante uma festa, pois uma única advertência não é um alerta adequado para uma multidão embriagada e barulhenta. O advogado de defesa do proprietário poderá rebater que a política de proteger a vida humana, na qual a obrigação de alertar se baseava em casos anteriores, não seria atendida pela exigência de avisos repetidos, pois tal exigência poderia resultar em compensação para aqueles que deixassem de tomar os devidos cuidados para com sua própria segurança.

Note-se que, para reforçar esse argumento, talvez seja conveniente manipular o nível de generalidade em que as políticas subjacentes foram formuladas. As sentenças anteriores podem ter deixado claro que a obrigação de advertir se baseava na política de exigir dos proprietários a manutenção de medidas de segurança. Nesse nível de generalidade, a política pareceria exigir a aplicação da norma. No entanto, ao formular a política mais genericamente, como a de promover a segurança, o advogado torna a política menos determinada: a segurança pode ser promovida exigindo-se que o convidado *ou* o anfitrião, ou ambos, tomem os cuidados razoáveis.

A outra abordagem consiste em alegar que a presente situação afeta políticas não contempladas pela legislatura ou corte que formulou a norma. Uma vez que toda norma representa um compromisso entre políticas conflitantes, o advogado pode, quase sempre, atinar com uma política que seria cerceada pela aplicação da norma.

Digamos que, segundo o adversário, a norma que impõe responsabilidade por lesões provocadas num talude instável se aplica também a um canteiro de obras. Mais genericamente, o adversário alega que a norma impõe responsabilidade por condições perigosas, o que inclui canteiros de obras, em amparo da política de eqüidade para o indivíduo lesado. Ora, a política de proteger direitos individuais conflita com as teorias utilitaristas da justiça, que defendem a maior felicidade para o maior número possível de pessoas[7]. Assim, o utilitarismo propicia um argumento potencial contra a aplicação da norma, particularmente se a nova situação parecer contrariar os valores utilitaristas de um modo que os casos anteriores não faziam. O advogado sustentará, por exemplo, que impor responsabilidade ao proprietário por ferimentos causados num canteiro de obras penaliza a atividade econômica benéfica, que não fora penalizada pela norma que impunha responsabilidade por ferimentos oriundos de riscos naturais. Assim, a norma não deveria se aplicar ao canteiro de obras.

Em quarto lugar, o advogado poderá sustentar que a aplicação da norma ao caso atual exigiria sua aplicação a outros casos, nos quais provocaria resultados indesejáveis. Esse argumento é conhecido às vezes como "desfile de horrores" ou "terreno resvaladiço". O advogado demonstra que toda definição dos elementos da regra, ampla o suficiente para abranger o caso atual, engloba também outros casos hipotéticos nos quais a aplicação da norma se revelaria prejudicial. A aplicação a esses casos empurraria a corte por um terreno escorregadio até um resultado indesejável e daria início a um desfile de conseqüências horríveis.

Observe-se que o que distingue este último argumento dos outros é o fato de ele não exigir demonstração de que a aplicação da norma levaria a um mau resultado no presente caso. Basta persuadir a corte de que a aplicação da norma, no presente caso, forçaria sua aplicação em outros casos para os quais produziria resultados indesejáveis. Observe-se ainda que, ao apresentar esse argumento, o advogado tenta estabelecer os elementos do predicado factual no nível mais elevado possível de generalidade, a fim de neles inserir tantos casos indesejáveis quanto possíveis.

Por exemplo, ao proclamar que derrubar o chapéu de alguém não deve ser considerado toque, o advogado poderia alegar que definir o contato com uma peça de roupa como toque ofensivo significaria que quem roçasse o paletó de uma pessoa ou lhe pisasse o pé em meio à multidão seria responsável por

---

7. A distinção entre essas formas de justiça é discutida no Capítulo 7.

agressão. Portanto, o conceito de toque tem de ser definido em termos suficientemente restritos para excluir esse caso e outros em que a descoberta da existência de toque levaria a resultados indesejáveis. O conceito, então, não se estenderia ao contato com peças de roupa.

Novamente, porém, ao apresentar esse argumento, o advogado não deve extrapolar, não deve tentar provar demais. Se sua caracterização do caso atual e dos casos indesejáveis for muito ampla, o adversário lhe oporá uma caracterização mais restrita que exclua os casos indesejáveis, mas acate aqueles em que as políticas subjacentes postularem a aplicação da norma.

Suponhamos que, no dizer do advogado, definir o contato com um chapéu como toque significa que o contato com qualquer outro objeto pessoal também constitui toque e cria responsabilidade para aquele que, num estacionamento, raspar o carro de outrem. A expressão "objeto pessoal" é, possivelmente, muito ampla. O adversário replicaria então que o toque deve ser limitado ao contato com a pessoa da vítima ou com peças de roupa que estiverem em contato com sua pele. Essa definição aplicaria a norma definidora do toque ao caso do chapéu, mas não ao caso do automóvel.

O adversário poderia afirmar que o contato com peças de roupa que estejam em contato com a pele da vítima constitui uma invasão relativamente íntima e tem mais probabilidade de romper a paz do que o contato com outros pertences mantidos a distância. Poderá então persuadir a corte a acatar essa definição e a aplicar a norma ao caso do chapéu, demonstrando que a apreciação da política subjacente à norma também envolve o caso presente e aqueles que forem cobertos pela definição – mas que essa apreciação não se aplica à definição ampla proposta pelo advogado.

H. Como combater a indeterminação por intermédio de analogias

Outra abordagem ao problema da indeterminação é o exame da decisão jurisprudencial em busca de analogias com a situação presente. Lembremo-nos de que a síntese do advogado pode incluir considerandos específicos que aplicam normas gerais. Os casos de que essas aplicações são extraídas propiciam uma base para o raciocínio analógico.

Digamos que o advogado tente determinar se uma embalagem de *pizza*, carregada por alguém, está intimamente ligada ao corpo e que sua síntese contenha um considerando segundo o qual uma bandeja nas mãos de uma pessoa está intimamente ligada a seu corpo. Note-se que o caso da bandeja não define o toque, apenas o ilustra. Se uma embalagem de *pizza* fosse uma bandeja, poder-se-ia formular outro silogismo: derrubar uma bandeja das mãos de alguém é toque; ora, uma embalagem de *pizza* é uma bandeja; logo, o cliente cometeu toque.

Mas, ainda que embalagem não seja bandeja, o advogado pode usar o caso da bandeja como analogia para chegar a uma conclusão sobre a forma de caracterizar ou categorizar a embalagem. Especificamente, ele decidirá que, sendo uma embalagem de *pizza* parecida ou análoga a uma bandeja em muitos aspectos, a embalagem de *pizza* deve também ser considerada como intimamente ligada ao corpo.

Na próxima seção, discutiremos com mais vagar o uso da analogia. Por ora, basta observar que o raciocínio analógico pode suplementar o raciocínio dedutivo. Mais especificamente, o advogado pode recorrer às analogias para reforçar sua caracterização dos fatos a fim de, em seguida, passar ao raciocínio dedutivo.

II. ANALOGIA

A. Modelo básico

A segunda forma de raciocínio com que os advogados aplicam o direito aos fatos é o raciocínio por analogia. Uma analogia é uma forma de lógica pela qual se conclui que, sendo dois elementos iguais pelo menos sob um aspecto, deverão sê-lo em pelo menos mais outro aspecto.

Por exemplo, se se diz a alguém que o trem das 9h03 para Londres partiu da estação de Cambridge no horário, a pessoa poderá concluir, por analogia, que o trem das 11h15 para Londres também partiu da estação de Cambridge no horário. Isto é, uma vez que os dois fenômenos eram parecidos pelo fato de serem trens ingleses matutinos que iam de Cambridge para Londres, o observador raciocinará por analogia que também seriam parecidos na pontualidade.

O raciocínio jurídico por analogia funciona da mesma maneira, exceto que os objetos comparados são decisões judiciais. No exemplo anterior, a finalidade da analogia era determinar se o segundo trem seria pontual. Na análise jurídica, a finalidade da analogia é determinar se, no segundo caso, a pessoa possui o mesmo direito ou obrigação que existia no primeiro.

Raciocinando por analogia, o advogado identifica ao menos um caso anterior – ou seja, um precedente – que pareça conter fatos em comum com a situação de seu cliente. O advogado analisa então o caso a fim de identificar as conseqüências jurídicas daqueles fatos.

Se o advogado achar que os fatos da situação do cliente são análogos aos do precedente – isto é, se achar que os fatos do caso do cliente são parecidos com os do precedente –, ele conclui que o precedente deveria ser seguido. Em outras palavras, a situação do cliente deve gerar a mesma conseqüência jurídica que os fatos do precedente.

Se, porém, o advogado achar que os fatos da situação atual são diferentes dos contidos no precedente, a conclusão será que este não deve ser seguido, quer dizer, o precedente não é tratado como caso semelhante e portanto não precisa ser seguido.

A analogia envolve, como a dedução, três etapas. Em primeiro lugar, o advogado identifica uma norma ou considerando anunciado num caso anterior. A norma ou considerando tem a mesma função da premissa maior no silogismo: é a declaração do direito a ser seguida potencialmente. Em segundo, o advogado determina se os fatos da situação atual são parecidos com os do caso anterior. Caracterizar os fatos como semelhantes ou não aos do precedente lembra a caracterização dos fatos na premissa menor do silogismo. Finalmente, a caracterização dos fatos como semelhantes ou não aos do precedente traz a conclusão de que a situação atual deve ou não deve ter a mesma conseqüência jurídica dos fatos do precedente.

Contudo, a analogia difere da dedução porque o advogado, quando recorre ao raciocínio analógico, se vale de um caso específico para decidir outro caso específico. Ao contrário, o advogado que recorre ao raciocínio jurídico em sua forma dedutiva se vale de uma norma geral para decidir um caso específico.

B. O problema da indeterminação

Para o advogado que emprega o raciocínio jurídico em sua forma analógica, o problema consiste em determinar se o precedente e a situação do cliente são semelhantes. Sendo eles idênticos, o advogado se referirá ao precedente como semelhante à situação do cliente e concluirá que ambos os casos têm a mesma conseqüência jurídica.

Dois casos, porém, nunca são idênticos sob todos os aspectos. No mínimo, são diferentes as datas dos acontecimentos e os nomes das partes envolvidas. Assim, em teoria, os casos se distinguem e nenhum precedente precisa ser acatado.

Permitir que toda diferença sirva da base para distinguir casos anteriores tornaria a analogia inútil. Assim também, para que a doutrina da *stare decisis* se aplique a casos posteriores, não é necessário que os fatos desses casos sejam idênticos aos do precedente em todos os aspectos, bastando que o sejam nos mais relevantes ou na maioria deles. Portanto, o advogado deve determinar quais eram os fatos determinantes do caso anterior.

Fatos determinantes são aqueles em que a corte se baseou para decidir o caso anterior. Ela pode ter especificado então quais eram os fatos geradores do direito ou obrigação existente. Mas pode ter também deixado aos futuros advogados a tarefa de inferir quais foram os fatos determinantes[8]. Da mesma maneira

---

8. O método utilizado para identificar os fatos dispositivos de um caso é discutido no Capítulo 2.

que o advogado pode, mais tarde, atribuir a uma corte a consideração de políticas que na verdade não eram parte explícita do raciocínio dessa corte, pode ainda atribuir relevância jurídica a fatos que a corte talvez não haja considerado determinantes. Assim, em termos práticos, uma decisão judicial significa o que o advogado levar outra corte a acreditar que significa.

Após identificar os fatos determinantes, o advogado deve determinar se os fatos do caso atual são semelhantes aos do precedente. Mas essa determinação não é mecânica. O advogado pode, muitas vezes, manipular o quanto dois casos são parecidos modificando o nível de generalidade em que os fatos relevantes são descritos.

Digamos, por exemplo, que o cliente deseje saber se tem a obrigação de alertar os convidados para um poço oculto de meio metro de profundidade em sua terra. A pesquisa jurídica identifica um considerando segundo o qual os proprietários têm de alertar os convidados para poços ocultos com três metros de profundidade. Se os dois casos forem simplesmente descritos como casos relativos a poços, eles são semelhantes. Se os dois casos forem descritos, mais especificamente, como relativos a um poço de meio metro e um poço de três metros, eles são casos distintos. Estabelecendo os fatos relevantes num nível muito baixo de generalidade (isto é, num elevado nível de especificidade), o advogado cria diferenças entre os casos. Dois casos podem sempre ser distinguidos quando se estabelecem os fatos com suficiente especificidade.

Ao mesmo tempo, não raro é possível fazer com que os casos pareçam mais semelhantes estabelecendo-se os fatos com maior generalidade. Suponhamos que o advogado não encontre nenhum precedente envolvendo poços, apenas um considerando segundo o qual o proprietário tem a obrigação de alertar para um talude instável. Taludes, é claro, não são poços. O advogado, porém, logrará eliminar a diferença se redimensionar os fatos relevantes do precedente do talude em termos mais gerais. Alegará por exemplo que, na caracterização do considerando, o proprietário tem a obrigação de alertar para riscos, termo que envolve um poço. Redimensionando os fatos específicos do precedente em termos suficientemente amplos para abranger os fatos do caso posterior, o advogado consegue caracterizar ambos como semelhantes.

Vale notar que o raciocínio jurídico, na forma analógica, levanta os mesmos problemas que na forma dedutiva. No caso do raciocínio dedutivo, o problema é que, devido à generalidade da norma, muitas vezes se torna possível caracterizar os fatos de mais de uma maneira; o advogado deve então escolher entre mais de uma premissa menor, daí concluindo se a norma se aplica ou não. Semelhantemente, o problema do raciocínio analógico é que, manipulando a generalidade na qual os fatos são descritos, o advogado consegue caracterizá-los de mais de uma maneira, daí concluindo se os casos são parecidos ou não. Esse exercício lhe permite afastar-se do precedente ou segui-lo.

C. Como combater a indeterminação por intermédio da apreciação de políticas

O problema da indeterminação no raciocínio analógico é encarado praticamente da mesma maneira com que o é no raciocínio dedutivo: com recurso às políticas subjacentes. O advogado precisa determinar qual caracterização dos fatos atenderá às políticas que subjazem ao precedente. No entanto, tal qual se dá com o raciocínio jurídico na forma dedutiva, a determinação de políticas exige apreciação da importância relativa dessas políticas, bem como da relação entre meios e fins.

Em termos gerais, o advogado tem de decidir, com base em tais apreciações, se caracterizar os fatos do caso atual como semelhantes aos do caso anterior atenderá melhor às políticas do que caracterizá-los como diferentes. Se a resposta for sim, o caso anterior será seguido; se for não, será rejeitado.

Uma decisão anterior poderá ter estabelecido, por exemplo, que o proprietário tem a obrigação de alertar os convidados para um poço oculto em sua terra. O considerando representava um compromisso entre as políticas conflitantes de evitar ferimentos e permitir aos donos o livre gozo de suas propriedades.

O considerando tem de ser classificado de compromisso porque qualquer política, tomada isoladamente, levaria a resultado diferente. De um lado, se a prevenção de ferimentos fosse a única política relevante, a corte teria provavelmente exigido que o proprietário eliminasse o risco, já que essa é a melhor maneira de prevenir ferimentos. De outro, se permitir aos donos o livre gozo de suas propriedades fosse a única política relevante, a corte provavelmente não teria imposto nenhuma obrigação ao proprietário.

O considerando segundo o qual o proprietário tem o direito de conservar um poço oculto em sua terra, sujeito à obrigação de alertar os convidados, representa em essência o compromisso entre essas duas políticas que, na opinião da corte, promoveria um resultado mais satisfatório. A instalação de uma tabuleta atenderia bem à política de proteger a vida, ao mesmo tempo que só ligeiramente restringiria o gozo da propriedade. O resultado alternativo – não exigir advertência – suscitaria uma ameaça potencialmente grave à vida, ao mesmo tempo que só propiciaria benefícios irrisórios à política de respeitar o pleno domínio do proprietário. Por isso, a corte impôs a obrigação de alertar.

Suponhamos agora que o advogado precise decidir, em caso novo que envolve um proprietário com um talude instável em sua terra, se a decisão quanto ao poço oculto deve ou não ser seguida. Poderá fazê-lo aplicando a apreciação de políticas anterior aos fatos do caso atual.

Ao aplicar a mesma apreciação ao caso do talude, o advogado notará que o ônus da advertência é o mesmo, quer o perigo advenha de um talude ou de um poço. Se o talude for tão perigoso quanto o poço, ou mais, então a apreciação de políticas subjacentes à decisão relativa ao poço imporá a obrigação de alertar também no caso do talude.

Todavia, a aplicação da apreciação anterior aos fatos do caso atual não é um processo mecânico. No exemplo dado, o advogado tem de ponderar os riscos relativos de um talude e um poço oculto, o que representa, em essência, uma apreciação da relação entre meios e fins. O advogado aprecia se, em termos de segurança, o talude é mais, menos ou igualmente perigoso. Embora possa haver evidência empírica, a apreciação em geral se baseia na intuição e na experiência, temas a respeito dos quais as pessoas costumam divergir.

A indeterminação na aplicação de apreciações de políticas anteriores torna-se mais notória quando o advogado conclui que um talude é menos perigoso que um poço oculto. Na decisão anterior, o perigo do poço oculto superava o ônus da advertência; mas, sendo um talude menos perigoso, como saberá o advogado se o perigo ainda supera o ônus? Terá de apreciar novamente o peso relativo das políticas e o quanto um determinado resultado irá satisfazer ou não às diversas políticas. O advogado deverá, pois, combinar essas apreciações para determinar se os maiores benefícios políticos advirão de tratar ambos os casos como semelhantes ou dissemelhantes.

Como vimos na seção sobre dedução, os advogados muitas vezes acham que fazer apreciações de políticas é como traçar uma linha demarcatória ou instaurar um equilíbrio. O advogado precisa traçar uma linha entre situações nas quais o perigo justifica a exigência de advertência e situações nas quais ele não a justifica. Ou, para recorrermos à metáfora do equilíbrio, ele precisa equilibrar o perigo e o ônus da advertência, em toda situação particular.

A lógica, por si só, não indica como as políticas devam ser equilibradas ou onde a linha deva ser traçada. A decisão implica juízos sobre a importância relativa das políticas contraditórias e sobre a medida em que determinado resultado satisfará ou não cada política.

Como vimos na seção sobre dedução, isso não significa que os resultados sejam inteiramente indeterminados. As apreciações são feitas em contextos particulares, incluindo fatores como quadro histórico, identidade da pessoa encarregada das apreciações, fatos a que estas serão aplicadas e decisões judiciais anteriores. Explicaremos, no Capítulo 7, que o contexto limita, embora não determine inteiramente, a natureza das apreciações plausíveis.

D. O problema especial do dictum

O raciocínio sob forma analógica é similar ao raciocínio sob forma dedutiva porque ambos levam em conta o problema do *dictum*. A corte, no caso posterior, geralmente leva em conta o *dictum* e muitas vezes o faz sem sequer reconhecer que a declaração constitui um *dictum*.

No entanto, o *dictum* não é imperativo e pode ser rejeitado pelas cortes nos casos posteriores sem que isso implique afastamento do princípio da *stare decisis*. O advogado costuma persuadir a corte a não seguir o *dictum* alegando que o caso gerador do *dictum* é diferente. Tal argumento se reforça quando o advogado consegue demonstrar que a apreciação das políticas subjacentes ao *dictum* não se aplica de igual modo ao caso presente. Já demos exemplos dessa técnica.

O conceito de *dictum*, portanto, traz indeterminação tanto ao processo de analogia quanto ao de dedução. Ao aplicar as normas exaradas num precedente, o advogado tem de levar em conta que algumas dessas normas constituem *dictum* e podem ser rejeitadas por razões mais frágeis do que as que seriam necessárias para convencer a corte a revogar por completo o precedente.

E. Como empregar a analogia como um advogado de defesa

A indeterminação da analogia muitas vezes frustra as tentativas, por parte do advogado, de prever um resultado. O advogado de defesa, no entanto, sabe que essa mesma indeterminação oferece a oportunidade de modelar argumentos em prol do resultado pretendido.

Uma vez que a indeterminação se radica na generalidade da linguagem e na existência de políticas conflitantes, o advogado de defesa explora ambas as características em apoio de sua argumentação. Essas características, com efeito, suscitam uma série de argumentos padronizados em favor ou contra a adoção de uma decisão anterior. Nesta subseção, examinamos alguns desses argumentos.

1. Argumentos em favor do precedente

De início, o advogado que postular a adoção de uma decisão anterior num caso posterior deverá enfatizar as diversas similaridades factuais entre os dois casos. Em termos estritos, os únicos fatos relevantes são aqueles cuja existência satisfará ou não às políticas subjacentes. No entanto, o advogado que postula a adoção de uma decisão anterior raramente limita a argumentação a esses fatos: ao contrário, inclui na lista de similaridades praticamente tudo o que não for coincidência trivial.

Em segundo lugar, ele sustenta que as diferenças inevitáveis são irrelevantes e que nenhum dos fatos que distinguem os casos importa para a satisfação ou não das políticas subjacentes. Por exemplo, é claro que o fato de os nomes das partes diferirem não apresenta nenhuma relevância para qualquer política legítima. Até onde for possível, o advogado elabora um argumento paralelo com respeito a toda diferença entre os casos.

Talvez seja difícil elaborar esse argumento quando a corte, no caso anterior, declarou explicitamente que um determinado fato, alheio ao caso atual, era dispositivo. Então, o melhor argumento em favor da adoção da sentença anterior seria observar que, à luz das políticas subjacentes àquele caso, ele teria sido decidido da mesma maneira ainda que não existisse o fato chamado dispositivo. Na realidade, o advogado estará argumentando que o fato não era necessário para o resultado. E já que não era necessário, qualquer discussão a seu respeito deve ser considerada *dictum* e não precisa ser seguida. Mas é difícil vencer com esse argumento, pois ele exige que a corte ignore o modo como outra corte caracterizou sua própria decisão.

Uma terceira técnica em favor da obediência ao precedente consiste em estabelecer o predicado factual desse precedente num nível superior de generalidade. Se, por exemplo, a decisão anterior prescreveu que a existência de um poço oculto na terra gerava a obrigação de advertência da parte do proprietário, mas o caso atual envolve um convidado que escorregou por um talude, o advogado da vítima alegará que a sentença anterior aludia a "perigo" em lugar de poço oculto. À medida que a linguagem se torna mais geral, tende a englobar os fatos do caso presente.

O advogado pode ainda manipular o nível de generalidade da conseqüência jurídica. Digamos que se estabeleceu, por decisão anterior, que os casais têm um direito, constitucionalmente protegido, de privacidade no uso de contraceptivos, e que, portanto, uma lei proibindo seu uso é inconstitucional. Um advogado, desejando utilizar esse caso para invalidar uma lei que proíbe a sodomia entre pessoas casadas, alegará que, segundo a decisão anterior, o casal tem direito de privacidade em suas relações sexuais. Redimensionando a conseqüência jurídica do caso anterior em termos suficientemente amplos, o advogado transforma-o de modo que pareça implicar o mesmo direito do caso atual.

No entanto, ao redimensionar o predicado factual ou conseqüência jurídica de caso anterior, o advogado não deve extrapolar. Quanto mais geral for sua reelaboração, mais probabilidade terá de incluir situações factuais em que as normas possam levar a resultados indesejáveis em termos de políticas.

Por exemplo, se o advogado redimensionar o caso dos contraceptivos alegando que ele cria o direito à privacidade nas relações sexuais de todas as pessoas, essa alegação parecerá aplicar-se também a menores solteiros: sugerirá, presumivelmente, que as leis estatutárias contra o estupro são inconstitucionais. Com toda a probabilidade, a corte evitará caracterizar o caso dos contraceptivos como gerador de um direito tão amplo à privacidade. Nessas circunstâncias, a corte repeliria a caracterização excessiva das conseqüências jurídicas de casos anteriores.

Uma quarta técnica é caracterizar o caso anterior, não em termos de seus fatos, mas das apreciações das políticas subjacentes, que no dizer do advogado precisam ser atendidas. Por exemplo, se ele quiser impor a um proprietário a obrigação de advertir fregueses para perigos ocultos em sua terra, recorrerá a decisões segundo as quais o fabricante é obrigado a chamar a atenção dos consumidores para defeitos nos produtos. O advogado sustentará então que as decisões precedentes atenderam à política de proteger os incautos contra danos físicos e que tal política deve prevalecer também no caso atual.

Essa técnica talvez requeira a manipulação do nível de generalidade em que a política subjacente ao caso anterior foi formulada. As decisões sobre defeitos em produtos, por exemplo, podem ter descrito a política subjacente como a de proteger o fluxo comercial de meios pouco seguros. Alegando, de um modo mais geral, que a política era proteger os incautos, o advogado faz com que a política pareça aplicável ao caso atual. Ou seja, ele cria a impressão de que o resultado ora buscado atenderá às políticas articuladas no caso anterior.

2. Argumentos contra o precedente

Os argumentos contra o precedente espelham os que lhe são favoráveis. Em primeiro lugar, o advogado enfatiza toda diferença possível entre os dois casos, atentando especialmente para os fatos que a corte, no caso anterior, considerou dispositivos. Ainda que os fatos fossem apenas suficientes para o considerando, e não necessários, o advogado observa que os fatos dispositivos não se acham presentes no caso atual. Se este diferir relativamente a alguns desses fatos dispositivos, é provável que a corte vá distinguir os dois casos. Presumindo-se que os casos não difiram relativamente a nenhum fato considerado explicitamente determinante no caso anterior, o advogado que tencionar repelir o precedente deve, mesmo assim, assinalar as diferenças existentes em outros fatos, na tentativa de fazer os casos parecerem o menos diferentes possível.

Em segundo lugar, o advogado procurará mostrar que as semelhanças entre os casos são irrelevantes. Se o conseguir, alegará que certos fatos do precedente, similares aos do caso atual, não foram explicitamente considerados determinantes, sendo portanto coincidências irrelevantes. Se os fatos foram considerados determinantes, o advogado poderá tentar argumentar que eles não eram relevantes para a satisfação das políticas subjacentes, embora este seja, obviamente, um argumento difícil de sustentar.

Em terceiro lugar, na tentativa de distinguir os casos, o advogado caracteriza o precedente nos termos mais restritos possíveis. Estabelece os fatos e a conseqüência jurídica com grande especificidade, insinuando que qualquer leitura mais abrangente constituiria *dictum*, ao qual a corte não precisa apegar-se. Estabelecendo os fatos em níveis bastante específicos, o advogado produz novas dissimilaridades. Assim, um poço não é apenas um poço, mas um poço oculto, perigoso e de seis metros de profundidade.

Em quarto lugar, o advogado pode sustentar que a apreciação das políticas subjacentes ao primeiro caso não se aplica ao atual. Esse argumento pode adotar diversas abordagens.

Uma delas consiste em alegar que as políticas que prevaleceram no caso anterior agora requerem um resultado diferente do que então se obteve. Suponhamos, por exemplo, que segundo a decisão anterior o governo tem o poder de proibir o uso de termos ofensivos numa transmissão televisiva porque o perigo de um jovem ser lesado por escutar semelhante linguagem supera o direito que a emissora tem de empregá-la. Em caso posterior, uma emissora transmite um documentário que mostra realisticamente a vida de jovens drogados, na tentativa de persuadir os adolescentes de que o uso de drogas pode arruinar a vida deles. A fim de dar maior realismo e credibilidade ao documentário, a emissora mostra filmes sobre usuários de drogas em conversa com a polícia, suas famílias e entre si – conversa que envolve o uso da mesma linguagem ofensiva. O advogado poderá sustentar que, nesse caso, a política de proteger os jovens será realmente *satisfeita* se se permitir a transmissão dos termos ofensivos[9]. Assim, para promover a política que prevaleceu no caso anterior, a corte deve ignorá-lo e retirar, em vez de confirmar, a proibição da linguagem ofensiva.

---

9. Nesse exemplo, o primeiro caso se baseia em *F. C. C.* versus *Pacifica Foundation*, 438 U.S. 726 (1978), em que a Suprema Corte pontificou que a Comissão Federal de Comunicações podia, em consonância com a garantia de livre expressão consubstanciada na Primeira Emenda, controlar as transmissões radiofônicas do programa de George Carlin e impedir que fossem proferidos os sete palavrões proibidos em televisão, pois o controle atenderia à intenção de proteger as crianças. O segundo caso baseia-se numa questão hipotética apresentada por Doc Anderson, meu ex-aluno de direito constitucional.

Observe-se que esse argumento exige manipulação do nível de generalidade em que as políticas são formuladas. No primeiro caso, a política era proteger crianças contra a corrupção moral causada pela linguagem ofensiva. No segundo, era proteger crianças contra o dano bem diferente causado por drogas ilegais. Redimensionando a política do primeiro caso de modo mais geral, como a de proteger crianças, o advogado leva a crer que o resultado pretendido no segundo caso irá confirmar a política subjacente ao primeiro.

Outra abordagem consiste em alegar que a presente situação afeta políticas que não eram relevantes no primeiro caso. Dado que toda decisão representa um compromisso entre políticas conflitantes, o advogado pode, quase sempre, encontrar uma política oposta que lhe forneça base para repelir o caso anterior.

À moda de ilustração, suponhamos que o adversário encontrou um precedente segundo o qual o contrato entre duas grandes empresas deve ser mantido mesmo que uma delas, pela incapacidade de averiguar adequadamente o valor daquilo que compra, seja vítima de uma troca desigual. Agora o adversário alega que, nos termos desse precedente, um acordo unilateral aceito por um consumidor analfabeto tem de ser mantido. A manutenção de contratos assinados por mútua concordância é consistente com a política de autonomia, que geralmente apóia as escolhas feitas pelos indivíduos. A política de autonomia conflita com a política de paternalismo, que insta a corte a examinar escolhas a fim de saber se elas não foram resultado de abuso privado[10]. Assim, a política de paternalismo pode fornecer a base para um argumento contrário. O advogado dirá, por exemplo, que o contrato na verdade foi imposto uma vez que o consumidor não dispunha de recursos mentais ou financeiros para fazer uma livre escolha. O precedente não implicava a política de paternalismo porque as duas empresas tinham aproxi-

---

10. A distinção entre as políticas de autonomia e paternalismo, no sentido em que esses termos são usados aqui, é discutida no Capítulo 7.

madamente o mesmo poder. Desse modo, o precedente não deve ser seguido.

Finalmente, o advogado pode argumentar que, se o precedente for aplicado ao caso atual, a *stare decisis* exigiria que o fosse também a outros casos para os quais geraria resultados claramente indesejáveis. Eis aí, de novo, o argumento do desfile de horrores ou terreno resvaladiço. O advogado demonstra que o caso atual não se distingue de outros casos hipotéticos em que a aplicação do precedente levaria a resultados indesejáveis. Como sucede ao raciocínio jurídico sob forma dedutiva, este argumento se destaca por não requerer demonstração de que a adoção do precedente levará a maus resultados no caso atual, mas apenas de que acarretaria sua aplicação a outros casos para os quais os resultados seriam indesejáveis.

Voltando ao exemplo acima, digamos que o adversário sustenta que a sentença segundo a qual um contrato assinado sob ameaça de arma é írrito deve aplicar-se igualmente ao contrato unilateral, aceito por um consumidor analfabeto, de compra de um refrigerador destinado a estocar remédios perecíveis. O advogado alega que esse consumidor é como o homem ameaçado de violência, pois nenhum dos dois tem outra alternativa realista a não ser assinar. Em ambos os casos, a assinatura é uma questão de vida ou morte.

O advogado que tenta repelir o precedente precisa descobrir quais fatos distinguem dele o caso atual. Dirá, por exemplo, que este envolve circunstâncias coercitivas e não coerção da outra parte, e que tratar ambos os casos da mesma maneira levaria a resultados absurdos em outras instâncias. Assim, todos os contratos de compra de alimentos seriam írritos porque as pessoas não têm outra escolha realista a não ser comprar comida. O mesmo seria verdadeiro quanto ao contrato de compra de um automóvel destinado às compras no mercado (como também dos remédios e do refrigerador). Enfim, somente contratos envolvendo artigos de luxo seriam válidos. O advogado concluirá então que não se deve confundir circunstâncias coercitivas com coerção da outra parte.

De novo, porém, o advogado não deve extrapolar ao tecer esse argumento, não deve tentar provar demais. Por exemplo, extrapolará se atribuir ao caso do refrigerador circunstâncias coercitivas. O adversário poderá replicar com uma caracterização mais estrita do caso do refrigerador, que exclua os casos indesejáveis e ainda assim se harmonize com os casos em que as políticas subjacentes postulem a aplicação da norma. Assim, o adversário sustentará que o caso do refrigerador é como o caso do contrato forçado, pois ambos envolvem ameaça grave e iminente à vida ou à segurança. Embora o alimento possa ser uma necessidade, uma compra qualquer de alimento talvez não seja questão de sobrevivência imediata. A compra de um automóvel seria ainda menos urgente. Portanto, a possibilidade de o consumidor não exercer livremente sua vontade é maior nos casos do refrigerador e do contrato forçado do que nos casos do alimento e do automóvel. Em outras palavras, o adversário demonstra que a apreciação de políticas subjacentes ao precedente também se aplica ao caso atual, mas não aos casos hipotéticos sugeridos pelo advogado. Dessa forma, pode o adversário persuadir a corte de que a aplicação do precedente ao caso do refrigerador condiz com as políticas subjacentes ao precedente, mas não acarreta sua aplicação aos casos do alimento e do automóvel.

F. O problema das analogias conflitantes

A discussão anterior presumia que o advogado tentava determinar se um precedente deveria ser aceito ou recusado na decisão de um caso atual. O precedente deve ser aceito se for semelhante ao caso atual.

Muitas vezes, no entanto, o advogado se depara com uma situação onde existem dois ou mais precedentes, cada qual semelhante ao caso atual em alguns aspectos. O problema é que ambos os precedentes alcançaram resultados opostos e não podem ser aceitos em conjunto. Ou seja, o advogado tem de escolher entre analogias conflitantes.

Suponhamos que o advogado identificou dois precedentes: um deles declara que a proibição de filmes de nudez é inconstitucional porque limita o direito constitucional de livre expressão, ao passo que o outro pontifica que a proibição da nudez ao vivo num cabaré é constitucional porque se dirige contra a conduta de nudez e não contra a expressão. O caso atual, para o qual se solicita o parecer do advogado, envolve proibição num cabaré onde dançarinas nuas se exibem ao vivo num estúdio isolado dos freqüentadores, que no entanto as vêem numa tela gigante de circuito fechado[11]. O advogado precisa decidir qual das analogias conflitantes se aplica.

A escolha entre analogias conflitantes é muitas vezes caracterizada como uma questão de tracejamento de linha. Em um dos lados da linha estão os casos que suprimem expressão (na forma de filmes), enquanto do outro lado estão os casos que suprimem conduta (como dança ao vivo). O advogado tem de decidir de qual lado da linha está a dança ao vivo televisada. Traçar a linha demarcatória entre analogias conflitantes pode ser um problema muito difícil de resolver quando cada uma delas é muito semelhante ao caso atual. Colocar o caso atual em qualquer dos lados pode exigir uma série particularmente meticulosa de apreciações.

Ainda assim, o advogado escolhe uma das analogias utilizando as mesmas técnicas que emprega para aceitar ou repelir um determinado precedente. A analogia certa é aquela que mais se parece com o caso atual, levando-se em conta todas as semelhanças e diferenças.

O advogado favorável à manutenção da proibição dirá que o caso é semelhante ao precedente da dança porque o espetáculo de dançarinas nuas ao vivo ocorre no local e é visto ao mesmo tempo pelos freqüentadores. Esses aspectos o distinguem do precedente do filme, em que os espectadores estavam distanciados do espetáculo no espaço e no tempo.

---

11. Esse exemplo se baseia num problema desenvolvido pela California Young Lawyer's Association para uso na Roger Traynor Moot Court Competition, de 1992.

O advogado contrário à manutenção da proibição dirá que o caso é semelhante ao precedente do filme porque o espectador vê uma imagem da dançarina e não a própria dançarina. Diferencia-se do precedente da dança ao vivo porque os freqüentadores não podem se comunicar com as dançarinas nem tocá-las.

Além de mencionar as similaridades entre o caso e o precedente, que deseja ver aceitas pela corte, e as diferenças existentes entre ambos, que deseja ver repelidas, o advogado tenta também caracterizar como irrelevantes para as políticas subjacentes as similaridades entre o caso e o precedente, que deseja ver repelidas. Por exemplo, o advogado contrário à manutenção da proibição alegará que o fato de a dançarina estar sendo observada no momento é irrelevante. O cabaré poderia, hipoteticamente, fazer um videoteipe da dança e exibi-lo mais tarde, o que eliminaria a contemporaneidade, mas não teria nenhum impacto do ponto de vista da satisfação ou não das políticas relevantes. Essa hipótese procura sugerir que é irrelevante, para a satisfação das políticas subjacentes, o fato de a dança ser vista no momento ou mais tarde.

O processo de decidir se um caso é semelhante ao outro costuma ser indeterminado; mas o de detectar semelhanças e diferenças costuma sê-lo ainda mais, pois certas semelhanças ou diferenças podem ter mais importância que outras e não existem critérios fixos para ponderá-las. Por isso, o advogado precisa voltar-se para as políticas subjacentes e descobrir os benefícios que resultariam da aceitação de uma ou outra analogia. A analogia "certa" é aquela que, uma vez aplicada, propicia o maior benefício em termos das políticas.

Por exemplo, o advogado que postular a manutenção da proibição referente às dançarinas televisadas notará que a política subjacente à proibição de espetáculos dançantes de nudez, que é a de reduzir a criminalidade associada a estabelecimentos de diversões adultas, exige que as dançarinas televisadas sejam tratadas como as que se exibem ao vivo. Os tipos de crime comuns em cabarés, como prostituição, abusos físicos e outras violências, ocorreriam quer as dançarinas fossem observadas diretamente ou não durante o espetáculo. Não tratar os dois tipos de dança da mesma maneira impediria a política promovida pela norma que mantém a proibição de danças ao vivo.

Ao mesmo tempo – continuaria a argumentar o advogado –, manter essa proibição impediria *menos* a política da livre expressão do que proibir a nudez em filmes. Os filmes comunicam um leque bem mais amplo de idéias, e a um público bem maior, do que uma exibição de dança num cabaré; portanto, regulamentar um espetáculo dançante de nudez em circuito fechado de televisão não impede tanto a livre expressão quanto proibir a nudez em filmes.

O advogado contrário à vigência da proibição alegará que a política subjacente ao direito de exibir nudez em filmes – a proteção da livre expressão – exige que as dançarinas televisadas sejam tratadas da mesma maneira que os atores nos filmes. A relação, no tempo e no espaço, entre as dançarinas e os espectadores não faz nenhuma diferença para o valor da expressão. Não tratar as dançarinas televisadas como atores de filmes cercearia a política promovida pela norma que defende o direito de exibir nudez em filmes.

Ao mesmo tempo, tornar írrita a proibição cercearia *menos* a política de prevenir o crime do que tornar írrita a proibição de espetáculos de nudez ao vivo. Exibições televisadas não contribuem para o crime da mesma maneira que exibições ao vivo porque os freqüentadores não podem comunicar-se com as dançarinas, reduzindo-se assim a possibilidade de prostituição e crimes correlatos.

Os advogados, nos casos que envolvem analogias conflitantes, freqüentemente demonstram que aceitar a analogia proposta pelo adversário poderia levar a resultados indesejáveis em outros casos. Para tanto, valem-se do argumento do desfile de horrores ou terreno resvaladiço, já descrito. Dessa maneira estabelecem, não tanto que o precedente por eles citado é o correto, mas que o precedente citado pelo adversário é o incorreto.

Suponhamos, por exemplo, que o advogado postule para o cabaré que exibe dançarinas televisadas uma analogia com o precedente que envolve dançarinas nuas ao vivo, e, assim, exija a manutenção da proibição. Poderá argumentar que igualar dançarinas a atores de filmes somente porque não são vistas diretamente levaria a resultados absurdos. Permitiria, digamos, que o cabaré promovesse espetáculos de nudismo no mesmo recinto dos freqüentadores, porém mostrando as dançarinas nuas em imagem especular. Assim, o fato de o freqüentador ver a imagem e não a dançarina deveria ser tratado como irrelevante.

O advogado segundo o qual as dançarinas televisadas devem ser equiparadas a atores em um filme, devendo então a proibição ser suspensa, alegará que tratar dançarinas que jamais aparecem no mesmo recinto dos freqüentadores como se fossem dançarinas ao vivo, apenas porque sua exibição é vista ao mesmo tempo e no mesmo lugar, levaria a resultados absurdos. Se, por exemplo, a analogia do adversário for tida por correta, um filme de nudez seria protegido, mas o Estado penalizaria sua produção porque esta envolve exibição de nudez no mesmo local e ao mesmo tempo. Portanto, o fato de a dança ocorrer ao mesmo tempo e no mesmo local será considerado irrelevante.

III. COMPARAÇÕES ENTRE DEDUÇÃO E ANALOGIA

A despeito das similaridades intrínsecas, os raciocínios dedutivo e analógico desempenham funções um tanto diferentes no processo de raciocínio jurídico. Na dedução, concluímos que o que é verdadeiro para toda uma classe de objetos também o é para um dos objetos da classe. Na analogia, comparamos dois objetos e concluímos que, por serem iguais em pelo menos um aspecto, devem sê-lo em outro.

Em suma, o raciocínio jurídico sob forma dedutiva exige uma norma geral aplicável a uma classe inteira de situações. As leis, sem dúvida, constituem normas gerais, de sorte que a legislação se aplica mediante o raciocínio dedutivo, embora este seja muitas vezes suplementado por analogias na caracterização de determinados fatos.

Dado que a analogia compara objetos entre si, ela é quase sempre a forma apropriada do raciocínio jurídico quando se trata de decidir um caso por referência a outro. No entanto, há um problema no uso da analogia para se comparar precedentes com a situação atual: em virtude do enorme volume de casos já decididos, comparar uma situação factual a cada caso anterior envolvendo fatos similares seria uma impossibilidade prática. É bem mais fácil extrair da decisão jurisprudencial uma norma geral que contemple toda uma categoria de casos. Por isso, as cortes preferem basear suas decisões em normas gerais extraídas de decisões e aplicadas dedutivamente aos fatos.

As normas gerais podem ter revestido a forma de *dictum* ou o advogado pode ter usado o processo indutivo, descrito no Capítulo 3, para sintetizar uma norma geral que aparentemente engloba os considerandos de uma categoria de casos. Seja como for, uma vez derivada a norma, o advogado emprega o raciocínio jurídico sob forma dedutiva para aplicá-la aos fatos do caso atual.

Em termos técnicos, a dedução pode ser a maneira errada de agir porque, com muita probabilidade, a norma a ser aplicada é um *dictum* e, portanto, de modo algum constrange a corte em casos posteriores. A dedução pressupõe uma norma que rege todos os casos de uma categoria, ao contrário do *dictum*.

Estritamente falando, o advogado o que faz é comparar a situação de seu cliente a diversos outros casos. Então, a forma correta é realmente a analogia. Mas em vez de perder tempo comparando um caso a centenas de outros, ele agrupa uma série de casos sob uma norma, que na verdade pode ser mais ampla do que eles o permitiriam, e depois raciocina de forma dedutiva. O uso da dedução para a aplicação de uma norma jurisprudencial é possível porque a corte costuma seguir o *dictum*, isto é, tratar normas não-imperativas como se fossem imperativas.

A analogia, contudo, é um método muito usado no raciocínio jurídico. Uma situação típica em que o advogado utiliza a analogia é quando necessita completar um silogismo. Como explicamos acima, o advogado freqüentemente recorre a ela para decidir como caracterizar os fatos, escolhendo dessa forma, entre diversas premissas menores, qual adotará a fim de completar o silogismo.

A analogia é empregada também em situações novas, para as quais não existam normas gerais. O advogado investigará casos aparentemente similares em pelo menos alguns aspectos e em seguida os equiparará à nova situação.

IV. DEDUÇÃO E ANALOGIA NO SISTEMA DE JÚRI

Embora os considerandos de decisões jurisprudenciais sejam teoricamente vinculantes para casos subseqüentes, no sistema de júri uma decisão anterior tem pouquíssimo impacto em casos posteriores e semelhantes. O fenômeno acontece porque a decisão de um júri não constrange outro júri. Quer dizer, a decisão do júri no primeiro caso não cria uma norma imperativa para o caso seguinte.

Suponhamos que o júri, num caso, decida que um médico que deixou de aplicar um teste de diagnóstico foi negligente. O júri de um caso posterior que envolva fatos idênticos será no entanto livre para decidir que o médico *não* foi negligente: o veredito do primeiro júri não constrange o segundo júri a despeito da semelhança dos fatos.

O veredito do júri, porém, pode ser "transformado" num considerando imperativo se a parte vencida impugnar o veredito de alguma forma e exigir, por exemplo, novo julgamento, julgamento como matéria de direito[12] ou apelar. Em decorrência da impugnação, a corte de justiça ou de apelação reverá o veredito da instância anterior e proferirá decisão, talvez sob forma de parecer por escrito. Presumindo-se que esse parecer seja publicado, seu considerando se torna precedente imperativo para casos futuros similares.

Digamos, por exemplo, que a parte vencida apele. Conforme explicado no Capítulo 1, a corte de apelação não decide os fatos *de novo*. Ao contrário, considera apenas se o veredito do júri se apoiou em indícios substanciais.

---

12. Os fundamentos para essas várias moções são discutidos no Capítulo 1.

Essa investigação produz dois resultados possíveis. Primeiro, a corte de apelação pode concluir que o veredito do júri se apoiou em indícios substanciais. Pela primeira vez no caso, existe um considerando judicial: uma norma imperativa para casos futuros.

Examinemos com cuidado, no entanto, a natureza exata do considerando. A corte de apelação não declarou que o médico que deixa de administrar um teste de diagnóstico é sempre negligente e sim que o júri teve diante de si indícios suficientes para concluir que, naquele caso, o médico se mostrou negligente.

Esse considerando afirma que certos fatos *podem* constituir negligência, não que a constituam necessariamente. O considerando, entretanto, muitas vezes influencia a solução de casos futuros similares. Por exemplo, se o advogado de um médico, em caso posterior envolvendo fatos similares, optar pelo julgamento sumário[13] alegando que deixar de administrar o teste não pode constituir negligência, o advogado do paciente citará a decisão anterior segundo a qual deixar de administrar o teste pôde constituir negligência – assim, derrotará a moção. Se o caso posterior for a julgamento, porém, o júri se sentirá livre para decidir que o médico, no caso, não foi negligente. Portanto, o considerando da corte de apelação pouco mais faz que facultar aos pacientes, em casos posteriores e similares, mover processo por negligência médica.

Sem dúvida o advogado do médico, em casos posteriores, tentará evitar até esse recurso limitado ao caso anterior. Tentará repelir o caso anterior ou, se não o conseguir, sustentará que foi erroneamente decidido.

Outro resultado possível na apelação é a corte de apelação declarar que a não-administração do teste não deve ser considerada negligência. Essa declaração pode também influenciar a solução de casos futuros similares. Outro médico, processado pela mesma omissão, alegará que a decisão anterior estabeleceu, com força de lei, que a não-administração do teste *não* cons-

---

13. O julgamento sumário é discutido no Capítulo 1.

titui negligência. O paciente, o querelante, procurará repelir a decisão anterior ou persuadir a corte de que ela foi errônea. Mas se o querelante fracassar nessa argumentação, o considerando anterior se imporá.

Isso não quer dizer que a decisão de um júri só influencie casos futuros quando o veredito for impugnado. No júri, o juiz decide todas as questões de direito. E as decisões do juiz sobre essas questões, juntamente com as decisões da corte de apelação que as revê, também passam a constituir precedentes vinculantes depois de publicadas.

V. EPÍLOGO: MUDANÇA DO DIREITO JURISPRUDENCIAL

A descrição do processo de raciocínio jurídico nos capítulos anteriores pressupôs que o direito comum nunca muda, exceto por ato da legislatura. Se o direito estivesse sujeito a mudanças a qualquer tempo, a predição dos direitos e obrigações das partes seria impossível. Além disso, postular que a corte seja livre para modificar o direito a qualquer tempo tira todo sentido aos princípios da norma jurídica e da *stare decisis*.

Todavia, as cortes têm mesmo o poder de modificar o "direito comum" quando existe para isso justificativa suficiente. Na seção final, examinamos de passagem as situações em que a corte pode ser persuadida a modificar normas de direito jurisprudencial, bem como as técnicas que costuma empregar.

A. Flexibilidade sem mudança do direito jurisprudencial

Para começar, as cortes se mostram muito hábeis em atingir o resultado desejado sem precisar mudar o direito. Essa flexibilidade existe porque, como vimos acima, as normas de direito jurisprudencial são freqüentemente indeterminadas. Em primeiro lugar, as decisões anteriores só são imperativas dentro dos estreitos limites de seus considerandos, de sorte que elas muitas vezes não se aplicam ou podem ser desconsideradas. Em segundo lugar, até a linguagem imperativa pode ser excessivamente geral para requerer um único resultado. Em terceiro lugar, a aplicação das políticas também pode amparar qualquer resultado, dependendo da apreciação da corte quanto ao peso relativo das políticas e da relação entre essas políticas e os meios empregados para promovê-las.

Assim, exceto nos casos fáceis, o direito vigente na verdade não exige um resultado único. As cortes se mostram freqüentemente capazes de chegar ao resultado demandado por qualquer das partes. Na medida em que o resultado pôde ser reconciliado com a linguagem das normas e que todo precedente contrário foi plausivelmente repelido, a corte não "mudou" o direito. Quando muito, criou o direito ali onde não existia nenhum.

B. Justificativas para mudar o direito jurisprudencial

Ocasionalmente, no entanto, aparece uma situação em que o resultado pretendido pelo advogado não pode se conciliar de modo plausível com a linguagem das normas vigentes. Os direitos ou obrigações que o cliente pretende existirem em determinada circunstância só podem ser criados pela modificação de uma ou mais normas jurisprudenciais existentes.

O princípio da *stare decisis* se insurge vigorosamente contra a derrogação de decisões anteriores, mas não proíbe essa prática. Se a corte tenciona modificar um direito, o fará por razões políticas.

Uma vez que a norma original se baseava em apreciação de políticas, o advogado deve acima de tudo persuadir a corte de que as decisões anteriores já não podem ser consideradas corretas. Lembremo-nos de que a aplicação de políticas para decidir causas requer dois tipos de apreciação. O advogado pode alegar que uma das apreciações ou ambas estavam erradas.

O primeiro tipo de apreciação diz respeito ao peso relativo atribuído a diferentes políticas. A corte anterior estabeleceu um equilíbrio entre duas políticas, percebendo a importância de cada uma. Mas agora o advogado pode sustentar que essa importância relativa se alterou. Em decorrência disso, uma nova norma se faz necessária. Ou, em outras palavras, um novo equilíbrio tem de ser buscado, uma nova linha tem de ser traçada.

No século XIX, por exemplo, as cortes adotaram a chamada "norma do colega", segundo a qual o empregado ferido no trabalho não poderia processar o empregador por negligência se o dano houvesse sido causado por outro empregado. As cortes concluíram portanto que a política de promover o desenvolvimento econômico tinha mais peso que a política de indenizar um empregado ferido. No século XX, porém, as cortes passaram a abrir exceções à norma do colega, permitindo assim que os empregados acionassem seus patrões por ferimentos causados em virtude de negligência de outros empregados. As cortes simplesmente decidiram que a política de indenizar o ferido tinha agora mais peso.

O segundo tipo de apreciação diz respeito à relação entre meios e fins. A corte anterior adotou uma norma porque acreditava que ela satisfaria melhor a determinadas políticas. Agora o advogado alega, sem necessariamente questionar os fins buscados pela corte anterior, que a norma adotada já não satisfaz àquelas políticas, se alguma vez as satisfez. A norma, em outras palavras, não funcionou na prática e deve ser modificada.

Por exemplo, a tradicional "common law" sobre as obrigações do proprietário para com aqueles que penetram em sua terra classificavam estes últimos como invasores, autorizados ou convidados. As obrigações dos proprietários variavam segundo a categoria do recém-chegado. Mas algumas cortes começaram a notar que as diversas categorias eram difíceis de aplicar e que as políticas subjacentes seriam melhor satisfeitas se impusessem uma única obrigação, a de tomar cuidados razoáveis nas circunstâncias[14].

Talvez as cortes aceitem com mais facilidade mudanças desse tipo no direito porque, como se viu, a relação entre meios

---

14. Ver, por exemplo, *Basso* versus *Miller*, 40 N.Y.2d 233, 386 N.Y.S.2d 564, 352 N.E.2d 868 (1976).

e fins é, teoricamente, um assunto que a corte pode decidir de maneira empírica. Assim, no exemplo citado, a corte anunciou que a norma anterior era "difícil de aplicar" – conclusão ostensivamente baseada na observação factual. Mudando o direito dessa maneira, a corte não está admitindo que alterou políticas, mas apenas que "corrigiu" o direito com base em novas informações. As políticas subjacentes dos casos anteriores continuam a ter o mesmo peso.

C. Técnicas para mudar o direito jurisprudencial

A corte que decidiu mudar um direito jurisprudencial pode recorrer a diversas técnicas, algumas das quais talvez dêem a impressão de que o princípio da *stare decisis* foi ignorado. Nesta subseção, examinamos algumas dessas técnicas.

1. O caso confinado a seus fatos

Em primeiro lugar, a corte pode confinar um caso anterior a seus fatos. Essa é, na verdade, uma forma relativamente branda de revogação. O considerando do caso anterior é tido por correto, mas ainda assim a corte se recusa a generalizar a partir dele. Com efeito, a corte repudiou todo *dictum* do caso anterior capaz de sugerir que esse considerando refletia uma norma mais amplamente aplicável.

Por exemplo, a decisão segundo a qual derrubar a bandeja com o jantar que um freguês de um restaurante leva nas mãos constitui toque ofensivo pode ser confinada a seus fatos pela corte. A corte é livre para concluir que derrubar uma embalagem de *pizza* (ou um baralho de cartas, um móvel caseiro, ou qualquer outra coisa das mãos de alguém) não constitui toque ofensivo. O considerando do caso anterior ficou confinado a seus fatos; a corte não precisa encontrar uma base para repelir casos posteriores envolvendo *pizzas* ou móveis. O direito mudou, permitindo à corte tratar *pizzas* e móveis como coisa diferente de bandejas, mesmo que ele não haja explicitamente revogado a decisão anterior.

2. Revogação *sub silentio*

Em segundo lugar, a corte pode revogar sentença anterior *sub silentio*. Ela freqüentemente o faz articulando uma série de apreciações de políticas em caso posterior que, se aplicadas ao anterior, teriam provocado resultado diferente. A corte se recusa explicitamente a revogar a decisão anterior, mas mesmo assim o advogado entende que esta já não regerá decisões futuras.

Suponhamos, por exemplo, que segundo uma sentença a corte, antes de autorizar o oficial de justiça a seqüestrar em nome de uma loja os bens de um freguês que supostamente não pôde desobrigar-se, tenha de notificar previamente o freguês e dar-lhe a oportunidade de ser ouvido. Suponhamos também que uma decisão posterior permita o seqüestro sem necessidade de notificação ou audiência prévia, pois a corte, no momento em que autoriza o seqüestro, tem bases consistentes para acreditar que a exigência da loja é bem fundamentada e que a notificação subseqüente basta. Temos aí uma revogação *sub silentio* da primeira sentença[15]. Nada na primeira sentença indicava que a corte não tivesse bases consistentes para acreditar que a exigência da loja era bem fundamentada, de modo que os dois casos são indistintos. A segunda sentença alcançou resultado diferente porque a corte mudou sua política. A primeira sentença não foi revogada explicitamente, mas é provável que novos casos sejam decididos de forma diversa.

3. Criação de exceções

Em terceiro lugar, a corte pode criar uma exceção. Trata-se de um repúdio explícito, ainda que parcial, da sentença anterior. Esta continua a ser bom direito, mas já não controla como antes todas as situações.

O último exemplo pode ilustrar também essa técnica. Digamos que, no primeiro caso, *não* havia garantias adequadas de que a exigência da loja era bem fundamentada. Nessas circuns-

---

15. Esse exemplo se baseia em *Fuentes* versus *Shevin*, 407 U.S. 67 (1972) e *Mitchell* versus *W. T. Grant Co.*, 416 U.S. 600 (1974).

tâncias a segunda sentença, em lugar de revogar a primeira *sub silentio*, pode simplesmente criar uma exceção – sustentando que, embora a notificação prévia seja em geral requerida, a notificação subseqüente basta se a corte dispõe de garantias adequadas quanto aos bons fundamentos da exigência da loja.

Sem dúvida, os advogados podem discutir se a segunda sentença constitui exceção à primeira ou sua revogação *sub silentio*. Na medida em que os dois casos sejam verdadeiramente diferentes, o segundo estará provocando uma exceção à norma geral estabelecida no primeiro. Na medida em que os dois casos pareçam indistintos, no entanto, é praticamente impossível negar que a primeira sentença foi revogada *sub silentio*. Como vimos, os advogados podem divergir no tocante a afirmar que dois casos são distintos e, portanto, que a segunda sentença cria uma exceção ou uma revogação *sub silentio*.

A exceção muda o direito relativamente às situações abrangidas pela exceção. Além disso, definindo em termos amplos o predicado factual da exceção, a corte consegue incluir nesta grande número de casos. Às vezes a exceção se torna mais amplamente aplicável do que a chamada regra geral, de onde dizer-se que a exceção "engole a regra". À época em que foi criada, a exceção parecia uma mudança insignificante do direito, mas com o tempo revelou-se um repúdio total da norma anterior[16].

4. Ficções jurídicas

Em quarto lugar, a corte pode utilizar uma ficção jurídica para modificar o direito. Uma ficção jurídica, com efeito, é a declaração de que o direito considera algo verdadeiro mesmo que não o seja. Em geral, recorre-se à ficção jurídica para suprir um elemento ausente da norma. Declarando que esse elemento está presente, a corte permite que a norma se aplique a fatos que, em outras circunstâncias, não justificariam essa apli-

---

16. Se nenhum caso futuro seguir a norma anterior, o advogado concluirá que o caso anterior ficou confinado a seus fatos.

cação. Segundo todas as aparências, o direito não mudou. Na realidade, porém, a corte reescreveu a norma para que o elemento ausente fosse eliminado ou substituído.

Uma das ficções jurídicas mais comumente usadas é a técnica da implicação, pela qual a corte declara que determinado elemento está implicitamente presente, embora não o esteja em nenhum sentido significativo.

Suponhamos, por exemplo, que nos termos de uma sentença uma empresa não pode ser processada num Estado a menos que aceite a jurisdição de suas cortes. Mais: que uma segunda sentença sustente que as empresas, ao fazer negócios com um cidadão do Estado, implicitamente aceitam sua jurisdição. Decerto a empresa não aceitou realmente essa jurisdição, mas mesmo assim pode ser processada. O direito não parece ter mudado porque ainda baseia a jurisdição no consentimento. Mas, de fato, o elemento consentimento foi substituído pelo elemento "fazer negócios", convertido em consentimento por mera ficção jurídica.

As ficções jurídicas preparam a comunidade legal para uma mudança explícita no direito. Depois que a ficção se firmou, a corte pode renunciar à dissimulação e reconhecer que ela não passa mesmo de ficção. Mas a essa altura a norma modificada pelo uso da ficção jurídica já estará tão consolidada que a corte provavelmente não será criticada por ter modificado o direito. Quando muito, será elogiada pela sinceridade em ter reconhecido o que era uma ficção notória.

5. Revogação explícita

Enfim, a corte pode revogar explicitamente um precedente anterior. As justificativas com base nas políticas são bastante fortes para superar as presunções em favor da *stare decisis* e a corte simplesmente modifica o direito.

PARTE II
Raciocínio jurídico avançado

Capítulo 6
Uma perspectiva histórica do raciocínio jurídico

As premissas que orientam o processo de raciocínio jurídico, nos Estados Unidos, refletem concepções profundas a respeito da relação entre os indivíduos e a comunidade, das possibilidades de compreensão humana e da natureza da própria realidade. Ou seja, as concepções que regem as esferas da filosofia, religião, ciência, política, literatura e outras disciplinas também modelam nosso entendimento do direito e do raciocínio jurídico.

A Constituição Americana foi escrita no final do século XVIII, no auge do Iluminismo, refletindo assim as teses que inspiravam o pensamento iluminista. Dois séculos depois, no entanto, a evolução em todas as áreas da atividade humana desafiou, muitas vezes com êxito, essas teses. O resultado foram dúvidas sérias quanto às bases teóricas do raciocínio jurídico.

Conseqüentemente, os advogados americanos esforçaram-se para reconceitualizar o direito e o processo de raciocínio jurídico à luz de sua nova compreensão do mundo. Hoje, o raciocínio jurídico é um mosaico de idéias sobreviventes de outros tempos, combinadas com idéias do pensamento contemporâneo.

Neste capítulo, tentamos explicar o raciocínio jurídico americano ao final do século XX como o produto de um processo histórico. A discussão começa com um estudo das teses iluministas sobre as quais foi erigido o sistema jurídico americano e passa à demonstração de como uma dessas teses, a crença no direito natural, foi combatida com êxito no início do século XIX, provocando o surgimento de uma nova síntese, o formalismo, ao final daquele século. O formalismo foi, por sua vez, combatido com êxito no início do século XX pelos juristas realistas. O pensamento jurídico, no decorrer do século XX, tem sido dominado pelas tentativas de reexplicar o processo do raciocínio jurídico na esteira da crítica dos juristas realistas.

I. AS ORIGENS ILUMINISTAS DO PENSAMENTO JURÍDICO AMERICANO

A. *A emergência da epistemologia iluminista*

Os arquitetos setecentistas do sistema jurídico americano trabalharam com base nas teses que caracterizaram a filosofia iluminista. Aqui, portanto, a investigação começa com um breve resumo do pensamento do Iluminismo.

As raízes do Iluminismo remontam, de um modo geral, ao Renascimento, à Reforma Protestante e à Revolução Científica. O Renascimento italiano do século XIV foi inspirado pela redescoberta dos escritos gregos clássicos e caracterizou-se pelo retorno às preocupações seculares, em nítido contraste com o enfoque teológico do pensamento medieval. A Reforma, que começou com a publicação das noventa e cinco teses de Martinho Lutero, em 1517, desafiou a autoridade tradicional da Igreja Católica Romana, postulando que os indivíduos poderiam conhecer a verdade religiosa por intermédio de sua própria interpretação das Escrituras. A Revolução Científica, geralmente datada também do século XVI, constituiu uma tentativa de chegar à verdade graças a um método científico, isto é, racional e empírico.

A Reforma e a Revolução Científica tinham em comum a busca da verdade por parte de indivíduos que exerciam a razão, em vez de apenas aceitarem passivamente a autoridade tradicional. Assim, em grande medida, esses dois movimentos se ocupavam de epistemologia, que é o estudo do modo de aquisição do conhecimento. Enfatizavam o cepticismo, o individualismo e a razão. Juntamente com o movimento renascentista, tinham orientação primordialmente secular.

Nos séculos XVII e XVIII, essas correntes de pensamento produziram duas escolas distintas de filosofia, que se associaram para criar o Iluminismo. A primeira, conhecida como racionalismo, iniciou-se com a obra de René Descartes. Descartes adotou uma postura de cepticismo radical, questionando tudo e nada aceitando da autoridade. Em seguida, procurou determinar se havia algo capaz de ser conhecido com certeza e só descobriu uma coisa: podia conhecer com certeza apenas sua própria dúvida. A partir do fato dessa dúvida, deduziu sua existência pessoal – dedução às vezes denominada "*cogito*", segundo a famosa proposição *Cogito, ergo sum* ("Penso, logo existo"). Descartes chegou a elaborar toda uma filosofia, inclusive uma demonstração da existência de Deus, a partir de uma série de deduções originadas do *cogito*. O modelo epistemológico de Descartes era a matemática, sistema que começa com algumas verdades intuitivas e chega a novas verdades mediante um processo de dedução. Descartes rejeitava, por não ser confiável, a informação obtida dos sentidos, pois descobriu que freqüentemente as aparências nos enganam: as coisas não são o que parecem ser.

Na filosofia cartesiana, portanto, a busca do conhecimento começa com o indivíduo que se recusa a aceitar toda verdade que não possa ser estabelecida pelo exercício de sua própria razão. O racionalismo cartesiano dominou a filosofia européia durante os séculos XVII e XVIII, sendo representado, por exemplo, na obra de Baruch Spinoza e Gottfried Leibniz.

Recorrendo inicialmente à consciência de si mesmo, Descartes separou sua mente das coisas tangíveis do mundo. Provou, em primeiro lugar, a existência de seus próprios pensamentos, passando daí para a existência de seu corpo e demais objetos do mundo. Há, pois, inerente à epistemologia de Descartes, uma distinção entre a consciência individual subjetiva e o mundo objetivo, exterior à mente.

A outra escola de filosofia que se originou da Reforma e da Revolução Científica foi o empirismo, cujas figuras mais importantes incluem três filósofos britânicos dos séculos XVII e XVIII: John Locke, George Berkeley e David Hume. O ponto de partida de Locke é, também, a postura céptica. Mas ele acreditava que o conhecimento provinha não da introspecção cartesiana, e sim da experiência dos sentidos. Segundo Locke, as únicas coisas que podemos conhecer com certeza são aquelas que apreendemos empiricamente. Tanto Berkeley quanto Hume levaram adiante as implicações do empirismo lockiano. Berkeley sustentou que existir é ser percebido. Uma vez que as idéias abstratas não podem ser sentidas, não podem também existir fora da mente. Para Hume, dado que só experimentamos sensações isoladas, nenhum princípio pode ser conhecido por intermédio da indução e nenhum vínculo causal entre os fenômenos pode ser estabelecido com certeza. Tudo o que conhecemos são os particulares que experimentamos. Nossa noção de que esses particulares demonstram um princípio unificador ou uma cadeia de causação é apenas uma predisposição psicológica, isto é, uma suposição habitual de que os particulares se relacionam, não algo que possamos, em definitivo, conhecer.

A despeito da divergência entre Descartes e Locke quanto a saber se a intuição ou a impressão sensorial é o ponto de partida do conhecimento, racionalistas e empiristas extraíram da obra de Descartes alguns conceitos comuns. Tanto Descartes quanto Locke subordinaram a metafísica à epistemologia, quer dizer, ambos se basearam numa teoria do conhecimento a partir da qual construíram sua visão da realidade. Um e outro iniciaram sua investigação com o indivíduo: Descartes com a intuição individual, Locke com as impressões sensoriais do indivíduo. Mas o indivíduo está no centro da filosofia dos dois. Finalmente, ao começar com o indivíduo, racionalistas e empiristas aceitaram uma distinção entre a mente subjetiva individual e o mundo objetivo exterior à consciência do indivíduo.

O racionalismo e o empirismo representam as duas correntes da epistemologia iluminista. Os pensadores do Iluminismo acreditavam que podemos conhecer apenas por intermédio da razão ou da experiência, métodos utilizados pela ciência, ignorando assim a tradição, autoridade e revelação como meios de conhecimento do mundo. O Iluminismo representa, portanto, uma tentativa de aplicar o método científico a todas as formas de conhecimento. A imagem iluminista do mundo natural foi inspirada pelas leis físicas de Isaac Newton: o universo é uma máquina complexa, semelhante a um relógio, que opera de modo regular segundo um direito natural ditado pelo Criador. O Iluminismo setecentista foi chamado a Idade da Razão e, pelo menos ao tempo da Revolução Americana, a corrente racionalista cartesiana dominava a corrente empírica, particularmente em filosofia política.

Os filósofos medievais, no âmbito da metafísica, dividiam-se em realistas e nominalistas. Os realistas supunham que conceitos gerais possuem existência real e remontavam sua linhagem à crença de Platão na existência de "formas", que são as essências universais dos objetos particulares existentes no mundo. Para os nominalistas, apenas os particulares existiam, sendo os conceitos gerais meros nomes que os humanos aplicam a grupos de particulares. Já no século XIV, Guilherme de Ockham associara o nominalismo ao empirismo, antecipando assim Berkeley e Hume. Embora a obra dos empiristas britânicos inserisse uma tendência nominalista na filosofia do Iluminismo, a metafísica dominante no final do século XVIII era realista: o universo é governado por direitos naturais que a razão pode perceber.

B. A emergência do liberalismo

As contribuições iluministas para a epistemologia foram acompanhadas por uma contribuição paralela para a filosofia política: a emergência do liberalismo. Os desafios à autoridade religiosa da Igreja Católica lançados pela Reforma e pela Revolução Científica coincidiram com o desafio à autoridade política e econômica do Estado. Este último desafio partiu de uma classe média em ascensão que rejeitava as políticas econômicas mercantilistas dos monarcas europeus. O liberalismo, filosofia política e econômica da classe média, compartilhava com a epistemologia iluminista a crença na liberdade do indivíduo racional – fosse ela liberdade de investigação ou liberdade de atividade econômica.

A teoria política liberal, tal qual exposta sobretudo pelo seu teórico mais influente, John Locke, sustentava que os indivíduos têm direitos naturais à liberdade e à igualdade; que eles, graças a um contrato social, concordam em formar governos apenas para proteger esses direitos; e que o único governo legítimo baseia-se no consenso dos governados. A teoria econômica liberal alegava que uma economia de livre-mercado, dando aos indivíduos liberdade para perseguir seus interesses racionais, geraria mais riqueza que as economias pesadamente regulamentadas do mercantilismo.

Para Locke, a finalidade do governo era a proteção da liberdade individual. Locke escreveu também sobre a forma que o governo deveria assumir, pleiteando uma separação de poderes, de sorte que nenhum prevalecesse. Após estudar o sistema constitucional britânico, o barão de Montesquieu aperfeiçoou a teoria da separação dos poderes de Locke, postulando a divisão do governo em Legislativo, Executivo e Judiciário.

A premissa básica do liberalismo lockiano era que os indivíduos têm direitos oriundos do direito natural. A crença no direito natural remonta aos estóicos da Grécia antiga e foi incorporada à teologia da Idade Média, que a via como um direito emanado da vontade de Deus, revelado na Escritura e obrigatório para todas as pessoas.

A crença num direito natural que rege os negócios humanos também se adequava perfeitamente à imagem iluminista do universo como máquina complexa governada pelas leis físicas de Newton. As pessoas, tanto quanto a natureza, estavam sujeitas a uma lei natural. Assim, Thomas Jefferson, na "Declaração da Independência", pôde proclamar a existência de verdades "auto-evidentes" relativas à igualdade dos homens no nascimento, ao seu direito natural à vida, à liberdade e à busca da felicidade. Esse direito natural, entretanto, devia ser determinado pelo exercício da intuição e da razão, segundo a tradição cartesiana, e não derivado de revelações divinas. O direito natural firmou-se no pensamento secular.

As teorias epistemológica e política do Iluminismo convergiram, no final do século XVIII, para produzir a experiência da Constituição Americana. Reduzida à essência, a filosofia jurídica americana setecentista poderia ser caracterizada como o emprego da razão na proteção da liberdade. Pelo exercício da razão, os homens podiam distinguir seus direitos naturais, alguns dos quais foram codificados na "Declaração de Direitos" [*Bill of Rights*] da Constituição dos Estados Unidos. Tão forte era a crença de que esses direitos naturais realmente existiam que muitos consideraram sua codificação na Declaração de Direitos supérflua e mesmo perigosa, pois isso poderia induzir as cortes a supor que apenas os direitos codificados tinham eficácia jurídica. Nos anos seguintes à Revolução, as cortes reivindicaram o poder de invalidar legislações contrárias ao direito natural, ainda que nada na Constituição as proibisse.

A filosofia jurídica americana do século XVIII sustentava que o "common law" também se baseava em princípios discerníveis pelas cortes graças ao exercício da razão. Esses princípios de jurisprudência incluíam os direitos naturais dos homens, de modo que o "common law" não ameaçava a liberdade.

A estrutura institucional montada para que a razão protegesse a liberdade foi a separação de poderes. Os juízes, guiados antes pela razão que pela paixão política, reveriam a constitucionalidade da legislação ou aplicariam o "common law". Tomando decisões racionais, eles garantiriam a preservação da liberdade.

Portanto, a razão protegeria a liberdade por intermédio da norma de direito. As cortes não deveriam decidir causas de acordo com as preferências pessoais do juiz, mas segundo os ditames do direito alicerçado na razão.

C. *O declínio do naturalismo*

No início do século XIX, um conjunto de forças deslegitimava os apelos explícitos dos juízes ao direito natural. A democracia jacksoniana, com sua ênfase na soberania popular, favorecia a concepção do direito como algo criado pelo consentimento do povo, não como algo descoberto pelo exercício da razão. O advento da economia de mercado, exigida pelo liberalismo, minou a fé nos valores objetivos. Os valores não tinham sido fixados para todo o sempre, mas eram restabelecidos diariamente pelo consenso dos participantes do mercado.

O naturalismo viu-se ameaçado também pela filosofia utilitarista de Jeremy Bentham e John Stuart Mill. Bentham queria que a sociedade buscasse a maior felicidade para o maior número, idéia que parecia condizente com a democracia majoritária porque postulava o bem-estar de toda a sociedade e não os direitos inalienáveis dos indivíduos. A maior felicidade para o maior número podia revelar-se inconsistente com os interesses de determinado indivíduo, de sorte que a filosofia utilitarista abalava profundamente toda crença naturalista nos direitos individuais. Estes seriam protegidos, se tanto, não pelo valor do indivíduo, mas porque fazê-lo beneficiaria a sociedade como um todo. O utilitarismo sugeria que as cortes não olhassem para trás a fim de determinar se direitos preexistentes eram aplicáveis à solução de uma causa, mas para a frente, para as conseqüências de cada solução possível dessa causa.

Aos poucos, o naturalismo foi suplantado, na teoria jurídica, pelo positivismo, segundo o qual o direito é apanágio de um soberano humano, que no caso dos Estados Unidos é o povo. Consideravam-se os direitos individuais meros correlativos das obrigações, sendo, pois, deveres e direitos simples criação do direito. Embora o direito natural pudesse continuar a existir como categoria moral, somente leis adotadas por um soberano deveriam formar a base de uma decisão judicial. O direito não mais se originava de Deus ou da natureza e sim do consentimento popular[1].

---

1. Embora o "common law" tenha sido criado por juízes e não por legislaturas eleitas, foi explicitamente incorporado ao direito em vários Estados, mediante provisões constitucionais ou legais adotadas segundo processos democráticos. Além disso, em todos os Estados, nos termos da doutrina da supremacia do Legislativo, a legislatura tem poder para modificar ou rejeitar qualquer elemento do "common law". Nessas circunstâncias, os teóricos do começo do século XIX não tinham dificuldade em conceber o "common law" como baseado no consentimento popular.

II. FORMALISMO JURÍDICO

No final do século XIX, o surgimento de escolas de direito ligadas à universidade, com cursos de tempo integral, gerou um corpo de escritos teóricos sobre o tema de como juízes e advogados aplicam o direito positivo para garantir direitos e obrigações individuais. Um dos comentadores mais influentes desse tema foi Christopher Columbus Langdell, nomeado diretor da Faculdade de Direito de Harvard em 1870.

Langdell avançou a tese de que o direito é uma ciência, como a biologia ou a física. Os dados em que tal ciência se baseia são as decisões judiciais. O diretor Langdell ampliou a analogia sustentando que a biblioteca é, para o advogado, o que o laboratório é para o químico ou o físico. Assim se explicou ele no início de um discurso inaugural em Harvard, em 1887:

> Foi indispensável estabelecer pelo menos dois pontos: primeiro, que o direito é uma ciência; segundo, que todo o material dessa ciência está disponível nos livros. [...] Se for mesmo uma ciência, dificilmente se negará que é uma das maiores e mais complexas. [...] Temos insistido também na idéia de que a biblioteca constitui a oficina adequada de professores e estudantes; de que ela representa, para nós, o que os laboratórios da universidade representam para os químicos e físicos, o que o museu de história natural representa para os zoólogos e o que o jardim botânico representa para os botânicos.[2]

Assim como o cientista poderia discernir as leis da natureza pelo estudo de dados empíricos, o advogado era capaz de descobrir as leis da sociedade pelo estudo de casos. O método empregado pelo advogado era a indução. Após examinar certo número de casos pertinentes a determinada norma, o advogado podia inferir que essa norma devia ser uma norma geral de direito.

Langdell acreditava que o resultado final desse processo de observação e indução seria a descoberta de um pequeno nú-

---

2. Citado em W. Twining, *Karl Llewellyn and the Realist Movement 12* (1973).

mero de normas muito gerais. Todos os casos futuros poderiam ser decididos pela aplicação dessas normas gerais aos fatos, segundo o método dedutivo. As decisões judiciais que não se harmonizassem com elas seriam repelidas como errôneas. Langdell explicitou essa tese no prefácio de seu manual sobre direito contratual, de 1871. Explicava que

> o direito, considerado como ciência, consiste em certos princípios ou doutrinas. Dominá-los a ponto de poder aplicá-los, com facilidade e certeza constantes, aos complexos negócios humanos é o que faz o verdadeiro advogado. [...] O caminho melhor e mais curto, se não o único, para o perfeito domínio da doutrina é o estudo dos casos em que ela está corporificada. Entretanto, os casos úteis e necessários para essa finalidade, nos dias atuais, são pouquíssimos em comparação com tudo o que foi relatado. A grande maioria deles é inútil, ou pior que inútil, para um estudo sistemático. Além do mais, o número das doutrinas jurídicas básicas é bem menor do que geralmente se supõe; as muitas roupagens sob as quais a mesma doutrina se manifesta [...] são causa de forte apreensão. Se essas doutrinas fossem dispostas e classificadas de modo que cada uma ocupasse seu devido lugar, e não outro qualquer, deixariam de impressionar por seu número.[3]

A abordagem de Langdell tem sido chamada de "formalismo jurídico" ou, simplesmente, de "formalismo". O termo alude ao processo de decisão judicial pela aplicação mecânica de normas gerais.

Sob muitos aspectos, o formalismo representou a apoteose da filosofia iluminista no pensamento jurídico americano. A crença de Langdell segundo a qual o direito é uma ciência adequava-se ao esforço do Iluminismo para aplicar o método científico a todas as formas de conhecimento. A combinação de indução e dedução, no método de Langdell, trouxe as correntes empírica e racionalista da epistemologia iluminista para o raciocínio jurídico.

---

3. C. Langdell, *A Selection of Cases on the Law of Contracts viii* (1871).

O formalismo era consistente também com o liberalismo político do Iluminismo. Em especial, o formalismo sustentava o princípio da norma jurídica insistindo em que todo julgamento era a aplicação mecânica das normas. Tais normas seriam tanto as promulgadas pela legislatura quanto as já enunciadas em casos anteriores. O juiz, na verdade, não tinha poder discricionário: estava atado pelo direito preexistente. O direito refreava as cortes e, assim, protegia a liberdade.

O formalismo amparava a crença liberal na igualdade natural dos homens. Aplicando um número relativamente reduzido de normas gerais a um vasto espectro de transações, ele negava a importância das diferenças entre as pessoas envolvidas. Ou seja, o formalismo negava a importância da hierarquia econômica e social.

O formalismo sustentava ainda, como o liberalismo, que os indivíduos, numa sociedade civil, eram livres para exercer sua vontade. Em sua recusa a levar em conta a hierarquia social e econômica, ou muitos dos particulares das transações individuais, o formalismo se mostrava sistematicamente cego a todas as formas de coerção, exceto as mais grosseiras, vendo, pois, a atividade humana como predominantemente livre. Já que as pessoas eram livres, tal como o formalismo definia a liberdade, a intervenção judicial na esfera privada deveria limitar-se a atos que, de algum modo, reforçassem ou ratificassem a vontade das partes, em vez de impor a vontade do Estado.

A aplicação mecânica das normas tornou previsíveis as decisões judiciais que promoviam o comércio e o investimento entre agentes privados. As teses formalistas de que os indivíduos eram livres para exercer sua vontade, bem como para assumir ou rejeitar obrigações legais, refletiam o pressuposto da economia de mercado, segundo o qual os participantes do mercado agem como maximizadores racionais de sua própria utilidade. Em suma, a abstenção judicial da imposição da vontade do Estado era a contrapartida jurídica da política econômica do *laissez-faire*. Portanto, o formalismo parecia consistente também com a teoria econômica liberal.

O formalismo possuía um atrativo adicional para os advogados pelo fato de seu caráter ostensivamente "científico" elevar o estudo e a prática do direito ao plano de uma proficiência técnica especializada, equivalente à que se exigia de físicos, químicos e outros cientistas. O formalismo, em poucas palavras, parecia prometer um sistema jurídico científico caracterizado pela liberdade, igualdade, prosperidade econômica e legitimidade política.

Apesar da adequação do formalismo a boa parte da filosofia iluminista, suas conseqüências políticas, no final do século XIX, foram muito diversas das do Iluminismo no final do século XVIII. A epistemologia e a teoria política iluministas tiveram impacto revolucionário. A epistemologia iluminista desafiou séculos de autoridade religiosa estabelecida, enquanto sua teoria política justificava o esmagamento da ordem feudal que remontava ao colapso do Império Romano.

O formalismo, ao contrário, tendia a legitimar a distribuição de riqueza e poder existente. Sua premissa básica era que há uma única norma de direito correta, já firmada em casos anteriores, cabendo à corte apenas a tarefa de descobri-la e aplicá-la. Semelhante sistema aceita implicitamente que as decisões anteriores foram corretas e que a ordem vigente é, em si, justa. Na verdade, qualquer decisão que se afastasse das normas vigentes seria incorreta.

O formalismo também se afastou da filosofia iluminista do final do século XVIII ao recusar-se a adotar explicitamente o naturalismo. A revolução positivista do início do século XIX já avançara o bastante para que Langdell não pudesse, admissivelmente, declarar que os juízes iriam descobrir o direito graças ao exercício da razão cartesiana. O direito devia, ao contrário, ser encontrado empiricamente, pela leitura das decisões concretas das cortes. Tampouco a Suprema Corte dos Estados Unidos poderia reivindicar, no final do século XIX, poderes para invalidar legislação conflitante com o direito natural não-codificado expressamente na Constituição.

O naturalismo, entretanto, sobreviveu no sentido de que as cortes do século XIX freqüentemente interpretavam o direito tendo como pano de fundo concepções iluministas sobre a "natureza" intrínseca da liberdade e da propriedade. Em outras palavras, o formalismo herdou uma metafísica realista do naturalismo. Os pensadores formalistas julgavam que conceitos como liberdade e propriedade existiam *in abstracto* e possuíam um conteúdo inalterável. Desde que o juiz se decidisse pela aplicação de um determinado conceito ao caso em julgamento, poderia raciocinar dedutivamente a partir da natureza desse conceito a fim de chegar ao resultado correto.

III. A CRÍTICA DO FORMALISMO

Desde o início o formalismo sofreu o ataque de um número pequeno, mas crescente, de juristas. Esse ataque visava tanto as suas concepções metodológicas quanto as suas conseqüências políticas. Nas seções seguintes, esboçamos primeiro a crítica metodológica, depois a crítica política.

A. A crítica metodológica

Sob o aspecto metodológico, o formalismo era um alvo fácil porque as teses sobre as quais se alicerçava haviam sido postas em dúvida pelos progressos da ciência e da filosofia. O mesmo ceticismo que solapara a fé religiosa no alvorecer do Iluminismo corroía agora a crença na existência de categorias aprioristicas discerníveis.

O ceticismo era epistemológico e metafísico. O ceticismo epistemológico questionava a capacidade humana de perceber acuradamente a realidade. O ceticismo metafísico indagava se havia de fato uma realidade a ser percebida. Mais especificamente, a corrente empírica do Iluminismo passou a dominar a corrente racionalista e foi, por sua vez, posta em questão, enquanto o nominalismo em metafísica ia deslocando o realismo. O efeito coletivo foi a declaração de que não existem categorias *a priori* e, mesmo que existissem, não as poderíamos conhecer. Essa pretensão evoluiu, em meados do século XX, para a perspectiva filosófica conhecida geralmente como pós-mo dernismo, parecendo que colocaria a moderna era da filosofia num beco sem saída.

A postura cética, que culminou no pós-modernismo, não foi uma ruptura brusca com o passado e sim a continuação de um processo de investigação crítica iniciado com a Renascença, a Reforma e a Revolução Científica. No século XVIII, Immanuel Kant abalara ao mesmo tempo as correntes racionalista e empírica da epistemologia do Iluminismo. Pensava, juntamente com os empíricos, que a razão não pode por si só ensinar-nos coisa alguma e que o conhecimento vem da experiência sensorial. Mas as impressões sensoriais, a menos que sejam organizadas por categorias aprioristicas, carecem de sentido; portanto o empirismo, por si só, é inadequado. A conseqüência disso era que os seres humanos não poderiam conhecer jamais o mundo tal qual é. Só poderiam conhecer aparências.

No âmbito da ciência, Charles Darwin, em *Da origem das espécies*, obra publicada em 1859, instalou a humanidade no reino animal, questionando assim se os homens estavam em posição privilegiada a partir da qual fossem capazes de perceber racionalmente o mundo. Algumas décadas depois Sigmund Freud começou a explorar as operações da mente inconsciente, desafiando ainda mais a pretensão do homem à racionalidade e à liberdade. As novas ciências sociais do fim do século XIX e começo do século XX, particularmente a psicologia behaviorista, a sociologia e a antropologia, encararam o comportamento humano como determinado biológica, social e culturalmente, não como produto da razão ou da livre escolha. Karl Marx, em especial, propôs uma teoria do determinismo econômico de enorme influência, segundo a qual o comportamento humano era moldado pelas mudanças na propriedade dos meios de produção. Todos esses desenvolvimentos se juntaram para criar a visão de uma humanidade formada, não por agentes racionais e autônomos, segundo a tradição cartesiana, mas apenas por animais inteligentes submetidos a seu meio.

Avanços na teoria lingüística voltaram a abalar mais ainda a pretensão humana ao pensamento racional. Ferdinand de Saussure, destacado lingüista do século XIX, sustentou que as palavras se referem a outras palavras e não a objetos do mundo. Ou seja, a língua é um sistema fechado e auto-referencial, não um mecanismo que representa exatamente a realidade. Em meados do século XX, Edward Sapir e Benjamin Lee Whorf aventaram a hipótese de que a língua determina a percepção que o indivíduo tem da realidade. Quer dizer, em vez de inventar palavras que reflitam os objetos do mundo, as pessoas percebem o mundo nos termos das palavras que conhecem. Assim, o conhecimento é moldado pela língua, fenômeno cultural. A instância inicial do conhecimento não é a introspecção individual, mas a indagação coletiva, pois pensamos segundo categorias socialmente construídas.

A crítica metodológica hauriu forças também de uma tradição romântica e historicista que surgiu no início do século XIX em reação à visão de mundo mecanicista do Iluminismo. Enquanto os liberais iluministas sonhavam com uma sociedade de indivíduos racionais governados por leis universais e atemporais, os românticos preferiam enfatizar os aspectos históricos, contextuais e não-racionais da vida humana. Os indivíduos deviam ser encarados não como cidadãos autônomos do mundo, mas como membros de uma nação formada pelos mitos e crenças comuns que essa nação alimentasse em determinada época. A tradição historicista foi robustecida pela obra de Darwin, que demonstrava a natureza evolutiva e contextual da existência humana.

Nos começos do século XX a física newtoniana, pedra angular da visão iluminista do universo, sofreu pesado ataque. A teoria da relatividade de Albert Einstein asseverava que o tempo avança a passo diferente para observadores que se movem a velocidades diferentes. Einstein descobriu também que matéria e energia, tidas até então como elementos irredutíveis do universo, podem na verdade ser convertidas uma na outra – e que até o tempo e o espaço constituem uma sucessão. O Princípio da Incerteza de Werner Heisenberg afirmava que, pelo menos no nível subatômico, os fenômenos se modificam segundo a observação, e a mecânica quântica de Max Planck e Niels Bohr descobriu que os fenômenos subatômicos podem ser melhor descritos como ondas para certos propósitos e como partículas para outros. A descoberta de que o movimento das partículas subatômicas pode ser predito, no máximo, segundo graus de probabilidade indicava que se a natureza era indeterminada em seu nível mais elementar, a busca do conhecimento certo era fútil.

O efeito desses desenvolvimentos foi colocar em dúvida as concepções iluministas segundo as quais o homem podia compreender a realidade última pelo exercício da razão ou pela observação empírica. Agora, o conhecimento dependia da perspectiva e da situação: o mundo passava a ser visto diferentemente pelos observadores conforme as circunstâncias de cada qual. Portanto, os juízes não podiam ser observadores perfeitamente racionais ou objetivos.

O elemento metafísico da crítica da filosofia iluminista suscitou a seguinte questão: existe uma realidade última a ser percebida? A metafísica do Iluminismo baseava-se em sua epistemologia e, quando esta passou a ser atacada, a metafísica entrou em colapso. O filósofo do século XIX, Friedrich Nietzsche, proclamou que Deus estava morto e que não existiam fatos, apenas interpretações. Os filósofos pragmatistas do final daquele século, principalmente William James e John Dewey, influenciados pelo conseqüencialismo dos utilitaristas e pelo contextualismo dos historicistas, renunciaram à tentativa de determinar se as proposições eram aprioristicamente verdadeiras e avaliaram a verdade de uma idéia apenas por seus efeitos. Os antropólogos do início do século XX, fazendo estudos etnográficos de sociedades primitivas, descobriram culturas que funcionavam muito bem embora se baseassem em crenças morais amplamente discordantes, o que sugeria que os princípios éticos são determinados culturalmente e não possuem existência ontológica. Mais que isso, a teoria da relatividade e a mecânica quântica passaram a indagar se havia realmente uma caracterização "verdadeira" dos fenômenos. Os positivistas lógicos da filosofia do começo do século XX negavam a existência de qualquer categoria *a priori*.

O pensamento do início do século XX, em suma, parecia excluir a possibilidade de uma metafísica significativa. Não havia verdades fixas a serem conhecidas. Além disso, uma vez frustradas as reivindicações do racionalismo e do empirismo, era como se já não existisse nenhum meio privilegiado de conhecer. Assim, para os pós-modernos, restava unicamente a crítica sem fim.

A filosofia pós-moderna acabou produzindo dois movimentos importantes. Existencialistas como Martin Heidegger e Jean-Paul Sartre, na esteira de Nietzsche, sustentaram que na ausência de Deus ou da verdade os homens eram livres para ser o que bem entendessem, devendo escolher os princípios em que basear suas ações. O existencialismo é às vezes caracterizado pela proposição "A existência precede a essência", significando que a única coisa certa relativamente ao homem é o fato de existir e que sua natureza (essência) depende unicamente de suas ações.

Os analistas lingüísticos, seguindo Ludwig Wittgenstein, procuraram reduzir a filosofia à análise de proposições. Para eles, as questões filosóficas resultavam de equívocos de linguagem. A tarefa do filósofo consistia, portanto, em analisar a linguagem e resolver os problemas pela correção de erros lingüísticos.

B. A crítica política

O formalismo sofreu uma crítica política que discordava tanto da visão formalista da sociedade quanto das conseqüências políticas da teoria jurídica formalista. Ela pretendia que o formalismo se afastara da realidade e levava a decisões judiciais inconsistentes com a norma da maioria.

O problema da visão formalista da sociedade era sua negação da importância da hierarquia social. Ao submeter todos os casos a umas poucas normas gerais, o formalismo tratava por igual todas as pessoas. Desse modo, contratos de serviços, contratos de emprego e contratos de venda obedeciam a um mesmo corpo de leis contratuais. O empregado que negociava com o empregador tinha de seguir as mesmas normas vigentes para dois comerciantes que negociassem entre si. Desigualdades de riqueza, conhecimentos e poder eram irrelevantes.

A visão formalista fundamentava-se na concepção liberal da sociedade como agregado de indivíduos racionais e autônomos. Segundo a concepção lockiana, todas as pessoas nasciam livres e iguais. Dada essa premissa, não havia justificativa para leis detalhadas e restritas que buscassem distinguir pessoas com base em suas circunstâncias individuais.

A industrialização da América no século XIX pareceu, a muitos, destruir a plausibilidade da visão lockiana. Ao final daquele século, a sociedade americana se caracterizava por graves desigualdades de riqueza, poder e oportunidade, em prejuízo de trabalhadores, agricultores, mulheres e minorias raciais e étnicas.

Decisões judiciais formalistas, como no caso *Lochner* versus *New York*[4], tornando írrito o direito nova-iorquino da carga horária máxima de trabalho para os padeiros, sob alegação de que interferia com a liberdade contratual desses profissionais, foram criticadas pelos progressistas como lamentavelmente cegas à realidade social. Na verdade, os padeiros não eram igualmente livres para negociar seus contratos com os empregadores.

Boa parte da jurisprudência formalista também foi criticada por ser inconsistente com o sentimento da maioria, portanto antidemocrática. O juiz Oliver Wendell Holmes, Jr. iniciou seu voto vencido no caso *Lochner* com a observação de que "esta causa foi decidida nos termos de uma teoria econômica que grande parte do país não adota"[5]. A Grande Depressão iniciada em 1929 gerou uma substancial maioria eleitoral contra as conseqüências políticas do formalismo e promoveu o *New Deal* do presidente Franklin Delano Roosevelt. Ao final do *New Deal*, os adversários progressistas do formalismo já eram maioria sólida na Suprema Corte dos Estados Unidos e o termo "lochnerismo", referente ao caso dos padeiros de Nova York, assumiu conotação depreciativa.

---

4. 198 U.S. 45 (1905).
5. 198 U.S. at 75.

IV. REALISMO JURÍDICO

O ataque metodológico ao formalismo foi liderado por Oliver Wendell Holmes, Jr., advogado, professor da Faculdade de Direito de Harvard e juiz tanto da Suprema Corte Judicial de Massachusetts quanto da Suprema Corte dos Estados Unidos. Sua crítica incisiva do formalismo provocou por fim sua transferência, mas estabeleceu para ele a reputação de maior filósofo americano no campo do direito.

A tendência ao positivismo jurídico, no início do século XIX, representara afastamento do direito como criação divina ou ocorrência natural rumo ao direito como produção humana. Holmes percebeu as conseqüências dessa mudança: na qualidade de criações humanas, as categorias conceituais do direito, como propriedade ou liberdade, não eram autodefiníveis, porém manipuláveis e, assim, muitas vezes incapazes de determinar resultados.

Holmes, em outras palavras, negou a premissa capital do formalismo: que normas abstratas possam ser mecanicamente aplicadas para resolver disputas individuais. Resumiu essas idéias num de seus epigramas mais famosos, referente ao caso *Lochner* versus *New York*[6], afirmando que "proposições gerais não decidem causas concretas".

Holmes acreditava que os juízes decidem causas não por dedução formal a partir de normas, mas levando em conta políticas. Assim se explicou em seu livro de 1881, *The Common Law*:

> A vida do direito não tem sido a lógica: tem sido a experiência. As necessidades do tempo, as teorias morais e políticas em vigor, as intuições das políticas governamentais, confessas ou inconscientes, mesmo os preconceitos que os juízes partilham com seus concidadãos fizeram muito mais que o silogismo na determinação das normas pelas quais os homens deviam ser governados.[7]

---

6. 198 U.S. 45, 76 (1905) (Holmes, J., voto vencido).
7. O. Holmes, *The Common Law* 5 (Howe ed., 1963).

Portanto, a obra de Holmes misturava os temas historicistas, pragmatistas e positivistas do pensamento do século XIX. O direito não era um corpo fixo de normas dotadas de existência ontológica, mas o produto em evolução das circunstâncias históricas.

No meio-século que se seguiu, um número cada vez maior de advogados e juízes aceitou a tese de Holmes de que o formalismo não descrevia o processo real de decisão judicial. Roscoe Pound, decano da Faculdade de Direito de Harvard, fundou um movimento conhecido como Jurisprudência Sociológica, que para ele era um movimento em prol do pragmatismo como filosofia do direito. Pound queria que os juízes se mostrassem mais sensíveis aos fatos concretos do mundo, como por exemplo a questão de saber se os trabalhadores eram de fato iguais aos patrões e portanto aptos a negociar livremente, enfatizando também que o direito, em ato, era diferente do direito em livros. Sugeriu que as decisões judiciais ponderassem os interesses políticos em jogo e referiu-se aos juízes, simpaticamente, como engenheiros sociais.

Na década de 1920, uma nova escola de jurisprudência, chamada Realismo Jurídico, surgiu da oposição ao formalismo[8]. Os positivistas lógicos do início do século XX asseveravam que apenas as proposições empiricamente testáveis eram verdadeiras. A verdade era acessível por meio da ciência. Também os juristas realistas da época julgavam que a ciência social podia resgatar o direito do colapso do conceitualismo.

Por recorrerem à ciência, parece à primeira vista que os realistas partilhavam a metodologia dos formalistas. Na verdade, porém, enquanto Langdell vira na ciência sobretudo o racionalismo dedutivo de Descartes, os juristas realistas tendiam para o empirismo. Assim, a passagem do formalismo para o realismo jurídico representava uma passagem epistemológica de uma ciência dedutiva para uma ciência mais empírica. A ciên-

---

8. Entre os mais destacados realistas, contam-se Karl Llewellyn, Jerome Frank, Walter Wheeler Cook, Arthur Corbin, Hessel E. Yntema, Underhill Moore, Herman Oliphant e William O. Douglas.

cia revelaria aos juristas realistas como de fato o direito operava na prática, fornecendo desse modo uma base para decisões consistentes.

O realismo jurídico representou também uma mudança na metafísica do pensamento jurídico americano. Apesar do nome, o realismo era na verdade um afastamento da metafísica realista dominante no Renascimento em direção a uma metafísica nominalista. Os juristas realistas consideravam os conceitos jurídicos como meros rótulos vazios aplicados aos fenômenos pelos indivíduos. O conceito de propriedade, por exemplo, não tinha conteúdo intrínseco. Declarar que um interesse jurídico era propriedade não dizia necessariamente nada em especial a respeito desse interesse. Não se poderia tirar uma conclusão específica da designação do interesse como propriedade[9].

Na verdade, uma das tarefas mais notórias dos realistas consistia em tentativas de ridicularizar a reificação dos conceitos jurídicos por parte dos formalistas. Felix Cohen, por exemplo, escreveu um artigo muito polêmico, "O absurdo transcendental e a abordagem funcional"[10], em que fazia perguntas como "Onde está uma corporação?" A seu ver uma corporação é um conceito, não uma coisa; não existe concretamente em parte alguma. A corte pode, por razões políticas e para determinada finalidade, considerar uma corporação "presente" num dado lugar. Mas esse resultado se justifica por ser mais prático considerar a corporação presente na jurisdição, não porque a corporação realmente exista.

O ceticismo quanto à determinação das normas foi seguido da reconceitualização das categorias do direito. Segundo os formalistas, o direito criava categorias bem definidas nas quais as situações de fato podiam ser encaixadas. Cada categoria estava associada a uma conseqüência jurídica específica. Portanto, a inserção de uma situação em determinada categoria apontava os direitos e obrigações aplicáveis à situação. Influenciados pelos

---

9. Ver Vandevelde, *The New Property of the Nineteenth Century: The Development of the Modern Concept of Property*, 29 Buff. L. Rev. 325 (1981).
10. 35 Colum. L. Rev. 809 (1935).

desenvolvimentos científicos do século XX, os realistas já não acreditavam que os fenômenos do mundo estivessem inseridos em categorias naturais, como matéria e energia ou tempo e espaço. O modelo predominante de realidade não era mais a categoria, mas o *continuum*. A coerção e o livre arbítrio, por exemplo, definiam pólos opostos de um *continuum*, não duas categorias mutuamente exclusivas. Assim, os fatos não integravam uma categoria, mas um *continuum*. O raciocínio jurídico não era um processo de categorização de fenômenos distintos e sim um processo de tracejamento de linhas a fim de criar distinções entre fenômenos essencialmente indiscerníveis. Esse processo não podia ser mecânico do modo como o formalismo encarava a decisão judicial: envolvia, necessariamente, o exercício do juízo.

O realismo jurídico caracterizava-se não apenas pelo ceticismo quanto à técnica do formalismo, mas também pelo desacordo com as teses políticas dos formalistas. Os realistas simpatizavam com o *New Deal* de Franklin Roosevelt. Defendiam um sistema jurídico mais empenhado em regulamentar a atividade comercial do que em proteger os membros mais fracos da sociedade contra os mais fortes.

Os realistas repudiavam os esforços dos formalistas para estabelecer normas legais num nível superior de generalidade. Independentemente mesmo da vacuidade das categorias, alegavam que, por haver desigualdades no seio da sociedade, tratar juridicamente todos da mesma maneira seria de fato dar preferência aos mais fortes. Por exemplo, encarar o empregado e o empregador como dois iguais, tratando livremente dos termos de um contrato de trabalho, seria negar a realidade de que o empregado venha a ter pouco poder de negociação. Os realistas preferiam avaliar as decisões judiciais por seus efeitos concretos na sociedade, não por sua consistência com casos anteriores ou normas abstratas.

Se os realistas estavam certos e os juízes não decidiam causas pela aplicação mecânica de normas, então o formalismo não passava de uma ficção utilizada pelos magistrados para legitimar decisões baseadas em suas próprias convicções políticas. Uma vez que os juízes não eram eleitos, tal método de decisão parecia antidemocrático. Além disso, caso os juízes não aplicassem mecanicamente as normas, o julgamento não seria o processo uniforme e previsível que o formalismo prometera.

A crítica realista do formalismo era devastadora. Todas as virtudes do formalismo repousavam no pressuposto de que as normas podiam ser aplicadas mecanicamente. Ainda assim, os realistas mostraram-se incapazes de articular uma teoria nova da decisão judicial que anulasse o recurso às preferências políticas pessoais dos juízes. Pretender que os juízes simplesmente decidiam causas com base em suas preferências pessoais parecia totalmente inconsistente com a teoria democrática americana, segundo a qual o povo faz as leis e os magistrados apenas as aplicam. Os realistas destruíram o formalismo, mas não puderam oferecer em troca nenhuma teoria plenamente aceitável.

De um modo geral, os realistas favoreciam determinadas técnicas. Acreditavam que o processo de aplicação da norma exigia um exame da política ou propósito subjacente a ela. Seu método preferido de julgamento era o equilíbrio de políticas, caso a caso, à luz dos fatos de cada um, levando-se em consideração como a norma operaria na prática. Desaprovavam a pomposa formulação de normas abstratas. Tais normas acenavam com a esperança falsa de previsibilidade e obscureciam a verdadeira natureza da apreciação de política exigida.

Alguns realistas propunham o emprego de técnicas das ciências sociais para estudar a operação do direito na prática. Professores de direito realistas lançaram projetos ambiciosos de análise do comportamento social, do funcionamento do sistema jurídico e da relação entre ambos. Por exemplo, o professor Underhill Moore, da Faculdade de Direito de Yale, estudou os padrões de tráfego e estacionamento em New Haven, Connecticut, durante a década de 1930, no esforço de determinar o nível de obediência às portarias municipais sob várias circunstâncias. A esperança era que a ciência social pudesse substituir as normas formais como base da estruturação dos direitos e deveres. Em particular, os realistas advogavam a reforma legislativa e a codificação do "common law" para remover a obscuridade e assentar firmemente o direito nos pilares da pesquisa científica. Karl Llewellyn, realista de destaque, foi o principal artífice do Código Comercial Uniformizado, nos anos 1940.

O realismo jurídico contava, pois, com uma corrente crítica e uma corrente construtiva. A crítica enfatizava, na teoria, a indeterminação do direito, procurando contestar as pretensões do formalismo e provar que os conceitos gerais não podiam decidir conclusivamente disputas específicas. A corrente construtiva tentava utilizar as novas técnicas da ciência social para orientar o trabalho das cortes e legislaturas.

De um modo geral, entretanto, os estudos de ciência social empreendidos pelos realistas não levaram a muita coisa. Os resultados se revelaram, muitas vezes, vagos ou triviais. Além disso, nunca ficou muito claro de que modo o projeto descritivo do estudo do direito, na prática, cumpriria a tarefa normativa de determinar o que o direito deveria ser.

O legado mais importante do realismo foi seu postulado de que o direito é indeterminado e, portanto, os julgamentos são matéria de política, não de razão. Esse postulado essencialmente epistemológico, no entanto, teve profunda implicação política. Se os juízes não eram dirigidos pela razão, o império do direito, tal como era tradicionalmente entendido, estaria chegando ao fim.

V. O PENSAMENTO JURÍDICO PÓS-REALISTA

A filosofia do direito, na segunda metade do século XX, foi dominada pela tentativa de responder à crítica realista. Nesta seção, consideramos o impacto do realismo no pensamento jurídico ortodoxo e, em seguida, discutimos algumas das principais respostas que lhe deu o academismo jurídico.

A. O raciocínio jurídico ortodoxo contemporâneo

O resultado da crítica realista foi que o pensamento jurídico ortodoxo, neste final do século XX, tornou-se uma espécie de formalismo modificado. Hoje em dia, a maioria dos advogados não é nem formalista nem realista. O formalismo está por demais desacreditado para oferecer uma filosofia completa de raciocínio jurídico. Ao mesmo tempo, o realismo jamais lhe deu um substituto à altura e por isso não conseguiu marginalizá-lo como modo dominante de raciocínio jurídico.

Na qualidade de formalistas modificados, os advogados ortodoxos não acham que todos os casos possam ser resolvidos pela aplicação mecânica das normas. Mas não acham também que a decisão judicial seja inteiramente livre. Às vezes as normas ditam os resultados, às vezes não. Os advogados costumam falar de casos "fáceis" e "difíceis". Um caso fácil é aquele em que uma norma parece determinar o resultado. Um caso difícil é aquele em que as normas não parecem exigir um resultado específico.

Quando o caso é fácil, os advogados geralmente esperam que as normas possam ser aplicadas do modo essencialmente mecânico que o formalismo preceituava. Quando é difícil, a norma é aplicada para corroborar as políticas a ela subjacentes.

Até que ponto as apreciações de políticas constituem uma base aceitável para decisões jurídicas, no mundo moderno, vemo-lo pela presteza com que as cortes abandonam sentenças anteriores alegando privilegiar políticas. Se o formalismo, pelo menos em teoria, queria que as novas decisões se adequassem às antigas[11], o moderno pensamento jurídico americano permite aos juízes mudar uma norma se o interesse público o exigir[12].

---

11. Os formalistas aceitavam que casos anteriores fossem rejeitados quando incorretamente decididos. A premissa, no entanto, era que a corte estaria apenas corrigindo um erro, não mudando de opinião.

12. Ver, p. ex., *Sindell* versus *Abbott Laboratories*, 26 Cal. 3d 588, 163 Cal. Rptr. 132, 607 P.2d 924 (1980). Algumas cortes, porém, continuam a insistir em que mudanças significativas na "common law" sejam feitas apenas por legislaturas. Ver, p. ex., *Martin* versus *Trevino*, 578 S.W.2d 763, 772-773 (Tex. Civ. App. 1978).

A justificativa do poder judicial, no pensamento jurídico ortodoxo, repousa na presunção de que o direito é suficientemente determinado para que nem todas as transações suscitem disputas; de que a maioria das disputas são resolvidas sem pronunciamento de sentença; de que a sentença é na maioria dos casos restringida pelo direito e de que o limitado poder discricionário judicial, nos casos difíceis relativamente raros, é apenas função do papel exclusivo destinado pela Constituição às cortes. Assim, o poder que tem o juiz de decidir uma disputa ocasional na qual o direito é omisso ou obscuro não invalida o sistema jurídico como um todo.

Os debates jurisprudenciais entre juristas acadêmicos da era pós-realista foram dominados, no entanto, pela seguinte questão: a solução de disputas legais com base na apreciação de políticas condiz com o governo democrático ou não passa de usurpação de poder por parte de juízes não-eleitos? Um resultado importante desse debate foi o surgimento de diversas escolas de pensamento ocupadas em examinar como enfrentar o problema da legitimidade. Assim como o realismo jurídico começou como discussão acadêmica e afinal penetrou na ortodoxia da prática jurídica, a obra das escolas modernas certamente afetará essa prática no futuro.

B. Direito e economia

Uma escola moderna que se tem mostrado predominantemente conservadora em sua filosofia política é conhecida como movimento "direito e economia". Suas origens remontam, pelo que em geral se afirma, a um artigo escrito em 1960 pelo professor Ronald Coase, da Universidade de Chicago[13]. Em meados da década de 1970, esse movimento já era uma força importante na educação jurídica americana.

Seu proponente mais destacado é Richard Posner, ex-professor da Universidade de Chicago e atualmente juiz da Corte de Apelação dos Estados Unidos para o Sétimo Circuito. Foi

---

13. Coase, *The Problem of Social Cost*, 3 J. L. & Econ. 1 (1960).

em parte graças ao saber jurídico do juiz Posner que a teoria do direito e economia começou a influenciar a evolução da doutrina jurídica.

Os antigos adeptos da teoria do direito e economia acreditavam que essa abordagem eliminava a indeterminação das apreciações de políticas. Sua premissa era que o sistema jurídico, em vez de atribuir uma base *ad hoc* às várias preferências individuais por esta ou aquela política, deveria em todos os casos adotar uma norma que conduzisse ao aproveitamento mais eficiente dos recursos econômicos. Presumindo que o livre-mercado conduz ao uso mais eficiente desses recursos, concluíram que o direito deveria promover o mesmo resultado que se obteria pelo funcionamento de um livre-mercado em que não houvesse custos operacionais.

Por exemplo, um proponente da teoria do direito e economia pode opor-se à garantia de assistência jurídica gratuita aos querelantes pobres[14]. Se a causa valer a pena, prossegue o argumento, sempre se encontrará um advogado disposto a assumi-la, mesmo na base de honorários condicionais. Se não valer a pena, não deverá ser levada a juízo, muito menos à custa dos contribuintes. Em suma, o funcionamento do livre-mercado encaminhará os advogados aos casos proveitosos. Ao designar advogados, o Estado desperdiça dinheiro em casos insignificantes, contrários à política de maximização da riqueza.

Os adeptos da teoria do direito e economia sustentam que a política da eficiência fornece princípios para a decisão judicial que, como se viu, o formalismo não podia fornecer. Ao mesmo tempo, mostra a mesma tendência pró-mercado do formalismo e da teoria clássica do liberalismo econômico de final do século XIX.

Além de declarar normativamente que o direito devia promover a eficiência, os teóricos do direito e economia faziam várias asserções descritivas. Uma delas era que o "common law"

---

14. Ver, p. ex., *McKeever* versus *Israel*, 689 F.2d 1315, 1324-1325 (7th Cir. 1982) (Posner, J., voto vencido). Sou grato por esse exemplo a Robin Paul Malloy, que alude ao caso McKeever em seu *Law and Economics: A Comparative Approach to Theory and Practice* (1990).

na verdade encarnava o valor da eficiência, e portanto as normas jurídicas, fossem os seus efeitos analisados, promoveriam resultados eficazes. Por exemplo, segundo a conhecida fórmula do juiz Learned Hand[15], o direito de negligência torna responsáveis aqueles que não tomam precauções para evitar acidentes quando o custo da prevenção é menor que a responsabilidade potencial, descontada a probabilidade de que a perda vá ocorrer; no entanto, isenta os que não tomam precauções quando o custo da prevenção é maior que a perda provável. Desse modo, o direito de negligência só responsabiliza um agente quando ele revela ineficiência. Outra asserção descritiva era que as pessoas agem realmente como maximizadoras racionais de seu bem-estar econômico individual. Também aqui o vínculo entre a teoria do direito e economia e a teoria liberal clássica é claro.

As críticas da primitiva teoria do direito e economia visavam tanto sua orientação política quanto seus pressupostos metodológicos. Os críticos progressistas não achavam que a maximização da riqueza devesse ser identificada como o objetivo principal do direito. Defendiam um sistema que, às vezes, buscasse outras finalidades, como indenização de vítimas ou proteção de fracos contra poderosos.

Observavam ainda que a eficiência, como valor essencialmente utilitário, destrói os direitos individuais. Por exemplo, a norma de negligência que desobriga o agente que não preveniu um dano porque o custo da prevenção era maior que a perda potencial preserva os recursos da sociedade como um todo, mas deixa a vítima com um prejuízo não-indenizado. Ou seja, a sociedade prospera, mas à custa dos que têm a infelicidade de sofrer danos para os quais a norma de negligência não prevê compensação.

Mesmo aceitando-se que a eficiência é o objetivo principal, esses críticos questionavam também se o mercado é efetivamente o melhor alocador de recursos. A economia de mercado baseia-se num conjunto de teses como disponibilidade de

---

15. A Fórmula Hand é discutida no Capítulo 9.

informação, eliminação de custos operacionais e liberdade de lucro, que talvez não sejam verdadeiras na prática. Por exemplo, um indigente com uma pretensão jurídica legítima pode não conseguir advogado no mercado livre porque os advogados ignorarão a pretensão ou não a examinarão sem incorrer em custos proibitivos. Assim, a aceitação do mercado nem sempre propicia os resultados prometidos pela teoria do mercado.

De fato, os críticos alegavam que boa parte da teoria do direito e economia baseava-se, não em pesquisas empíricas, mas em deduções de teses vagas, como a premissa de que os seres humanos querem maximizar seus interesses econômicos e a premissa de que tudo pode ser avaliado monetariamente. Para essa crítica, a teoria do direito e economia às vezes tem mais em comum com o conceitualismo langdelliano do que o empirismo do realismo jurídico.

Os críticos atacaram igualmente a tendência política conservadora da teoria do direito e economia. Um sistema que avalia as escolhas individuais segundo o montante de dinheiro que o indivíduo pode pagar por essa escolha dá preferência aos mais ricos, aos mais capazes de financiar a satisfação de seus caprichos. E, na medida em que se acredita na utilidade marginal decrescente do dinheiro[16], vê-se que em uma sociedade onde alguns têm mais que outros, os dólares não representam um método de avaliação uniforme e constante. Segundo esse ponto de vista, a teoria do direito e economia reforça levianamente a distribuição da riqueza existente ao valorizar desproporcionalmente as preferências dos ricos.

Na década de 1960, essas primeiras críticas da teoria do direito e economia, em combinação com o número crescente, e portanto a diversidade dos adeptos dessa teoria, resultaram na moderação de algumas das reivindicações de seus antigos defensores. Os proponentes da teoria do direito e economia já não viam a eficiência como o valor único ou principal do direito,

---

16. Trata-se da tese segundo a qual cada dólar extra recebido por alguém vale menos para ele do que cada dólar anteriormente ganho, de sorte que uma mulher rica valoriza menos um dólar do que uma mulher pobre.

mas apenas como um dos muitos valores a serem promovidos. Segundo essa nova visão, quando a eficiência fosse o valor preferido, deveria proporcionar uma base científica para a seleção do melhor resultado; sendo outros os valores preferidos, deveria mostrar como promovê-los do modo mais eficiente.

Nessa nova roupagem, a teoria do direito e economia perdeu um pouco de sua coloração profundamente conservadora. E uma vez que se privou a eficiência de seu *status* privilegiado entre os valores, a teoria do direito e economia parece, sobretudo, a exigência de que os juízes utilizem a ciência social, mais especificamente a economia, como um auxiliar para suas decisões. Isto é, privada de sua reivindicação normativa, a teoria do direito e economia não chega a ser mais que uma revivescência da tradição do realismo jurídico, sem a motivação política progressista. Em termos mais estritos, a teoria do direito e economia compartilha com o realismo jurídico a crença de que, morto o formalismo, o direito vá ressuscitar como ciência social.

C. Estudos Jurídicos Críticos

Se a teoria do direito e economia parece ser atualmente a principal herdeira da corrente construtiva e científico-social do realismo jurídico, o sucessor de sua corrente crítica, e presumivelmente o guardião de sua tocha política progressista, é um movimento chamado Estudos Jurídicos Críticos (*Critical Legal Studies*, CLS), hoje confinado quase inteiramente às faculdades de Direito. Entre os membros mais destacados do movimento estão os professores da Faculdade de Direito de Harvard, Duncan Kennedy, Roberto Unger e Morton Horwitz.

A origem do CLS como movimento remonta geralmente a uma conferência organizada em 1977 pelo professor Kennedy e o professor David Trubek, da Universidade de Wisconsin. A conferência reuniu diversos estudiosos que, segundo os organizadores, faziam o mesmo tipo de trabalho. Em meados da década de 1980, já havia número suficiente de ex-alunos dos principais estudiosos do CLS nas faculdades de Direito de todo o país para que o movimento se tornasse uma presença marcante na educação jurídica americana. Os que não eram adeptos do CLS muitas vezes acabaram se definindo contra ele.

No fundo, o CLS parece combinar o ceticismo quanto à determinação da interpretação textual com uma orientação política esquerdista. Definido assim, o movimento quase não se distingue do realismo jurídico. De fato, é-se tentado a vê-lo como continuação da crítica realista do formalismo por pessoas que, em muitos casos, estão politicamente mais próximas da esquerda do que os realistas do *New Deal*. Mas esse ponto de vista ignora o fato de que o CLS surgiu um bom meio-século depois do realismo jurídico e revela assim, em grau bem maior, o impacto do pós-modernismo no pensamento jurídico.

Da perspectiva pós-moderna, não existem princípios fundamentais que permitam a derivação de outros postulados. Ou seja, o conhecimento certo não se obtém por dedução a partir de primeiros princípios intuídos nem por observações empíricas. O indivíduo não é uma entidade autônoma e autogerada, mas uma criação social. Portanto, não há conhecimento, apenas crença – crença socialmente construída.

Grande parte do trabalho do CLS envolve uma análise das premissas subjacentes a diversas normas legais, no esforço de demonstrar que as normas são produto de escolhas entre vários conjuntos de valores inerentemente conflitantes e irreconciliáveis. Essa abordagem, às vezes chamada de estruturalismo, é muitas vezes referida à obra do antropólogo Claude Lévi-Strauss, para quem o entendimento humano repousa em "estruturas profundas" de opostos binários. Cada membro do par só pode ser entendido por referência ao outro.

A análise estruturalista do direito começa pela premissa de que a corte encarregada de decidir uma causa precisa escolher entre resultados diferentes, cada qual justificado por um dos valores opostos. Uma vez que o sistema jurídico americano acolhe os dois valores opostos, pode-se argumentar coerentemente em favor de qualquer resultado. Optar sempre por resultados que favoreçam um dos valores negaria inteiramente o outro, conseqüência a ser evitada porque também este se presume válido. Assim, cada caso renova a questão do valor a ser preferido na ocasião.

As cortes evitam ambos os extremos, escolhendo uma das políticas na maioria dos casos, mas sem nunca descartar a possibilidade de que a política oposta venha a prevalecer no caso seguinte. Os estudiosos do CLS alegam que a ideologia conservadora, orientada para o mercado, prevalece o mais das vezes em virtude das preferências políticas de grande parte dos juízes na sociedade americana. O ponto crucial, entretanto, é que a escolha da ideologia a prevalecer não é ditada por uma norma, porém depende das preferências ideológicas do juiz encarregado da causa. Em suma, o direito não é neutro e sim político.

O movimento CLS tentou também mostrar que os juízes redigem suas opiniões de um modo que obscurece a natureza política do julgamento e procura fazer crer que a decisão é consistente com princípios amplamente compartilhados ou uma orientação segura – e, mesmo, determinada por eles. Os estudiosos do CLS crêem que a doutrina jurídica constitui uma fachada vistosa de legitimidade e inevitabilidade que mascara a natureza política e contingente das decisões judiciais.

A análise do CLS dos textos legais recorre freqüentemente a uma técnica associada ao crítico literário francês Jacques Derrida, chamada desconstrução. Desconstruir uma tese é mostrar que os argumentos a seu favor podem amparar uma tese alternativa e mesmo contrária. A técnica da desconstrução, tal qual o CLS a aplica ao direito, consiste em identificar as políticas que, presumivelmente, justificam uma norma particular e, depois, demonstrar que essas políticas harmonizam-se também com várias outras normas, inclusive, talvez, aquelas que são antitéticas à norma original. Assim, essa técnica se baseia numa firme visão da indeterminação jurídica.

Consideremos, por exemplo, a norma hipotética segundo a qual a autoridade não pode fazer voltar às mãos do comerciante um artigo cuja prestação o consumidor não pôde pagar, sem antes avisar o consumidor e dar-lhe oportunidade de defender-se em juízo. Uma simples desconstrução dessa norma começa pela observação de que a política subjacente à norma é proteger os consumidores contra os comerciantes com maior poder de negociação e que impõem contratos unilaterais. Mas pode chegar à conclusão de que a norma tem o efeito de levar os comerciantes a não vender em prestações, a consumidores sem crédito (portanto, sem poder de negociação), ou a elevar os preços dos artigos para esses consumidores a fim de prevenir prejuízos oriundos do não-pagamento. Em cada caso, a norma pode no fim tornar certos bens absolutamente indisponíveis a consumidores cujo acesso a eles a norma tentava garantir. Portanto, a política de proteção ao consumidor parece consistente com diversas outras normas, inclusive a de não avisar o consumidor e permitir-lhe ser ouvido em juízo – isto é, o oposto da norma que a política parecia inicialmente justificar.

O movimento CLS define-se também por sua orientação política esquerdista. Embora seus adeptos não compartilhem um programa político detalhado, o movimento caracteriza-se em geral pelos ideais igualitários e comunitários; alguns membros se classificariam mesmo como socialistas. De forma geral, no entanto, o movimento CLS não se ocupa muito com reformas práticas na esfera do direito ou da política.

Como vimos, a conseqüência de se demonstrar que as cortes produzem normas de acordo com preferências políticas é que a legitimidade do processo judicial numa democracia fica abalada. O movimento CLS se insurgiu contra a legitimidade do pensamento jurídico ortodoxo a fim de abrir caminho para uma sociedade mais igualitária[17].

No entanto, como o realismo jurídico, o movimento CLS teve mais sucesso ao criticar o pensamento jurídico ortodoxo do que ao propor uma teoria coerente para substituí-lo. Com efeito, seus estudiosos mais influenciados pelo pensamento pós-moderno, às vezes chamados coletivamente de corrente irra-

---

17. Muitos integrantes do movimento CLS são professores de direito. Portanto, sua missão profissional é também a crítica da doutrina jurídica e do sistema jurídico, de modo que nem todo trabalho do CLS apresenta necessariamente uma orientação política esquerdista.

cionalista do CLS, acreditam que a construção de uma teoria coerente é impossível. Segundo esse ponto de vista, toda teoria que se possa propor está sujeita a uma crítica desconstrutivista.

É a ausência de um programa positivo que dá margem àquela que talvez seja a mais vigorosa crítica ao movimento CLS. Seus membros são às vezes denunciados como niilistas porque se esforçam para deslegitimar o sistema jurídico americano sem apresentar uma alternativa claramente definida.

Na verdade, os adversários do CLS acusam esse movimento de provar ao mesmo tempo muito e pouco. Por um lado, dizem esses adversários, o movimento exagerou grandemente a indeterminação do direito. Afirmam que, segundo a experiência comum, as cortes são controladas pelo precedente com muito mais freqüência do que o CLS quer admitir, que um julgamento justo nunca exigiu certeza absoluta de resultado e que o movimento faz muito barulho por nada. Por outro lado, prosseguem os adversários, a devastadora crítica desconstrutivista do CLS abala seu próprio programa político por não deixar nenhuma base para se preferir os valores igualitaristas e comunitários que ele defende a qualquer outro conjunto de valores.

O realismo jurídico estava sujeito às mesmas críticas – de que sua tese da indeterminação era exagerada e de que se tratava de uma ideologia, afinal de contas, niilista. Tais críticas persistiram e, nos anos 1940, ajudaram a liqüidar o realismo jurídico como movimento.

Mas essas críticas não impediram que o realismo jurídico tivesse grande impacto no direito americano, embora muito desse impacto só fosse sentido depois que o ideologicamente compatível *New Deal* obteve sucesso nas eleições. E, após a morte do movimento, várias de suas teses sobreviveram como elementos do pensamento jurídico ortodoxo, ao passo que parte de sua metodologia foi ressuscitada por adeptos do direito e economia ou dos Estudos Jurídicos Críticos.

O CLS tem de provar ainda que goza do mesmo sucesso desfrutado pelo realismo jurídico. Apesar de haver produzido um corpo criativo e estimulante de erudição jurídica, seu impacto na prática do direito, no ambiente político conservador de fins do século XX, é difícil de discernir.

D. Teoria dos direitos

Diversos juristas, muitas vezes agrupados sob a rubrica de "teóricos dos direitos", arrostaram a metafísica nominalista do pensamento jurídico pós-moderno. Tentaram identificar um conjunto de direitos fundamentais ou de princípios universais capazes de propiciar uma base para a solução de disputas.

Os teóricos dos direitos representam uma volta ao racionalismo porque encontram esses princípios, não pela pesquisa das concepções vigentes de cidadania ou dos considerandos das cortes, mas pelo uso da intuição e da dedução. Em geral, repelem também a ética utilitarista, que dominou o direito americano desde o século XIX, em favor de uma ética alicerçada na preservação dos direitos individuais.

Entre os mais influentes teóricos dos direitos temos o professor John Rawls, de Harvard. Em seu livro de 1971, *A Theory of Justice* [Uma teoria da justiça], Rawls tentou discernir os princípios básicos de justiça imaginando uma situação hipotética na qual os membros de uma sociedade eram instados a escolher os princípios que deveriam reger essa sociedade, mas sem saber quais seriam suas próprias oportunidades ou vantagens. Afirmou Rawls que o resultado haveria de ser uma ética amplamente igualitária que tentaria neutralizar todas as vantagens de nascença e criar o máximo de oportunidades para todos.

Sob vários aspectos, a teoria de Rawls lembra as teorias de contrato social desenvolvidas durante o Iluminismo por escritores como John Locke. Assim como Locke imaginara o homem pré-social, no estado de natureza, criando um governo para proteger a propriedade particular das incursões de estranhos, Rawls imagina pessoas numa "posição original" cobertas pelo "véu da ignorância" quanto à sua própria situação, esboçando um conjunto de princípios igualitários para assegurar sua oportunidade de progredir.

O teórico dos direitos que mais escreveu sobre o problema do raciocínio jurídico é o professor Ronald Dworkin, das universidades de Nova York e Oxford. Boa parte da obra de Dworkin aborda explicitamente a questão do raciocínio jurídico. Em seu livro de 1986, *Law's Empire* [*O império do direito*], desenvolveu um conceito do direito como valor de integridade. Dworkin sustenta que o juiz pode encontrar a resposta certa numa causa mediante um processo que envolve, em primeiro lugar, a determinação dos resultados harmonizáveis com o corpo de doutrina jurídica vigente, tomado como um todo, e, em seguida, a escolha do resultado que melhor caracterize o direito como matéria de moralidade política.

Os teóricos dos direitos provocaram vivo debate no seio da comunidade acadêmica. Sua obra é epistemológica e eticamente instigante. Epistemologicamente, porque procura restaurar a visão segundo a qual o direito pode ser conhecido, a razão é distinta do poder e o conhecimento pode ser distinguido da política. Eticamente, porque reclama espaço para a dignidade e o valor do indivíduo numa cultura jurídica que tem sido sobretudo utilitarista por pelo menos cento e cinqüenta anos. Em suma, a teoria dos direitos tenta restabelecer a posição do liberalismo no pensamento jurídico contemporâneo.

Tanto em sua epistemologia quanto em sua ética, a obra dos teóricos dos direitos desafia o pensamento pós-moderno. Quando Dworkin declara que as disputas podem ter uma resposta certa, rejeita a crença pós-moderna de que todo conhecimento é questão de ponto de vista. E, instalando o indivíduo no centro do direito, os teóricos dos direitos refutam a tendência pós-moderna a privilegiar o grupo em detrimento dos indivíduos.

No entanto, a despeito da atenção que receberam, os teóricos dos direitos pouco influenciaram as cortes e não inspiraram uma escola de jurisprudência comparável à do direito e economia ou do movimento CLS. Perseguindo uma epistemologia mais racionalista, eles procuraram evitar o nominalismo a que o empirismo parecia conduzir, mas ao mesmo tempo renunciaram ao objetivo empirista de atar a busca de conhecimento à experiência humana. Assim, embora a obra dos teóricos dos direitos possa ter sido persuasiva para aqueles que aceitavam suas teses iniciais, em geral não conseguiu convencer outros eruditos de que eles deveriam aceitá-las também.

Se os Estudos Jurídicos Críticos são um movimento que não oferece nenhuma perspectiva, a teoria dos direitos parece oferecer uma perspectiva sem nenhum movimento. A promessa da teoria dos direitos é atraente; a natureza ambiciosa da obra de homens como Rawls e Dworkin chega a impressionar – mas poucos estão convencidos de que esses teóricos descreveram adequadamente o que o mundo é ou pode ser.

E. Pragmatismo

O pragmatismo originou-se da filosofia de Charles Sanders Pierce, William James e John Dewey, no final do século XIX. Pragmatismo e teoria do raciocínio jurídico encontraram-se desde logo na pessoa de Oliver Wendell Holmes, Jr., membro do Clube Metafísico, grupo de intelectuais a que pertencia James e que se reunia periodicamente em Boston, em fins daquele século, para discutir filosofia. Parece que Holmes influenciou James; e juristas pragmatistas da época muitas vezes reivindicaram Holmes como seu precursor intelectual. O pragmatismo arrefeceu após o desaparecimento de James e Dewey, mas renasceu nos anos 1930 graças à obra do filósofo Richard Rorty, às vezes com a etiqueta de neopragmatismo.

Tal como é entendido neste final de século, o pragmatismo repousa em dois temas principais: antifundacionismo e instrumentalismo. Partilha o primeiro com o pensamento pós-moderno em geral (inclusive o CLS) e o segundo com o direito e economia.

O antifundacionismo é simplesmente a crença pós-moderna de que não existem verdades *a priori*. Todo conhecimento não passa de crença socialmente construída, embora os membros da sociedade possam achá-la verdadeira e agir de conformidade com ela. E, como as sociedades diferem, o conhecimento é questão de ponto de vista.

No entanto, o pragmatismo se afasta significativamente do CLS pelas conseqüências, no pensamento jurídico, que ele tira do antifundacionismo. Enquanto os adeptos do CLS postulam que o pós-modernismo destruiu os derradeiros vestígios de uma base objetiva para o direito, revelando assim a extrema subjetividade das decisões judiciais, os pragmatistas vêem a dicotomia da tomada de decisões objetiva e subjetiva (tal como esses termos são tradicionalmente entendidos) como uma falsa escolha. Ou seja, os pragmatistas buscam uma alternativa à visão segundo a qual o direito tem de ser objetivamente verdadeiro ou completamente subjetivo.

Uma das correntes do pragmatismo encontrou essa alternativa no conceito de uma comunidade interpretativa, fundada na filosofia de Ludwig Wittgenstein. Wittgenstein sustentou que nenhuma verdade existe afora nossas observações. Portanto, as palavras não correspondem às essências platônicas; não possuem significação intrínseca. Recebem significação, isso sim, da comunidade de pessoas que as interpretam. A palavra não é inteiramente indeterminada porque os conceitos partilhados pela comunidade interpretativa sobre sua significação limitam o espectro de idéias que ela pode comunicar.

O significado dos textos jurídicos, como leis ou decisões judiciais, é então determinado pela sociedade que os interpreta. Embora os textos jurídicos possam não ter significação objetiva, no sentido de representarem uma essência platônica ou alguma idéia dotada de existência ontológica, esse significado também não deve ser determinado subjetivamente. A capacidade de uma comunidade interpretativa dar significação coletiva a um texto afasta a hipótese de que o raciocínio jurídico é subjetivo. Pode-se dizer que o texto possui significação "objetiva" no sentido de que essa significação é construída socialmente e não individualmente; quer dizer, a significação não é subjetiva, mas intersubjetiva. A significação, porém, é culturalmente relativa: uma sociedade diferente pode interpretar o texto de outro modo.

O movimento pragmatista no direito, em outras palavras, procura encontrar uma base para delimitar as tomadas de decisões judiciais no mundo pós-moderno. Repele a busca iluminista de certeza objetiva como um falso ponto de partida e uma tarefa impossível, não se preocupando, portanto, com o fato de o raciocínio jurídico ser incapaz de solucionar disputas mecanicamente. O movimento pragmatista tentou ainda propor o programa construtivo que o CLS, segundo seus críticos, não tinha e que alguns adeptos do CLS dizem ser impossível elaborar.

É nesse programa construtivo que se evidencia o segundo tema do pragmatismo: o instrumentalismo. O instrumentalismo pragmatista é a crença de que as ações devem ser julgadas por seus resultados e não por sua consistência com primeiros princípios. Os pragmatistas não se apegam a nenhum princípio ou valor específico. Assim, o valor considerado de muito peso na determinação de uma ação, em um contexto, pode ser considerado irrelevante para a determinação de uma ação em outro.

Alguns eruditos pragmatistas fazem sua metodologia remontar ao conceito aristotélico de raciocínio prático. A tese de Aristóteles era que se pode determinar a solução correta de casos particulares sem necessidade de uma teoria universal do que seja verdadeiro. Um único princípio não prevalece sempre; uma única abordagem nem sempre basta. Ao contrário, os casos são decididos um por um, examinando-se as conseqüências de cada resultado possível.

Há, no pragmatismo, um eco inquestionável do tipo de ciência política refletido no movimento do direito e economia. E de fato Richard Posner é considerado hoje tanto o expoente máximo da teoria do direito e economia quanto um pragmatista. No entanto, o ponto em que o pragmatismo diverge dessa teoria, pelo menos em sua fase inicial, é a recusa a privilegiar qualquer valor ou abordagem específica. Um pragmatista pode escolher o resultado mais eficiente em um caso e o resultado menos eficiente no caso seguinte.

O pragmatismo se mostra também acentuadamente compatível com o processo de decisão caso a caso do "common law". Assim como os juízes adeptos do "common law" decidem apenas a causa que lhes é submetida e consideram como *dictum* não-imperativo todo pronunciamento não estritamente necessário para a decisão dessa causa, também os pragmatistas solucionam os problemas um por um, em vez de tentar elaborar uma teoria universal. Segundo a visão pragmática, o conhecimento deve ser adquirido graças às tentativas de resolver problemas específicos, à medida que vão surgindo, e não construído como uma teoria sistemática no vácuo.

Embora os pragmatistas acreditem que sua metodologia justifica os resultados alcançados, não sustentam em geral que ela force tais resultados. Isto é, um juiz pragmatista pode explicar o resultado de uma causa enumerando as políticas relevantes e explicando como o resultado atendeu a cada uma dessas políticas. O processo, contudo, não é mecânico e outros juízes poderiam achar que essas mesmas considerações os induziriam a uma decisão diferente. No caso do pragmatista, não se pode dizer que o direito exige determinado resultado, mas que conduz e justifica a tomada de decisão.

Muitos pragmatistas se dizem politicamente progressistas. Alegam que sua recusa a privilegiar e considerar incontestáveis princípios específicos e sua tendência a tentar diferentes abordagens em diferentes situações fornecem uma base metodológica para a mudança social. Alegam também que o instrumentalismo pragmatista, com sua visão avançada, sacode a autoridade, a tradição e a ordem estabelecida.

Como outras escolas do raciocínio jurídico, o pragmatismo tem seus críticos. Alguns destes sustentam que a recusa pragmatista a privilegiar valores específicos nega sua pretensão de ser uma força política progressista. O pragmatismo, denunciam eles, pode acomodar igualmente ideologias esquerdistas, centristas e direitistas, já que há eminentes eruditos pragmatistas com orientações políticas muito disparatadas. De fato, considerando-se que o pragmatismo rejeita as teorias gerais em favor da abordagem caso a caso, afirmam alguns que ele é um movimento eminentemente conservador, que sem dúvida repelirá toda mudança radical em prol de melhorias contextuais.

A metodologia pragmatista também foi alvo de críticas. Alguns vêem em seu antifundacionismo o mesmo niilismo pós-moderno que encontram nos Estudos Jurídicos Críticos. Outros sustentam que o antifundacionismo é autocontraditório porque alegar que não existem verdades *a priori* é presumir uma verdade *a priori*. Outros, ainda, afirmam que o pragmatismo não tem, e rejeitaria por não-pragmática, qualquer teoria geral de como ponderações diversas devam ser consideradas relevantes para decidir qual resultado é preferível num caso, ou mesmo como o próprio caso deva ser definido. Desse ponto de vista, o pragmatismo não é tanto uma teoria como uma tendência a admitir que não existe teoria alguma.

VI. CONCLUSÃO

A questão do lugar do raciocínio jurídico no sistema jurídico americano começou como um problema de filosofia política. A teoria política liberal do Iluminismo afirmava que a finalidade do governo é proteger a liberdade do indivíduo. Os meios para tanto são as normas jurídicas. O direito limita o poder do governo e, assim, garante a liberdade individual. Portanto, a teoria política liberal atribui às cortes a tarefa de dirimir disputas de acordo com o direito.

Mas dirimir disputas de acordo com o direito exige que, antes, a corte determine o direito. Desse modo, o projeto político de subordinar o governo à norma do direito prevê uma tarefa epistemológica: achar o direito.

A epistemologia iluminista, como vimos, tinha duas correntes: racionalismo e empirismo. Ambas, entretanto, partilhavam o dualismo cartesiano entre consciência subjetiva individual e mundo objetivo, exterior a essa consciência. Segundo essa premissa, a tarefa de julgar de acordo com o direito é o mesmo que decidir objetivamente, não subjetivamente.

A metafísica do Iluminismo era sobretudo realista em 1776, de sorte que o juiz pós-revolucionário tinha certeza de que existia um direito objetivo. No final do século XVIII, a metafísica realista assumiu a forma de uma crença no direito natural. O direito natural, que podia ser determinado pela razão, controlaria o juiz e daria base objetiva à decisão de acordo com o direito.

A corrente empírica da epistemologia iluminista, porém, começou a lançar dúvidas sobre a autenticidade de um direito natural discernível apenas pela razão. A democracia jacksoniana, além disso, exigia uma teoria do direito mais consensual, em que o direito se fundasse no consentimento dos governados e não no exercício da intuição. O resultado foi a substituição do naturalismo pelo positivismo.

O final do século XIX produziu uma nova síntese sob a rubrica de formalismo: o direito positivo poderia ser encontrado graças a um processo de indução e aplicado a disputas individuais graças a um processo de dedução. Ou seja, o direito deveria agora ser encontrado empiricamente, pelo exame das leis e das decisões judiciais. O raciocínio jurídico era uma ciência que, como a física e a biologia, permitia ao juiz encontrar o direito. A metafísica realista afastara-se do naturalismo de fins do século XVIII e aproximara-se do conceitualismo positivista do final do século XIX.

O empirismo cético que solapara o naturalismo, entretanto, começou a solapar também o conceitualismo. Ao fim do primeiro terço do século XX, pelo menos no âmbito acadêmico e em diversas cortes de apelação, a metafísica predominante era nominalista: os conceitos jurídicos não existiam realmente, eram meros nomes aplicados a grupos de casos particulares que, de um certo ponto de vista, pareciam ter alguns atributos em comum.

Desprovidos de metafísica, os advogados só podiam dispor de epistemologia ou método. Os integrantes do novo movimento dominante, os juristas realistas (que eram nominalistas filosóficos), procuraram repensar o direito como um processo empírico. Advogados e juízes examinariam como o direito funciona na prática. As disputas seriam decididas de modo a atender a políticas públicas sensatas.

Desde o começo, porém, a tarefa do Iluminismo fora decidir causas objetivamente e não subjetivamente. Se as decisões tivessem de fundamentar-se em políticas, o projeto iluminista pareceria exigir que essas políticas fossem objetivamente determinadas. O dilema consistia em descobrir uma base objetiva para a tomada de decisões judiciais.

A história do raciocínio jurídico, neste final de século, é a história das diferentes respostas a esse dilema. Quatro delas foram consideradas aqui.

A primeira resposta, que caracteriza o pensamento jurídico ortodoxo da atualidade, é simplesmente a não-aceitação da vitória do nominalismo. A maioria das disputas, pelo que se alega, podem ser dirimidas segundo os princípios encontrados em decisões anteriores e as deduções feitas a partir deles. Isso pode não ser verdadeiro nos poucos casos difíceis ou nos casos inéditos ocasionais; mas são casos excepcionais, que não ameaçam a legitimidade do sistema como um todo.

A segunda resposta foi buscar, num eventual consenso público, uma base objetiva para a determinação de políticas. Embora semelhante esforço parecesse obviamente empírico, era uma abordagem que de um modo geral envolvia o resgate do racionalismo. Adotando um processo de intuição e dedução, os juristas tentaram identificar as políticas ou princípios que parecessem necessariamente inerentes ao nosso sistema jurídico e que fossem, pelo menos implicitamente, produto de amplo consentimento popular. Essa abordagem caracterizou os teóricos dos direitos, que pretendiam resgatar o liberalismo do empirismo. Ela descreve também as primeiras proposições do movimento do direito e economia, que via na eficiência o valor fundamental e inalienável da decisão judicial. Embora suas realizações sejam notáveis como exercício intelectual, os teóricos dos direitos representaram mais um ponto de partida para os críticos do que uma fonte de orientação para as cortes. O movimento do direito e economia influenciou um pouco mais as cortes, mas até certo ponto renunciou à pretensão de que a eficiência seja um valor privilegiado e fundamental.

A terceira resposta, que caracteriza bem o movimento do CLS, é a aceitação cabal da vitória da metafísica nominalista e o atestado de óbito da busca de uma base objetiva para os julgamentos. Dessa perspectiva, o julgamento é inerentemente subjetivo – e a concepção iluminista do direito, um equívoco. O individualismo liberal tem de ser substituído por uma teoria mais comunitária e igualitária. O conteúdo dessa teoria alternativa, no entanto, ainda está em grande parte por explicar.

A quarta resposta, típica dos pragmatistas, consiste em rejeitar o dualismo cartesiano entre sujeito e objeto como uma escolha falsa. Segundo esse ponto de vista, Descartes errou ao colocar o indivíduo no centro do conhecimento. Este se constrói socialmente: a verdade é aquilo em que a comunidade acredita em determinada época. A verdade não é objetiva no sentido de ter sido fixada para todo o sempre, mas também não é subjetiva no sentido de ser individualmente construída.

Assim, no pragmatismo, abandona-se inteiramente o quadro epistemológico e metafísico do Iluminismo. Os pragmatistas desejam encontrar soluções para os casos particulares à medida que vão aparecendo, sem elaborar de antemão um corpo de leis newtonianas para reger todos eles.

O pragmatismo tem muita coisa em comum com o pensamento jurídico ortodoxo da atualidade. Este se revela, sob vários aspectos, antiteórico. Renunciando ao formalismo e incapaz de abraçar o realismo, ele avança sem ostentar nenhuma teoria coerente. É formalista nos casos fáceis e realista nos casos difíceis; tenta utilizar o melhor das duas teorias e não consegue adotar só uma.

Além disso, as apreciações de políticas, que hoje inspiram as decisões judiciais sobretudo nos casos difíceis, não se distinguem metodologicamente do raciocínio prático preceituado pelos pragmatistas contemporâneos. Dessa forma, o pragmatismo fornece uma base filosófica para os cientistas políticos no mundo pós-moderno.

A filosofia iluminista, é claro, tem sido utilizada pelos juristas na consecução de fins políticos liberais. Se a epistemologia e a metafísica estão erradas, que dizer do individualismo liberal? Se o pragmatismo se recusa a privilegiar quaisquer valores particulares, consegue proteger adequadamente a liberdade? Como abordagem, ele deveria ser capaz de reconciliar a solução de uma disputa com várias ideologias políticas diferentes, idéia que decerto não agradaria aos liberais – ou comunitaristas, socialdemocratas e conservadores. Se o dilema do raciocínio jurídico contemporâneo começou como problemas de filosofia política, neles é que parece terminar.

Capítulo 7
Análise, síntese e aplicação de políticas

Neste capítulo, examinamos sistematicamente o modo como os advogados analisam, sintetizam e aplicam políticas no processo de raciocínio jurídico. Na primeira seção, descrevemos a maneira de analisar uma norma como compromisso entre vários pares de políticas conflitantes; a seguir, a discussão se volta para alguns dos conflitos de políticas mais comuns no direito americano. A segunda seção examina um método pelo qual as políticas relevantes em determinada situação podem ser sintetizadas, identificando-se a relação de cada política com as demais. Na terceira seção, estudamos a aplicação de políticas para a solução de disputas particulares, tópico já introduzido no Capítulo 5.

I. ANÁLISE DE POLÍTICAS

A. *O dilema da escolha entre políticas opostas*

Toda questão legal pressupõe um conflito entre, pelo menos, duas políticas contrárias. Ao adotar uma norma para regular a disputa, a corte estabelece um compromisso entre essas políticas.

Na verdade, os conflitos de políticas são inerentes à própria estrutura do sistema jurídico. Isso quer dizer que o sistema jurídico americano procura fomentar diversas políticas conflitantes ao mesmo tempo. Assim, por exemplo, tenta aproximar-se da norma que protege a maioria salvaguardando ao mesmo tempo os direitos individuais; procura ser justo, mas também eficiente.

Mas o sistema não pode atribuir peso igual a todas essas políticas concomitantemente. Se a maioria decidir que todas as pessoas com 18 anos de idade estão sujeitas ao serviço militar, a corte, perante um indivíduo que se recusa a servir por causa de crenças religiosas, deve decidir entre a norma da maioria e a liberdade religiosa do indivíduo. Uma política deve ceder a outra em casos específicos.

No entanto, todas as políticas são importantes e poucas pessoas proporiam que só uma delas prevalecesse sempre. De fato, como discutiremos na seção seguinte deste capítulo, o paradoxo fundamental do sistema jurídico americano é que respeitar uma política em detrimento das políticas contrárias significaria, em última instância, impedir a consecução dos fins buscados por essa mesma política. A tarefa da corte, ao decidir disputas, consiste em escolher, para determinado conjunto de fatos, qual política deve prevalecer no caso e como manter o compromisso com as políticas contrárias.

Uma vez que toda política tem preferência em certos casos, todo conjunto de normas contempla políticas opostas ao mesmo tempo. A típica experiência do advogado ao sintetizar um corpo de normas revela que, durante a síntese, identifica-se uma norma geral que representa o triunfo de uma política, norma esta, porém, definida e limitada por normas mais específicas que privilegiam uma política contrária.

Assim, nenhuma norma resolve plenamente o conflito entre políticas contrárias. Na melhor das hipóteses, ela transforma o conflito em uma questão apresentada num nível mais baixo de generalidade. Embora a norma possa, em aparência, defender uma política específica, toda vez que for definida ou restringida, o conflito original reaparecerá e precisará ser solucionado novamente.

O fato de as normas de direito serem compromissos entre políticas opostas fundamenta a intuição do advogado de que todo caso tem dois lados. Não importa quais sejam as políticas que pareçam sustentar determinada posição, sempre há políticas contrárias a que as cortes, pelo menos em algumas ocasiões, já deram preferência. Portanto, qualquer conjunto de normas contempla, em vários níveis de generalidade, políticas opostas que apontam para resultados diametralmente opostos. O advogado que conseguir identificar as diversas combinações de políticas contrárias, subjacentes às normas, compreenderá instantaneamente a natureza da argumentação que pode sustentar cada lado do caso.

Isso não quer dizer que todo caso, em termos práticos, possa ser decidido aleatoriamente. Num dado contexto, fatores como história, precedentes, preferências do juiz e fatos específicos podem combinar-se de maneira tal que só um resultado seja plausível. Mesmo nessa situação, entretanto, a existência de políticas contrárias permite ao advogado articular uma argumentação perfeitamente coerente em favor da parte perdedora. Na verdade, a argumentação que falhou poderia, em outro caso e em outra ocasião, ter prevalecido, embora no caso atual não seja convincente.

B. Conflitos de políticas específicas

A análise de políticas é o processo de identificar que políticas amparam cada resultado possível numa disputa particular. O processo exige a compreensão dos principais conflitos de políticas presentes no direito americano. No restante desta seção, apresentamos alguns desses conflitos. São descritos aqui em termos relativamente genéricos e serão ilustrados em termos mais concretos na Parte III.

Esses conflitos não esgotam de forma alguma os que os advogados precisam resolver. Por exemplo, muitas disputas de direito constitucional estabelecem um conflito entre a centralização de poder no governo federal e sua descentralização nos Estados. Esse conflito, como muitos outros, não é discutido aqui porque o que se pretende é apresentar uma metodologia e não um exame abrangente.

As políticas que vamos discutir podem ser caracterizadas de várias maneiras. Umas são mais gerais que outras. O paternalismo discutido adiante, por exemplo, é um termo bastante geral que abarca políticas mais específicas, como a proteção ao consumidor. Os pareceres judiciais tratam as políticas em diferentes níveis de generalidade e, portanto, não empregam necessariamente a terminologia adotada aqui[1].

1. O indivíduo e a comunidade

A primeira tensão básica no direito americano é de natureza essencialmente política: deve-se dar primazia ao indivíduo ou à comunidade (ou seu representante, o Estado)? Essa tensão, não importa em que nível de generalidade seja resolvida, parece sempre reaparecer num nível inferior de generalidade. Desse modo, a mesma tensão ressurge em diferentes contextos no direito americano.

Em seu nível mais geral, ela suscita a questão de saber se a vontade do Estado ou a vontade do indivíduo irá prevalecer em determinada situação. O conflito entre a vontade do Estado e a vontade do indivíduo é discutido aqui como o conflito entre o majoritarismo e o individualismo.

Suponhamos uma norma segundo a qual o Estado, em dada situação, deve dar eficácia à vontade do indivíduo. Essa regra não resolveria plenamente a questão da primazia da comunidade ou do indivíduo: apenas a deslocaria. Embora a norma estabeleça que a vontade do indivíduo prevalecerá, a questão da primazia ressurge como a questão de saber como definir essa vontade. Uma vez que o indivíduo pode ser coagido pelas circunstâncias a fazer escolhas que não são verdadeiramente livres, a deferência à sua vontade talvez exija que o Estado intervenha a fim de proteger o indivíduo contra a prepotência dos particulares. Assim, a tensão entre a comunidade e o indivíduo reaparece como a tensão entre a política de avaliação estatal das circunstâncias da escolha do indivíduo e a política de presumir conclusivamente que as escolhas individuais representam a von-

---

1. A terminologia é criação minha. Não havendo um corpo teórico desenvolvido sobre a natureza da análise de políticas, não há terminologia estabelecida.

tade livre desse indivíduo. Essa tensão é discutida mais adiante como o conflito entre a política de paternalismo e a política de autonomia.

Suponhamos agora que, segundo a norma, a vontade do Estado, e não a do indivíduo, deve prevalecer em determinada situação. Também isso não resolve plenamente a questão da primazia entre a comunidade e o indivíduo; apenas a desloca. Uma vez que o direito autorizou o Estado a impor sua vontade, o Estado pode decidir exercer sua vontade em benefício próprio ou em defesa dos direitos dos indivíduos. Essa tensão se caracteriza de diversas maneiras, mas será discutida adiante como tensão entre eficiência e justiça.

Por exemplo, se em determinada circunstância o Estado opta por buscar justiça, de novo essa escolha apenas desloca a tensão entre a comunidade e o indivíduo. Ela ressurge como uma escolha entre a teoria utilitarista da justiça, que privilegia o bem-estar da comunidade, e a teoria da justiça fundada nos direitos, que ampara as pretensões do indivíduo.

Vê-se por esta discussão que a tensão entre a comunidade e o indivíduo jamais se resolve totalmente. Reaparece sempre em diferentes níveis de generalidade, como conflitos de políticas cognatas, e as cortes ora preferem uma política em determinado nível de generalidade, ora a política oposta, em outro.

a. Individualismo e majoritarismo

Os autores da Constituição entenderam estar edificando um governo fundado em dois valores opostos: democracia (conforme utilizamos hoje o termo) e direitos individuais. A democracia exige que a vontade da maioria, tal qual representada pelas decisões do Estado, seja obedecida; mas a teoria dos direitos individuais subordina a vontade da maioria à vontade do indivíduo. A corte tem de decidir, nos casos particulares, se adotará a política do majoritarismo, acedendo à vontade da maioria, ou a política do individualismo, acedendo à vontade do indivíduo.

O conflito entre majoritarismo e individualismo aparece mais claramente quando a legislatura aprova uma lei em benefício da maioria. Suponhamos que essa lei proíba a defesa do comunismo como forma de governo e seja questionada como violação da garantia constitucional de liberdade de expressão. Uma corte majoritarista acredita em geral que o povo tem o poder de punir declarações que considera injuriosas e, assim, é provável que siga a lei. Uma corte individualista geralmente procura proteger o direito do indivíduo de expressar suas posições políticas e, assim, é provável que invalide a lei.

Dado que o "common law" é considerado representante da vontade popular[2], o conflito entre majoritarismo e individualismo também se manifesta nos julgamentos com fundamento nos "common laws". Por exemplo, sob a doutrina jurídica da difamação, a corte pode coagir um orador a indenizar um outro indivíduo cuja reputação foi maculada por suas declarações. Portanto, a vontade da maioria de impor responsabilidade por comentários difamatórios entra em conflito com o direito do orador de dizer aquilo em que acredita, e prevalece sobre esse direito.

Pode-se distinguir entre a política do majoritarismo e as políticas mais específicas em apoio das quais a maioria exerce sua vontade, assim como é possível distinguir entre uma política de individualismo e as decisões mais específicas tomadas por um indivíduo. O majoritarista sustenta que a vontade da maioria deve prevalecer, quer se trate de proibir a nudez nas praias, banir o fumo dos restaurantes ou exigir garantias na venda de uma casa. Um individualista afirma que a vontade do indivíduo deve prevalecer, quer ele se disponha a criticar o presidente, trabalhar em minas de carvão a um dólar por hora ou

---

2. Como se viu no Capítulo 6, presume-se desde o século XIX que o "common law" representa a vontade popular, embora seja elaborado por juízes e não por legisladores eleitos. A tese do consentimento popular baseia-se no fato de, em muitos Estados, o direito comum inglês ter sido aceito mediante provisão constitucional estadual (ou promulgação legislativa) e, ainda, de em todos os Estados a legislatura poder modificar o "common law" a qualquer tempo. Pode-se muito bem questionar se, em verdade, o "common law" representa a vontade do povo. Mas, dado o poder de certos grupos de interesses, as grandes somas necessárias para se disputar um mandato e outras falhas do processo legislativo, podemos levantar a mesma objeção contra a legislação.

sacrificar animais em ritos religiosos. Assim, as políticas do majoritarismo e do individualismo podem vincular-se, em dada situação, a inúmeras outras políticas que vão desde a proteção da indústria do tabaco até a prevenção de crueldade contra os animais.

O direito americano não favorece consistentemente o majoritarismo ou o individualismo. Em certas situações, uma política prevalece; em outras, a política oposta. O direito de determinada comunidade, por exemplo, pode permitir o fumo nos restaurantes, mas não a nudez nas praias. A política que prevalece depende muitas vezes da natureza das outras políticas às quais cada qual se vincula em uma dada situação. Desse modo, o advogado pode predizer a escolha entre essas duas orientações apenas em contextos específicos.

Se o majoritarismo prevalecesse em todos os casos, a democracia se transformaria em Estado totalitário. Se prevalecesse o individualismo, a sociedade democrática se dissolveria na anarquia. A regra da maioria e os direitos individuais se refreiam mutuamente. O conflito entre majoritarismo e individualismo jamais pode ser plenamente superado.

Além disso, as políticas do majoritarismo e do individualismo são tão gerais que mesmo a escolha de uma ou de outra em determinada situação talvez não solucione a disputa. Veremos na próxima subseção, por exemplo, que a vontade individual pode ser definida de várias maneiras. Assim, a opção pelo individualismo deixa insolúvel o conflito, transferindo-o meramente para a questão mais específica de como definir a vontade do indivíduo.

b. Autonomia e paternalismo

Quando o direito decide dar eficácia à vontade do indivíduo, vê-se na necessidade de escolher entre uma política de paternalismo e uma política de autonomia. Sob a política de paternalismo, o direito protege o fraco contra a prepotência do forte. Sob a política de autonomia, o direito evita interferir nas escolhas individuais.

O conflito entre paternalismo e autonomia enraíza-se em duas visões conflitantes da possibilidade de liberdade individual. A política de autonomia sustenta que o governo é a principal ameaça à liberdade individual e, portanto, que o direito deveria facilitar e não regulamentar a escolha individual. A política de paternalismo sustenta que a ameaça principal à liberdade do indivíduo são os poderosos ou as organizações privadas que se impõem por razões econômicas ou outras quaisquer, devendo portanto o direito regulamentar as transações particulares a fim de evitar a prepotência e garantir a plena liberdade de exercício da vontade do indivíduo.

Digamos que um homem analfabeto tenha comprado uma geladeira e assinado um contrato que permitia à loja recuperar o artigo, sem aviso prévio, se ele faltasse aos pagamentos. Se a corte preferir a política de autonomia, concluirá provavelmente que o cliente assinou de livre vontade o documento, sem que ninguém o lesse para ele, estando portanto comprometido por sua escolha. De fato, prossegue o raciocínio, a invalidação da provisão de retomada de posse forçaria a loja a adotar medidas mais dispendiosas, como processar o consumidor para obter a devolução do artigo, e assim aumentar os custos do negócio, que seriam repassados aos consumidores. A loja poderia mesmo decidir não vender a prazo a clientes de risco, eliminando dessa forma sua capacidade de adquirir bens de valor elevado. Dessa perspectiva, a não-confirmação do contrato acarretaria provavelmente limitação de escolha para futuros consumidores. A política de autonomia, em outras palavras, presume que a interferência governamental em acordos particulares anula a liberdade.

Se a corte preferir a política de paternalismo, questionará se o consumidor realmente acedeu de livre vontade a um arranjo contratual que não era capaz de entender. Questionará também se poderia mesmo encontrar alguém que lhe explicasse adequadamente a provisão contratual, se alguma loja lhe teria vendido uma geladeira sem aqueles termos e se dispunha de outra escolha além de assinar o documento ou renunciar à posse do artigo. Se a corte sustentar a provisão, todos os vendedores passarão a incluí-la em seus contratos de financiamento. Assim, sustentá-la limitaria efetivamente a liberdade dos consumidores de obter, em condições favoráveis, bens considerados essenciais no mundo moderno. A política de paternalismo, em suma, postula que a verdadeira liberdade exige do Estado o policiamento dos acordos privados a fim de garantir que os menos poderosos não sejam coagidos pelas circunstâncias a aceitar termos que nenhuma pessoa, em igualdade de condições, aceitaria.

A prepotência privada é a maior ameaça à liberdade individual em certas circunstâncias, ao passo que a coerção do Estado o é em outras. O advogado pode então prever a escolha entre paternalismo e autonomia somente em contextos específicos.

O conflito entre autonomia e paternalismo, além disso, é duradouro e não pode ser nunca plenamente resolvido. Se a autonomia devesse prevalecer em todos os casos, a corte ampararia todos os acordos privados, inclusive contratos impostos por uma arma na cabeça. A parte ameaçada, tendo de escolher livremente entre assinar ou morrer, estaria atada ao compromisso. Se devesse prevalecer o paternalismo, nenhuma decisão individual ficaria livre de intervenção judicial. Qualquer transação que resultasse em desapontamento ou dano levaria a litígios em torno de queixas de que a transação não foi resultado de uma escolha verdadeiramente livre e consciente.

Ainda quando a escolha entre paternalismo e autonomia fosse feita numa situação particular, isso poderia não solucionar a disputa. As políticas de paternalismo e de autonomia são tão gerais que às vezes se tornam indeterminadas. Para que sejam determinadas, é necessário que se tenha uma concepção relativamente específica do que constitui coerção ou prepotência em determinada circunstância e quais meios serão eficazes para reduzir ou eliminar a prepotência ou a coerção.

Suponhamos, por exemplo, que uma funcionária se queixe ao patrão de que um colega folheia à mesa, no horário do almoço, revistas de mulheres nuas. O supervisor despede o funcionário por vexação sexual à mulher, ao passo que o funcionário aciona o patrão por dispensa sem justa causa e a mulher por interferência intencional nas relações econômicas. Uma corte paternalista, empenhada em intervir no escritório a fim de evitar a pressão dos fortes sobre os fracos, precisa mais do que sua filiação ao paternalismo para decidir a disputa. Ela terá de decidir se o homem, ao folhear as revistas, estava forçando a mulher a suportar ultraje sexista ou se a mulher, ao tentar impedi-lo de ler as revistas, forçava-o a aceitar sua própria visão das relações corretas entre os sexos. Só após decidir o que significa coerção nessa situação específica poderá a corte paternalista resolver a disputa.

c. Justiça e eficiência

Quando prevalece a vontade do Estado, o conflito de primazia entre a comunidade e o indivíduo não se resolve completamente. O Estado precisa fazer uma série de escolhas quanto aos fins em prol dos quais exercerá sua vontade, escolhas que renovam o mesmo conflito. Assim, por exemplo, o conflito entre a comunidade e o indivíduo muitas vezes ressurge como um conflito entre a política de eficiência social e a política de justiça para os indivíduos envolvidos numa transação.

Um bom exemplo do conflito entre justiça e eficiência é a doutrina processual da *res judicata*. Essa doutrina proíbe que se reapresente em juízo uma queixa já julgada contra a mesma parte. A doutrina evita os prejuízos da reapresentação e baseia-se, assim, na política de eficiência. Em certos casos, no entanto, pode conduzir à injustiça. Digamos que um empregado receba um pequeno ferimento em virtude da negligência do empregador. Ele o aciona e faz jus a uma pequena indenização. Mas o ferimento não se cura por completo, torna-se canceroso e provoca dano severo[3]. Muitos concordariam que, tendo o dano sido causado pela negligência do empregador, a justiça exige que este indenize plenamente o empregado. Mas a doutrina da *res judicata* impede que o empregado reabra o processo a fim de exigir compensação adicional pela gravidade imprevista do

---

3. O exemplo se baseia livremente nos fatos de *Smith* versus *Leech Brain & Co.*, 2. Q.B. 405 (1962).

ferimento. Nesse caso, a política da eficiência prevalecerá sobre a política da justiça.

Se quiser conservar o apoio do povo, o sistema jurídico americano não deve nunca renunciar à sua aspiração por justiça. Todavia, um sistema que malbarata recursos próprios e da sociedade a que serve perderá o apoio e o respeito dessa sociedade, acabando por empobrecer-se a ponto de não mais funcionar. O sistema jurídico precisa ser ao mesmo tempo justo e eficiente. O conflito entre essas políticas jamais pode ser solucionado. O advogado só consegue predizer a escolha entre eficiência e justiça em contextos específicos.

Mesmo quando a escolha entre eficiência e justiça é feita num caso particular, ela não resolve necessariamente a disputa. Os conceitos de eficiência e justiça são tão gerais que, muitas vezes, parecem indeterminados. Por exemplo, a decisão de buscar o resultado mais justo não torna a corte apta a resolver a disputa porque existem inúmeros conceitos diferentes de justiça. E, ao selecionar um deles, o advogado estará novamente diante da tensão entre a comunidade e o indivíduo. Ou seja, como se verá na próxima subseção, o desejo de buscar o resultado justo transfere a tensão para a questão mais específica da definição do que venha a ser justiça.

d. Teoria dos direitos e utilitarismo

Mesmo quando o Estado resolve adotar uma política de justiça para o indivíduo, a tensão entre indivíduo e comunidade permanece insolúvel. Reaparece como um conflito entre teorias de justiça baseada nos direitos e teorias utilitárias de justiça.

A teoria dos direitos preceitua que os indivíduos possuem certos direitos a serem protegidos e exigidos pela lei porque é justo que assim seja. A corte que se guia por uma sólida concepção dos direitos individuais poderá decidir que o fabricante de um produto que feriu um consumidor deverá indenizá-lo porque o consumidor tem o "direito" de ficar a coberto de danos físicos causados por outrem. A teoria dos direitos costuma ser referida, geralmente, às teses de direito natural de pensadores iluministas como John Locke, reforçadas pela ética deontológica de Immanuel Kant.

Em geral, o utilitarismo sustenta que a justiça requer o resultado capaz de proporcionar a maior felicidade ao maior número. Ou seja, o resultado justo é aquele que beneficia a sociedade como um todo, independentemente de seu impacto sobre os particulares. Com freqüência, associa-se o utilitarismo à obra de Jeremy Bentham.

No utilitarismo, a importância ou mesmo a existência de direitos individuais é essencialmente negada. Sob a teoria utilitarista da justiça, a corte tem de fazer o que é melhor para a sociedade em geral, ainda que isso limite consideravelmente os direitos do indivíduo. Este pode ser protegido pelo utilitarismo, mas desde que a proteção beneficie também a sociedade como um todo.

A busca do resultado justo freqüentemente implica a escolha entre a teoria utilitarista da justiça e a teoria baseada nos direitos. Por exemplo, o motorista acionado por um ciclista que ele acidentalmente atropelou numa rua movimentada fundamentará sua defesa na alegação de que tomara precauções razoáveis para evitar atingir o ciclista, proclamando por isso que a única maneira de garantir a segurança dos ciclistas seria banir o tráfego das ruas, o que lesaria o bem-estar da sociedade. O ciclista, por seu turno, fundamentará sua exigência de indenização no direito da pessoa de utilizar a via pública a coberto de lesões provocadas por outrem. Portanto, o motorista adotou a teoria utilitarista da justiça, ao passo que o ciclista arrazoou segundo a teoria dos direitos.

Mas mesmo a escolha entre essas duas teorias de justiça nem sempre soluciona a disputa. Os conceitos de direitos e utilidade são tão gerais que podem revelar-se extremamente indeterminados.

Por exemplo, decidir que os indivíduos têm direitos não determina quais direitos eles têm. E, mesmo aceitando que existisse amplo consenso de que as pessoas possuem certos direitos – como o direito à propriedade, à privacidade, à livre expressão –, a natureza desses direitos ainda estaria por definir.

Definir os direitos como absolutos é impraticável porque dois direitos absolutos podem eventualmente chocar-se[4]. Por exemplo, o jornal desejoso de publicar o nome da vítima de um estupro, que pretende preservar o anonimato, suscita um conflito entre o direito à livre expressão e o direito à privacidade. Se os dois direitos são absolutos, o caso não se resolve: um ou outro tem de ser limitado de alguma maneira. Porém, o simples postulado de que existe um direito à livre expressão e um direito à privacidade não indica o modo de limitar os direitos ou qual direito deva ser preferido.

Dada a indeterminação do conceito de direitos, em muitas disputas a posição de cada parte pode ser amparada por uma concepção diferente da natureza de seus respectivos direitos. O músico que quer tocar tuba tarde da noite em seu apartamento falará do "direito" ao uso da propriedade, enquanto o vizinho que deseja dormir naquela hora falará do "direito" ao gozo pacífico do lar. A corte não pode solucionar o caso decidindo meramente que pretende proteger direitos individuais. Deverá adotar uma concepção muito particular de direitos individuais específicos.

O utilitarismo levanta um problema análogo ao da teoria dos direitos. A tese da maior felicidade para o maior número é tão genérica que se revela altamente indeterminada. Para encontrar o resultado útil, é preciso decidir primeiro quais formas de felicidade serão levadas em conta, de que modo se irá avaliá-las e que formas têm mais peso que outras. Uma pessoa poderá, digamos, acreditar que a maior felicidade para o maior número exige o fechamento de uma fábrica que polui a atmosfera, enquanto outra pessoa acreditará que a maior felicidade para o maior número exige a continuidade de operação da fábrica, que emprega vasto segmento da comunidade. É preciso acreditar não apenas no utilitarismo, mas em uma concepção

---

4. Para uma discussão sobre como a crença nos direitos absolutos de propriedade se revelou inexeqüível, ver Vandevelde, *The New Property of the Nineteenth Century: The Development of the Modern Concept of Property*, 29 BUFF. L. REV. 325 (1981).

particular da maior felicidade, antes que o utilitarismo possa ser de alguma valia para solucionar uma disputa.

O individualismo é um valor profundamente enraizado na sociedade americana, de sorte que os argumentos nele baseados costumam ter forte apelo intuitivo. De fato, muitos utilitaristas incorporam, em um ou outro nível, a noção de direitos individuais à sua teoria. Eles não aceitariam, provavelmente, a argumentação de um psicopata de que deverá ter liberdade para liquidar um paciente comatoso porque assim obterá intenso prazer sem que a vítima sofra coisa alguma – o assassinato, assim, aumentaria a felicidade agregada da sociedade. Os utilitaristas considerariam os direitos individuais, neste caso o direito do paciente à vida, como até certo ponto limitadores da aplicação do cálculo utilitário. Ao mesmo tempo, a rejeição completa do utilitarismo em favor dos direitos individuais permitiria ao indivíduo isolado e irresponsável comprometer o bem-estar de toda uma comunidade.

Assim, o utilitarismo tende a ser limitado, em casos extremos, pelos direitos individuais, enquando os direitos individuais são usualmente limitados por algum cálculo utilitário. Poucos de nós aceitaríamos qualquer dessas teorias sem alguma limitação por parte da outra. A tensão entre as duas teorias de justiça jamais pode ser plenamente resolvida. O advogado só consegue predizer a escolha entre ambas em contextos específicos.

2. Positivismo e naturalismo

A segunda tensão básica no direito americano, entre positivismo e naturalismo, é essencialmente metafísica. Ela ocorre entre duas concepções diferentes da fonte e natureza do direito, cada uma das quais justifica uma série de escolhas de políticas específicas. A discussão seguinte examina o conflito geral entre ambas, aludindo a algumas das escolhas de políticas associadas às teorias positivista e naturalista do direito.

O naturalismo sustenta, em geral, que existem leis universais aplicáveis a todas as pessoas em todos os tempos, e que essas leis se baseiam na vontade de Deus ou na natureza do universo. Afirma-se muitas vezes que o naturalismo remonta aos filósofos estóicos da Grécia antiga, que determinavam o direito natural por intermédio da razão. No período medieval, os teólogos católicos fundamentaram a fonte do direito natural na vontade de Deus, revelada nas Escrituras. O ceticismo religioso, promovido pelo Renascimento, a Reforma e a Revolução Científica, recolocou o naturalismo em bases seculares, de modo que no século XVIII iluminista os naturalistas buscavam a fonte do direito mais na razão que na revelação.

Os naturalistas sustentam, em geral, que leis humanas inconsistentes com o direito natural não são verdadeiramente leis. O naturalismo representou um elemento importante do pensamento jurídico americano ao tempo da Revolução, e, nos primeiros anos da república, as cortes reivindicavam poderes para derrotar legislações inconsistentes com o direito natural.

O positivismo vê o direito como apanágio de um soberano. Ele é, pois, criação de uma sociedade humana; não é produto da vontade de Deus ou inerente à natureza. O positivismo é geralmente associado à obra de Jeremy Bentham e John Austin, dos séculos XVIII e XIX, e representado no século XX pelos trabalhos de H. L. A. Hart.

Como vimos no Capítulo 6, o positivismo desalojou o naturalismo como teoria jurídica dominante nos Estados Unidos no começo do século XIX, banindo assim a prática de derrogar legislações inconsistentes com o direito natural não-escrito. Uma vez que a soberania, nos Estados Unidos, é apanágio do povo, o positivismo parecia harmonizar-se melhor com a teoria democrática do que o naturalismo, que localizava a fonte do direito fora da vontade popular.

O positivismo, no entanto, jamais desalojou inteiramente o naturalismo. Em primeiro lugar, parece uma teoria incompleta do direito porque não explica como a vontade da maioria deva prevalecer. Para tanto, é preciso recorrer a explicações naturalistas, como a de que o primado da maioria está na natureza das coisas assim como o fato de a democracia ser a única forma de governo moralmente justa. Desse modo, a legitimidade do direito positivo parece repousar, em última análise, em concepções naturalistas. E o resultado é que as justificativas positivistas de uma norma ou resultado particular levam inevitavelmente de volta ao naturalismo.

Em segundo lugar, dado que o positivismo observa apenas as ordens do soberano, não parece proporcionar uma base adequada para a decisão de disputas quando o soberano se mostra silencioso ou ambíguo. Já o naturalismo oferece uma orientação quando, e isso ocorre freqüentemente, o direito positivo é indeterminado. Por exemplo, a corte pode interpretar uma lei vaga de um modo que pareça razoável ou justo. Agindo assim, ela evita a interpretação baseada na vontade do povo e encontra uma interpretação baseada no direito natural.

Em terceiro lugar, como o direito positivo dos Estados Unidos baseia-se no consenso popular, pode ser inconsistente com noções arraigadas de justiça. As cortes adotaram diversas regras que lhes permitem invocar considerações naturalistas para derrogar leis positivas em certos casos. Suponhamos, por exemplo, que a legislatura promulgue uma lei provendo que o beneficiário de uma apólice de seguro de vida pode acionar diretamente a seguradora para que ela resgate a apólice. Mais tarde, o beneficiário de uma apólice assassina o segurado e exige o pagamento. Embora a linguagem da lei possa orientar a corte para que ordene o pagamento ao beneficiário, muitos achariam esse resultado repreensível. A corte, com toda probabilidade, se recusaria a promover semelhante resultado, a despeito da clareza da linguagem, invocando talvez uma norma que lhe possibilitasse interpretar leis de modo a infirmar resultados manifestamente injustos ou absurdos[5]. Assim, o naturalismo proporciona uma base moral para se avaliar o conteúdo do direito positivo.

O naturalismo coexiste, pois, com o positivismo, fundamentando teoricamente o positivismo, suplementando o direito positivo quando ela parece inadequada para solucionar uma disputa e, em casos extremos, contrariando os resultados exigi-

---

5. Esse exemplo se baseia nos fatos de *Slocum* versus *Metropolitan Life Ins. Co.*, 245 Mass., 565 (1932), discutidos em H. Hart & A. Sacks, *The Legal Process: Basic Problems in the Making and Application of Law* (1994).

dos pelo positivismo. Sem o naturalismo, o direito positivo parece indesejável, se não teoricamente impossível. Ao mesmo tempo, jamais o naturalismo desalojará completamente o positivismo. Em primeiro lugar, como vimos acima, a idéia de que o direito se baseia em qualquer outra fonte que não a vontade do povo parece a muitos profundamente antidemocrática.

Em segundo lugar o direito natural, por não ser escrito, introduz muito arbítrio e indeterminação no sistema jurídico. Sem uma codificação peremptória dos elementos do direito natural, o naturalismo ameaça solapar a uniformidade e a previsibilidade do direito. Na medida em que o juiz possa confundir suas preferências pessoais com revelação divina ou ditames da razão, o naturalismo abala o império do direito.

Em terceiro lugar o direito, no mundo moderno, rege matérias mundanas e triviais que poderiam ser regulamentadas de muitas outras maneiras. Não é possível que os milhares de regras minuciosas aplicáveis à vida cotidiana estejam radicados na vontade de Deus ou na natureza do universo. Por isso, o naturalismo apresenta uma justificativa nada convincente para o conteúdo de muitas leis contemporâneas.

À vista dessas razões, o direito americano abriga correntes tanto do positivismo quanto do naturalismo. A corte tem de determinar, em situações específicas, quais outros problemas serão resolvidos de acordo com as normas adotadas pelo soberano e que problemas serão resolvidos com base em noções naturalistas de justiça ou racionalidade. A tensão entre naturalismo e positivismo nunca será plenamente resolvida. Sempre reaparece no direito americano em contextos diferentes e em diferentes níveis de generalidade.

3. Instrumentalismo e formalismo

a. Em geral

A terceira tensão básica no direito americano, entre formalismo e instrumentalismo, é essencialmente epistemológica. Formalismo e instrumentalismo são teorias rivais sobre o modo como as cortes determinam o direito, ou seja, sobre a natureza do julgamento. Uma e outra acarretam bom número de escolhas específicas de políticas.

Para o formalismo, o julgamento é a aplicação mecânica de normas gerais a situações particulares. Normas formais especificam fatos que dão origem a direitos ou deveres. A aplicação das normas consiste no exame dos indícios a fim de determinar se os fatos especificados estão presentes.

Acreditam os formalistas que a formulação do direito como conjunto de normas dá uniformidade e previsibilidade ao direito. Normas previsíveis informam todos de seus direitos e deveres, o que é um dos aspectos da justiça, e permite às partes confiarem num regime jurídico estável, o que é outra das dimensões da justiça, refletida na noção particular de que não convém mudar as regras no meio do jogo. Permitindo que os indivíduos antecipem qual será a aplicação do direito, as normas facilitam a lavratura de acordos privados sólidos, necessários à moderna economia de mercado. Ao mesmo tempo, simplificam o julgamento das disputas, promovendo assim um sistema judicial mais eficiente. De fato, permitindo que as partes antevejam quais queixas serão atendidas, as normas desencorajam litígios fúteis e onerosos. Regras uniformes tratam casos iguais por igual – outro aspecto da justiça.

Os formalistas tentam estabelecer normas no nível máximo de generalidade. Quanto mais gerais forem as normas, mais casos abarcarão e maior será sua uniformidade de aplicação.

Para os instrumentalistas, o julgamento consiste em decidir disputas de modo a atender a políticas relevantes. Desse ponto de vista, a norma deve ser sempre interpretada de modo a dar eficácia às políticas subjacentes. Se a leitura literal dos termos da norma não favorecer tais políticas, esses termos deverão ser lidos mais genericamente. Além disso, termos implícitos podem ser inseridos no curso da interpretação, segundo a teoria de que estarão necessariamente presentes se a norma tiver de promover as políticas que provocaram sua adoção.

Uma das questões enfrentadas pelos instrumentalistas é a fonte das políticas subjacentes. O naturalismo e o positivismo oferecem teorias sobre a fonte do direito, e o instrumentalismo tem sido associado a ambos. As teorias interpretativas que buscam a intenção do legislador, por exemplo, são essencialmente instrumentalistas e positivistas, pois procuram dar eficácia à política por trás do direito e descobrir essa política na vontade do soberano. As teorias interpretativas que aplicam o direito de uma maneira justa ou racional são instrumentalistas e naturalistas.

Às vezes, os instrumentalistas preferem exprimir a intenção das cortes ou legislaturas em padrões flexíveis como "boa fé" ou "racionalidade", aplicáveis aos fatos de cada caso individual. Esses padrões diferem das normas rígidas por não especificarem todos os fatos necessários ou suficientes para criar um direito ou obrigação. Ao contrário, caracterizam os fatos que produzirão as conseqüências jurídicas e deixam às cortes a tarefa de determinar quais fatos satisfazem essa caracterização numa situação específica.

Os instrumentalistas não afirmam que sua abordagem do julgamento produz o mesmo grau de uniformidade ou previsibilidade que o formalismo, declarando, ao contrário, que muito da previsibilidade atribuída às normas formais é sempre ilusória porque sua linguagem se mostra freqüentemente indeterminada. Dizem, com efeito, que a tendência formalista à generalidade gera indeterminação. Quanto mais geral for a norma, mais indeterminada será.

Com respeito à uniformidade associada ao formalismo, os instrumentalistas sustentam que muitas vezes é indesejável. A seu ver, padrões flexíveis podem promover resultados mais justos em casos particulares. Há o risco de as normas serem excessiva ou insuficientemente abrangentes. Ou seja, a norma pode ser demasiado abrangente quando aplicada a situações em que a política a ela subjacente não exigir aquele resultado. E será pouco abrangente quando não se aplicar a situações em que a política a ela subjacente exigir sua aplicação. Normas por demais abrangentes são indesejáveis porque limitam desnecessariamente a liberdade, ao passo que as pouco abrangentes também o são por não lograrem solucionar plenamente os problemas a que deveriam atender. Todavia, as normas são sempre muito ou pouco abrangentes, em virtude da dificuldade de elaborar uma norma capaz de antecipar cada circunstância possível e encontrar palavras que correspondam exatamente às situações pertinentes. Além disso, quanto mais geral for a norma, mais probabilidade haverá de ser muito ou pouco abrangente.

Os instrumentalistas alegam, portanto, que o esforço formalista para elaborar o direito em termos de normas gerais é inerentemente falho porque, quase sempre, provoca desencontros entre a linguagem e a intenção do direito. Padrões flexíveis permitem que a corte leve em conta circunstâncias especiais não-contempladas por uma norma geral mais rígida, evitando-se assim o excesso ou a falta de abrangência.

A diferença entre formalismo e instrumentalismo pode ser ilustrada por uma norma hipotética segundo a qual todas as pessoas devem andar pelo lado esquerdo da rua[6]. O formalismo exigiria que a norma fosse aplicada de modo que toda pessoa que caminhasse pelo lado direito seria considerada infratora, independentemente da razão. Desse modo, todas as pessoas seriam tratadas de maneira uniforme e todas poderiam agir na presunção de que os pedestres tomarão o lado esquerdo da rua. Caso um deles seja pilhado no lado direito, a corte determinará, sem dificuldade, que ele é um infrator.

Surge, porém, um problema quando o trânsito é muito intenso do lado esquerdo e muito escasso do lado direito, sendo então bem mais seguro caminhar pelo lado proibido. A norma é demasiado abrangente porque prescreve caminhar do lado esquerdo da rua quando a política subjacente à norma – a segurança pública – não exige esse resultado.

Segundo os formalistas, permitir ao pedestre desviar-se da letra da lei comprometeria as vantagens de uma norma uniforme e previsível. A posição dos instrumentalistas, ao contrário, é que é absurdo, para uma pretensa norma de segurança, exigir do pedestre um ato arriscado e ao mesmo tempo puni-lo por atender à política subjacente à norma. Por isso, os instru-

---

6. Esse exemplo foi sugerido pelos casos de *Martin* versus *Herzog*, 228 N.Y. 164, 126 N.E. 814 (1920) e *Tedla* versus *Ellman*, 280 N.Y. 124, 19 N.E.2d 987 (1939).

mentalistas costumam formular o direito como padrão flexível e não como norma rígida. Um instrumentalista pode, por exemplo, propor que o direito seja reformulado como um padrão que simplesmente exija dos pedestres caminhar em segurança. Dessa forma, o pedestre agirá sempre com o intuito de promover a política por trás do direito, quer isso signifique andar pelo lado direito ou esquerdo da rua.

Esse padrão flexível, ao contrário da norma rígida, não prescreve os fatos precisos que geram direitos ou deveres, mas permite à corte considerar os fatos relevantes para a política subjacente de segurança. Permitindo que a corte leve em conta circunstâncias especiais, os padrões promovem resultados justos nos casos particulares. No entanto, os padrões podem tornar difícil, para os motoristas, antecipar o lado da rua em que os pedestres estarão caminhando e, para os pedestres, determinar em que lado da rua o direito quer que caminhem. Exige também, mais que no caso da norma rígida, uma investigação complexa para concluir se o pedestre agiu de acordo com o direito. Assim, os padrões induzem a pensar que o direito não é nem uniforme nem previsível.

Se o formalismo está sujeito à crítica de que as normas rígidas são muito ou pouco abrangentes, o instrumentalismo está sujeito à crítica oposta: a de que solapa a uniformidade e a previsibilidade do direito, permitindo aos juízes decidirem causas de acordo com suas preferências pessoais e não com a prescrição do direito. Assim, acusa-se o instrumentalismo de promover injustiça ao afastar-se da norma de igualdade perante a lei e abalar a fé das partes na estabilidade do regime jurídico. Sua imprevisibilidade desencoraja investimentos, aumenta os custos operacionais e estimula o litígio, fatos que resultam no uso ineficiente dos recursos.

Os formalistas costumam responder de várias maneiras aos problemas de excesso ou falta de abrangência – às situações em que a linguagem e a política da norma se divorciam. Uma delas é criar uma série de subnormas em caráter de exceção à norma geral. Por exemplo, a norma que exige dos pedestres caminhar do lado esquerdo da rua poderia incluir uma exceção para a hora de movimento máximo, quando o trânsito é intenso numa direção e escasso na outra. A criação de uma exceção, no entanto, nega toda pretensão de que a norma deve permanecer absoluta e leva à exigência de novas exceções para outros problemas de excesso ou falta de abrangência. A proliferação sem fim de exceções compromete a previsibilidade da norma porque então as pessoas jamais saberão quando uma nova exceção será criada e por quê; tornando-se mais complicada a estrutura das normas, torna-se também maior a probabilidade de alguém se confundir nessa estrutura complexa e de essa complexidade gerar lacunas ou conflitos indesejados. A existência de exceções numerosas afasta igualmente a uniformidade na aplicação da norma.

Além disso, as próprias exceções se revelam muito ou pouco abrangentes, daí resultando que os problemas criados pela norma geral apenas são transferidos para a subnorma. A exceção para a hora de movimento máximo, por exemplo, seria abrangente demais nos feriados, quando o trânsito não obedece ao padrão usual. Poder-se-ia criar uma exceção para a exceção dos feriados, mas estes não são observados por todos; outros dias, não considerados feriados legais, podem ser observados por número maior de pessoas, de modo que a exceção para a exceção talvez seja, ela própria, muito ou pouco abrangente.

À medida que as exceções e restrições vão proliferando, vão diminuindo as vantagens do formalismo. Ou seja, o corpo de normas que procura atender a categorias cada vez mais limitadas de casos começa a assumir características de uma abordagem instrumentalista – que rejeita a previsibilidade e a uniformidade em favor da obtenção de um resultado correto em cada caso específico. Com efeito, se o corpo de normas se tornar excessivamente complexo e detalhado, haverá uma reação conducente ao abandono da estrutura inteira em favor de um padrão único que, como o corpo complexo de normas, permita o melhor resultado em cada instância.

Outra maneira de obviar ao desencontro entre linguagem e política da norma é interpretar a norma de modo que ela não se aplique nos termos que a maioria das pessoas espera. Isso evita que a norma desatenda à política subjacente, mas quebra-lhe a uniformidade e a previsibilidade por ignorar seu significado óbvio, ao mesmo tempo que envolve de cinismo um sistema jurídico que parece manipular as leis.

No fim, a posição formalista central é que as normas são defensáveis quando permitem o melhor resultado na maioria dos casos. Um certo grau de excesso ou falta de abrangência é justificável, posto que de lamentar, pela uniformidade e previsibilidade atribuíveis às normas. Em contrapartida, os instrumentalistas procuram alcançar o melhor resultado em todos os casos, mesmo à custa da uniformidade e previsibilidade.

Portanto, os formalistas organizam os fenômenos em categorias amplas, cujos membros ficam sujeitos a normas gerais. Isto é, os formalistas tentam universalizar os fenômenos e considerar cada situação como representativa de um tipo geral, devendo ser tratada como outras do mesmo tipo.

Já os instrumentalistas dispõem os fenômenos em categorias unitárias, a saber, particularizam os fenômenos e encaram cada situação como única, a ser tratada individualmente de modo a atender às políticas subjacentes. Na medida em que encaram cada situação como única, os instrumentalistas podem conceber as situações num *continuum* e não em categorias amplas, claramente definidas.

Em vista de suas abstrações e da conseqüente tendência ao excesso ou falta de abrangência, o raciocínio formalista é muitas vezes tido por artificial e superficial.

A artificialidade do formalismo se deve a seu afastamento da política subjacente, de tal modo que, em casos extremos, suas normas e categorias pouco mais fazem que justificar a própria existência. Diz-se, pois, que as distinções são formais quando não parecem atender a nenhuma política relevante. Por outro lado, os advogados podem classificar um ato ou situação como existente em forma (mas não em substância) quando as normas mecânicas que definiam a situação ou o ato foram atendidas, mas a política que dava significado a uma e outro deixou de ser respeitada.

Digamos que um governador assine uma legislação por engano, acreditando que se trata de outra peça legal. Um advogado poderá caracterizar a aprovação do governador como formal porque ele atendeu a todas as exigências mecânicas do ato, embora a política que justificaria a exigência dessa aprovação (a política de que um projeto não se torne lei sem o concurso de ambos os poderes governamentais eleitos) não tenha sido atendida pela assinatura. Dirão os advogados, em tais circunstâncias, que dar eficácia à assinatura do governador será exaltar a forma em detrimento da substância, o que significa aplicar normas sem prestar ouvidos às políticas subjacentes.

A superficialidade do formalismo se deve a seu nível de abstração, pelo qual as conseqüências jurídicas contemplam fatos em número cada vez mais reduzido, divorciando-se assim da realidade. Diz-se, algumas vezes, que o conceito de igualdade é formal quando as pessoas em questão só são iguais em pontos superficiais, como quando se diz que um homem rico e um homem pobre são iguais diante de uma corte de justiça. No extremo, o formalismo pode até produzir um regime jurídico separado de valores e fatos, consistente apenas em normas e categorias auto-referenciais, nem boas nem verdadeiras.

O instrumentalismo, por sua avaliação desordenada das conseqüências, é freqüentemente apontado como método político e não jurídico de raciocínio. Em última análise, o instrumentalismo produz uma série de decisões *ad hoc* que parecem atender apenas às finalidades de quem as toma. A distinção entre julgamento e legislação desaparece – e, com ela, o conceito de norma jurídica.

Enquanto os formalistas têm de se haver com o excesso ou falta de abrangência das normas rígidas, os instrumentalistas enfrentam a imprevisibilidade e o caráter *ad hoc* dos padrões flexíveis, ou a interpretação de normas com base nas políticas. Os instrumentalistas, muitas vezes, tentam dar alguma uniformidade e previsibilidade ao julgamento desenvolvendo conjuntos de postulados ou máximas que refletem o modo como antigos casos foram decididos, o que proporciona certa orientação ao advogado. Mas, à medida que esses postulados e máximas vão proliferando e sendo aplicados com alguma freqüência, começam a assumir ares de normas – tornando-se mais conclusivos e, portanto, mais rígidos em sua aplicação. Desse modo, assim como a necessidade de evitar os extremos da abrangência pode aproximar o formalismo do instrumentalismo, a necessidade de proteger a uniformidade e a previsibilidade pode aproximar o instrumentalismo do formalismo. Nenhuma das teorias, por si só, parece apta a oferecer um método perfeitamente adequado de julgamento.

O formalismo costuma ser associado a teorias objetivas de interpretação, e o instrumentalismo, a teorias subjetivas. Os objetivistas interpretam a norma ou situação do ponto de vista de uma pessoa ideal ou genérica, ao passo que os subjetivistas a interpretam do ponto de vista do indivíduo concreto, particular. Ou seja, os objetivistas (como os formalistas) generalizam os fenômenos e os subjetivistas (como os instrumentalistas) particularizam-nos. Por exemplo, o objetivista interpretaria uma palavra em um contrato segundo a perspectiva de uma "pessoa razoável" hipotética, enquanto o subjetivista interpretaria essa palavra segundo a perspectiva das partes signatárias do contrato.

Os argumentos pró e contra o objetivismo e o subjetivismo espelham assim os argumentos pró e contra o formalismo e o instrumentalismo. O objetivismo enseja uniformidade e previsibilidade, mas pode chegar a um dos extremos da abrangência; o subjetivismo cria a situação oposta.

Embora o formalismo seja associado a normas e objetivismo e o instrumentalismo seja associado a padrões e subjetivismo, essas diferentes teorias ou abordagens podem aparecer na prática sob uma série de permutas. O formalismo, como as normas e o objetivismo, procura universalizar fenômenos; o instrumentalismo tem em comum com os padrões e o subjetivismo a vocação para particularizar fenômenos. A mesma ânsia por uniformidade e previsibilidade, que empurra o direito na direção do formalismo, empurra-o também na direção das normas e do objetivismo; o mesmo desejo de resultados corretos em todos os casos que empurra o direito na direção do instrumentalismo, empurra-o também na direção dos padrões e do subjetivismo.

No entanto, assim como o direito dá primazia ora à comunidade, ora ao indivíduo, hesitando entre naturalismo e positivismo em diferentes contextos e níveis de generalidade, ele vacila também entre abordagens associadas ao formalismo e abordagens associadas ao instrumentalismo, em diferentes contextos e níveis de generalidade. Normas rígidas têm de ser restringidas por subnormas que incorporam padrões flexíveis. Padrões têm de ser definidos por testes objetivos em determinadas situações e testes subjetivos em outras. Os conflitos de políticas associados ao formalismo e ao instrumentalismo jamais se resolvem a contento.

b. Aplicação à interpretação da lei

A tensão entre formalismo e instrumentalismo foi muito importante no desenvolvimento das teorias de interpretação da lei. Em geral, associa-se o formalismo à teoria textualista de interpretação, que é a interpretação pelo exame exclusivo do texto.

O uso da teoria textualista de interpretação é defendido com base na pressuposição de que o legislador adotou somente o texto da lei. Segundo esse ponto de vista, toda tentativa de discernir políticas subjacentes é especulativa, permitindo ao intérprete introduzir preferências pessoais a pretexto de respeitar essas políticas. Uma vez que vincula interpretação a linguagem concreta, numa página, o textualismo não raro é visto como o método mais acurado de interpretação. As interpretações textualistas garantem também que aqueles a quem o direito se aplica não serão penalizados por terem confiado em seu significado aparente.

Critica-se o textualismo com o argumento de que a mera linguagem de uma norma é muitas vezes, se não sempre, indeterminada e de que a interpretação deixa de ser possível quando não se dá pelo menos um mínimo de atenção às políticas subjacentes do direito. Desse modo – prossegue a crítica –, a certeza da interpretação textualista não passa de uma ilusão que mascara o fato de a corte ter emprestado significação aos termos do texto. O textualismo pode limitar o alcance das interpretações possíveis, mas não favorece em nada a escolha entre as que são permitidas. Assim, o textualismo não fornece uma teoria completa de interpretação. E, pelo menos em alguns casos, impõe-se o recurso às teorias não-textualistas.

Não obstante, o textualismo parece gozar atualmente de um grau maior de legitimidade entre as cortes do que outras teorias. As cortes, em geral, iniciam sua interpretação de uma lei a partir do texto, e uma regra muito citada reza que, se o significado do texto for claro, cessa aí a interpretação da lei. Mesmo quando a corte recorre a fontes não-textuais, ela freqüentemente minimiza o papel dessas fontes ou considera que apenas confirmam o texto.

Costuma-se associar o instrumentalismo a diversas teorias de interpretação, que se podem distinguir pela fonte da política subjacente. Aqui, identificamos tais teorias como intencionalismo, finalitismo e não-originalismo.

O intencionalismo – teoria segundo a qual a lei deve ser interpretada de modo a acatar a intenção do legislador – está sujeito a uma infinidade de críticas. Em primeiro lugar, há o problema de descobrir a intenção real de um legislador que talvez tenha adotado explicitamente apenas as palavras da lei. As interpretações intencionalistas requerem usualmente o exame da história do direito para se inferir a intenção a partir das circunstâncias de sua promulgação. O problema da inferência da intenção complica-se pelo fato de a lei ser provavelmente fruto de um compromisso entre intenções conflitantes – portanto, entre intenções diferentes. Alguns legisladores podem não ter tido intenção alguma, apenas motivos, como por exemplo ser reeleitos ou pagar um favor a um colega. Outros talvez tenham votado a favor de um direito a que se opunham para evitar a promulgação de medida ainda mais extrema, ou, se aquela era já a mais extrema, para suscitar um descontentamento popular ou impasse constitucional que uma medida mais branda não teria provocado. Quanto à história, pode ser parcial, por não existirem registros completos dos incidentes relevantes que forçaram a promulgação da lei; ou pode ser enganadora, dado que algumas expressões da intenção legislativa talvez representem apenas a posição de uns poucos votantes. Finalmente, os registros podem ser mudos porque o problema não foi antecipado (portanto, os legisladores não tinham intenção alguma a esse respeito) ou porque a única maneira de obter consenso era disfarçar o efeito pretendido pela lei. Sem dúvida, mesmo nas circunstâncias ideais, todos os relatos históricos são moldados pela perspectiva do historiador.

Diante dessas dificuldades, alguns instrumentalistas propuseram uma teoria finalitista de interpretação, na qual o direito é interpretado de modo a promover sua finalidade ostensiva. O finalitismo distingue-se do intencionalismo por evitar perquirir a mente dos legisladores e só atentar para o objeto manifesto do direito. Por exemplo, o finalitista perguntará simplesmente que delito havia por ocasião da adoção do direito, pressupondo assim que a finalidade do direito era remediá-lo. Num certo sentido, o finalitismo é uma teoria objetiva, enquanto o intencionalismo é uma teoria subjetiva da intenção. O finalitismo afasta todas as questões empíricas difíceis concernentes às verdadeiras idéias dos legisladores, observando unicamente a linguagem e o aspecto do direito para determinar a finalidade que ela parece promover.

Mas o finalitismo também não escapa à crítica. Isolando a interpretação da intenção real do legislador, ele parece conceder ao intérprete licença para inferir praticamente qualquer finalidade reconciliável com a linguagem da lei. Além disso, quanto mais amplo o leque de circunstâncias a partir do qual o intérprete pode inferir finalidades, menos coercitiva é a interpretação finalitista. Ao mesmo tempo, caso o finalitismo procure forçar a interpretação limitando ao texto jurídico o alcance das circunstâncias a partir das quais a finalidade pode ser inferida, então é de crer que acrescente muito pouco ao textualismo. Quer dizer, ante uma versão textual do finalitismo, o intérprete concluirá que a finalidade da lei é fazer o que quer que ele pareça fazer. Ora, determinar o que uma lei faz representa exatamente a questão a ser resolvida. Portanto, ao usar a linguagem da lei para determinar sua finalidade, acaba-se onde se começou: na linguagem da lei.

O finalitismo falha também na presunção de que o direito possui uma finalidade única ou um conjunto de finalidades consistentes. Na verdade, as leis não passam de compromissos entre muitas finalidades divergentes. Ao aplicar uma lei, a corte tem de decidir que finalidades privilegiará em detrimento de outras. Mas, como a lei foi redigida para, em certa medida, atender a todas as finalidades, a corte fica sem base para decidir até onde uma das finalidades prevalecerá sobre as demais, em futuras aplicações da lei a circunstâncias imprevistas.

O não-originalismo é uma teoria de interpretação que tira seu nome do fato de não confiar na intenção ou finalidade original subjacente ao direito. Ao contrário, ele interpreta a norma de acordo com alguma outra fonte de políticas, como os valores atuais de uma comunidade. O mérito do não-originalismo consiste em evitar todos os problemas empíricos ligados à tentativa de identificar uma intenção ou finalidade por trás do direito.

O não-originalismo, entretanto, é talvez o método menos legítimo de interpretação nas mentes dos juízes contemporâneos. A crítica principal é que ele parece garantir ao intérprete um poder virtualmente absoluto para escolher a política a ser privilegiada. Dizem os críticos que o não-originalismo não é na verdade uma interpretação, mas uma legislação judicial disfarçada de interpretação.

Os defensores do não-originalismo denunciam as indeterminações associadas ao textualismo, intencionalismo e finalitismo, alegando que todas as formas de interpretação permitem ao intérprete legislar. Asseveram que o não-originalismo tem a virtude de autorizar explicitamente uma interpretação desejável em bases substantivas. Para eles, trata-se do mais puro método interpretativo porque não tenta ocultar as escolhas de políticas do intérprete sob a fachada do significado óbvio do texto, a intenção dos legisladores ou a finalidade do direito.

II. SÍNTESE DE POLÍTICAS

Depois que o advogado, graças à análise de políticas, identificou aquelas que amparam cada resultado possível, poderá tentar desenvolver uma argumentação mais sofisticada ou convincente sintetizando essas políticas. Para tanto, deverá determinar a relação entre as diversas políticas.

A relação entre duas políticas pode ser determinada pelo exame de sua relação na teoria ou de sua relação nas conseqüências. Dependendo do critério utilizado, teoria ou conseqüências, as políticas poderão apresentar uma relação diferente. Assim, a discussão começa pelo estudo de como as políticas serão relacionadas na teoria, seguido do estudo de como se relacionarão nas conseqüências.

A. Relação entre políticas na teoria

Conforme vimos no Capítulo 6, o sistema jurídico americano repousa num conjunto de dualismos que caracterizaram a filosofia liberal iluminista. Em filosofia política, o dualismo era constituído pela comunidade (ou seu órgão, o Estado) e o indivíduo. Em metafísica, pelo realismo e o nominalismo. Em epistemologia, pelo racionalismo e o empirismo.

Cada um desses três dualismos pode ser renomeado, num nível superior de generalidade, como o dualismo básico entre o universal e o particular. O universal é representado pelo realismo, o racionalismo e a comunidade. O particular, pelo nominalismo, o empirismo e o indivíduo.

Muitos dos conflitos de políticas na prática jurídica americana são apenas casos mais específicos de um desses três dualismos – ou, num nível bem elevado de abstração, do dualismo básico entre o universal e o particular.

Os quatro primeiros conflitos de políticas discutidos na primeira seção deste capítulo, por exemplo, são casos específicos do dualismo político entre comunidade e indivíduo, gerando o problema da relação entre ambos. As políticas de majoritarismo, paternalismo, eficiência e utilitarismo dão primazia relativa à comunidade, ao passo que o individualismo, a autonomia, a justiça e as teorias do direito dão primazia relativa ao indivíduo. O majoritarismo privilegia a vontade da comunidade; o individualismo privilegia a vontade do indivíduo. O paternalismo, embora alegue proteger a liberdade individual, reserva para a comunidade a prerrogativa de definir as condições dessa liberdade. A autonomia, ao contrário, repele a supervisão comunitária da escolha privada. O direito busca a justiça em prol do indivíduo, ainda que promova a eficiência para garantir a prosperidade da comunidade. O utilitarismo mede a justiça pelo bem-estar da comunidade, mas a teoria dos direitos favorece o bem-estar do indivíduo. O dualismo político entre comunidade e indivíduo aparece desse modo, aqui e ali, em quase todos os aspectos da doutrina jurídica americana, em múltiplos níveis de generalidade. Os adeptos das políticas que asseguram primazia à comunidade procuram universalizar o exercício do poder, enquanto os defensores das políticas que asseguram primazia ao indivíduo procuram particularizá-lo.

O conflito que opõe o naturalismo ao positivismo representa um caso específico do dualismo metafísico entre realismo e nominalismo. O dualismo metafísico, portanto, enfrenta a questão da natureza do direito. Como forma de realismo, o naturalismo sustenta que as leis possuem existência ontológica. Ele universaliza o direito como fenômeno verdadeiro para todas as sociedades em todos os tempos. Como forma de nominalismo, o positivismo sustenta que as leis nada mais são que artefatos humanos. Ele particulariza o direito como fenômeno produzido por uma dada sociedade num dado tempo.

O conflito que opõe o formalismo ao instrumentalismo representa um caso específico do dualismo epistemológico entre racionalismo e empirismo. O dualismo epistemológico enfrenta a questão da natureza do julgamento. O formalismo, como o racionalismo, baseia-se no método da razão e procura extrair conclusões de princípios universais. O instrumentalismo, como o empirismo, baseia-se no método da experiência. Assim, os casos são decididos individualmente e não por categorias, mediante a tentativa de determinar quais meios, em uma situação, atenderão melhor aos fins relevantes. Em outras palavras, os instrumentalistas procuram particularizar cada caso, tratando-o como categoria única.

Em suma, diversos conflitos de políticas representam, em níveis de generalidade moderadamente elevados, escolhas entre teorias políticas, metafísicas e epistemológicas. Além disso, as teorias políticas, metafísicas e epistemológicas conflitantes, em um nível mais elevado de generalidade, representam os pólos opostos do dualismo entre o universal e o particular.

Essa tese fornece a base para se avaliar a relação teórica entre várias políticas diferentes. Todo par de políticas deve ser consistente no sentido de reproduzir o mesmo pólo de um dualismo; ou, então, essas políticas devem opor-se por representarem pólos opostos de um dualismo.

O utilitarismo e o majoritarismo, por exemplo, são consistentes em teoria porque dão primazia à comunidade e não ao indivíduo; ou seja, representam o mesmo pólo do dualismo político. O formalismo e o naturalismo são consistentes em teoria porque representam ambos o pólo universal do dualismo básico.

O utilitarismo e a teoria dos direitos, entretanto, opõem-se em teoria: o primeiro privilegia o bem-estar da comunidade e o segundo, o bem-estar do indivíduo. Isto é, representam pólos opostos do dualismo político entre comunidade e indivíduo. O naturalismo e o positivismo são opostos em teoria porque o primeiro representa o pólo universal do dualismo básico (presume um direito universal originado da vontade de Deus ou da natureza do universo), enquanto o segundo representa o pólo particular do dualismo básico (presume que o direito seja uma criação de sociedades particulares, sob circunstâncias específicas).

A relação entre os vários conjuntos de políticas contrárias, discutida na primeira seção deste capítulo, pode ser assim diagramada:

Dualismo básico	Universal	Particular
Política	Comunidade (Majoritarismo) (Paternalismo) (Eficiência) (Utilitarismo)	Indivíduo (Individualismo) (Autonomia) (Justiça) (Teoria dos direitos)
Metafísica	Realismo (Direito natural)	Nominalismo (Positivismo)

Epistemologia   Racionalismo   Empirismo
                  (Formalismo)   (Instrumentalismo)
                  – Normas   – Padrões
                  – Objetivismo   – Subjetivismo

Qualquer decisão judicial pode basear-se em escolhas de políticas consistentes em níveis inferiores de generalidade, mas inconsistentes em níveis superiores. Uma corte, por exemplo, adotará uma teoria consistentemente utilitarista da livre expressão, mas em seguida adotará uma postura individualista sustentando que um direito contrário à defesa do comunismo é inconstitucional. A opinião é internamente consistente em um nível inferior de generalidade porque sua teoria da livre expressão é consistentemente utilitarista. No entanto, ela é internamente inconsistente em um nível superior de generalidade porque, ao adotar uma teoria utilitarista, preferiu o pólo comunitário, ao passo que, ao adotar uma postura individualista e tornar írrito o direito, preferiu o pólo individualista.

A inconsistência teórica pode aparecer apenas em um nível bastante elevado de generalidade. Suponhamos uma decisão completamente consistente em termos de teoria política, como a que escolhesse o pólo individualista de cada conflito de políticas, mas em seguida apelasse para uma teoria naturalista do direito. A combinação de individualismo e naturalismo é comum: reflete-se, por exemplo, na teoria liberal de John Locke, que recorria ao naturalismo para justificar os direitos individuais. Nossa decisão hipotética seria internamente inconsistente em um nível muito elevado de generalidade porque, em sua teoria política, ela repousa no pólo particularista do dualismo básico, ao passo que, em sua teoria metafísica, repousa no pólo universalista. Ou seja, na medida em que contemplarmos apenas sua teoria política ou metafísica, a decisão é consistente. Se, porém, passarmos para o nível superior de abstração, nível do dualismo entre o universal e o particular, ela é inconsistente.

Nesse nível de generalidade, a inconsistência não é incomum. O filósofo setecentista Jeremy Bentham passa por ser o fundador do moderno utilitarismo, mas ele era também um positivista. Para Bentham, o direito natural era "insensatez" – e a noção afim de direitos naturais, "insensatez em pernas de pau". Há no entanto, em sua postura, uma certa inconsistência teórica porque o utilitarismo representa o pólo universalista do dualismo básico e o positivismo representa o pólo particularista. Para uma corte, contudo, inconsistências nesses níveis elevados de generalidade pouco importam, se é que chegam a importar. De fato, para darmos mais um passo à frente, é quase inevitável que uma decisão judicial se revele inconsistente, na teoria, em algum nível de generalidade. Em outras palavras, as decisões judiciais não podem fazer todas as escolhas de políticas em favor do mesmo pólo do dualismo básico.

Por exemplo, a teoria política lockiana que acabamos de comentar era particularista em sua teoria política, mas universalista em sua metafísica[7]. O utilitarismo de Bentham era universalista em sua teoria política, mas particularista em sua metafísica. No final do século XIX, a ideologia judiciária dominante era individualista e positivista, mas também formalista[8]. Isto é, abraçava o pólo particularista em sua teoria política e metafísica, mas depois escolhia o pólo universal em sua epistemologia. Os realistas jurídicos dos anos 1920 e 1930 eram positivistas e instrumentalistas, mas acabaram optando por uma filosofia política mais comunitária[9]. Portanto, eram particularistas em sua metafísica e epistemologia, mas aproximaram-se do pólo universal em sua teoria política.

O fenômeno graças ao qual as decisões judiciais não podem repousar consistentemente no mesmo pólo do dualismo básico é conseqüência de um paradoxo fundamental do liberalismo iluminista. Eis o paradoxo: qualquer pólo desses três dualismos, se levado à sua conclusão lógica, acaba por destruir-se.

---

7. Para uma discussão mais aprofundada, ver Capítulo 6.
8. Na verdade, a ideologia dominante não era sequer internamente consistente no nível da teoria política porque muitas vezes favorecia teorias utilitaristas de justiça em detrimento do paternalismo; ou seja, sua teoria política abarcava ao mesmo tempo os pólos comunitário (utilitarista) e individual (autonomia).
9. Como os formalistas de fins do século XIX, os realistas não eram consistentes nem mesmo no nível da teoria política. Aproximavam-se do paternalismo e afastavam-se do utilitarismo, invertendo assim as preferências dos formalistas.

Em política, a liberdade individual – quando levada ao extremo – gera a anarquia e a tirania dos fortes sobre os fracos. A liberdade individual só é assegurada pelo poder do Estado. O poder do Estado, ao contrário – quando levado ao extremo –, engendra uma sociedade absolutamente totalitária, na qual os indivíduos não têm liberdades nem valores, portanto nenhum interesse na preservação do Estado.

Em metafísica, o realista extremado, ao alegar que toda norma é eterna e absoluta, afasta a possibilidade de mudança ou de solução de conflitos entre absolutos aparentemente opostos. O nominalista extremado, no entanto, ao alegar que toda norma é contingente e mutável, reduz o direito a um amontoado de caprichos *ad hoc*. Em qualquer caso, o direito perde a capacidade de atuar como direito.

Em epistemologia, o formalista extremado, ao estabelecer normas no nível mais elevado possível de generalidade, torna as leis incapazes de determinar situações e, portanto, de ser eficientes. Todavia, estabelecer normas no nível menos elevado possível de generalidade impediria que elas regessem outra coisa senão as situações para as quais foram formuladas, ficando assim, igualmente, incapazes de determinar quaisquer situações futuras.

O paradoxo se refletiu em todos os conflitos de políticas descritos na seção anterior. Por exemplo, as tensões entre teoria dos direitos e utilitarismo, entre naturalismo e positivismo ou entre formalismo e intrumentalismo foram consideradas inviáveis para soluções plenas e finais. Um dia, as cortes optam pela teoria dos direitos; no outro, pelo utilitarismo. Decidem um caso em bases puramente formais, sem nenhuma referência a políticas, e outro em bases puramente políticas.

O paradoxo fundamental, em suma, é que acatar políticas ou fins inteiramente consistentes na teoria pode produzir, na prática, conseqüências adversas a esses mesmos fins. A liberdade total desanda em anarquia e prepotência. O controle completo leva ao colapso. O formalismo extremo, bem como o extremo instrumentalismo, geram completa indeterminação.

Em termos práticos, o paradoxo é resolvido mediante compromisso. O sistema jurídico não adota, de modo consistente, nenhuma política, nem lhe extrai as conseqüências extremas. Ao contrário, a doutrina jurídica é fruto de uma série de compromissos que produzem as conseqüências desejadas, mas são teoricamente inconsistentes. E não poderiam ser mais que isso.

As inconsistências discutidas nesta subseção estavam, pela maior parte, em níveis muito elevados de generalidade – níveis que pouco ou nenhum interesse apresentariam para a corte. A inconsistência teórica, no entanto, não é incomum em níveis inferiores de generalidade. Nos Capítulos 8 e 9, por exemplo, a discussão se volta para certas áreas do direito em que as cortes favoreceram determinada política adotando uma norma, mas acabaram preferindo a política oposta acatando definições ou limitações dessa mesma norma. Não é nada improvável que um corpo de leis qualquer abarque simultaneamente políticas diretamente conflitantes, em termos de teoria, nos níveis mais baixos de generalidade. Mas o que desejamos ressaltar aqui é que, se o conflito não aparece num nível baixo, quase certamente aparecerá num nível mais alto de generalidade.

Portanto, as decisões judiciais se apóiam inevitavelmente em inconsistências teóricas num nível qualquer de generalidade. Elas acatam, ao mesmo tempo, políticos que representam pólos contrários dos diversos dualismos cognatos.

B. Relação entre políticas no que tange às conseqüências

Decidir casos por meio de apreciações de políticas é uma prática inerentemente conseqüencialista. Em outras palavras, o advogado se ocupa sobretudo em achar o resultado que terá a melhor conseqüência, ou seja, que melhor atenda às políticas, e não o resultado que em termos de teoria seja internamente consistente.

Ao fazer apreciação de políticas, os advogados se preocupam principalmente com as conseqüências. Portanto, definir a relação entre as políticas exige que o advogado determine até que ponto duas políticas promovem resultados consistentes ou opostos. Em suma, o advogado precisa determinar sua relação no que tange às conseqüências.

Embora a relação teórica entre políticas seja fixa, deixa de sê-lo quando medida por suas conseqüências. Algumas políticas podem ser consistentes nas conseqüências em um caso, mas opostas em outro. Por exemplo, promover a eficiência em uma situação talvez exija uma política individualista, ao passo que em outra exigirá uma política majoritarista. Assim, o processo de síntese de políticas requer a determinação da relação, nas conseqüências, entre diversas políticas numa dada situação.

Em qualquer situação, duas políticas podem apresentar três relações: serão consistentes, conflitantes ou independentes em suas conseqüências.

1. Políticas consistentes

Duas políticas podem ser consistentes entre si, em suas conseqüências, numa dada situação; quer dizer, ambas podem ser atendidas pelo mesmo resultado. Portanto, uma e outra justificam a correção do resultado.

Digamos que o advogado de uma loja tente decidir se a corte irá acolher um contrato de vendas leonino entre seu cliente e o consumidor: fará uma análise de políticas e estabelecerá que, pelo menos, três políticas amparam a posição do cliente, segundo a qual a cláusula leonina deverá ter eficácia. Em primeiro lugar, a manutenção do contrato atenderia à política de autonomia, pois efetivaria as escolhas feitas pelas partes no momento da assinatura, a despeito de seu poder desigual de negociação. Em segundo, atenderia à política de eficiência, porquanto qualquer outro resultado encorajaria consumidores a litigar para fugir a compromissos que mais tarde lamentaram ter assumido, o que induziria a loja a aumentar os preços a todos os consumidores a fim de cobrir as custas processuais. Em terceiro, atenderia à política da interpretação textualista (formalismo), já que respeitaria a linguagem do contrato lavrado sem indagar o que as partes, secretamente, estavam tencionando ou pensando.

Nesse caso, as três políticas são consistentes em suas conseqüências. Ao defender a causa do cliente, o advogado confiará nos argumentos-padrão que, tipicamente, amparam cada uma das políticas escolhidas[10].

Os advogados observam que certas políticas parecem consistentes, em suas conseqüências, na grande maioria dos casos, ou pelo menos são assim consideradas geralmente. Muitos acreditam, por exemplo, que as normas formais são mais corretas, e portanto mais eficientes, do que os padrões instrumentalistas. Ou seja, pensam que formalismo e eficiência são quase sempre consistentes em suas conseqüências. Assim, os argumentos em prol de uma dessas políticas se sobrepõem aos argumentos em prol da outra. De igual modo, diz-se freqüentemente que o individualismo é consistente, em suas conseqüências, com a eficiência. Essa visão se baseia no pressuposto de que, em geral, melhores resultados são obtidos quando os particulares fazem seus próprios acordos segundo as leis de mercado.

Essa idéia é útil por facilitar o processo de elaboração de argumentos em favor de uma dada posição. Ao constatar que o cliente adotou uma postura formalista, o advogado, cônscio de que o formalismo é muitas vezes tido por consistente com a eficiência, concluirá desde logo que essa política dará apoio à posição do cliente.

2. Políticas conflitantes

Duas políticas podem opor-se, em suas conseqüências, numa dada situação. Quer isso dizer que o resultado favorável a uma política obstará à outra. Assim, uma política justificará a correção do resultado, ao passo que a outra o impugnará.

Os advogados observam que certas políticas parecem conflitantes em suas conseqüências num grande número de casos, ou pelo menos são assim consideradas geralmente. Esse fenô-

---

10. Note-se que a posição tomada pelo advogado em relação à loja é inconsistente em termos teóricos. Embora citasse políticas de autonomia e eficiência para apoiar essa posição, tais políticas são inconsistentes na teoria. A política de autonomia dá primazia ao indivíduo, ao passo que a política de eficiência dá primazia à comunidade. Num nível ainda mais elevado de generalidade, a autonomia é inconsistente também com o formalismo porque aquela representa o pólo particular do dualismo básico, enquanto este representa o pólo universal.

meno pode facilitar o processo de antecipação de argumentos contra uma posição em particular. Após identificar as políticas que amparam a posição do cliente, o advogado antecipará que, com bastante probabilidade, se não certeza, as políticas conflitantes amparam a posição do adversário.

O advogado da loja, por exemplo, tendo identificado autonomia, eficiência e formalismo como as políticas que amparavam a posição do cliente, poderia antecipar que os argumentos-padrão baseados em paternalismo, justiça e instrumentalismo iriam sem dúvida ser suscitados pela parte contrária. Uma vez que a política oposta do paternalismo se baseia no pressuposto de que alguns particulares se impõem a outros, o advogado antecipará que o adversário talvez questione se, de fato, o consumidor assinou o contrato com liberdade e conhecimento de causa.

Uma das características do advogado criativo consiste em alinhar, do lado de seu cliente, o maior número possível de argumentos de políticas. O argumento especialmente forte é aquele que prova que duas políticas muitas vezes conflitantes na teoria ou nas conseqüências – como eficiência e justiça – conduzem ambas ao mesmo resultado[11]. Esse argumento é especialmente forte porque o advogado, encontrando amparo nas duas políticas, na realidade neutralizou um dos argumentos potenciais contra a posição de seu cliente.

3. Políticas independentes

Duas políticas podem atuar independentemente uma da outra, nas conseqüências, em determinada situação. Ou seja, o resultado que atende a uma política não favorecerá nem impedirá necessariamente a outra.

Digamos que um advogado represente o vizinho de um músico que insiste em tocar sua tuba no apartamento, tarde da

---

11. Ver, por exemplo, *Doe* versus *Miles Laboratories, Inc.*, 675 F. Supp. 1466 (D. Md. 1987) (exigir que o fabricante indenize o consumidor prejudicado pelo produto, ainda que o fabricante não se tenha mostrado negligente de forma alguma, é justo e eficiente).

noite. Recorrendo à análise de políticas, o advogado determina que a posição do cliente é amparada pelo utilitarismo: maior felicidade para maior número resultaria da restrição das horas em que o músico poderia tocar.

Nessa situação, a política utilitarista operará independentemente das políticas associadas ao formalismo e ao instrumentalismo. As chances de que o vizinho venha a prevalecer são portanto as mesmas, quer a corte se incline nesse caso para uma abordagem formalista ou instrumentalista. Uma corte formalista, persuadida pelo argumento utilitarista do advogado, poderá impor uma norma rígida, como a de que o músico não tem o direito de tocar após as 21h. Uma corte instrumentalista, persuadida pelo argumento utilitarista do advogado, elaborará um padrão flexível, como a exigência de que o músico não toque em horas insensatas da noite.

A sensibilidade às políticas que operam independentemente pode fortalecer ou aumentar a sofisticação da argumentação do advogado. Em primeiro lugar, a consciência de que existem conjuntos de políticas conflitantes que, em suas conseqüências, operam independentemente da questão a ser resolvida permite ao advogado tomar diversos caminhos para obter resultado favorável ao cliente. O advogado faz isso considerando as várias permutas produzidas pelas diferentes combinações de políticas que operam independentemente. Desse modo, apresentará à corte inúmeras alternativas para que ela decida em favor do cliente.

Por exemplo, o advogado do vizinho, compreendendo que há uma escolha entre formalismo e instrumentalismo, e que essa escolha é essencialmente irrelevante em se tratando de decidir se o músico deve ser coagido, poderá propor dois modos diferentes pelos quais a corte deverá decidir em favor do cliente. A corte, decidindo em favor do cliente, poderá adotar uma postura formalista e impor uma norma rígida (nada de tocar tuba após as 21h); ou então adotar uma postura instrumentalista e impor um padrão flexível (nada de tocar tuba em horas insensatas). Em qualquer dos casos, prevalecerá a posição do cliente.

Em segundo lugar, se o advogado perceber que existe mais de uma maneira de prevalecer, começará a discutir com o cliente qual forma de vitória será preferível a outra. Talvez o cliente prefira a norma rígida ao padrão flexível. Toda vez que uma alternativa se apresenta, surge a questão potencial concernente à escolha preferível. O conhecimento das alternativas permite ao advogado identificar questões que, de outro modo, passariam despercebidas e determinar se a solução realmente interessa ao cliente.

Em terceiro lugar, quando o advogado sabe que um juiz prefere certas políticas que operam independentemente, apelará a essa preferência insistindo nessas políticas. Por exemplo, quando sabe que um juiz geralmente favorece normas rígidas, o advogado solicitará não só que o cliente prevaleça, mas que a decisão revista a forma de uma norma rígida, mantendo de reserva o pedido de um padrão. Desse modo, o advogado identifica a exigência do cliente com políticas que sabe serem favorecidas pela corte, ainda que, na prática, essas políticas sejam irrelevantes para o mérito da exigência.

C. A significação das relações

Deduz-se, pela discussão anterior, que as políticas devem ser consistentes na teoria ou nas conseqüências. Mas raramente todas as políticas que favorecem uma dada decisão ou conjunto de normas são inteiramente consistentes tanto na teoria quanto nas conseqüências. Se o advogado tiver de escolher uma forma de consistência entre muitas, ver-se-á a braços com a questão de saber qual delas é a mais significativa.

Lembremo-nos de que o julgamento pode ser formalista ou instrumentalista. O formalismo assume consistência teórica completa, mas confessa-se cego às conseqüências. As normas são formuladas num nível superior de generalidade e em seguida aplicadas mecanicamente à solução das disputas. O instrumentalismo, por outro lado, resolve disputas na base de suas conseqüências, ou seja, na base das políticas que cada resultado atenderá.

Assim, o mero fato de o advogado estar ocupado em fazer apreciações de políticas significa que a decisão será tomada, fundamentalmente, em bases instrumentalistas. Portanto, ao fazer tais apreciações, a finalidade da síntese de políticas é, sobretudo, encontrar aquelas que amparam cada um dos vários resultados, significando que são consistentes em suas conseqüências.

Como vimos acima, o fato de se acreditar comumente que certas políticas são consistentes em suas conseqüências facilita o processo de identificar políticas adicionais que possam amparar o resultado pretendido pelo advogado. Isso também torna mais plausível a tese do advogado de que semelhantes políticas amparam o resultado pretendido porque outros advogados costumam pensá-las associadas. A pretensão de que individualismo e eficiência geram a mesma conseqüência, por exemplo, é artigo de fé entre aqueles que atribuem ao mercado os resultados mais eficientes. Bastará, pois, ao advogado demonstrar que um certo resultado é consistente com a escolha individual para que a tese de que o mesmo resultado é consistente tanto com a economia de mercado quanto com a promoção da eficiência seja imediatamente notória e persuasiva para muitos outros advogados.

Ainda assim, a consistência teórica não é irrelevante. Nenhuma corte se mostra inteiramente instrumentalista em sua postura. O formalismo, que presume a consistência teórica, permanece parte importante e mesmo dominante do raciocínio jurídico. Conforme se viu no Capítulo 6, a alegação formalista de que as normas gerais podem determinar resultados é parte fundamental da teoria jurídica ortodoxa contemporânea.

Por essa razão, nenhuma corte deseja ser acusada de inconsistência teórica. Num mundo formalista, a inconsistência teórica é fatal para a legitimidade da decisão de uma corte. Com efeito, a afirmação de que um juiz "privilegia resultados" (em vez da consistência teórica) é muitas vezes tomada como ofensiva. A decisão tradicionalmente respeitada é aquela que parece de todo consistente na teoria, tomada sem olhos para as conseqüências. Num certo sentido, o formalismo continua a ser o ideal, e o instrumentalismo, a dura realidade do julgamento.

Uma vez que a inconsistência teórica é incompatível com o formalismo, ela fornece ao advogado um argumento contra o resultado não-pretendido. Além disso, mesmo uma corte puramente conseqüencialista poderia concluir que a coerência teórica seria desejável em termos de política. Então o juiz, ao escolher um resultado, considerará entre outras coisas o fato de que um resultado particular seria teoricamente inconsistente com outras normas ou decisões que a corte, em casos anteriores, julgou corretas.

Suponhamos que uma corte de apelação considere inconstitucional uma lei de controle de lixo que restringe a distribuição de impressos de campanhas políticas em locais públicos, com base em que (1) a política de livre expressão tem mais peso, (2) muitos candidatos com parcos recursos não dispõem de outro meio de comunicação e a lei bloqueia grandemente seu exercício da livre expressão e (3) a lei não ampara nenhuma outra política suficientemente importante para justificar esse cerceamento da livre expressão. Desse modo, a corte prefere os direitos individuais ao majoritarismo e, no fim, ajuda de algum modo a nivelar o campo entre candidatos ricos e pobres. Suponhamos, ainda, que a legislatura aprove em seguida uma lei limitando o montante das contribuições de campanha, para evitar que um punhado de financiadores ricos "compre" uma eleição graças a uma campanha publicitária maciça. Ao acatar a lei, a corte de primeira instância observa que, embora as contribuições de campanha constituam uma forma de expressão, a decisão de respeitar a limitação é consistente (nas conseqüências) com a sentença anterior porque, como ela, a lei tinha em mira nivelar o campo entre candidatos ricos e pobres.

O advogado do candidato que deseja anular a limitação das contribuições alegará, na corte de apelação, que a decisão da corte de primeira instância é inconsistente (na teoria) com a decisão anterior porque deixou de dar o mesmo peso ao direito individual de expressão. Esse argumento pode prevalecer porque as duas decisões são inconsistentes, na teoria, em um nível baixíssimo de generalidade. A decisão anterior da corte de apelação exprimia uma forte preferência pelos direitos individuais nos casos de livre expressão, ao passo que a decisão da corte de primeira instância favorecia o majoritarismo em semelhantes casos.

Não se pode, contudo, concluir que esse argumento prevalecerá indubitavelmente, pois a apreciação a respeito do peso relativo das políticas não é a única apreciação. A corte poderá também fazer apreciação sobre a relação entre meios e fins. No segundo caso a corte de apelação poderia concluir, por exemplo, que a limitação para as contribuições de campanha é suficientemente elevada para permitir amplas possibilidades de expressão, de sorte que a lei não agride, exceto em grau mínimo, a política de livre expressão. A corte concluirá, finalmente, que maiores benefícios resultarão da defesa da lei, se for levada em conta a relação entre meios e fins. Todavia, a inconsistência teórica entre a decisão da corte de primeira instância e a sentença anterior da corte de apelação fornece ao advogado um argumento para impugnar a decisão da corte de primeira instância.

Para sublinhar a significação potencial de uma inconsistência teórica, o advogado deve determinar o nível de generalidade no qual essa inconsistência existe. A doutrina da *stare decisis* exige que casos semelhantes sejam decididos de maneira semelhante. A distinção entre considerando e *dictum*, no entanto, repousa na premissa de que os precedentes só se impõem numa categoria exígua de casos: aqueles que são contemplados pelos termos do considerando. Assim, a *stare decisis* requer consistência apenas num nível muito baixo de generalidade. Um caso posterior, semelhante a um precedente em todos os pormenores relevantes, deve ser decidido da mesma maneira. Um caso posterior, semelhante a um precedente apenas num nível superior de generalidade, pode não ser decidido da mesma maneira porque não é contemplado pelos termos do considerando: isso significa que é factualmente distinto e, portanto, foge ao controle do precedente.

Em suma, a inconsistência teórica, num nível inferior de generalidade, constitui argumento mais forte contra um dado resultado do que a inconsistência teórica num nível superior de generalidade. A corte poderá ficar bastante impressionada com o argumento de que a decisão de apoiar a lei limitadora da liberdade de expressão é inconsistente com diversas sentenças anteriores que deram maior peso a essa liberdade. Embora nenhum dos considerandos daqueles casos controle o caso atual, uma vez que os fatos são diferentes, a corte entenderá que ignorar a forte preferência pela posição individualista, nos casos anteriores, para favorecer a posição majoritarista, no caso atual, é inconsistente na teoria. Ao mesmo tempo, com grande probabilidade, a corte não se deixará persuadir pelo argumento de que a epistemologia formalista, subjacente ao resultado proposto, é inconsistente na teoria com as preferências políticas individualistas dos casos anteriores, devendo o resultado ser, conseqüentemente, rejeitado. Esse argumento provavelmente não seria convincente porque a inconsistência se acha num nível muito elevado de generalidade.

A inconsistência teórica também fornece ao advogado uma base para criticar a coerência interna da tese contrária. Se, por exemplo, o adversário se estribar no individualismo e na eficiência para justificar o argumento segundo o qual um contrato escrito deve ser respeitado, o advogado poderá apontar a inconsistência entre eficiência e individualismo, questionando assim a consistência final entre a posição do adversário e o individualismo. Se, no terreno filosófico, a corte preferir o individualismo à eficiência, a habilidade com que o advogado caracterizar a posição do adversário como baseada na eficiência e no antiindividualismo poderá levar a corte a rejeitar o argumento contrário.

A inconsistência teórica pode, portanto, ser utilizada para negar a um resultado proposto consistência com os precedentes ou para desmascarar a inconsistência interna de uma dada posição. No primeiro caso, a corte talvez decida que a *stare decisis* exige a rejeição do resultado proposto; no segundo, talvez conclua que certas políticas na verdade não amparam o resultado proposto, tornando assim mais fácil rejeitar essa posição em bases conseqüencialistas.

III. APLICAÇÃO DE POLÍTICAS

A. A técnica da decisão

Explicamos no Capítulo 5 que as cortes examinam as políticas para resolver casos de modo a propiciar os melhores benefícios. Determinar como chegar a semelhante resultado exige que o advogado faça dois tipos de apreciação: a primeira, a respeito da importância relativa das políticas e a segunda, a respeito da relação entre meios e fins.

Para começar, o advogado, recorrendo à análise e síntese de políticas, identifica quais políticas amparam cada resultado. Em seguida, tenta determinar os benefícios que cada resultado possível fornecerá se essas políticas forem atendidas, e, ao mesmo tempo, o custo de cada resultado possível caso as políticas contrárias sejam ignoradas. Se um resultado, mais do que ignorar as políticas contrárias, atender às políticas que o amparam, então o resultado será o desejável, porquanto se assumiu que todas as políticas eram igualmente importantes.

Mas o problema é que as políticas não são todas igualmente importantes. Em diferentes momentos históricos e em diferentes cortes, certas políticas passam a ser privilegiadas. Assim, a corte irá provavelmente decidir que o resultado que atende às políticas preferidas é o correto, a menos que isso custe demais às políticas opostas.

Muitas cortes, por exemplo, preferem os direitos individuais à regra da maioria nos casos de liberdade de expressão. Então as pessoas que exigem o *impeachment* do presidente ou exibem imagens de mulheres e homens nus terão seu direito de praticar essas atividades ressalvado contra o poder da maioria, que as proíbe. Uma vez que o direito de livre expressão é preferido, o resultado amparado por essa política usualmente prevalece.

No entanto, o homem que tentasse promover motins ou revelar a posição de tropas em tempo de guerra provavelmente descobriria que o poder da maioria de proibir essas práticas de livre expressão prevalece sobre seu direito de exercê-las. Um motim ou uma derrota militar desfechariam rude golpe contra o governo democrático. Em casos assim, o custo de permitir que os direitos individuais prevaleçam é considerado excessivamente alto.

Enfim, nada há de acuradamente matemático ou mecânico no processo de fazer tais apreciações. Em geral, os advogados percebem que, se uma política preferida ampara sua posição, esta irá prevalecer – como prevalecerá a posição do adversário, se tiver o apoio da política preferida.

Ao mesmo tempo, se o resultado pretendido pelos advogados só remotamente parecer atender às políticas que amparam sua posição, seus argumentos estarão grandemente enfraquecidos. Por exemplo, uma mulher que exigir o direito de fazer um discurso pelo alto-falante às três horas da madrugada, numa área residencial, estará numa posição frágil (ainda que a política preferida de livre expressão apoiar seu caso), pois permitir que ela discurse naquele horário, naquele lugar e daquela maneira só se relaciona com a política de livre expressão de um modo muito distante. Uma vez que ela pode muito bem fazer o mesmo discurso perante a mesma audiência em outro horário e lugar, pouco custará à liberdade de expressão negar-lhe a permissão que pleiteia. A relação entre os fins e meios preferidos que ela procura empregar fica simplesmente atenuada demais para que sua posição prevaleça, mesmo que a política de livre expressão tenha mais peso e ampare essa posição.

B. A indeterminação das apreciações de políticas

As apreciações de políticas são freqüentemente indeterminadas por três motivos. Primeiro, nem sempre há consenso a respeito dos pesos relativos a serem atribuídos às políticas. Desse modo, o advogado não terá certeza, por exemplo, se a corte dará mais peso à justiça do que à eficiência ou mais peso ao majoritarismo do que aos direitos individuais.

Segundo, as apreciações sobre a relação entre meios e fins, embora ostensivamente empíricas por natureza, na verdade se baseiam quase sempre na especulação. Um advogado, por exemplo, acreditará que a regulamentação de filmes de sexo explícito atenderá à finalidade de reduzir a criminalidade; mas outro acreditará que não. Dado que, com freqüência, nenhum dos advogados em litígio é capaz de provar a natureza da relação entre meios e fins, nenhum poderá saber antecipadamente como a corte se pronunciará a respeito da questão.

Mas mesmo sem essas dificuldades há uma terceira fonte de indeterminação nas apreciações de políticas, oriunda do fato de poderem elas ser estabelecidas em níveis múltiplos de generalidade. Assim, o problema da generalidade, que cria indeterminação nas normas e força as cortes a recorrer às apreciações de políticas, reaparece no âmbito da política.

Como veremos, o problema da generalidade coloca, para as políticas, o mesmo dilema enfrentado pelas normas. A norma precisa ser geral se tiver de controlar mais de uma situação; mas, ao tornar-se geral, torna-se também indeterminada. Igualmente, a política deve ser estabelecida num certo nível de generalidade, se tiver de auxiliar na interpretação de uma norma; mas, ao tornar-se mais geral, torna-se também mais indeterminada.

A discussão desse problema começa pela consideração da relação entre políticas e normas. Em essência, a relação entre políticas e normas é a mesma que entre meios e fins. Como vimos no Capítulo 1, o sistema jurídico americano presume que as normas não existem por si mesmas, mas são adotadas como meios destinados a obter determinados fins. Esses fins, evidentemente, são as políticas subjacentes.

Em geral, políticas e normas divergem estrutural e funcionalmente. A diferença estrutural é que as políticas costumam ser afirmadas como absolutos abstratos, ao passo que as normas costumam ser afirmadas em termos mais limitados, concretos e contingentes. Em seus próprios termos, as políticas devem ser buscadas quaisquer que sejam as circunstâncias, enquanto as normas só se aplicam a circunstâncias limitadas, descritas no predicado factual.

A distinção estrutural entre meios e fins se desvanece, entretanto, quando os fins são afirmados num nível suficientemente baixo de generalidade. Por exemplo, alguém tem em mira o fim de manter a casa em ordem. Fins afirmados em elevado nível de generalidade podem muitas vezes ser alcançados de diversas maneiras. Um dos meios possíveis para se alcançar o fim de manter a casa em ordem seria espanar o bibelô central da prateleira superior da sala de visitas. Poder-se-ia alegar também, como *fim* mais específico, manter o bibelô central da prateleira superior da sala de visitas espanado. Assim, espanar o bibelô central se caracterizaria tanto como um fim relativamente específico quanto como um meio mais geral. Vale notar: à medida que o fim se torna mais específico, o leque de meios possíveis se estreita até que, em determinado ponto, a distinção entre o fim e os meios se desvanece.

Dito em termos jurídicos, quando as políticas são articuladas em níveis mais específicos, assumem caráter de normas, dissolvendo-se assim a distinção estrutural entre políticas e normas. Poder-se-ia começar, por exemplo, com a política bastante geral de proteger a livre expressão. Essa política seria reafirmada em níveis mais específicos, como repelir toda as leis limitadoras da expressão, proporcionar gratuitamente a todo cidadão adulto programas de editoração e impedir que os jornais sejam responsabilizados por difamação. Cada uma dessas três idéias pode ser caracterizada tanto como uma afirmação mais específica da política geral de promover a liberdade de expressão quanto como um meio para se alcançar o fim geral de promover essa liberdade.

A política de impedir que os jornais sejam responsabilizados por difamação pode ser afirmada ainda mais especificamente como a política de exigir das figuras públicas a prova, como elemento da queixa por difamação contra um jornal, de que a notícia difamatória foi publicada por malícia. Nesse nível baixo de generalidade, a política é prontamente caracterizada como norma. Torna-se relevante para um leque muito estreito de circunstâncias: processos por difamação movidos por figuras públicas contra jornais. A política perdeu, pois, o caráter de fim absoluto a ser perseguido em todas as circunstâncias.

A diferença funcional entre normas e políticas é que as normas geram conseqüências jurídicas e as políticas, não. As políticas justificam as normas, mas só geram conseqüências na medida em que têm efeito nas normas.

Uma vez que integram o contexto no qual as normas são adotadas, as políticas fornecem uma base para interpretar as normas quando estas não são claras. A dona de casa a quem se impôs uma norma – a obrigação de espanar o bibelô central da prateleira superior da sala – perguntará talvez se a norma exige o uso de um espanador de penas ou outro método mais cansativo. O ato de espanar o bibelô central da prateleira superior pode atender a uma variedade de fins, como melhorar a aparência do bibelô ou reduzir a quantidade de pó na sala de visitas. Se o fim for melhorar a aparência, bastará o uso rápido do espanador de penas; mas, se o fim for reduzir a quantidade de pó, não bastará. Compreendendo o contexto em que se impôs a norma de espanar o bibelô, inclusive o fim que a ordem tencionava alcançar, a dona de casa está apta a interpretar a norma.

Portanto, as políticas fornecem contexto interpretativo às normas. Mas, para tanto, devem ser afirmadas num nível de generalidade mais elevado que a própria norma. Isto é, o papel funcional das políticas depende da manutenção da diferença estrutural entre políticas e normas. Como já demonstramos, se se permitir que uma política caia ao mesmo nível de generalidade da norma à qual subjaz, a política se mesclará à norma.

Por exemplo, a lei que isentar um jornal do imposto de venda pode fundar-se na política de promover as vendas de jornais. Formulada em termos tão estritos, a política não acrescenta contexto à norma e não ajudará na decisão, digamos, sobre se um guia local de compras deva ser considerado um jornal na acepção da norma.

Se a política for afirmada mais geralmente, como proteção da viabilidade econômica dos jornais ameaçados pela concorrência da mídia eletrônica, concluir-se-á que um guia local de compras não é um jornal na acepção da norma porque opera num mercado ignorado pela mídia eletrônica. O contexto maior, proporcionado pela política mais geral, fornece informação extra que permite ao advogado determinar qual interpretação favorecerá a política subjacente. A política pode suprir um contexto interpretativo, mas somente quando afirmada num nível de generalidade mais elevado que a norma em si.

O dilema, entretanto, é que afirmar uma política em nível superior de generalidade torna-a menos determinada. A maior generalidade cria indeterminação de duas maneiras.

Em primeiro lugar, afirmar uma política em nível superior de generalidade torna-a menos determinada porque expande o leque de meios capazes de amparar um fim tão amplo. Suponhamos que a corte favoreça a política de proteger a liberdade individual. Atingir esse fim poderia exigir que a corte respeitasse todos os contratos escritos, para não impor sua própria vontade às partes, ou escrutinizasse cada contrato em busca de indícios de poder desigual de negociação, a fim de impedir o domínio de uma parte sobre a outra. O objetivo geral de proteger a liberdade será acatado, numa situação, pela deferência judicial, e em outra, pelo escrutínio judicial. Afirmando a política nesse nível elevado de generalidade, o advogado torna viável o argumento de que mesmo meios diametralmente opostos favorecem determinado fim.

O problema da indeterminação foi ilustrado pelo exame de diversas políticas discutidas na primeira seção deste capítulo. A aplicação da política paternalista, por exemplo, exigia que se determinasse, em primeiro lugar, se o homem estava constrangendo sua colega ao folhear uma revista de nus ou se a colega o estava constrangendo ao querer impedi-lo disso. A mera oposição ao constrangimento privado não pode resolver o problema.

Em segundo lugar, quando modificam o nível de generalidade no qual as políticas são afirmadas, os advogados alteram o contexto dentro do qual a norma será interpretada, o que por seu turno afeta sua interpretação. Por exemplo, se a política subjacente à isenção do imposto de venda, descrita atrás, for afirmada de modo mais amplo como incentivo ao livre fluxo de informação, então o guia de compras parecerá um jornal porque inclui informação, cujo fluxo seria estancado caso o guia ficasse sujeito ao imposto. A habilidade dos advogados de manipular a generalidade das políticas, como sua habilidade de manipular a generalidade das normas, cria indeterminação nas políticas.

Observe-se, nesse exemplo, que afirmar a política por trás da isenção do imposto de venda, num nível elevado de generalidade, torna-a de fato menos determinada. Se a política é encorajar o livre fluxo de informação, conceder isenção de imposto só para alguns meios de comunicação resultaria, em última análise, numa espécie de subsídio estatal a certos pontos de vista em detrimento de outros. Assim, na dependência de diversos pressupostos que o advogado possa levantar a respeito das relações entre meios e fins, promover o livre fluxo de informação talvez exija que a isenção do imposto de venda seja suspensa ou limitada ao máximo, a fim de evitar o potencial de censura indireta de idéias condenadas pelo Estado. Em outras palavras, a política de promover o livre fluxo de informação, que parecia inicialmente apoiar a mais ampla aplicação possível da isenção de imposto, pode apoiar também a limitação ou mesmo a abolição da mesma isenção. Uma política afirmada num nível elevado de generalidade será indeterminada, podendo de fato apoiar normas diametralmente opostas, a menos que o advogado levante pressupostos adicionais a respeito das relações entre meios e fins, extraídos do contexto factual em que a política tiver de ser aplicada.

C. Previsão da decisão da corte

Praticamente em todos os casos nos quais a lei se mostra indeterminada, a maioria dos advogados não deixa, porém, de ter sua opinião sobre o resultado provável. As opiniões se baseiam na especulação fundamentada sobre o modo como as cortes resolverão as apreciações de políticas relevantes – apreciações tanto do peso relativo das políticas quanto das relações entre meios e fins. A especulação fundamenta-se no conhecimento adquirido pelo advogado do contexto em que essas apreciações serão feitas. O contexto inclui uma série de fatores.

Um fator importante é o quadro histórico. Políticas específicas têm mais peso em determinada época que em outra. Por exemplo, as cortes do final do século XIX favoreciam o *laissez-faire*, interferindo o mínimo possível nas decisões de mercado, ao passo que, em meados do século XX, rejeitavam essa política em favor de decisões de mercado mais estreitamente regulamentadas. Conforme já discutimos, sendo tudo o mais igual, o resultado amparado pela política favorecida provavelmente prevalecerá.

Outro fator que influencia as apreciações de políticas é a filosofia do juiz encarregado da decisão do caso. Alguns juízes dão mais peso a certas políticas que a outras e, nas questões difíceis, quase sempre dirimem a disputa nos termos das políticas que preferem. Isso se vê com maior clareza na Suprema Corte dos Estados Unidos, tipicamente integrada por blocos de magistrados liberais e conservadores que o mais das vezes votam consensualmente[12]. Contudo, nem os juízes de cortes menos prestigiosas deixam de ser influenciados por preferências pessoais. Embora, em dada ocasião, possa existir uma ideologia judicial dominante, os juízes diferem no grau em que aceitam essa ideologia. De novo, sendo tudo o mais igual, o resultado amparado pela política favorecida pela corte provavelmente prevalecerá.

Os fatos concretos da situação que dão azo à disputa também afetam o resultado. Tal se dá porque a relação entre meios e fins varia de acordo com a situação. Assim, mudando as circunstâncias, mudam também os benefícios políticos totais proporcionados por cada resultado. Portanto, em diferentes circunstâncias resultados diferentes parecem preferíveis.

Por exemplo, a corte adotará com mais presteza uma postura *laissez-faire* na interpretação de um contrato entre duas corporações gigantes do que na interpretação de um contrato entre uma corporação gigante e um consumidor inculto. Nesse

---

12. A *Harvard Law Review* publica anualmente uma tabela que indica o número de vezes que cada juiz votou consistentemente com outros no exercício anterior.

exemplo, a escolha se faz entre a política de acatar contratos privados e a política de supervisionar contratos para assegurar a liberdade de vontade, ou seja, entre autonomia e paternalismo. Quando as partes contratantes são grandes empresas, com igual poder de negociação e aconselhamento jurídico competente, não é provável que o contrato resulte de coerção. Portanto, respeitar o contrato nessa situação corrobora a política de autonomia com baixíssimo custo para a política de paternalismo. Esse resultado propicia os maiores benefícios em termos de política.

Se, entretanto, o contrato se fez entre uma grande empresa e um consumidor, maior é a possibilidade de que o poder de negociação tenha sido desigual. A corte poderá decidir então que acatar o contrato em semelhante situação custará muitíssimo à política de paternalismo. De sorte que, mudando os fatos, muda também a relação entre a finalidade de promover contratos genuinamente livres e os meios de escrutinizar seus termos. Mudando os fatos, mudará provavelmente o resultado.

Um último fator incluído no contexto é a existência de um precedente imperativo e, em extensão menor, de uma autoridade convincente de outras jurisdições. Na grande maioria dos casos, as cortes decidem disputas de um modo que possam plausivelmente descrever como consistente com precedentes aplicáveis. Se esses precedentes deram regularmente preferência a uma determinada política em determinada situação, torna-se mais difícil para a corte inverter a preferência numa situação parecida e ainda alegar que seguiu o direito.

Por exemplo, a decisão de uma corte segundo a qual os cinemas ao ar livre têm o direito constitucional de exibir filmes com cenas de nudez parece exigir que, em caso posterior, um indivíduo tenha reconhecido o direito de exibir os mesmos filmes em sua própria casa. No caso anterior, a corte concluiu que a política de livre expressão se impunha à política de proteger os indivíduos de uma ofensa inadvertida na via pública. Uma vez que os transeuntes podem desviar os olhos, permitir a exibição do filme atende grandemente à política de livre expressão sem comprometer em muito a política de evitar ofensas. No caso posterior, a política de livre expressão parece igualmente forte. Uma vez que o filme está sendo exibido numa residência particular, permitir sua exibição compromete *menos ainda* a política de evitar ofensas do que no caso anterior. Assim, para manter consistência com a apreciação de política feita no caso anterior, dever-se-ia permitir que o filme fosse exibido também no caso posterior.

Note-se, nesse exemplo, que os dois casos são distintos. Exibições ao ar livre e dentro de casa são diferentes o bastante em termos factuais para que alguém alegue serem idênticas em todos os aspectos relevantes. O caso anterior parece controlar o posterior apenas porque reconhecemos que as apreciações de políticas, naquele, exigem o mesmo resultado neste, se forem seguidas.

Todavia, se diferentes políticas estivessem envolvidas, pareceria que os dois casos exigem resultados diferentes. Imaginemos, por exemplo, que uma das políticas favoráveis ao resultado, no primeiro caso, era permitir ao governo monitorar os hábitos dos espectadores, sobretudo com respeito a material de cunho erótico. Permitir uma exibição ao ar livre ampararia essa política, mas permitir uma exibição em casa impedi-la-ia. Com muita probabilidade, a corte permitiria a exibição pública, mas não a exibição privada. Em suma, o primeiro conjunto de fatos não controlaria o segundo. Portanto, o caso anterior "controla" o caso posterior dependendo de quais políticas sejam afetadas pelos resultados.

PARTE III
Aplicações

A Parte III ilustra algumas maneiras pelas quais as idéias discutidas nos sete primeiros capítulos podem ser aplicadas em quatro áreas diferentes e importantes do direito: contratos, infrações, direito constitucional e processo civil. A tese central da Parte III é que o processo de raciocínio jurídico é o mesmo, independentemente do assunto a que for aplicado. Os mesmos problemas básicos reaparecem em todas as áreas do direito e os advogados utilizam as mesmas técnicas para solucioná-los.

A Parte III não contém uma discussão abrangente, ou mesmo sumária, das regras capitais das quatro áreas: apenas ilustra e sugere. Não se fez nenhuma tentativa para aplicar todas as idéias contidas nos sete primeiros capítulos, nem para aplicar consistentemente uma idéia às quatro áreas. A intenção se resume em demonstrar como o processo de raciocínio jurídico é aplicado a uma grande variedade de assuntos.

O Capítulo 3 sugeria que, ao sintetizar um corpo de leis, o advogado determinasse a relação de uma norma com outra ou outras. Mas as diversas áreas do direito não existem no vazio. Um assunto se encaixa num quadro sempre maior. Os advogados aperfeiçoaram um método convencional de organizar esse quadro, que talvez seja útil resumir aqui.

A divisão básica do direito é entre direito substantivo e direito processual. O direito substantivo é o corpo de normas e políticas que definem os direitos e obrigações entre as pessoas, entre as pessoas e o Estado ou entre entidades públicas. O direito processual é o corpo de normas e políticas que regem o litígio nas cortes.

O direito substantivo é tradicionalmente organizado em dois corpos: direito privado e direito público. O direito privado define os direitos e obrigações que existem entre as pessoas; nele se inserem, como elementos dos mais importantes, os contratos e as infrações, discutidos nos Capítulos 8 e 9, respectivamente.

O direito público define os direitos e obrigações que existem entre as entidades estatais e entre o Estado e o indivíduo. O direito público inclui, por exemplo, os direitos constitucional, penal e administrativo. Discutimos o direito constitucional no Capítulo 10.

O direito processual inclui, geralmente, os processos civil e penal, e provas. Discutimo-lo no Capítulo 11.

Capítulo 8
Contratos

O direito contratual define as obrigações que os indivíduos ou organizações assumem por meio de acordos. As obrigações contratuais podem nascer de duas situações gerais: sob a doutrina do contrato tradicional e sob a doutrina da confiança prejudicial, também chamada impedimento promissivo[1]. Diz-se, comumente, que o direito contratual se baseia na política individualista. A pessoa se obriga quando, e apenas quando, consente na obrigação. A idéia de que a pessoa se obriga unicamente pelo consentimento evoluiu de uma concepção naturalista da obrigação legal. Mas, como veremos, as cortes – no curso da elaboração das normas específicas do direito contratual – aparentemente perfilharam uma concepção mais positivista do direito e deram preferência a outras políticas além do individualismo, inclusive majoritarismo, paternalismo, eficiência e políticas associadas ao formalismo.

---

1. Há, sem dúvida, uma terceira situação: sob a doutrina do quase-contrato. Um quase-contrato é a obrigação jurídica de pagar bens ou serviços imposta ao recipiente desses bens ou serviços a fim de evitar o enriquecimento ilícito. Digamos, por exemplo, que um mecânico repare um automóvel acreditando erroneamente que o dono requereu esse serviço. Embora as partes jamais tenham feito realmente um acordo, a corte pode obrigar o dono a pagar o mecânico. De outra forma, o dono gozaria injustamente dos benefícios do serviço prestado.

Diz-se às vezes que o quase-contrato lembra mais uma obrigação por dano do que uma obrigação contratual porque é imposto pela corte a fim de evitar injustiça e porque não se baseia num acordo. Por razões de espaço, não mais examinaremos aqui o quase-contrato.

I. CONTRATO TRADICIONAL

Existe uma situação geradora de obrigações contratuais quando duas ou mais pessoas elaboram um contrato tradicional. A norma que define o contrato tradicional reza que um contrato é elaborado quando dois elementos se acham presentes; (1) uma oferta é aceita e (2) o contrato é amparado pela contraprestação.

A. Oferta e aceitação

O primeiro elemento é uma oferta feita por uma das partes e aceita pela outra. Oferta e aceitação podem ocorrer por declaração expressa das partes ou sua conduta. Um exemplo de aceitação por conduta acontece quando a primeira parte escreve à segunda encomendando um lote de mercadoria a trezentos dólares e esta o despacha.

1. O teste objetivo

Uma das normas que definem o elemento de oferta e aceitação estabelece o teste a ser usado para interpretar o significado da declaração expressa ou da conduta das partes. Essa norma, usualmente chamada de teste objetivo, reza que a declaração ou a conduta devem ser interpretadas como as interpretaria uma "pessoa razoável".

Por exemplo, um homem que negocia com o vizinho a compra de um carro, ao ouvir-lhe a proposta, pode exclamar: "Parece ótimo!" – o que pode ser interpretado tanto como expressão de aceitação quanto como comentário sobre os bons termos da proposta. O júri, aplicando o teste objetivo, decidirá se uma pessoa razoável interpretaria a frase "Parece ótimo!" como aceitação da oferta ou opinião sobre a oferta.

Uma das considerações políticas que ampara o teste objetivo é que ele conduz à previsibilidade e uniformidade no direito. E faz isso permitindo que ambas as partes presumam que declarações e condutas possuem significado racional. Fá-lo também incentivando as partes a negociar da maneira normalmente esperada, pois as partes que preferem um modo inusitado de expressar-se agem assim à sua própria custa. Outra consideração política subjacente ao teste objetivo é que ele promove eficiência no julgamento, porquanto o júri não precisa determinar o que as partes realmente tencionavam. Pode, ainda, diminuir a freqüência de litígios frívolos, pois evita que as partes abram processo na esperança de persuadir o júri de que atribuíam significação pessoal aos termos do contrato. Enfim, como o teste objetivo permite à corte apresentar sua própria definição de um termo em nome da pessoa razoável, esse teste é amparado também pela política majoritarista.

Ao empregar o teste objetivo, o júri pode dar às palavras do declarante um significado que ele jamais lhes tencionou dar. Nesse sentido, um teste objetivo impõe às partes aquelas obrigações que elas presumivelmente deveriam ter assumido com base numa interpretação razoável de suas declarações ou condutas, quer hajam pretendido assumi-las ou não. Descobrindo oferta e aceitação onde nada disso existia, o teste objetivo, como em geral o formalismo, fica sujeito à crítica de que produz resultados artificiais, encarando como contrato o que não era absolutamente um contrato. Assim, o teste objetivo parece inconsistente com a política do individualismo, pela qual se espera que as cortes corroborem a vontade das partes.

Há, também, inconsistência teórica em vários níveis de generalidade. Em primeiro lugar, na medida em que o teste objetivo permite à corte, em nome da comunidade, emprestar seu próprio significado aos termos, ele se baseia na política majoritarista, que se opõe diretamente à política individualista. Além disso, conforme explicaremos de passagem, o teste objetivo é também baseado na política de eficiência, a qual se mostra inconsistente com o individualismo num nível um pouco superior de generalidade. Finalmente, o teste objetivo representa uma doutrina formalista porque procura tratar instâncias específicas de declarações ou condutas como representativas de tipos gerais. Portanto, segundo o teste objetivo, "Parece ótimo!" não tem um significado para cada falante, mas significa sempre aquilo que uma pessoa razoável hipotética pensa que significa. O teste objetivo, como o formalismo, tenta universalizar situações. O individualismo, por outro lado, funciona como o pólo particular do dualismo básico. O uso do teste objetivo para avaliar o significado individual é, num nível elevado de generalidade, inconsistente no âmbito da teoria.

O uso do teste objetivo ilustra o fenômeno pelo qual uma norma geral é definida por uma norma mais específica, baseada numa política inconsistente com a política subjacente à norma geral. A norma geral baseia-se na política individualista, ao passo que a norma mais específica baseia-se no majoritarismo, na eficiência e nas políticas associadas ao formalismo. Mas, a despeito da inconsistência teórica, o teste objetivo para a interpretação das expressões da vontade individual já está muito bem assentado no direito contratual.

2. O teste subjetivo

A alternativa ao teste objetivo é o teste subjetivo, que interpreta as declarações e condutas de uma parte para descobrir o que ela realmente queria dizer, por mais idiossincrático que isso seja.

Em teoria, um teste subjetivo assegura que nenhuma das partes deva assumir uma obrigação contratual contra a vontade. Todavia, gera incerteza e certo grau de ineficiência. O ouvinte não pode presumir que as declarações signifiquem o que seria razoável pensar; deve, portanto, provar qual foi a verdadeira intenção do falante.

Outra objeção ao teste subjetivo é que a verdadeira intenção de uma parte nunca será conhecida com certeza. O falante talvez não tenha examinado conscientemente, na época, a questão em disputa; e, ainda que haja feito isso, o tempo e a pressão da querela podem ter alterado sua lembrança. A maior incerteza inerente ao teste subjetivo é capaz de encorajar litígios frívolos porque uma parte terá sempre a esperança de convencer o júri de que as declarações feitas tinham significado especial.

A prevalecer a concepção naturalista e individualista do contrato, a corte deve adotar o teste subjetivo. Mas na realidade os testes subjetivos são raros no direito contratual. Neste, a previsibilidade e a eficiência são tão importantes que as cortes, quase sempre, recorrem a um teste objetivo para interpretar o significado do contrato.

B. Contraprestação

O segundo elemento do contrato é que ambas as partes têm de oferecer contraprestação. Uma norma mais específica define contraprestação como a vantagem ou prejuízo, para uma das partes, em troca de uma vantagem ou prejuízo para a outra. Uma norma ainda mais específica quer que a expressão "em troca" signifique negociar a contraprestação como elemento do contrato.

A exigência de contraprestação torna inválidos certos acordos sob a doutrina contratual tradicional. Por exemplo, se uma tia se prontifica a dar mil dólares ao sobrinho e este aceita a oferta, nenhum contrato válido foi firmado, mesmo tendo havido oferta e aceitação. E não foi firmado porque o sobrinho não se dispôs a prestar um benefício ou a incorrer num prejuízo em troca da promessa.

Tempo houve em que a exigência de contraprestação parece ter tido uma função de evidenciação: era mais plausível que as partes realmente assumiam um contrato quando trocavam algo de valor. Dizia-se, pois, que contratos assinados não exigiam contraprestação porque o documento assinado e selado já fornecia evidência suficiente de acordo.

Em épocas mais recentes, a exigência de contraprestação parece repousar na política de limitar a responsabilidade contratual. As cortes não querem dar força jurídica ao que não passa de promessa ou presente – promessa em troca da qual o doador nada recebe. A doutrina, aparentemente, tomou sua forma atual em fins do século XIX, refletindo a política individualista das cortes de então, que procuravam limitar a interferência do governo na esfera privada[2].

---

2. Ver, de um modo geral, G. Gilmore, *The Death of Contract* (1974).

Internamente, porém, a doutrina é inconsistente porque não ampara a vontade individual, embora tenha a justificá-la a política individualista[3]. Um indivíduo pode querer dar um presente sem conseguir alcançar esse resultado sob o direito contratual. A corte, para limitar o envolvimento do governo nos negócios particulares e privilegiar a escolha privada, recusa-se a validar o que é, de fato, a escolha privada das partes. Assim, em suas conseqüências, a doutrina se mostra consistente com a política majoritarista.

Contudo, apesar de a doutrina da contraprestação parecer majoritária em suas conseqüências, o simples fato de existir não resolve plenamente o conflito entre comunidade e indivíduo. Esse conflito reaparece como o problema de definir o benefício e o prejuízo. A política individualista apoiaria uma norma mediante a qual a corte não procurasse investigar o valor de um dado benefício ou prejuízo, mas aceitasse a caracterização desses elementos feita pelas partes, mesmo que o pretenso benefício ou prejuízo parecesse absolutamente sem valor. A política majoritarista, ao contrário, apoiaria uma norma mediante a qual a corte procurasse aquilatar se, de fato, um benefício ou prejuízo são mesmo tais.

Adotar uma definição individualista de contraprestação subverteria a política majoritarista subjacente à doutrina. Isolando a doutrina dessa política, a definição transformaria a doutrina numa exigência puramente formal. Por outro lado, adotar uma definição majoritarista da doutrina só aprofundaria o envolvimento da comunidade no escrutínio do contrato que, supostamente, representa a vontade das partes. Ou seja, o direito não apenas exigiria que houvesse contraprestação para as partes contratantes (ainda que elas quisessem assumir um contrato não-apoiado na contraprestação), como reservaria para a comunidade a prerrogativa de decidir qual é essa contraprestação.

O direito contratual estabeleceu um compromisso entre os valores conflitantes e adotou a norma segundo a qual a corte, geralmente, investiga a adequação, mas não a suficiência da

---

3. Ver, por exemplo, C. Fried, *Contract as Promise* (1981).

contraprestação. Isso significa que, para a corte, é necessário um mínimo de benefício ou prejuízo, mas não o exame acurado do valor da contraprestação. Portanto, a doutrina da contraprestação é quase formal. A contraprestação tem de ser adequada, mas não constitui uma exigência absoluta.

II. CONFIANÇA PREJUDICIAL

Uma segunda situação em que pode nascer uma obrigação baseada numa promessa ocorre quando as partes satisfazem os elementos da doutrina da confiança prejudicial. Sob a norma que criou essa doutrina, uma parte tem obrigação de cumprir a promessa na qual a outra confiou de modo razoável e previsível, pelo menos na extensão necessária para evitar injustiça. Portanto, os elementos são (1) uma promessa e (2) a confiança razoável e previsível nessa promessa.

Suponhamos que, após a tia prometer-lhe uma doação de mil dólares, o sobrinho se matricule numa academia de dança ao preço de mil dólares, compromisso que de outra forma não poderia assumir, certo de que contará com o dinheiro prometido para pagar as aulas. A menos que a promessa seja cumprida, o sobrinho ficará inadimplente, com as conseqüências danosas que daí possam advir. Se a corte entender que a confiança do sobrinho era razoável e previsível, validará a promessa na extensão necessária para evitar injustiça.

Segundo a teoria da confiança prejudicial, criam-se obrigações em situações nas quais não se acham presentes os elementos de um contrato. Em primeiro lugar, uma obrigação se cria mesmo quando o promissário de modo algum dá a entender ao promitente que a oferta está sendo aceita. Em segundo, o elemento de contraprestação se torna também desnecessário. O prejuízo do promissário, embora previsível, talvez não haja sido negociado pelo promitente.

Assim, a norma que cria uma obrigação nos termos do contrato tradicional e a norma que cria uma obrigação nos termos da confiança prejudicial são "cumulativas", no sentido adotado no Capítulo 3. Cria-se uma obrigação independentemente da outra.

Os elementos da confiança prejudicial são diferentes dos elementos do contrato tradicional porque repousam em considerações políticas um tanto diversas. Quase sempre, o contrato tradicional repousa na política individualista. A obrigação só nasce em resultado da escolha individual pela parte. Tem-se por justa a imposição de uma obrigação contratual porque nenhuma parte se obriga contra a vontade. Tem-se por eficiente porque facilita a alocação de recursos graças às escolhas privadas feitas no mercado.

Já a confiança prejudicial é uma doutrina relativamente mais majoritarista, pela qual o Estado intervém a fim de proteger uma parte contra o dano injusto causado por sua confiança na promessa. A obrigação criada pela confiança prejudicial tem sido comparada à obrigação por dano, uma vez que é imposta pela corte mediante considerações políticas e não em resultado de um acordo entre as partes. Ao mesmo tempo, a exigência de que a confiança seja previsível reintroduz um elemento individualista na doutrina[4].

III. A NATUREZA DA OBRIGAÇÃO CONTRATUAL

A. *A obrigação de cumprir promessa explícita e quaisquer promessas implícitas*

Até aqui, a discussão resumiu duas situações nas quais se criam obrigações em direito contratual. Não definiu, todavia, a natureza exata da obrigação. Nesta seção, examinamos a natureza da obrigação contratual, embora, por uma questão de brevidade, limitemos o exame a obrigações impostas por um contrato tradicional.

Uma relação jurídica, inclusive a obrigação, define-se tipicamente por três características: o objeto da relação, a natureza

---

4. O vínculo entre previsibilidade e individualismo é discutido mais adiante, neste e no Capítulo 9.

APLICAÇÕES

da relação (permissiva ou obrigacional) e as pessoas envolvidas na relação[5]. Vamos, pois, considerar de que modo cada uma dessas três características define o contrato tradicional.

A obrigação imposta pelo direito contratual tradicional é a de cumprir as promessas contidas na oferta aceita e, em alguns casos, certas promessas adicionais implícita ou explicitamente inerentes à oferta. O objeto de uma obrigação, em suma, é cumprir as promessas implícitas e explícitas.

Diz-se que as obrigações implícitas são decorrentes do direito porque este as incluirá no contrato, quer tenham sido ou não incluídas na oferta[6]. Por exemplo, o direito contratual geralmente exige do comerciante que faz um contrato de venda a garantia implícita de que o produto é comercializável ou a obrigação de assegurar que o produto atende aos propósitos comuns esperados pelos compradores. Essas obrigações contratuais decorrentes do direito lembram muito obrigações por ato ilícito, pois que o direito as presume com base nas políticas e não porque as partes concordaram com elas.

Os contratos podem gerar relações obrigacionais ou permissivas. Considerem-se, por exemplo, os contratos bilaterais, unilaterais e opcionais.

Num contrato bilateral, uma parte promete cumprir em troca da promessa de cumprir da outra. Por exemplo, uma parte pode prometer pagar trezentos dólares por uma mercadoria e a outra, prometer vender a mercadoria por trezentos dólares. As duas têm de cumprir: a relação é obrigacional para ambas.

Num contrato unilateral, uma parte promete cumprir se a outra praticar uma ação voluntária. Por exemplo, uma parte pode prometer despachar a mercadoria se a outra pagar trezentos dólares. A outra, contudo, não prometeu pagar trezentos dólares. Assim, somente a primeira parte tem a obrigação de cumprir (obrigação condicionada pela ação anterior da outra

---

5. Ver Capítulo 2.
6. As promessas decorrentes do direito devem ser distinguidas das promessas decorrentes do fato. Estas são as que as partes realmente fazem entre si, embora isso aconteça mais pela conduta do que pela declaração explícita.

parte). Em outras palavras, a relação é obrigacional apenas para a primeira parte.

Num contrato opcional, uma parte tem o direito de praticar alguma ação e a outra, a obrigação de cumprir se a primeira exercer seu direito. Por exemplo, uma parte pode ter a opção de comprar uma mercadoria, significando isso que a relação jurídica criada pelo contrato permite (mas não exige) a essa parte comprar. Se ela exercer seu direito de compra, a outra terá a obrigação de venda.

Enfim, os contratos usualmente criam uma relação apenas entre as partes contratantes: o promitente e o promissário. O promitente tem a obrigação de cumprir as promessas – mas essa obrigação não se estende a nenhuma outra pessoa. Há exceção, todavia, nas situações em que as partes acordam em conceder a uma terceira pessoa o benefício da promessa. Em casos assim, a obrigação do promitente pode estender-se a essa terceira pessoa – chamada terceira parte beneficiária – tanto quanto ao promissário.

B. *Responsabilidade por não-cumprimento da obrigação*

Quando o promitente deixa de cumprir uma obrigação contratual, o direito pode exigir dele a indenização ao promissário. Se, no entanto, a indenização revelar-se um remédio inadequado, a corte ordenará que o promitente cumpra a promessa (ordem conhecida como de "ação específica"). Em alguns casos, o não-cumprimento dá ao promissário o direito de encerrar o contrato. A bem da simplicidade, consideraremos aqui apenas a situação em que o promissário é prejudicado pelo promitente.

Sob a regra geral, o promitente torna-se responsável pelos danos oriundos da quebra de contrato quando, materialmente, deixa de cumprir a promessa e provoca perdas para a outra parte. Quer dizer, os elementos da norma que cria responsabilidade são (1) quebra material de promessa contratual com (2) perda para o querelente em (3) conseqüência da quebra.

1. Quebra material de promessa contratual

O primeiro elemento necessário para estabelecer responsabilidade é a quebra material da promessa contratual pelo promitente. O direito contratual inclui uma norma mais específica que define a expressão "quebra material". No final do século XIX, o "common law" era que ocorria inadimplemento quando o promitente não cumpria a promessa exatamente como prometido, norma às vezes chamada de "promessa exata" porque exigia do promitente um cumprimento rigoroso. Em tempos mais recentes, no entanto, a norma majoritária estabeleceu que a promessa será materialmente quebrada se o promitente não cumprir a promessa em substância.

A mudança para a norma de cumprimento substancial representa um movimento rumo à teoria positivista e utilitarista do contrato, afastando-se da teoria naturalista, baseada nos direitos. Esta vê no contrato uma força moral. O promitente, graças à promessa, confere ao promissário o direito de agir. O promissário fica, pois, capacitado para o zelo perfeito. Essa concepção do direito contratual é amparada também pela política individualista, em virtude da qual a corte efetiva a vontade das partes.

A teoria contratual positivista e utilitarista, porém, não vê na promessa uma força moral. Ao contrário, para ela o contrato não passa de uma troca de bens ou serviços prometida, mas não executada, e que não deve ser realizada se isso deixar de beneficiar a sociedade como um todo. A norma de cumprimento substancial excusa as deficiências menores do cumprimento para não provocar o desperdício econômico que ocorreria se exigisse do promitente um cumprimento estrito. Trata-se de uma política majoritarista porque a corte declina de amparar a vontade das partes, expressas no contrato, a fim de reforçar a política estatal de evitar desperdício.

Suponhamos que um engenheiro construa uma casa com uma parede localizada alguns centímetros fora da posição assinalada na planta. A casa é sólida, mas um dos cômodos ficou menor do que o prometido. Pela norma de zelo perfeito, o promissário poderia considerar o contrato rompido porque o promitente não entregou o que prometera. Mas, pela norma do cumprimento substancial, o direito não exige que o engenheiro assuma a tarefa dispendiosa de derrubar parte da casa para retificar a parede, nem permite ao promissário encerrar o contrato sob alegação de que ele foi rompido[7].

2. Perda do promissário

O segundo elemento dessa norma é que o promissário haja sofrido uma perda juridicamente reconhecível, ou seja, um dano reconhecido pelo direito como tal. Embora se possa imaginar toda uma variedade de danos resultantes da quebra de contrato, em geral apenas algumas perdas pecuniárias satisfazem, na opinião das cortes, o elemento de dano. Por exemplo, o não-cumprimento por parte do promitente pode ter desapontado ou mesmo afligido o promissário. Esse dano emocional, todavia, não constituirá com certeza um dano na acepção do direito que impõe responsabilidade por quebra de contrato.

Esse resultado representa a escolha da eficiência em detrimento da justiça. O promissário pode ter sofrido genuíno dano emocional por causa da quebra – mas esses danos são fáceis de alegar e difíceis de provar. Permitir que sejam reparados pode transformar toda disputa contratual num litígio infindável em torno de queixas de validade especulativa. A norma presume, pois, que é melhor negar reparação na ocasião em que for merecida do que incentivar litígios demorados e dispendiosos. Além disso, a política de encorajar quebras de contrato quando isso é economicamente proveitoso milita contra a reparação de prejuízos por danos não-econômicos atribuíveis à quebra.

As perdas são juridicamente reconhecíveis apenas quando certas, ou seja, não-especulativas. Essa norma é consistente com a teoria utilitarista do direito contratual. Pela teoria utilitarista, uma parte não deve ser desencorajada a romper o contrato se a

---

7. Creio ter simplificado demais a norma do cumprimento substancial. Quando há uma quebra menor, como no exemplo, geralmente o promissário pode reduzir o pagamento ao promitente, como compensação pela quebra. A corte, porém, não ordena um cumprimento específico por parte do promitente nem permite ao promissário encerrar o contrato por quebra.

ruptura resultar no uso socialmente mais vantajoso dos recursos. O promitente, entretanto, poderá determinar que a ruptura será eficiente apenas se for possível calcular o custo dessa ruptura. Excluindo prejuízos especulativos, as cortes facilitam a tentativa do promitente de determinar se de fato uma ruptura será útil.

A fim de evitar o efeito da norma que exige certeza de prejuízos, as partes contratantes incluem às vezes uma cláusula de prejuízos reparáveis. Essa provisão estabelece a quantidade de prejuízos que devem ser resgatados na eventualidade da quebra de contrato. Isto é, as partes acordam de antemão a quantidade de perdas.

Embora a política individualista sugira que essas cláusulas devam ser respeitadas como expressão da vontade das partes, as cortes muitas vezes deixam de respeitá-las quando exigem ressarcimento tão absurdamente elevado que assumem característica de punição. Uma provisão de prejuízos reparáveis, que imponha ao promitente um prejuízo desproporcional à perda concreta do promissário, forçará o promitente a cumprir uma promessa dispendiosa apenas para evitar a punição. Segundo a concepção positivista e utilitarista do contrato, as promessas não devem ser cumpridas quando seu cumprimento implicar uso ineficiente de recursos. Assim, nessa situação, as políticas do individualismo e da eficiência, que muitas vezes se presumem consistentes nas conseqüências, parecem potencialmente opostas. Lembremo-nos de que a mesma oposição entre individualismo e eficiência surgia na escolha entre teste objetivo e teste subjetivo.

3. Perda em conseqüência do inadimplemento

O terceiro elemento dessa norma é que o inadimplemento haja causado dano ao promissário. Quer dizer, os prejuízos só são reparáveis se forem conseqüência da quebra.

Normas adicionais, entretanto, limitam os prejuízos conseqüenciais recuperáveis pelo promissário[8]. Essas normas são

---

8. Às vezes, as cortes exigem a indenização dos chamados prejuízos incidentais. Estes também devem ser atribuíveis à quebra de contrato, ou resultantes dela, mas não são tecnicamente chamados de prejuízos conseqüenciais.

necessárias porque todo ato tem um número infinito de conseqüências. Sem elas, a quebra do mais trivial dos contratos levaria a infinita responsabilidade.

Digamos que uma agência de táxis rompe a promessa de conduzir um contador a uma entrevista para um emprego. O resultado é que o homem chega atrasado e não consegue o emprego. Aceita então um emprego que não desejava num edifício diferente, onde certa noite é fisicamente assaltado no estacionamento, três anos depois. Uma vez que isso não teria acontecido sem a quebra de contrato por parte da agência de táxis, a agressão física parece conseqüência dessa quebra, exigindo que a agência indenize a vítima pelo dano.

Há, porém, motivos políticos para considerar semelhante resultado indesejável. Responsabilizar alguém por perdas ocorridas anos mais tarde resultaria na imposição de tremenda responsabilidade até para a promessa mais trivial, o que desencorajaria a atividade econômica. Além disso, se a justificativa de exigir uma obrigação contratual é o fato de o promitente tê-la assumido por livre e espontânea vontade, parecerá inconsistente com essa política individualista responsabilizar a agência de táxis por uma perda que ela não poderia ter previsto e, portanto, não poderia ter concordado conscientemente em reparar. Com base nessas considerações políticas, as cortes adotaram outra norma, pela qual o promitente só é responsável pelos prejuízos conseqüenciais previsíveis na época da formação do contrato ou realmente previstos em virtude de circunstâncias especiais comunicadas ao promitente[9].

Outra norma, conhecida como doutrina de mitigação de prejuízos, limita mais ainda a responsabilidade do promitente. Essa norma impõe ao promissário, no caso de quebra de contrato por parte do promitente, a obrigação de tomar medidas razoáveis para minimizar a perda. Se o promissário deixar de tomar tais medidas, nenhuma fração da perda que seria evitada graças a elas é reparável. Na verdade, a norma considera que a perda evitável foi provocada pela incapacidade do promissá-

---

9. Ver *Hadley* versus *Baxendale*, 9 Exch. 341 (1854).

rio de mitigar os prejuízos e não pela quebra de promessa do promitente.

Suponhamos, por exemplo, que o dono de uma fábrica faz com um gerente um contrato pelo qual se compromete a pagar-lhe por cinco anos de serviços na administração da fábrica. Um dia antes do início do trabalho, o dono rescinde o contrato e despede o gerente por capricho. Naquele mesmo dia, porém, o gerente recebera a oferta de um cargo igualmente desejável, de outro empregador; por alguma razão, recusara a oferta e agora processa o dono por cinco anos de salários perdidos.

Embora a perda salarial do gerente seja sem dúvida conseqüência da rescisão por parte do dono, é conseqüência também de sua recusa a aceitar o emprego alternativo. Em outras palavras, a perda foi provocada conjuntamente pela rescisão por parte do dono e pela recusa por parte do gerente. Segundo a doutrina da mitigação de prejuízos, atribui-se a perda à recusa do gerente, de sorte que o dono não precisa ressarci-lo pelos salários perdidos.

A doutrina da mitigação de prejuízos é outro reflexo do moderno conceito positivista, utilitarista do direito contratual. Ela exige que o promissário evite danos desnecessários, ou seja, danos dispendiosos. A visão contratual naturalista, baseada nos direitos, poderia concluir que o gerente, tendo entrado num acordo de cinco anos com o dono, estava habilitado ao emprego e não precisaria trabalhar em outra parte apenas para poupar ao dono as conseqüências da ação intempestiva. A mesma visão poderia considerar a segunda oferta de emprego um "refresco" imerecido para o dono, poupando-o injustamente às conseqüências de seu ato perverso. Já o conceito positivista, utilitarista considera a promoção do uso socialmente benéfico dos recursos mais importante do que o respeito ao conteúdo moral do contrato.

Conforme ilustrado pelo último exemplo, a quebra de contrato por parte do promitente pode não ser a única causa de perda. Com efeito, nenhum resultado tem só uma causa. Todo evento tem um número indefinido de causas.

A perda do contador assaltado, por exemplo, pode ser atribuída a diversas causas. Houvesse seu empregador potencial sido mais tolerante e ele conseguiria o primeiro emprego, poupando-se dessa forma ao dano. Portanto, a perda foi provocada, em parte, pela atitude do empregador potencial. Ao mesmo tempo, se o edifício fosse mais bem-protegido, o empregado não teria sido assaltado, de modo que a segurança precária fornecida pelo dono do edifício foi também causa da perda. Observando-se a situação de outro ponto de vista ainda, caso o contador houvesse reservado mais tempo para comparecer à entrevista, na previsão de que a agência de táxis pudesse descumprir a promessa, ele não chegaria atrasado e, a esse respeito, sua perda foi provocada pela sua própria imprudência.

O direito não contém uma norma geral que assinale uma causa a que se devam atribuir as conseqüências. Caso nosso homem consiga demonstrar que seu empregador potencial e o dono do edifício deixaram de cumprir alguma obrigação para com ele, terá de fato direito a ser indenizado por ambos. Em suma, várias normas cumulativas do direito contratual e infração podem dar à parte ofendida o direito a ser indenizada por grande número de pessoas cuja conduta constitua motivo de dano.

No entanto, pela norma que limita o montante da indenização, a parte ofendida só fará jus à quantia total uma única vez. Assim, se uma das pessoas responsáveis pelo dano do contador indenizá-lo, seu direito a ser indenizado pelas outras se extingue.

Capítulo 9
Atos ilícitos

O direito relativo aos atos ilícitos civis define certas obrigações impostas às pessoas na ausência de um contrato. O ilícito civil é a violação de uma dessas obrigações.

I. A NATUREZA DO DIREITO DOS ATOS ILÍCITOS

Nenhum princípio único determina sob quais circunstâncias o direito relativo aos atos ilícitos imporá obrigações. Ao contrário, a história dos ilícitos mostra um acúmulo gradual de novas obrigações impostas sempre que considerações políticas parecem às cortes justificar esse resultado. O direito dos atos ilícitos constitui um corpo de leis intrinsecamente majoritaristas porque as obrigações se baseiam não na vontade das partes envolvidas na situação, mas na vontade do Estado.

A distinção entre o direito dos atos ilícitos e o direito contratual ilustra a maneira pela qual os conflitos de políticas, resolvidos em um nível de generalidade, ressurgem às vezes em outro. Teoricamente, o direito contratual refere-se a obrigações que as partes assumem por vontade própria, ao passo que o direito dos atos ilícitos contempla obrigações impostas pelo Estado às pessoas. Em outras palavras, o entendimento convencional é que, pelo direito contratual, a corte apóia a vontade do indivíduo e, pelo direito dos atos ilícitos, apóia a vontade do Estado.

Embora a questão de saber se um assunto deve ser regido pela vontade do indivíduo ou pela vontade do Estado pareça, inicialmente, ter sido resolvida pela alocação desse assunto ao direito contratual ou direito dos atos ilícitos, ela de fato reemerge em cada um desses dois campos do direito. No âmbito do direito contratual, a questão de saber se se dará primazia à vontade do indivíduo ou à vontade do Estado reemerge, por exemplo, sob a forma da questão de saber se se imporá uma garantia implícita a uma das partes. Uma garantia implícita, posto que parte do direito contratual e, portanto, teoricamente uma obrigação assumida de livre e espontânea vontade, é de fato, como uma obrigação por ato ilícito, imposta pelo Estado por razões políticas. De igual modo, no direito dos atos ilícitos, como veremos mais adiante, a questão de saber se se dará primazia à vontade do Estado ou à vontade do indivíduo reemerge também, muitas vezes, sob a forma da questão de saber se se permitirá ao infrator alegar em sua defesa o fato de a vítima ter consentido no dano ou voluntariamente ter aceito o risco desse dano. O consentimento e a aceitação do risco, embora façam parte do direito dos atos ilícitos, são doutrinas que permitem à vontade do indivíduo – neste caso a vítima – limitar a obrigação geral imposta com base na vontade do Estado.

II. A ESTRUTURA DO MODERNO DIREITO DOS ATOS ILÍCITOS

O moderno direito dos atos ilícitos, na esteira dos ensinamentos de Oliver Wendell Holmes, Jr., organiza as obrigações por ato ilícito segundo o estado de espírito do querelado ao tempo em que a obrigação deixou de ser cumprida. Isso resultou em três categorias de infrações: aquelas pelas quais o ofensor causou danos intencionalmente (ilícitos intencionais), aquelas pelas quais o ofensor causou danos por negligência (negligência) e aquelas pelas quais o ofensor causou danos sem intenção ou erro (responsabilidade estrita).

Esse esquema organizacional ilustra a maneira como um conflito de políticas reaparece num corpo de doutrina jurídica em diferentes níveis de generalidade, mas é resolvido de forma diversa em níveis alternativos. O direito dos atos ilícitos é, teoricamente, um corpo de normas baseadas na vontade do Estado; todavia, seu princípio organizador é a natureza do ato de vontade pelo qual o ofensor provocou o dano. Embora o conceito de responsabilidade por ilícito seja majoritarista, as normas mais específicas que impõem responsabilidade refletem, pelo menos, uma certa deferência ao individualismo no sentido de que condicionam a responsabilidade a alguns atos de vontade do ofensor.

A. Infração intencional

Os ilícitos intencionais são geralmente categorizados de acordo com o tipo de dano provocado. Incluem interferências com a pessoa, como assaltos, agressões e prisão ilegal; interferências com a propriedade, como invasão de terras, violação de bens e apropriação indébita; e interferência com as relações econômicas.

As normas que criam os ilícitos intencionais têm todas, em essência, os mesmos elementos genéricos. A responsabilidade por um ilícito intencional surge de um modo geral quando o querelado (1) realizou um ato voluntário (2) com intenção de provocar dano e (3) quando o ato provoca (4) um dano.

No direito dos atos ilícitos, o conflito básico entre imposição de uma obrigação baseado na vontade do Estado e imposição de uma obrigação baseado na vontade do indivíduo reaparece, no âmbito da infração intencional, sob a forma da questão de saber como determinar o conceito de intenção. O conflito se reflete nas definições contraditórias de intenção adotadas em dois casos famosos: *Garratt* versus *Dailey*[1] e *Cleveland Park Club* versus *Perry*[2]. Segundo a definição *Garratt*, que é a mais comumente aceita das duas, existe intenção quando o ofensor age movido pelo desejo de provocar o dano ou com o conhecimento substancialmente embasado de que o dano ocorrerá.

---

1. 46 Wash. 2d 197, 279 P.2d 1091 (1955).
2. 165 A.2d 485 (1960).

Segundo a definição *Cleveland Park*, existe intenção quando o ofensor tenciona praticar a ação que provocou o dano. Isto é, nos termos da definição *Cleveland Park*, o único exercício de vontade necessário para a imposição de responsabilidade é uma contração muscular voluntária. Assim, se a exigência de intenção empurra o conceito majoritarista na direção do individualismo, a definição *Cleveland Park* empurra o conceito individualista de volta para o majoritarismo. Com efeito, segundo a definição *Cleveland Park*, o ilícito intencional, que é a mais individualista das três formas de responsabilidade por ilícito (pois exige usualmente o mais vigoroso ato de vontade), parece fundir-se na responsabilidade limitada, a menos individualista das três.

A diferença entre os ilícitos intencionais repousa, primariamente, no tipo de dano envolvido. A aplicação intencional de contato físico ofensivo, por exemplo, constitui ilícito, ao passo que a restrição intencional da liberdade de locomoção de outrem é prisão ilegal.

Normas adicionais limitam o leque da responsabilidade no âmbito dos ilícitos intencionais criando defesas contra esses ilícitos. Uma "common law", por exemplo, estabelece que ninguém é responsável por ilícito intencional se a parte lesada consentiu na aplicação do dano. Assim, o boxeador ferido no ringue provavelmente descobriria que qualquer queixa por agressão contra seu adversário seria barrada por seu consentimento na luta[3].

Embora o direito dos atos ilícitos seja geralmente majoritarista, a alegação de consentimento reflete uma decisão judicial em favor da postura individualista e contra a postura majoritarista, em certas instâncias. Ou seja, a vontade do indivíduo recebe tamanho peso que muitas vezes o direito tem de respaldar um acordo que permite a inflição de dano. Se o majoritarismo recebesse mais peso, a corte poderia recusar-se a permitir que os indivíduos consentissem em sua própria destruição.

---

3. Ver *McAdams* versus *Windham*, 208 Ala. 492, 94 So. 2d 742, 30 A.L.R. 194 (1922).

A alegação de consentimento ilustra novamente a situação em que uma escolha de política, resolvida em determinado nível de generalidade, acaba reaparecendo em outro. A tensão entre majoritarismo e individualismo, que subjaz à questão genérica de saber se se deve impor responsabilidade por agressão, reaparece como a questão de saber se se irá acatar a alegação de consentimento. Ao acatar essa alegação, o direito dos atos ilícitos dá preferência ao individualismo nos casos em que a alegação se aplica.

Todavia, a doutrina do consentimento não representa uma vitória completa da política individualista, mesmo nas circunstâncias às quais se aplica. Esse fato se reflete na norma que avalia o consentimento por meio de um teste objetivo. Por esse teste, considera-se que o indivíduo consentiu em alguma coisa quando uma pessoa razoável possa interpretar suas declarações ou conduta como indicadoras de consentimento, ainda que o indivíduo não acreditasse estar consentindo. Por exemplo, o boxeador que coloca as luvas e sobe ao ringue, mas ainda com reservas mentais sobre se realmente deseja lutar, terá consentido porque sua conduta exterior sugeriria isso a uma pessoa razoável. Portanto, é possível encontrar consentimento onde ele não existe. E, encontrando-o onde não existe, o teste objetivo, como de um modo geral o formalismo, fica sujeito à acusação de produzir resultados artificiais, de tratar como consentimento o que consentimento não é. Em suma, a política majoritarista subjacente à norma de agressão é limitada por uma política individualista subjacente à alegação de consentimento, que por seu turno é subvertida pelo teste objetivo utilizado para interpretar expressões da vontade individual.

Como no caso do teste objetivo no direito contratual, o teste objetivo no direito dos atos ilícitos baseia-se numa política de eficiência, pois permite aceitar a palavra da pessoa sem necessidade de investigações demoradas ou incertas sobre seu verdadeiro estado de espírito. Embora se pense que individualismo e eficiência sejam muitas vezes consistentes nas conseqüências[4], o teste objetivo reflete uma situação em que as cor-

---

4. Ver Capítulo 7.

tes promovem a eficiência *limitando* a liberdade individual. No caso do teste objetivo, portanto, as políticas do individualismo e da eficiência se opõem.

De novo, como no caso do uso do teste objetivo para interpretar expressões da vontade individual no direito contratual, o uso do teste objetivo para interpretar o consentimento no direito dos atos ilícitos é teoricamente inconsistente. O teste objetivo reflete políticas de eficiência, majoritarismo e formalismo, que representam todas o pólo universalista do dualismo básico; já o consentimento é um conceito individualista que representa o pólo particular. Na verdade, a política majoritarista opõe-se diretamente, em teoria, à política individualista. Para afirmar mais concretamente a inconsistência: a doutrina do consentimento, em teoria, representa a deferência à vontade da vítima, mas o teste objetivo não avalia a vontade real da vítima. Ao contrário, avalia apenas a interpretação que a comunidade dá à conduta da vítima. Isolando o consentimento de sua política individualista subjacente, o teste objetivo ameaça reduzir o consentimento a uma formalidade vazia.

B. Negligência

A norma que impõe responsabilidade por negligência exige geralmente que quatro elementos estejam presentes: (1) o querelado tinha, para com o querelante, uma obrigação de cuidados razoáveis, (2) o querelado não cumpriu essa obrigação, (3) o querelante sofreu dano e (4) o não-cumprimento foi a causa real e próxima do dano.

O traço distintivo da negligência é que a obrigação imposta costuma ser o exercício de cuidados razoáveis. Diz-se comumente que aquele que não exerce cuidados razoáveis está "em falta". Portanto, a responsabilidade baseada na negligência é muitas vezes dita responsabilidade baseada na falta.

Afirmam alguns historiadores do direito que a criação da infração de negligência representou uma opção consciente em favor da limitação da responsabilidade[5]. Segundo essa tese, antes de meados do século XIX, a pessoa que prejudicasse outra era muitas vezes responsável, mesmo que não estivesse em falta[6]. A revolução industrial, no século XIX, ampliou o número de danos que seria muito dispendioso ressarcir. A fim de limitar a responsabilidade dessas novas empresas industriais e promover o crescimento econômico, as cortes modificaram as normas existentes para que a responsabilidade só surgisse nas situações em que o querelado não conseguisse exercitar cuidados razoáveis.

Assim, a negligência baseava-se numa teoria utilitarista de justiça, pela qual as cortes concluíam que a sociedade como um todo se beneficiaria mais da existência de trens e fábricas do que do ressarcimento das vítimas. As cortes preferiram o utilitarismo aos direitos dos prejudicados e resolveram que estes não receberiam indenização quando o querelado houvesse agido de maneira razoável. A teoria de justiça baseada nos direitos, ao contrário, teria defendido a conclusão de que a companhia ferroviária que deita fogo às colheitas das terras adjacentes à linha férrea ou o dono de uma fábrica cujo equipamento defeituoso mutila um empregado deveriam responsabilizar-se pelos danos provocados.

Embora as obrigações por ato ilícito sejam geralmente majoritaristas, a substituição da responsabilidade baseada na falta pela responsabilidade limitada reflete um movimento restrito rumo a uma política individualista. No âmbito da negligência, pelo menos teoricamente, não se é responsável a menos que se tenha agido num estado de espírito inadequado. Portanto, a responsabilidade depende do exercício da vontade individual.

---

5. Ver M. Horwitz, *The Transformation of American Law, 1780-1860*, 85-108, 1977.

6. Embora o termo "negligência" apareça em decisões anteriores ao século XIX, o professor Horwitz esclareceu que negligência, naqueles casos, era a incapacidade de cumprir uma obrigação específica imposta por lei ou contrato, não a incapacidade de exercitar cuidados razoáveis. Em suma, negligência significava antes omissão que transgressão.

A norma que impõe responsabilidade por negligência, como as que impõem responsabilidade por infrações intencionais, é limitada por várias medidas que criam barreiras à responsabilidade. Em diversas jurisdições, por exemplo, o querelado não é responsável por dano infligido em virtude de negligência se a vítima assumiu o risco desse dano, como quando alguém viaja de automóvel ao lado de um motorista obviamente embriagado. A alegação de assunção de risco, nos casos de negligência, é análoga à alegação de consentimento nos casos de ilícitos intencionais. Como a alegação de consentimento, baseia-se numa postura individualista segundo a qual a expressão de vontade da vítima, em presença do perigo, limita a responsabilidade que de outra forma o Estado imporia ao infrator.

Isso ilustra o fenômeno em que uma norma geral, baseada em determinada política, é limitada por uma norma mais específica, baseada na política oposta. De novo, embora as obrigações por ato ilícito sejam geralmente majoritaristas, a alegação de assunção de risco reflete a política contrária do individualismo.

Examinemos agora algumas normas que definem os elementos do ilícito por negligência.

1. Dano

O elemento do dano ficou limitado, durante muito tempo, por uma norma que restringia a responsabilidade quase que exclusivamente aos casos de dano físico contra pessoas ou propriedades. Assim, por exemplo, não se era responsável por negligência quando o único dano consistia em abalo emocional ou perda de lucros futuros. A norma se baseava, em parte, na política de eficiência. As cortes queriam evitar litígios demorados em torno de queixas difíceis de provar.

No século XX, as cortes modificaram sua postura optando por fazer justiça às vítimas, de sorte que às vezes perdas de lucros e abalos emocionais são considerados "danos", na acepção empregada na infração por negligência. Ainda assim, as cortes parecem considerar as políticas opostas razoavelmente equilibradas; portanto, definem abalo emocional ou perda de lucro como dano indenizável apenas numas poucas circunstâncias[7]. Elas preferiram avaliar as políticas quase caso a caso, em vez de estabelecer uma norma geral contra ou a favor da responsabilidade.

2. Causação

O elemento de causação é satisfeito quando o não-cumprimento da obrigação de cuidados razoáveis, por parte do querelado, é a causa real e próxima do dano. Como regra geral, existe causação verdadeira quando, não fosse pelo não-cumprimento por parte do querelado, o dano não teria ocorrido.

Esse teste do "não fosse" revelou-se inadequado nos casos em que dois querelados provocaram, conjuntamente, um dano que teria ocorrido mesmo se só um deles houvesse agido. Por exemplo, dois homens descarregam negligentemente suas armas e estas metem balas fatais no coração da vítima: na acepção leiga do termo, ambos "causaram" o dano. No entanto, pela aplicação do teste do "não fosse", é impossível provar que qualquer dos dois homens o causou, pois, se o primeiro não disparasse sua arma, a vítima teria sido morta pelo tiro do segundo. Não se pode, portanto, afirmar que o dano seria evitado se o primeiro homem não houvesse agido negligentemente. O mesmo raciocínio exonera também o segundo homem. Em outras palavras, o teste do "não fosse" absolveria ambos os pistoleiros da responsabilidade pelo tiroteio.

Por isso, muitas cortes adotaram uma norma que fornece uma definição alternativa de causação verdadeira. Segundo essa norma, o não-cumprimento de uma obrigação por parte do querelado é considerado a causa real do dano quando foi fator substancial na promoção desse dano, ainda que não tenha

---

7. Ver, por exemplo, *Union Oil* versus *Oppen,* 501 F.2d 558 (9th Cir. 1974) (permitindo que pescadores profissionais recuperem lucros perdidos em virtude de vazamento de petróleo); *Dillon* versus *Legg,* 68 Cal. 2d 728, 69 Cal. Rptr. 72, 441 P.2d 912, 29 A.L.R. 3d 1316 (1968) (permitindo que uma mãe seja indenizada por abalo emocional em virtude da morte do filho, provocada por um motorista negligente).

sido a causa "não fosse". O resultado da aplicação desse teste às circunstâncias do tiroteio seria que qualquer dos dois pistoleiros poderia ser considerado causador da morte.

Uma dificuldade séria na definição da causação é que todo ato apresenta uma infinidade de conseqüências. O direito dos atos ilícitos das infrações enfrenta o problema quase do mesmo modo que o direito contratual: recorrendo ao conceito de previsibilidade[8]. A fim de evitar a imposição de responsabilidade infinita, as cortes estabeleceram que o elemento de causação exige que o não-cumprimento por parte do querelado seja não só a causa real, mas próxima do dano. Uma norma corriqueira que define causação próxima reza: um ato é a causa próxima do dano se se pode prever que provocará esse tipo de dano a esse tipo de pessoas.

A norma que limita a responsabilidade ao dano previsível parece ser contestada, em termos de políticas, por outra norma que define a extensão dos prejuízos resgatáveis. Essa norma exige que o querelado considere o querelante tal qual é: ou seja, se o querelado pratica uma ação que só causaria lesões físicas de menor importância às pessoas comuns, mas que, em virtude de uma sensibilidade especial, provoca lesões sérias na vítima, o querelado será responsável pelo dano todo. Assim, o tipo de dano pode ter sido previsível, mas não seu grau.

Essas normas inconsistentes são resultado de escolhas deliberadas de políticas, nas quais as cortes preferem, ora a teoria de justiça baseada nos direitos, que exige o ressarcimento da vítima, ora a teoria utilitarista de justiça, que procura promover a atividade produtiva limitando a responsabilidade. Ao restringir a causação próxima às conseqüências previsíveis, as cortes se inclinam para a postura utilitarista de limitar a responsabilidade. Ao exigir que o infrator considere a vítima tal qual é, as cortes pendem para a teoria de justiça baseada nos direitos. Nenhuma das duas posturas prevalece em todos os casos, de modo que as normas, do ponto de vista das políticas, são inconsistentes na teoria. Ambas ilustram o fenômeno no qual uma norma

---

8. Ver Capítulo 8.

é limitada por uma segunda norma, baseada numa política inconsistente com a política da primeira.

A norma da previsibilidade pode ser também justificada em bases individualistas. Na medida em que a responsabilidade se funda na vontade individual, as cortes talvez evitem impor responsabilidade por conseqüências imprevisíveis, portanto não desejadas pelo infrator. Nessa situação, a eficiência e o individualismo, tantas vezes opostos em suas conseqüências, parecem corroborar a mesma norma.

3. Não-cumprimento

A norma que define o não-cumprimento da obrigação de cuidados razoáveis adota o teste objetivo. Especificamente, o querelado não terá cumprido a obrigação se deixou de exercer o grau de cuidado que uma pessoa razoável teria exercido nas mesmas circunstâncias. Como nas outras situações a que se aplica, o uso do teste objetivo para avaliar a negligência reflete o formalismo e as políticas de eficiência e majoritarismo. Pelo teste objetivo, o padrão de cuidados exigido não é particularizado para um indivíduo, mas generalizado para todos. Desse modo, promove uniformidade e previsibilidade na aplicação do direito. O teste objetivo promove eficiência porque poupa às partes e aos júris a tarefa de indagar qual é o cuidado razoável para indivíduos específicos. Também promove eficiência na medida em que o cuidado razoável é equiparado à conduta que preserva recursos. Trata-se de uma doutrina majoritarista porque permite à corte, em nome da comunidade, definir o cuidado razoável de acordo com sua própria visão de uma política sensata.

Como o formalismo, de um modo geral, é provável que o teste objetivo seja excessiva ou parcamente abrangente. Quer dizer, o teste objetivo talvez requeira de certos indivíduos uma conduta que para eles seria um extraordinário ou mesmo impossível exercício de cuidado. A negligência avaliada pelo teste objetivo não implica que o indivíduo agiu com menos cuidado do que normalmente faz, mas apenas que esse indivíduo deixou de exercer o grau de cuidado que uma pessoa razoável hipotética teria exercido.

O uso de um padrão objetivo para avaliar a negligência pode impor a algumas pessoas uma responsabilidade sem falta. Não importa quanto esforço uma pessoa dessas faça, a responsabilidade não poderá ser evitada porque ela não é capaz do nível de cuidado exigido pelo padrão de uma pessoa razoável. Isso mostra, novamente, como uma norma específica que define uma norma mais geral pode basear-se numa política que subverte a política subjacente à norma geral. Embora a responsabilidade por infrações seja em geral majoritarista, o movimento em direção a um padrão de negligência, graças à sua ênfase na vontade individual, empurrou o direito dos atos ilícitos na direção de uma política individualista. O padrão objetivo, no entanto, na medida em que impõe responsabilidade a um querelado independentemente de seu estado de espírito, afasta o direito dos atos ilícitos do individualismo, reaproximando-o de uma política majoritarista – a um ponto tal, na verdade, que segundo um padrão objetivo a negligência pode confundir-se com a responsabilidade limitada em certos casos.

A expressão "cuidados razoáveis" ilustra a indeterminação de muitas normas jurídicas. É expressão tão genérica que, freqüentemente, se torna quase impossível determinar se o elemento do não-cumprimento da obrigação foi satisfeito.

As cortes enfrentaram o problema da indeterminação esforçando-se por obter maior especificidade. Algumas cortes, por exemplo, adotaram uma norma para definir o cuidado razoável de acordo com a conhecida Fórmula de Hand, do nome do juiz Learned Hand. Segundo essa fórmula, o cuidado razoável exige que o querelado evite um dano apenas se o ônus da prevenção for menor que o dano potencial, supondo a probabilidade de que o dano vá ocorrer[9].

A Fórmula de Hand reflete a preferência por uma teoria utilitarista da justiça em detrimento de uma teoria da justiça baseada nos direitos. Nos termos dessa fórmula, se a prevenção do dano tiver de consumir mais recursos que a permissão de infligi-lo, é razoável permitir que seja infligido. O querela-

---

9. Ver *United States* versus *Carroll Towing Co.*, 159 F.2d 169 (2d Cir. 1947).

do poderá adotar uma conduta tremendamente destrutiva para os outros, desde que tal conduta se revele benéfica para a sociedade como um todo. A Fórmula de Hand representa também o reconhecimento, por parte das cortes, de que a expressão "cuidados razoáveis" deve ser aplicada, não em decorrência da lógica formal, mas após ficar estabelecido se a conduta do querelado ampara a política subjacente.

Como, de um modo geral, o teste objetivo, a Fórmula de Hand tende a subverter a política individualista subjacente à negligência. Embora o conceito de negligência seja comumente individualista, a Fórmula de Hand, graças à teoria utilitarista de justiça que subjaz a ela, favorece o pólo comunitário do dualismo político. Portanto, a negligência avaliada pela Fórmula de Hand é tanto individualista quanto utilitarista. Busca promover, ao mesmo tempo, políticas que são diametralmente opostas na teoria. O direito da negligência, em outras palavras, contém em si argumentos em prol da responsabilidade ampla e da responsabilidade restrita.

4. Obrigação

O elemento da obrigação é usualmente definido por uma norma bastante geral, segundo a qual a corte determinará se uma obrigação existe com base em considerações políticas. Uma vez que a existência de uma obrigação é determinada por uma corte e não por um júri, a questão de saber se uma obrigação existe ou não é chamada uma questão de direito.

Note-se que a norma que define quando uma obrigação existe não prescreve fatos específicos que devam estar presentes para que essa obrigação exista, mas apenas autoriza a corte a considerar qualquer fato relevante para aquilo que encara como uma legítima consideração política.

Isso não significa que o direito é completamente indeterminado na questão de saber se uma obrigação existe. Com efeito, a jurisprudência gerou inúmeras regras que declaram se um direito existe ou não em quadros factuais específicos.

Assim, por exemplo, várias cortes sustentam que o indivíduo tem a obrigação de não causar dano físico àqueles que, previsivelmente, poderiam ser prejudicados pelo não-exercício de cuidados razoáveis. Ao mesmo tempo, talvez todas as cortes sustentem que o advogado não tem obrigação alguma de exercer cuidados razoáveis a fim de evitar até mesmo perdas econômicas previsíveis à parte contrária no litígio.

C. Responsabilidade estrita

A terceira categoria das obrigações por ato ilícito baseia-se na "responsabilidade estrita" ou "responsabilidade sem falta". Quando essa responsabilidade é imposta, o acusado pode ter agido sem negligência ou intenção, mas ainda assim deverá ressarcir o queixoso por quaisquer danos resultantes.

O exemplo moderno clássico envolve atividade anormalmente perigosa. A norma que cria responsabilidade por essa conduta estabelece que a pessoa deve pagar indenização se exercer atividade anormalmente perigosa, capaz de provocar danos.

A responsabilidade estrita é a menos individualista das três formas de responsabilidade por ilícito. O único exercício de vontade individual exigido é o ato de exercer a atividade.

O elemento de uma atividade anormalmente perigosa costuma ser definido por uma norma que enumera diversos fatores potenciais indicadores dessa atividade, embora nenhum deles seja dispositivo. Existe um fator, por exemplo, quando a atividade apresenta séria possibilidade de risco. Outro, quando o risco não pode ser evitado pelo exercício de cuidados. Um terceiro, quando o valor da atividade, para a comunidade, é superado por seus aspectos perigosos.

As cortes deram o mesmo peso às teorias de justiça utilitaristas e baseadas nos direitos que no caso da negligência, mas chegaram a resultado diferente. Uma vez que as atividades anormalmente perigosas se mostram úteis à sociedade, são permitidas. A justiça para a vítima individual, no entanto, exige que elas se desincumbam pagando indenização.

A imposição de responsabilidade estrita às atividades anormalmente perigosas ilustra a maneira pela qual uma alteração dos fatos altera a relação entre meios e fins, produzindo assim um resultado diferente ainda quando os pesos relativos das políticas permaneçam idênticos[10]. Permitir atividades anormalmente perigosas é potencialmente mais oneroso para os direitos das vítimas e menos benéfico para a sociedade como um todo do que permitir atividades comuns. De fato, um dos fatores que definem a atividade anormalmente perigosa é que o perigo supera o benefício para a comunidade. Uma norma de negligência, que efetivamente encorajasse a atividade isolando-a da responsabilidade no caso de serem tomadas precauções razoáveis, seria bem mais onerosa em termos de justiça para a vítima e bem menos geradora de benefício social, no caso de atividades anormalmente perigosas, do que no caso de atividades normais. Pois, como por definição as atividades anormalmente perigosas são aquelas que não podem ser evitadas graças a cuidados razoáveis, uma norma de negligência exoneraria aqueles que tomassem medidas preventivas consabidamente ineficazes. Assim, as cortes decidiram que, no caso de atividades anormalmente perigosas, a política do benefício máximo se originará da imposição de um padrão de responsabilidade estrita e não de um padrão de negligência. Ou seja, no caso de atividades anormalmente perigosas, a negligência é um meio inferior, no que toca à responsabilidade, de amparar as políticas buscadas por ambas as normas.

A responsabilidade estrita tem sido imposta também aos fabricantes de bens de consumo defeituosos. Sob a doutrina da responsabilidade industrial estrita, as cortes geralmente entendem que quem vende um produto em "condição defeituosa despropositadamente perigosa" tem a obrigação de indenizar os usuários potenciais lesados pelo defeito, mesmo quando o defeito foi resultado de negligência.

A doutrina da responsabilidade industrial estrita originou-se da quebra de garantia no direito contratual. As cortes obser-

---

10. A mudança para responsabilidade estrita, em qualquer contexto particular, poderia resultar também da ênfase em teorias de justiça baseadas no direito, em detrimento do utilitarismo.

varam que o direito incluía nos contratos de venda de bens a garantia de qualidade. Tal garantia era quebrada quando os produtos não apresentavam essa qualidade.

Uma vez que as garantias estavam implícitas nos contratos, independentemente de as partes as terem incluído nas promessas, em meados do século XX as cortes começaram a reconhecer que tais garantias criavam obrigações mais afins aos atos ilícitos que ao contrato. Desse modo, impuseram a obrigação por ato ilícito de não se venderem produtos em condição defeituosa despropositadamente perigosa. As garantias contratuais implícitas continuavam a existir, mas ficavam sujeitas aos aspectos técnicos do direito contratual. Em conseqüência, as partes lesadas conseguiam ressarcir-se com mais facilidade sob a doutrina da responsabilidade industrial estrita, emanada do direito dos atos ilícitos, do que sob a doutrina da garantia implícita, emanada do direito contratual.

As políticas subjacentes à garantia implícita e à responsabilidade industrial estrita incluíam políticas oriundas das teorias de justiça majoritarista e baseada nos direitos. Dentro da política do majoritarismo, as partes eram protegidas pelas cortes contra sua incapacidade de obter garantias expressas de segurança. Ao mesmo tempo, as cortes achavam justo exigir uma indenização do vendedor cujo produto lesara o comprador. Alguns alegavam que a responsabilidade industrial estrita também se baseava na política de eficiência, pois a doutrina obrigava os fabricantes a assumir o custo dos danos causados pelos produtos e a embutir esse custo no preço ao consumidor. Dessa maneira, produtos que causam danos desproporcionais a seu valor social (sendo, portanto, socialmente ineficientes) custarão mais caro do que os consumidores desejarão pagar e desaparecerão do mercado.

A responsabilidade industrial estrita ilustra a situação em que políticas inconsistentes na teoria parecem consistentes nas conseqüências. O majoritarismo e a eficiência social são de natureza comunitária, ao passo que as teorias de justiça baseadas nos direitos são de natureza individualista. No entanto, a despeito do fato de que semelhantes posturas, na teoria, representam pólos opostos na tensão entre comunidade e indivíduo, todas elas têm sido citadas em apoio da imposição de responsabilidade estrita aos fabricantes de produtos defeituosos.

A responsabilidade industrial estrita ilustra também a situação em que um conflito de políticas, resolvido em determinado nível de generalidade, reaparece num nível inferior. Dado que o conflito foi resolvido diferentemente em níveis alternativos de generalidade, a responsabilidade industrial estrita ilustra ainda a situação em que uma norma geral é definida por normas mais específicas, baseadas em políticas inconsistentes com as políticas subjacentes à norma geral.

A norma geral que impõe responsabilidade estrita aos fabricantes de produtos defeituosos é amparada por uma teoria de justiça baseada nos direitos. Ao adotar normas mais específicas para definir o elemento do produto defeituoso, no entanto, as cortes elaboraram normas que lembram a definição de não-exercício de cuidados razoáveis na teoria da negligência. Uma definição desse elemento reza que o produto é defeituoso se um fabricante sensato, cônscio do risco, se recusasse a comercializá-lo, padrão sugestivo do teste de pessoa razoável[11]. Outra definição estabelece que o produto é defeituoso se oferece excessivo risco evitável, o que é determinado comparando-se o ônus de prever o perigo com o grau de perigo e a probabilidade de sua ocorrência[12], teste que lembra a Fórmula de Hand para negligência. Como vimos acima, a teoria da negligência repousa antes numa teoria utilitarista de justiça do que numa teoria baseada nos direitos.

Assim, o conflito de políticas, que aparentemente fora resolvido pela adoção da norma de responsabilidade industrial estrita, reaparece quando se adotam normas mais específicas de definição da norma geral. Além disso, as cortes solucionaram o conflito de políticas ao adotar normas mais específicas,

---

11. Ver, por exemplo, *Phillips* versus *Kimwood Machine Co.*, 269 Or. 485, 525 P.2d 1033 (1974).

12. Ver, por exemplo, *Barker* versus *Lull Engineering*, 20 Cal. 3d 413, 143 Cal. Rptr. 225, 573 P.2d 443 (1978).

de modo diferente do que fizeram ao adotar a norma geral. Por exemplo, a norma que impõe responsabilidade estrita pela venda de produtos defeituosos parecia no começo resolver o conflito entre teoria de justiça baseada nos direitos e utilitarismo em favor da primeira. Mas o conflito ressurgiu quando se formulou a norma mais específica para definir o termo "defeituoso". Definindo-o daquela maneira, as cortes como que adotaram uma postura utilitarista.

Incapazes de solucionar plenamente os conflitos de políticas, as cortes favorecem uma política quando adotam uma norma geral e a política oposta quando definem os termos da norma geral. No fim, as políticas subjacentes à definição servem para subverter as políticas subjacentes à norma geral.

O advogado que procura obter um resultado particular, num caso que envolve a doutrina de responsabilidade industrial, achará justificativas políticas para qualquer desfecho concebível dentro dos casos que explicitamente criam e definem a doutrina. As políticas que apoiaram a criação inicial da doutrina apóiam a responsabilidade ampliada para o fabricante, ao passo que as políticas que apoiaram a definição de produto defeituoso apóiam uma responsabilidade potencial mais limitada para ele. Como a negligência, a doutrina da responsabilidade industrial estrita é amparada por políticas que favorecem, simultaneamente, a responsabilidade ampliada e a responsabilidade restrita.

Capítulo 10
Direito Constitucional

Direito Constitucional é aquele que define poderes, direitos, obrigações, privilégios e imunidades criados por uma constituição. Em outras palavras, é o direito que rege a aplicação das provisões constitucionais. Na acepção mais utilizada pelos advogados americanos, refere-se à aplicação das provisões da Constituição dos Estados Unidos, que é o sentido primário aqui atribuído ao termo.

A Constituição é uma carta que possui quatro funções principais. Primeiro, estabelece um governo federal e define seus poderes. Segundo, cria dentro do governo federal três ramos e por eles distribui o poder federal. Terceiro, define certos direitos que os indivíduos têm em relação ao governo. Finalmente, define os poderes e direitos existentes entre os diversos Estados.

I. INTERPRETAÇÃO CONSTITUCIONAL

A Constituição dos Estados Unidos é um documento curto que estabelece, em termos muito gerais, as relações jurídicas entre o governo federal, os governos estaduais e os cidadãos. Uma vez que são muito gerais, as provisões constitucionais são especialmente indeterminadas. O resultado é que sua linguagem resolve disputas em número relativamente pequeno. As cortes enfrentaram o problema da indeterminação adotando normas mais específicas da jurisprudência, as quais definem, aplicam e limitam as provisões da Constituição.

As normas mais específicas da jurisprudência enriquecem as provisões genéricas da Constituição e proporcionam previsibilidade no direito constitucional. Por esse motivo, um especialista em direito constitucional gasta pouquíssimo tempo estudando a linguagem da Constituição: o verdadeiro estudo do direito constitucional é quase inteiramente o estudo dos casos.

Com efeito, surgiram corpos inteiros de leis constitucionais que não se baseiam em nenhuma provisão. Essas leis têm de fundamentar-se na natureza da constituição como um todo ou em diversas provisões tomadas em conjunto. Exemplo do primeiro método é a doutrina da separação de poderes. A Constituição não emprega em parte alguma essa expressão, mas a Corte Suprema decidiu que certas limitações ao poder de cada ramo do governo estão implícitas no esquema constitucional. Exemplo de doutrina constitucional baseada em diversas provisões tomadas em conjunto é o direito de privacidade. A Constituição não menciona um direito de privacidade, mas a Suprema Corte decidiu que ele foi criado por "emanações" de diversos artigos do *Bill of Rights*[1]. Em suma, como a doutrina da separação de poderes, o direito de privacidade é implícito.

A interpretação constitucional é assunto mais grave que a interpretação da lei ordinária. Uma das razões disso é que as provisões constitucionais, direito fundamental de uma nação-Estado, destinam-se a durar mais que as leis e, em geral, são difíceis de emendar. Se uma corte elabora mal uma lei, a legislatura pode retificá-la com certa facilidade, para esclarecer seu significado. Se uma corte erra na interpretação constitucional, porém, o erro não será tão facilmente corrigido por uma emenda.

Outra razão pela qual as ramificações da interpretação constitucional são usualmente muito maiores do que as ramificações da interpretação da lei ordinária é que a Constituição representa o direito supremo do país. Uma interpretação da Constituição pode invalidar normas jurídicas que vão de leis federais até portarias locais, ao passo que o efeito da interpretação da lei tem geralmente menor alcance.

---

1. Ver *Griswold* versus *Connecticut*, 381 U.S. 479 (1965).

As diferenças entre interpretação constitucional e interpretação legal deram nascença a uma norma de restrição judicial pela qual as cortes procuram decidir casos sem aplicar a norma constitucional, se possível. Suponhamos, por exemplo, que uma lei penal vede a comercialização de "pornografia". A pessoa acusada de violar essa lei pode apresentar pelo menos dois argumentos: (1) a lei não se aplica porque a pessoa não vendeu pornografia na acepção ali definida e, (2) mesmo se se aplicar, a lei não é válida porque viola a garantia constitucional de livre expressão. Se a corte determinar que o material não é pornográfico, essa decisão exigirá a retirada das acusações, não importa que a lei seja constitucional ou não. A corte geralmente examinará o problema da interpretação da lei antes do problema da interpretação constitucional porque esse método poderá evitar a necessidade de interpretar a Constituição.

A tensão entre uma interpretação baseada no texto e uma interpretação baseada em indícios extrínsecos, que permeia a interpretação legislativa[2], reflete-se também na interpretação constitucional. Ao interpretar a Constituição, as cortes hesitam entre textualismo (a teoria de que as questões de direito constitucional devem ser decididas com referência à linguagem da constituição) e o intencionalismo (a teoria de que as questões de direito constitucional devem ser decididas pela determinação da intenção dos legisladores, tal qual expressa em fontes extratextuais). O textualismo e o intencionalismo são às vezes chamados coletivamente de originalismo porque, em última análise, buscam a compreensão original dos legisladores, ou de interpretativismo porque tentam interpretar ora a linguagem ora a intenção dos legisladores.

Uma terceira alternativa, muitas vezes chamada de não-originalismo ou não-interpretativismo, consiste na tentativa de interpretar a Constituição de acordo com um conjunto de normas comunitárias em evolução. Essa terceira abordagem lembra o intencionalismo na medida em que busca orientação fora do texto, mas difere dele porque as políticas que procura pro-

---

2. Ver Capítulos 2, 5 e 7.

mover não são as que estiveram na mente dos legisladores e sim as da comunidade contemporânea.

A abordagem não-originalista evita as limitações óbvias das demais. Reconhece que o texto da Constituição é em geral excessivamente vago para resolver a maioria das disputas. Ao mesmo tempo, a tentativa de discernir a intenção por trás da linguagem está fadada ao fracasso porque não é possível perquirir as mentes de homens mortos há quase dois séculos e, seja como for, talvez os legisladores não tivessem intenção alguma com respeito a diversos problemas do mundo moderno. Com efeito, todos os problemas que caracterizam as teorias intencionalistas de interpretação estatutária aplicam-se com força igual ou maior às teorias intencionalistas de interpretação constitucional. Uma teoria não-originalista de interpretação permite que um documento estático evolua com o tempo, emprestando significados novos aos termos em resposta a circunstâncias históricas mutáveis. Muitos sustentam que essa abordagem flexível é especialmente adequada a uma Constituição, que deve vigorar por séculos e ser adaptada a novas situações.

Concomitantemente, o não-originalismo está sujeito à crítica de que permite à corte reescrever a Constituição de acordo com seus próprios pontos de vista, a pretexto de que estes representam o sentimento da comunidade – crítica que reflete também objeções às teorias não-originalistas de interpretação estatutária. Além disso, mesmo que a interpretação do sentimento da comunidade, por parte da corte, seja acurada, um dos objetivos da Constituição é estabelecer um quadro estável de princípios jurídicos que previnam mudanças no sentimento político.

II. AS COMPETÊNCIAS DO GOVERNO: FEDERALISMO

Um dos objetivos principais da Constituição é definir as competências[3] do governo federal. Uma longa série de cláusu-

---

3. Como vimos no Capítulo 1, uma competência – como um direito ou obrigação – é um tipo de relação jurídica criada por normas.

las confere ao governo federal o poder de executar várias ações ou elaborar certos tipos de leis.

A distribuição dos poderes entre o governo federal e os governos estaduais reflete a teoria do federalismo. A presente seção fornece uma descrição básica dessa teoria e ilustra o modo como a Constituição capacita o governo federal discutindo brevemente uma dessas cláusulas de competência, a cláusula de comércio.

O termo "federalismo" refere-se coletivamente a diversas normas e suas políticas subjacentes. Uma dessas normas, codificada na Décima Emenda à Constituição, estabelece que o governo federal só possui os poderes que lhe são conferidos pela Constituição. Outra norma, codificada na Cláusula de Supremacia, estabelece que, quando o governo federal tem o poder de legislar sobre determinada matéria, essa lei é a lei suprema do país e prevalece sobre todas as leis estaduais e locais conflitantes, perante todas as cortes americanas. As normas do federalismo, em outras palavras, limitam ao mesmo tempo o poder do governo federal e dos governos estaduais.

O federalismo representou um compromisso entre as políticas opostas de proteger a liberdade e garantir a eficiência do governo. Um governo centralizado forte talvez destruísse os direitos individuais, mas a experiência sob os Artigos da Confederação, que era a carta do governo nacional antes da Constituição, mostrara que, se o poder fosse muito descentralizado, o governo nacional não conseguiria funcionar. O compromisso foi, pois, conceder ao governo federal apenas alguns poderes especificados, mas torná-lo supremo no âmbito dessas competências.

O federalismo reflete, portanto, a tensão constante entre comunidade e indivíduo. O bem-estar da comunidade exige um governo eficiente, ao passo que a proteção dos direitos do indivíduo requer governos limitados e, conseqüentemente, divididos.

O federalismo ilustra também o fenômeno no qual uma política, firmada num nível de generalidade moderadamente elevado, constitui de fato um meio para uma política ainda mais geral. Os constituintes não consideraram a divisão de poder entre os governos federal e estadual um fim em si mesmo, mas tão somente um meio para preservar a liberdade.

Uma das competências em que o governo federal costuma estribar-se a fim de legislar é conferida pela cláusula de comércio. Ela estabelece que o congresso deve ter o poder de legislar sobre o comércio "entre os vários Estados". Assim, a norma constitucional que cria esse poder tem dois elementos. Primeiro, a lei precisa regular o comércio. Segundo, o comércio precisa ser entre os vários Estados.

No início do século XIX, em *Gibbons* versus *Ogden*[4], a Suprema Corte definiu esses elementos. O comércio foi definido como "intercâmbio", significando mais que a simples troca e englobando a navegação. Definiu-se o comércio entre Estados como "aquele que afeta mais de um Estado".

As normas que definiam esses elementos mudaram com o tempo, dependendo da filosofia política da Suprema Corte. No final do século XIX, por exemplo, uma Corte Suprema hostil à regulamentação da economia por parte do governo federal acrescentou normas que limitavam o alcance desses elementos. Uma dessas normas rezava que a competência em matéria de comércio não incluía o poder de legislar sobre a indústria. Ou seja, o termo "comércio" era definido de modo a excluir a indústria[5].

A hostilidade da Corte à regulamentação federal do comércio terminou em 1937, com *NLRB* versus *Jones & Laughlin Steel Corp.*[6], quando ela definiu a competência em matéria de comércio para autorizar a regulamentação de qualquer atividade que tivesse "relação estreita e substancial" com o comércio interestadual. Casos subseqüentes aprimoraram essa norma, que passou a exigir efeito econômico substancial no comércio interestadual. Em "*Wickard* versus *Filburn*"[7], a Corte acrescentou uma norma que incluía na competência sobre comércio o

---

4. 22. U.S. 1 (1824).
5. Ver *United States* versus *E. C. Knight Co.*, 156 U.S. 1 (1895).
6. 310 U.S. 1 (1937).
7. 317 U.S. 111 (1942).

poder de legislar sobre a atividade que, embora trivial em si mesma, tivesse efeito econômico substancial no comércio quando agregada a todas as outras atividades da mesma classe.

Outra linha de casos criou a norma, às vezes chamada de princípio protetor, cumulativa com o princípio dos "efeitos" articulado por "*Jones & Laughlin Steel*". O princípio protetor originou-se em 1903 com *Champion* versus *Ames*[8], pelo qual a Suprema Corte estabeleceu que o congresso tem o direito de proibir o transporte interestadual de bilhetes de loteria. A versão moderna dessa norma reza que o congresso tem plenos poderes para excluir qualquer artigo do comércio[9]. O princípio dos efeitos e o princípio protetor são cumulativos porque, se os fatos satisfazem os elementos de *qualquer* uma das normas, então o poder de regulamentação do governo federal sob a cláusula de comércio existe.

As normas que definem a cláusula de comércio na atualidade dão ao congresso mais poder do que ele tinha antes de 1937. A mudança, no âmbito do poder, dos Estados para o governo federal refletiu uma mudança na apreciação da Suprema Corte da relação entre meios e fins. A política subjacente ao federalismo continuou a ser a proteção da liberdade. Em meados da década de 1930, entretanto, a Suprema Corte concluiu que para a maioria dos americanos a maior ameaça à liberdade vinha de grandes empresas e outras entidades privadas que, em virtude de seu alcance nacional e sua capacidade de transferir fábricas, não poderiam ser efetivamente regulamentadas por nenhum Estado. Assim, a Corte decidiu que um governo federal mais forte, capaz de controlar essas entidades privadas em qualquer ponto da nação, promoveria a liberdade individual em vez de bloqueá-la.

As normas que passaram a definir a competência em matéria de comércio após 1937 refletiam também uma alteração nos pesos relativos atribuídos às políticas, que consistiu, mais especificamente, numa mudança da autonomia para o paterna-

---

8. 188 U.S. 321 (1903).
9. Ver *United States* versus *Darby*, 312 U.S. 100 (1941).

lismo. Antes de 1937, a Corte se mostrava hostil às tentativas do congresso de interferir na esfera privada para proteger camponeses, operários, crianças e outros grupos vulneráveis. Depois de 1937, já não mais convencida de que a maioria das transações privadas eram verdadeiramente livres, a Corte passou a privilegiar o paternalismo, acreditando que o governo federal tem um amplo e constitucionalmente legítimo papel a desempenhar na regulamentação de transações privadas, a fim de proteger os vulneráveis.

Um dos traços notáveis da doutrina da cláusula de comércio de meados do século XX é que ela parecia conferir um poder muito amplo ao governo federal. Sob a cláusula de comércio, poucas áreas de regulamentação pareciam fora do alcance do congresso. Uma explicação para esse resultado é que a conclusão da Corte, de que um governo federal mais forte era necessário para proteger a liberdade individual, sugeriria que, nesse caso, o majoritarismo e o individualismo eram consistentes nas conseqüências. Julgava-se que a proteção da liberdade individual seria estimulada se se desse mais poder ao representante da comunidade nacional, o governo. Assim, aqueles que se mostravam normalmente simpáticos aos argumentos majoritaristas sentiam-se inclinados a permitir a ampliação do poder federal; mas também aqueles que se mostravam normalmente simpáticos aos argumentos individualistas sentiam-se inclinados a apoiar o mesmo resultado. Os advogados ortodoxos chegaram ao consenso de que ambos os pólos da tensão entre comunidade e indivíduo apontavam para a mesma direção. A evolução da doutrina da cláusula de comércio, no século XX, ilustra assim a tese apresentada no Capítulo 7, segundo a qual um argumento particularmente forte é aquele que parece demonstrar que duas políticas tidas em geral por inconsistentes nas conseqüências suportam igualmente o resultado pretendido pelo advogado.

As mudanças na alocação de poder entre os governos federal e estaduais, no século XX, mostram ainda que políticas estabelecidas num nível elevado de generalidade são indeterminadas a menos que se façam considerações adicionais sobre a relação entre meios e fins num determinado contexto factual. Mesmo que se decida que a liberdade individual deve ser protegida do poder comunitário pela doutrina do federalismo, a solução da tensão entre comunidade e indivíduo nesse nível de generalidade resolve poucas questões. No final do século XIX, pensava-se que a proteção da liberdade seria promovida se se limitasse estreitamente o poder do governo federal, ao passo que, em meados do século XX, esse mesmo governo federal, fortalecido, é que protegia a liberdade. Estabelecida num nível elevado de generalidade, a política individualista mostra-se amplamente indeterminada quanto à alocação adequada de poder entre os governos federal e estaduais.

Somente quando as cortes fazem considerações adicionais, mais específicas, sobre o melhor meio de proteger a liberdade é que a política individualista se torna mais determinada, e somente então orienta o advogado para ampliar ou restringir o poder federal. Essas considerações adicionais são tiradas do contexto factual ao qual a política será aplicada. Determinando, num contexto particular, as maiores ameaças à liberdade individual e avaliando como essas ameaças serão melhor contrabalançadas, o advogado se capacita a concluir se a política individualista, subjacente ao federalismo, exige nesse contexto um governo federal mais forte ou mais fraco.

III. DIREITOS INDIVIDUAIS

A Constituição, particularmente na *Declaração de Direitos*, prescreve certos direitos que os indivíduos possuem. Essas provisões se destinam a criar normas limitadoras daquelas que definem o poder do governo federal. Além disso, em virtude da Cláusula de Supremacia, na medida em que as normas codificadoras dos direitos individuais são interpretadas como aplicáveis aos Estados, elas prevalecem sobre leis estaduais inconsistentes. Limitam, portanto, o poder dos governos estaduais tal qual definido na constituição de cada Estado.

Os autores da Constituição achavam que o direito natural cria certos direitos que nenhum governo pode legitimamente contestar. A *Declaração de Direitos* era considerada uma espécie de codificação de alguns desses direitos, não uma lista exclusiva. Com efeito, a Nona Emenda provia expressamente que "a enumeração de certos direitos na Constituição não negará ou desacreditará outros direitos do povo". Ou seja, os autores julgavam que os indivíduos possuem direitos adicionais oriundos do direito natural, não incluídos expressamente na *Declaração de Direitos*.

Nos anos que se seguiram imediatamente à adoção da Constituição, a Suprema Corte reclamou algumas vezes o poder de invalidar legislações sob alegação de que eram inconsistentes com o direito natural[10]. No entanto, à medida que a crença nesse direito ia diminuindo, a idéia caiu em desgraça. Hoje, a Suprema Corte não reconhecerá um direito constitucional a menos que ele tenha sido codificado, pelo menos implicitamente, em uma ou mais provisões escritas da Constituição.

A. Livre expressão

Um dos direitos mais importantes enumerados na *Declaração dos Direitos* é o de livre expressão, consubstanciado na Primeira Emenda. O texto da emenda estabelece que "o congresso não fará leis ... que limitem a liberdade de expressão ..."

Embora essa norma seja exarada como limitação ao poder do congresso, limita também o poder dos Estados[11]. Tem três elementos: se (1) uma ação governamental (2) restringe (3) a liberdade de expressão, então o poder para praticar essa ação está extinto.

A Suprema Corte adotou normas jurisprudenciais definidoras de cada um desses elementos. O termo "expressão", por

---

10. Ver *Calder* versus *Bull*, 3 U.S. 386 (1798).
11. A Suprema Corte decidiu que a promulgação da Décima Quarta Emenda resultava na aplicação da Primeira Emenda tanto aos Estados quanto ao governo federal. Ver *Gitlow* versus *New York*, 268 U.S. 652 (1925).

exemplo, foi definido como toda atividade destinada a transmitir uma mensagem, quando é provável que um observador vá compreender essa mensagem. Assim, por exemplo, usar uma braçadeira preta como forma de protesto pacifista[12] ou queimar a bandeira americana[13] têm sido considerados "expressão", mesmo que nenhuma palavra seja pronunciada, pois ambas as ações comunicam uma mensagem.

Incluir na expressão a conduta expressiva, bem como as palavras faladas, baseia-se em certas considerações políticas. Uma das políticas subjacentes à Primeira Emenda consiste em permitir a troca de idéias necessária ao funcionamento da democracia. Pode-se considerar isso uma teoria utilitarista da livre expressão, uma vez que presume que a sociedade como um todo será mais feliz se a expressão for protegida. Proteger todas as formas de expressão, quer envolvam palavras, conduta ou símbolos não-verbais, ampara essa política.

Outra política subjacente à Primeira Emenda é a proteção dos direitos dos indivíduos, ou seja, permitir que eles se expressem de um modo que lhes pareça pessoalmente adequado. Pode-se considerar isso uma teoria da livre expressão baseada nos direitos porque protege expressões importantes para indivíduos específicos, ainda que elas não contribuam necessariamente para o funcionamento da democracia nem melhorem, de um modo geral, o bem-estar da sociedade. É de crer que essa teoria dê mais proteção à livre expressão que a teoria utilitarista porque procura proteger expressões valiosas unicamente para quem se expressa.

Uma norma significativa, limitadora do direito de livre expressão, é a doutrina da obscenidade. Reza ela que o direito de livre expressão não protege expressões obscenas. Isto é, se a expressão for obscena, o direito de livre expressão não inclui o direito de praticá-la. Assim, o predicado factual possui um único elemento: a expressão obscena.

---

12. Ver *Tinker* versus *Des Moines Independent Community School Dist.*, 393 U.S. 503 (1969).
13. Ver *Texas* versus *Johnson*, 491 U.S. 397 (1989).

O predicado factual da doutrina da obscenidade foi definido por outra norma, conhecida como teste de *Miller*[14]. Por esse teste, a expressão é obscena se (1) a pessoa mediana, aplicando os modernos padrões da comunidade, descobrir que a obra, tomada como um todo, atende a interesses libidinosos; (2) a obra pinta ou descreve, de uma forma notoriamente ofensiva, conduta sexual especificamente definida pelo direito estadual aplicável e (3) a obra, tomada como um todo, carece de real valor literário, artístico, político ou científico[15].

A norma segundo a qual a liberdade de expressão não protege a obscenidade baseia-se num compromisso entre considerações políticas conflitantes. A política majoritarista invoca deferência ao julgamento da legislatura, em particular aquele segundo o qual a obscenidade deve ser suprimida pelo bem da comunidade. Contra essa política majoritarista levanta-se a política de proteger a expressão individual, mesmo a que possa ser contestada pela maioria.

Lembremo-nos de que o equilíbrio usualmente requer do advogado dois tipos de apreciação. Em especial, ele deve apreciar a importância relativa das políticas, bem como a relação entre meios e fins.

No caso da obscenidade, os cortes têm decidido que ela não contribui muito para os valores utilitaristas subjacentes à livre expressão. Em outras palavras, a propagação da obscenidade não constitui um meio estreitamente relacionado com a promoção do funcionamento da democracia, tanto mais que a obscenidade, por definição, não tem real valor literário, artístico, político ou científico. A supressão da obscenidade, portanto, não aumentaria significativamente o valor utilitarista da expressão. Desse modo, o direito individual à auto-expressão em moldes obscenos é superado pelo desejo da maioria de suprimir a obscenidade.

Conforme já explicamos, o utilitarismo está geralmente em conflito com as teorias baseadas nos direitos porque ele prote-

---

14. Ver *Miller* versus *California*, 413 U.S. 15 (1973).
15. *Miller* versus *California*, 413 U.S. 15 (1973).

ge os direitos individuais apenas até o ponto em que a sociedade como um todo se beneficia dessa proteção. Assim, a teoria utilitarista da livre expressão é, por natureza, menos protetora do que uma teoria dos direitos individuais. Se basearmos a livre expressão numa teoria dos direitos individuais, a obscenidade terá valor se amparar a expressão e realização do indivíduo, ainda que não contribua em nada para o debate público. Uma teoria dos direitos individuais da livre expressão exigiria, portanto, uma definição mais restrita de obscenidade.

A norma que define a obscenidade ilustra o fenômeno pelo qual as normas são limitadas por normas mais específicas, baseadas em políticas que subvertem as políticas subjacentes à norma geral. Embora a norma que garante a livre expressão se baseie no individualismo, ela é limitada pela exceção da obscenidade, que por sua vez se baseia numa concepção utilitarista de livre expressão. Já vimos que a política utilitarista, subjacente à doutrina da obscenidade, está em conflito com a política individualista, subjacente à norma mais geral da liberdade de expressão.

A norma que define a obscenidade ilustra também a indeterminação de muitas normas jurídicas. A definição de obscenidade tem sido freqüentemente criticada pelo fato de pessoas razoáveis poderem divergir quanto à aplicabilidade da definição a uma instância particular de expressão[16]. Com efeito, a dificuldade inerente à definição do termo induziu o juiz Potter Stewart, da Suprema Corte, a registrar num parecer muito citado segundo o qual talvez seja impossível definir obscenidade de maneira inteligível, embora, disse ele, "eu a reconheça quando a vejo"[17].

---

16. Para uma discussão e crítica dos padrões mutáveis, ver parecer em *Miller* versus *California*, 413 U.S. 15 (1973) e *Paris Adult Theatre I* versus *Slaton*, 413 U.S. 49 (1973).

17. *Jacobellis* versus *Ohio*, 378 U.S. 184, 197 (1964).

B. Processo devido

A cláusula do processo devido, da Constituição, proíbe os governos federal e estaduais de privar qualquer pessoa da vida, liberdade ou propriedade sem o processo jurídico devido[18]. Essa cláusula, como a garantia de livre expressão da Primeira Emenda, é exarada como limitação do poder governamental.

A cláusula do processo devido na verdade impõe várias limitações ao poder governamental, sendo que cada uma delas foi formulada como uma ou mais normas. Uma dessas normas, às vezes chamada de doutrina do processo substantivo devido, estabelece que o governo não pode privar uma pessoa da liberdade ou propriedade a menos que essa privação esteja racionalmente relacionada a um interesse legítimo do Estado – norma às vezes conhecida como teste da relação racional.

Uma segunda norma incluída na doutrina do processo substantivo devido estabelece que o governo não pode privar uma pessoa do direito *fundamental* à liberdade ou propriedade a menos que essa privação se destine a amparar um interesse premente do Estado – norma às vezes conhecida como teste do escrutínio estrito.

As cortes não adotaram uma definição única da expressão "direito fundamental". Discordâncias entre os membros da Suprema Corte, referentes à maneira de definir um direito fundamental, ilustram o fenômeno pelo qual um conflito de política, resolvido num nível de generalidade, acaba reaparecendo em outro nível mais específico. A norma que impõe escrutínio estrito no caso de infração aos direitos fundamentais parecia capaz de resolver o conflito entre majoritarismo e individualismo em favor do último. Mas esse conflito ressurge nas várias tentativas de formular normas mais específicas para definir direitos fundamentais. Uma definição sugerida exigiria que tal direito estives-

---

18. Tecnicamente, existem duas cláusulas de processo devido – uma na Quinta Emenda e uma na Décima Quarta Emenda. A primeira se aplica ao governo federal e a segunda, aos Estados. A substância das cláusulas é a mesma e elas são consideradas aqui como uma só.

se "profundamente enraizado na história e tradições desta Nação"[19], definição que tende a limitar o número dos direitos e a baseá-los no consenso nacional. Outra definição sugerida afirmaria que o direito fundamental é aquele que forma "uma parte central ... na vida do indivíduo"[20], definição que tende a ampliar o número dos direitos e a identificá-los por seu valor para o indivíduo e não pelo reconhecimento consensual da Nação. Assim, a primeira definição empurraria o direito na direção de uma política majoritarista, ao passo que a segunda o empurraria na direção de uma política individualista.

Uma série de casos ilustrou a expressão "direito fundamental". Um grupo de casos, por exemplo, sustentou que o direito de privacidade é um direito fundamental.

O direito de privacidade não está especificamente mencionado na Constituição e é, portanto, um direito que a Suprema Corte descobriu implícito em diferentes provisões, inclusive a Primeira e a Nona Emendas. A própria existência do direito de privacidade reflete uma política de interpretação constitucional não-originalista, na qual o texto é interpretado à luz dos valores da comunidade e não por referência à simples linguagem ou à intenção dos legisladores.

O direito fundamental à privacidade não foi tratado como um direito único, indivisível. Ao contrário, como muitas relações jurídicas[21], o direito fundamental à privacidade refere-se na verdade a uma coletânea de direitos mais específicos, como o direito ao uso de contraceptivos[22] e o direito ao aborto[23]. Ao mesmo tempo, não inclui o direito dos homossexuais de praticar sodomia[24].

---

19. Ver *Moore* versus *East Cleveland*, 431 U.S. 494, 503 (1977).
20. *Bowers* versus *Hardwick*, 478 U.S. 186, 199 (1986) (Blackmun, J., voto vencido).
21. Vimos na discussão do Capítulo 2 que os termos "direito" ou "obrigação" podem referir-se coletivamente a vários outros direitos e obrigações mais específicos.
22. *Griswold* versus *Connecticut*, 381 U.S. 479 (1965).
23. *Roe* versus *Wade*, 410 U.S. 113 (1973).
24. *Bowers* versus *Hardwick*, 478 U.S. 186 (1986).

O conceito de direito fundamental ilustra os modos pelos quais os advogados podem manipular a generalidade das normas a fim de ampliar ou restringir seu alcance. Em *Michael H.* versus *Gerald D.*[25], os membros da Suprema Corte divergiram quanto ao direito fundamental do pai de um filho havido com mulher casada com outro homem de reivindicar sua paternidade. O juiz Antonin Scalia, em seu parecer sobre a decisão da Corte, alegou que um direito fundamental deveria ser provado com referência ao "nível mais específico em que possa ser identificada uma tradição relevante, que protege ou deixa de proteger o direito pretendido"[26]. O juiz Scalia achou que nenhum precedente reconhecera como fundamental o direito do pai a reivindicar a paternidade de um filho concebido e havido na vigência de matrimônio alheio. Examinando o direito reconhecido em cada caso anterior num nível bastante específico, o juiz Scalia de fato distinguiu todos esses casos e concluiu que nenhum deles reconhecera o direito pretendido pelo pai. O parecer do juiz William Brennan, ao contrário, considerou que os casos anteriores protegiam a relação pai-filho. Examinando o direito reconhecido nos casos anteriores num nível mais geral, o juiz Brennan encontrou repetidamente a proteção à relação pai-filho e concluiu que o direito natural do pai a reivindicar paternidade era amparado pelos precedentes.

As duas normas de processo substantivo devido, descritas acima (relação racional e teste do escrutínio estrito) são, para empregar a terminologia do Capítulo 3, cumulativas. Isto é, são paralelas entre si; cada uma delas pode invalidar uma norma jurídica estadual ou federal.

A forma dessas duas normas é intrigante. Ambas deixam claro que sua aplicação a um conjunto particular de fatos depende de uma apreciação de políticas. Mais especificamente, as duas normas exigem que a corte aprecie a relação entre meios e fins, bem como a importância relativa das políticas.

---

25. 491 U.S. 110 (1989).
26. *Idem* em 127, nota 6.

No caso da primeira norma, o teste de relação racional, o Estado deve mostrar, para prevalecer, que a lei está razoavelmente relacionada a uma política estatal legítima. Se o conseguir, a lei não será írrita pela cláusula do processo devido. Portanto, a política que ampara a norma não precisa ser particularmente importante e a lei pode ser um meio relativamente atenuado de atender a essa política.

No caso da segunda norma, o teste do escrutínio estrito, o Estado deve fazer uma demonstração bem mais difícil para prevalecer: a de que a lei foi estritamente concebida para atender a uma política premente do Estado. Essa política terá de ser mais importante que no caso do teste de relação racional, e a relação entre meios e fins terá de ser mais direta.

O predicado factual da norma de escrutínio estrito possui, pois, três elementos. A lei precisa ser (1) estritamente concebida (2) para atender a (3) um interesse premente do Estado. Consideremos de passagem cada um desses três elementos.

Em primeiro lugar, o interesse que motivou a lei tem de ser premente. As cortes jamais adotaram regras para determinar quais interesses são prementes e quais não o são. A corte simplesmente aprecia o peso da política subjacente à lei questionada. Se ela acreditar que a política é suficientemente importante, declarará que o interesse do governo nessa lei é premente. Esse elemento ilustra nos melhores termos possíveis a natureza *ad hoc* das apreciações de políticas exigidas pelo processo de aplicação da lei ao fato.

Em segundo lugar, a lei deve amparar a política do Estado. Ou seja, a lei deve concretizar a política com mais vigor do que se não houvesse essa lei. Em *Zablocki* versus *Redhail*[27], por exemplo, a Suprema Corte considerou inconstitucional uma lei que negava autorização de casamento a pais separados

---

27. 434 U.S. 374 (1978). A lei foi criticada por violar tanto a cláusula de processo devido quanto a cláusula de proteção igual. A cláusula de proteção igual impõe testes de meios e fins muito parecidos aos impostos pela doutrina do processo substantivo devido. Ao fim, a Suprema Corte sustentou que a lei violava a cláusula de proteção igual. Discutimos o assunto aqui, no entanto, porque seu raciocínio se aplica também à discussão do processo substantivo devido.

que não pagavam devidamente pensão alimentícia aos filhos. A política estatal era garantir que pais separados protejam seus filhos. A Corte, porém, concluiu que a lei iria simplesmente forçar esses pais a coabitar com suas amantes e a gerar filhos fora do casamento. O resultado seriam mais filhos de pais não-casados, o que não ampararia nenhuma política estatal. Em outras palavras, aquela lei não constituía um meio eficaz de promover os objetivos do Estado.

Em terceiro lugar, o direito deve ser estritamente concebido. As cortes articularam diversos fatores que levam em consideração ao determinar se uma lei é estritamente concebida. Se for excessiva ou parcamente abrangente, não pode ser considerada estritamente concebida. Uma lei por demais abrangente regula condutas que não fazem parte do delito que a legislatura pretende remediar, ao passo que uma lei pouco abrangente contempla apenas parte do delito que a legislatura procura corrigir.

Em *"Zablocki"*, por exemplo, a Corte decidiu que a lei não fora esboçada de modo suficientemente estrito para satisfazer às exigências da Constituição. A Corte achou que não era abrangente o bastante porque não impedia o pai de assumir outras obrigações onerosas, como a compra de uma casa, o que poderia igualmente impedi-lo de dar assistência a seus filhos. Em suma, a lei enfrentava apenas parte do problema dos pais que gastam dinheiro sem dar assistência aos filhos.

A Corte achou o direito excessivamente abrangente porque o casamento deve tornar os pais mais seguros em termos financeiros e, assim, capacitá-los a melhor proteger os filhos. Quer dizer, a lei se aplicava a pais que não eram parte do problema abordado pela legislatura. O espaço entre fins legislativos e meios escolhidos fora reduzido demais para justificar o ônus imposto ao direito de casamento.

Capítulo 11
Processo civil

O processo civil é o direito que rege o litígio civil nas cortes. Prescreve os mecanismos graças aos quais as partes obtêm determinação judicial dos direitos e obrigações criados pelo direito civil substantivo, como contratos, infrações e direito constitucional.

O processo civil foi amplamente codificado. O Congresso, no Artigo 28 do Código dos Estados Unidos, promulgou uma série de leis que disciplinam diversos aspectos do processo forense federal. Uma dessas leis é o *Rules Enabling Act* de 1934[1], que autoriza a Suprema Corte a adotar normas de processo civil sujeitas a aprovação congressual. Nos termos desse ato, a Suprema Corte adotou as Normas Federais de Processo Civil para gerir o processo nas cortes distritais federais, bem como vários outros corpos de leis para gerir o processo nas cortes especializadas de primeira instância e de apelação. Bom número de Estados adotou versões modificadas das Normas Federais de Processo Civil, e mesmo aqueles que não o fizeram aceitaram algumas das inovações incluídas nessas normas.

Entre as normas mais importantes que regem o processo estão as que prescrevem a jurisdição das cortes, ou seja, o poder[2] das cortes para decidir causas. O poder de uma corte para decidir uma causa compreende na verdade dois poderes, cada

---

1. A versão atual está codificada em 28 U.S.C., parágrafo 2072 (1988 e Supl. 1993).

2. Como explicamos no Capítulo 2, um poder, como um direito ou dever é um tipo de relação jurídica criada por normas.

um dos quais pode existir sem o outro: o poder sobre o acusado e o poder em relação ao tipo de causa. Esses poderes são conhecidos, respectivamente, como jurisdição pessoal e jurisdição temática. Neste capítulo, discutimos algumas das normas que definem a jurisdição pessoal e a jurisdição temática.

I. JURISDIÇÃO PESSOAL

A parte só poderá obter determinação judicial de um direito se abrir processo perante uma corte com poder sobre o acusado, poder geralmente conhecido como jurisdição pessoal. Como veremos de passagem, uma corte da Califórnia não possui usualmente nenhuma jurisdição pessoal sobre um cidadão de Kentucky que jamais teve contatos com a Califórnia. Assim, a corte da Califórnia não poderia decidir se o kentuckiano tem ou não obrigações para com alguém.

O poder sobre o acusado existe, de um modo geral, quando dois elementos são satisfeitos. Primeiro, a legislatura deve ter conferido, por lei, poder à corte. Segundo, o exercício desse poder deve ser consistente com a cláusula do processo devido, da Constituição[3]. Cada um desses elementos será discutido separadamente.

A. Base legal da jurisdição

O primeiro elemento da norma que define a jurisdição pessoal das cortes é a existência de uma lei que confira, às cortes, poder sobre o acusado. Alguns Estados, como a Califórnia, autorizaram suas cortes estaduais a exercer jurisdição pessoal até onde a Constituição o permita. Desse modo, qualquer

---

3. Vimos no Capítulo 10 que a Constituição possui duas cláusulas de processo devido, uma na Quinta Emenda e a outra na Décima Quarta Emenda. A primeira se aplica ao governo federal, enquanto a segunda se aplica ao governo estadual. Aqui, são tratadas como uma cláusula única.

exercício constitucional de poder é autorizado por lei. Em outros Estados, porém, a legislatura aprovou leis mais restritivas, que podem dar às cortes menos poder do que a Constituição lhes facultaria.

No caso das cortes federais, o Congresso prescreveu os limites da jurisdição pessoal na Norma 4 das Normas Federais de Processo Civil. Assim, para que a corte federal tenha poder sobre o acusado, este deverá estar sujeito a notificação de processo segundo a Norma 4.

B. Limitações impostas pelo processo devido

1. Bases tradicionais de jurisdição

O segundo elemento – a jurisdição pessoal deve ser consistente com a cláusula do processo devido – foi imposto pela Suprema Corte no famoso caso *Pennoyer* versus *Neff*[4]. Por uma questão de brevidade, só discutiremos aqui as limitações que a cláusula do processo devido impõe à jurisdição pessoal exercida pelas cortes *estaduais*.

Antes da decisão do caso *Pennoyer*, as cortes estaduais geralmente exerciam poder sobre o acusado em três situações apenas: quando o acusado era cidadão do Estado onde a corte estava localizada; quando o acusado era notificado de processo jurídico estando presente no território do Estado; ou quando o acusado aceitava a jurisdição da corte. Essas limitações tradicionais baseavam-se no temor de que o acusado, por não estar em nenhuma dessas categorias, pudesse ignorar a ordem da corte, para grande embaraço desta.

O caso *Pennoyer* estabeleceu, porém, que essas limitações não eram apenas restrições voluntárias baseadas em uma política, mas impunham-se pela cláusula do processo devido. Ou seja, nos termos do caso *Pennoyer*, o exercício de jurisdição por parte da corte violaria a Constituição a menos que uma das três bases tradicionais de poder acima descritas estivesse presente.

---

4. 95 U.S. 714 (1877).

As bases tradicionais de jurisdição revelaram-se cada vez mais inadequadas nas modernas circunstâncias. Por exemplo, um motorista não-residente que provocasse uma colisão e fugisse do Estado parecia estar além do poder das cortes, tal qual definido no caso *Pennoyer*. Os Estados replicaram com leis que consideravam certas condutas (dirigir dentro de seu território, por exemplo) como consentimento implícito na jurisdição, abordagem tida por consistente com a cláusula do processo devido em *Hess* versus *Pawlowski*[5]. Adotando a ficção jurídica do consentimento implícito, os Estados conseguiram ampliar o poder das cortes sem se afastar dos termos literais da norma contida no caso *Pennoyer*.

Outro problema era a existência de corporações empenhadas em transações interestaduais. Digamos que uma empresa de Massachusetts rompa um contrato que seu representante negociara com um fornecedor da Califórnia. Embora a empresa de Massachusetts possa ter propriedades e empregados na Califórnia, a corporação em si é um conceito jurídico abstrato, não estando presente fisicamente nem na Califórnia nem em parte alguma. Assim, a única base possível que as cortes da Califórnia teriam para exercer jurisdição sobre a empresa de Massachusetts seria o consentimento, que talvez não fosse dado. Para resolver o problema, as cortes recorrem de novo a diversas ficções, declarando que a conduta empresarial de uma corporação de outro Estado num determinado Estado constitui "presença" neste ou um consentimento implícito para ser processada.

2. Contatos mínimos

Em conseqüência da crescente insatisfação com as limitações das bases tradicionais de jurisdição, a Suprema Corte criou uma nova base em *International Shoe Co.* versus *State of Washington*[6]. Nesse caso, a Corte adotou a norma segundo a

---

5. 274 U.S. 352 (1927).
6. 326 U.S. 310 (1945).

qual um Estado tem poder sobre os indivíduos que mantêm "contatos mínimos" com o território, sem que o exercício de jurisdição sobre eles ofenda as noções tradicionais de lisura e justiça substancial. A norma dos contatos mínimos permitiu que as cortes exercessem jurisdição sobre motoristas e empresas de outros Estados sem necessidade de recorrer à ficção jurídica do consentimento implícito ou da presença. Tais ficções jurídicas permitiam que as cortes afirmassem sua jurisdição nos casos em que esta não parecia garantida pelas bases tradicionais. A adoção da norma dos contatos mínimos representou a renúncia a essa pretensão e o reconhecimento de que o direito de fato mudara.

Numa série de decisões subseqüentes, a Suprema Corte definiu dois tipos diferentes de poder que a corte pode ter sobre o acusado, nos termos de "*International Shoe*". Um desses tipos, chamado jurisdição geral, permite à corte afirmar poder sobre o acusado com respeito a qualquer queixa que o acusador apresente. O outro, chamado jurisdição específica, permite à corte afirmar poder sobre o acusado apenas com respeito à queixa relacionada aos contatos que formam a base do poder. Cada um desses dois tipos de poder foi criado por uma norma separada.

a. Jurisdição geral

Existe jurisdição geral quando os contatos do acusado com o Estado são sistemáticos e contínuos[7]. Assim, o predicado factual necessário para estabelecer jurisdição geral possui um único elemento: contatos sistemáticos e contínuos.

b. Jurisdição específica

Existe jurisdição específica quando (1) o acusado escolheu intencionalmente os benefícios e a proteção das leis do Estado e (2) o exercício da jurisdição é razoável nas circuns-

---

7. Ver, por exemplo, *Perkins* versus *Benguet Consolidated Mining Co.*, 342 U.S. 437 (1952).

tâncias. O predicado factual necessário para estabelecer jurisdição específica possui, pois, dois elementos. Normas adicionais definiram e limitaram posteriormente cada um desses elementos.

(1) *Escolha intencional*
O primeiro elemento é a escolha intencional dos benefícios e proteção das leis do Estado-foro. Em *World-Wide Volkswagen Corp.* versus *Woodson*[8], a Suprema Corte citou a norma segundo a qual o ato unilateral de alguém não-ligado ao acusado não constitui escolha intencional. Mais especificamente, a Corte manteve que a decisão do queixoso de conduzir a Oklahoma um carro a ele vendido por um comerciante de Nova York não constituía escolha intencional dos benefícios e proteção da lei de Oklahoma por parte do comerciante de Nova York.

Há exceção a essa norma, no entanto, quando o acusado coloca um produto num fluxo de comércio que, previsivelmente, levará o produto até o Estado-foro[9]. Mesmo que esse produto seja levado por indivíduos sem ligação com o acusado, o ato que este praticou de colocar o produto no fluxo de comércio é tido por uma forma de escolha intencional.

Há, atualmente, duas versões da norma de fluxo de comércio, nenhuma das quais conseguiu até agora obter o apoio da maioria dos membros da Suprema Corte. Em *Asahi Metal Industry Co., Ltd.* versus *Superior Court*[10], o juiz Brennan redigiu um parecer, apoiado por quatro dos nove juízes da Corte, onde endossava a norma segundo a qual existe escolha intencional quando o acusado coloca o produto no fluxo de comércio com *conhecimento* de que ele irá ter ao Estado-foro. A juíza Sandra Day O'Connor, por seu turno, apoiada também por quatro dos nove juízes, pontificou que existe acolhimento intencional quando o acusado coloca o produto no fluxo de comércio com algum indício de que *tenciona* que o produto vá

---

8. 444. U.S. 286 (1980).
9. O Estado-foro é aquele onde se localiza a corte encarregada do caso.
10. 480 U.S. 102 (1987).

ter ao Estado-foro. O parecer da juíza O'Connor sugeria, à maneira de ilustração, que uma dessas indicações de intenção seria desenhar o produto para venda naquele Estado. Só quando a Suprema Corte esclarecer a questão em decisão futura é que saberemos qual a versão correta da norma.

(2) *Exercício razoável de poder*
O segundo elemento da jurisdição específica – o exercício do poder deve ser razoável – também foi definido posteriormente em *"World-Wide Volkswagen"*. A Suprema Corte adotou a norma segundo a qual a jurisdição é razoável quando cinco elementos se equilibram: o ônus do acusado, a conveniência para o queixoso, o interesse do Estado-foro, a eficiência judicial e quaisquer políticas substantivas afetadas pela escolha de foro.

A definição desse segundo elemento é exemplo do uso de um padrão em lugar de uma norma formal. O direito não declara que, se certos fatos estiverem presentes, a jurisdição será razoável. Diz apenas que certas políticas deverão ser consumadas – como minimizar o ônus do acusado, fornecer um foro conveniente ao queixoso e produzir um julgamento eficiente – e, em seguida, deixa às cortes futuras a tarefa de aplicar essas políticas a situações factuais específicas. Como qualquer padrão, o teste da razoabilidade permite que a corte chegue ao melhor resultado em qualquer caso particular, embora com algum custo para a previsibilidade e a uniformidade do direito.

O teste da razoabilidade, como de um modo geral os padrões, faculta à corte alcançar praticamente qualquer resultado que considere justo. Embora surjam casos em que determinado resultado satisfaria a todas as políticas, muitas vezes um resultado promove certas políticas e ignora outras. Uma vez que o teste não indica qual peso se irá atribuir a cada política, a corte pode atribuir peso maior às políticas que seriam amparadas pelo que ela acredita representar o melhor desfecho.

No caso do teste da razoabilidade, também como no caso dos padrões em geral, o precedente parece menos impositivo do que nos casos em que o direito prescreve uma norma rígida. Enquanto uma norma rígida especifica os fatos que devem estar presentes para que determinada conseqüência jurídica ocorra, o padrão de razoabilidade permite que qualquer conjunto de fatos gere a conseqüência jurídica do poder sobre o acusado, até o ponto em que esses fatos pareçam amparar pelo menos algumas das políticas subjacentes ao padrão. Com tantos fatos potencialmente relevantes, é pouco provável que os fatos relevantes de um caso sejam suficientemente parecidos com os de outro para se concluir que aquele controla este.

c. Normas jurisdicionais como compromisso

A limitação imposta ao poder da corte pela cláusula do processo devido parece representar um compromisso entre as políticas individualista e majoritarista[11]. A política individualista quer que o Estado tenha poder mínimo sobre os indivíduos, ao passo que a política majoritarista é consistente com o poder estatal de impor suas leis aos infratores. Se o individualismo devesse prevalecer o tempo todo, o poder da corte sobre as pessoas talvez se limitasse aos casos em que o acusado aceitasse a jurisdição. Se o majoritarismo devesse prevalecer o tempo todo, o poder da corte talvez se estendesse a todas as pessoas, onde quer que estivessem.

A Suprema Corte chegou a um compromisso no qual a pretensão do acusado à liberdade em relação ao exercício mínimo do poder estatal, representado pela jurisdição específica, termina quando ele se dirige ao Estado-foro de modo intencional e a jurisdição é razoável. Uma vez que a jurisdição geral constitui um exercício mais substancial de poder estatal, a pretensão do acusado à liberdade em relação à jurisdição geral só se esgota quando ele passa a manter contatos sistemáticos e contínuos com determinado Estado ou se depara com uma das bases tradicionais de jurisdição. Ou seja, deve haver um ato

---

11. Para uma discussão mais ampla, ver Vandevelde, "Ideology, Due Process and Civil Procedure", 67 ST. JOHN'S L. REV. 265 (1993).

maior de vontade do acusado com relação ao Estado antes que este possa exercer a forma mais abrangente de poder representada pela jurisdição geral.

As normas que definem os contatos mínimos ilustram o fenômeno em que uma norma geral é definida por uma norma mais específica, amparada por políticas inconsistentes com as políticas subjacentes à norma geral. A norma dos contatos mínimos baseava-se numa política majoritarista que justificava a projeção do poder do Estado sobre os acusados. Os primeiros casos que aplicaram a norma dos contatos mínimos pareciam adotar essa mesma escolha política porque continuavam a expansão de jurisdição iniciada por "*International Shoe*"[12]. Em 1958, no entanto, a Suprema Corte dos Estados Unidos, em *Hanson* versus *Denckla*[13], sustentou pela primeira vez que os contatos mínimos só existem quando o acusado "escolheu intencionalmente" os benefícios e a proteção das leis do Estado-foro. Ao adotar o teste da escolha intencional, a Corte perfilhou uma política individualista: a jurisdição existirá apenas no caso de o acusado ter exercido sua vontade. Ou seja, embora a norma de contatos mínimos se baseasse numa política majoritarista, a Corte, ao declarar que os contatos mínimos exigiam escolha intencional, acabou adotando a política oposta do individualismo. A política subjacente à norma definidora subverte assim a política subjacente à norma que ela define.

A história da norma dos contatos mínimos ilustra também a maneira pela qual conflitos de políticas, aparentemente resolvidos em um nível de generalidade, apenas reaparecem em um nível inferior. Adotando a norma dos contatos mínimos, a Corte como que resolvia o conflito entre majoritarismo e individualismo em favor do primeiro. O conflito, porém, reapareceu quando se tratou de adotar uma norma mais específica para definir os

---

12. Ver *Travelers Health Ass'n* versus *Virginia*, 339 U.S. 643 (1950); *Mullane* versus *Central Hanover Bank & Trust Co.*, 339 U.S. 306 (1950); *McGee* versus *International Life Insurance*, 355 U.S. 220 (1957).

13. 357 U.S. 235 (1958).

contatos mínimos. Reconhecendo a exigência de escolha intencional, a Corte parecia resolver a disputa, naquele nível de generalidade, em favor do individualismo. Mas de novo o conflito reapareceu quando foi preciso definir escolha intencional nos casos de fluxo de comércio. Quatro juízes, liderados pela juíza O'Connor, procuraram resolver o conflito em favor da política individualista exigindo que o acusado agisse intencionalmente, ao passo que quatro outros juízes, liderados pelo juiz Brennan, procuraram resolver o conflito na direção do majoritarismo exigindo apenas conhecimento. Até 1995, a Corte ainda não solucionara o conflito nesse nível extremamente específico.

A adoção do padrão de contatos mínimos mostra também que políticas inconsistentes na teoria podem ser consistentes nas conseqüências. Ao adotar o padrão dos contatos mínimos para definir jurisdição pessoal, as cortes trocaram um sistema formalista, baseado em normas, por um sistema mais instrumentalista, baseado em padrões. A rígida tríade de consentimento, cidadania e presença, do caso *Pennoyer*, foi suplantada pelo padrão flexível dos contatos mínimos.

Assim, a substituição de uma teoria jurisdicional individualista por uma teoria mais majoritarista foi acompanhada pela substituição de um conceito formalista por um conceito mais instrumental. Conforme demonstramos, o formalismo é inconsistente com o individualismo num nível muito elevado de generalidade. Notou-se essa inconsistência, por exemplo, no uso do padrão objetivo no direito dos contratos e dos atos ilícitos, onde o formalismo do padrão objetivo subvertia o individualismo subjacente à doutrina da oferta e aceitação, no direito dos contratos, e as doutrinas do consentimento e da negligência, no direito dos atos ilícitos[14]. No caso da jurisdição pessoal, entretanto, acreditou-se que uma abordagem formalista protegia mais a vontade individual, ao passo que o flexível padrão de contatos mínimos parecia dar ao Estado uma oportunidade melhor de impor sua vontade.

---

14. Ver Capítulos 8 e 9.

II. JURISDIÇÃO TEMÁTICA

A corte só pode reconhecer um direito se tiver poder relativamente ao tipo de queixa a ela apresentado, forma de poder conhecida geralmente como jurisdição temática. O alcance da jurisdição temática de uma corte é definido por lei.

Os sistemas judiciais estaduais dispõem, caracteristicamente, de um quadro de cortes de jurisdição geral, ou seja, cortes com poder de dirimir querelas em todos os setores do direito[15]. Os sistemas judiciais estaduais dispõem também de um número de cortes de jurisdição limitada, como corte de sucessão, corte da família e corte de pequenas causas. Elas têm o poder de resolver certos tipos de disputas, como as que envolvem testamento, divórcio ou diminuição no montante de uma prestação.

Todas as cortes federais são cortes de jurisdição temática limitada. Essa realidade reflete a doutrina do federalismo, segundo a qual o governo federal possui apenas poderes limitados, delegados a ele pela Constituição[16]. Dada a natureza restrita do poder federal, os autores da Constituição julgaram inconveniente criar cortes federais de jurisdição geral.

Desse modo, a Constituição autoriza o Congresso a conferir, às cortes federais, o poder de ouvir apenas certas categorias de casos. O Congresso, porém, preferiu não conceder às cortes federais toda a jurisdição temática autorizada pela Constituição. Nesta seção, examinamos duas das mais importantes formas de jurisdição conferidas pelo Congresso às cortes federais: jurisdição de questões federais e jurisdição de diversidade.

---

15. A expressão "jurisdição geral", quando usada no contexto da jurisdição temática, tem significado diferente do que quando usada no contexto da jurisdição pessoal.

16. O federalismo é discutido em mais detalhes no Capítulo 10.

A. Jurisdição de questões federais

Uma primeira lei confere às cortes federais o poder sobre casos "surgidos no âmbito do" direito federal[17], forma de jurisdição conhecida geralmente como jurisdição de questões federais. Existe jurisdição de questões federais para que as cortes federais possam ouvir casos em que o direito federal será de alguma forma aplicável. Desse modo, o governo federal pode garantir que as políticas subjacentes ao direito federal sejam contempladas pelas cortes encarregadas de aplicar o direito.

As cortes adotaram várias normas cumulativas para definir a expressão "surgidos no âmbito da", empregada na lei. São cumulativas porque, se qualquer delas for satisfeita, o caso efetivamente "surge no âmbito do" direito federal.

Reza uma norma que o caso surge no âmbito do direito federal se o motivo da ação foi gerado pelo direito federal[18]. Por exemplo, queixas de violação de uma lei federal de direitos civis surgem no âmbito do direito federal porque a lei de direitos civis cria motivo para a ação.

Outra norma reza que o caso surge no âmbito do direito federal se o motivo da ação foi gerado por direito estadual, mas o êxito do queixoso depende da interpretação ou aplicação do direito federal[19]. Por exemplo, uma queixa por negligência, alegando que certa empresa foi negligente ao violar um regulamento de segurança federal, pode ser considerada como surgida no âmbito do direito federal. Embora o motivo da ação por negligência seja criado por direito estadual, o queixoso, para prevalecer, terá de provar que o regulamento de segurança federal foi violado. Assim, o êxito da queixa depende da aplicação do direito federal.

A lei que atribui jurisdição de questões federais às cortes distritais foi limitada por uma norma judicialmente criada

---

17. 28 U.S.C., parágrafo 1331 (1988).
18. Ver *American Well Works Co.* versus *Layne & Bowler Co.*, 241 U.S. 257 (1916).
19. Ver *Smith* versus *Kansas City Title & Trust Co.*, 255 U.S. 180 (1921).

conhecida como "norma de queixa bem-pleiteada"[20]. Segundo essa norma, a questão federal tem de ser parte necessária da queixa do querelante. Isto é, uma questão federal suscitada pela defesa não leva o caso para a jurisdição temática federal.

Digamos que uma loja processe um fabricante por quebra de contrato, alegando que ele deixou de fazer a remessa de alguns brinquedos encomendados. Em sua defesa, o fabricante sustenta apenas que, após o envio do pedido, o governo federal proibiu aquele tipo de brinquedo. Embora o resultado do processo possa depender de interpretação ou aplicação da regulamentação federal dos brinquedos, o direito federal foi invocado como parte da defesa e não como parte necessária da queixa. A queixa era por quebra de contrato e poderia ser apresentada em sua inteireza sem fazer sequer menção do regulamento dos brinquedos. Assim, sob a norma da queixa bem-pleiteada, a corte provavelmente não terá jurisdição de questões federais sobre a queixa do lojista.

A norma da queixa bem-pleiteada baseia-se na determinação política, por parte das cortes federais, de que com vistas a promover o funcionamento eficiente do sistema judicial uma corte federal precisa estar apta a determinar, logo no início de um processo, se possui jurisdição – sem ter de esperar que todos os passos processuais tenham sido dados para concluir se uma das partes suscitou questão federal. Sem dúvida, o fato de um direito federal ser aplicável a uma defesa crucial e não à queixa não diminui de forma alguma o interesse do governo federal em atender às políticas subjacentes a esse direito. Todavia, sob essa norma, quando a questão federal surge em conexão com a defesa e não com a queixa, a jurisdição de questões federais deixa de existir. Com efeito, as cortes determinaram que a política de eficiência, subjacente à norma da queixa bem-pleiteada, supera a política de dar às cortes federais poder para solucionar casos de direito federal.

Conforme discutimos, o federalismo reflete a tensão entre comunidade e indivíduo, sendo originalmente concebido, em es-

---

20. Ver *Louisville & Nashville Railroad Company* versus *Mottley*, 211 U.S. 149 (1908).

sência, como uma doutrina individualista[21]. Quer dizer, embora o funcionamento eficiente do governo em prol da comunidade possa ter sugerido que o governo federal devesse ter plenos poderes, o poder do governo federal foi limitado a fim de impedir que se tornasse opressivo. Na década de 1930, as cortes repensaram a fonte das ameaças primárias à liberdade, substituindo uma abordagem consistente com a política de autonomia por uma abordagem consistente com a política de paternalismo. Enquanto, no século XIX, as cortes consideravam o governo como a ameaça primária à liberdade, em meados do século XX passaram a ver o poder econômico privado como ameaça ainda maior; assim, autorizaram a expansão do poder federal para coibir essa ameaça. Em suma, o federalismo continuava a basear-se na política individualista, mas esta era tida agora por consistente, nas conseqüências, com um governo federal mais forte.

A norma da queixa bem-pleiteada, porém, reintroduz uma nova limitação ao poder federal em nome da eficiência. Assim, a tensão entre comunidade e indivíduo, inicialmente resolvida pela adoção do federalismo e pela criação de cortes com poder restrito, reaparecia no nível das diversas subnormas que definiam os termos precisos desse poder judicial federal. A norma da queixa bem-pleiteada representa uma vitória da política comunitária de eficiência contra a política mais individualista que, no século XX, motivara a expansão do poder federal. A norma da queixa bem-pleiteada ilustra, pois, a situação em que uma norma específica, limitadora de uma norma mais geral, baseia-se em políticas inconsistentes com as que subjazem a esta última.

B. Jurisdição de diversidade

Uma segunda lei confere à corte federal distrital poder sobre os litígios surgidos entre cidadãos de diferentes Estados[22], forma de poder conhecida como jurisdição de diversidade.

---

21. Ver Capítulo 10.
22. 28 U.S.C., parágrafo 1332 (1988).

A norma criada por essa lei foi definida pelas cortes de modo a exigir "diversidade completa", significando isso que nenhum queixoso pode ser cidadão do mesmo Estado que qualquer dos acusados[23]. Como norma de interpretação judicial, a exigência de diversidade completa ilustra a situação em que uma norma de jurisprudência, interpretando ostensivamente uma norma estatutária, pode dar a esta um alcance diferente do que sua linguagem parecia pressupor.

O termo "cidadão" foi definido como o cidadão americano domiciliado num Estado. O termo "domicílio", por sua vez, entende-se como o local onde uma pessoa reside com a intenção de ali permanecer definitivamente.

A política aparente por trás da jurisdição de diversidade era permitir que litigantes de outros Estados apresentassem suas queixas às cortes federais, presumivelmente menos parciais com relação a esses litigantes do que uma corte estadual – coisa que até hoje não se provou. Mas, supondo-se que isso seja correto, a norma que cria jurisdição de diversidade é muito mais ampla do que essa política exigiria. Em outras palavras, é excessivamente abrangente. Por exemplo, uma corte distrital federal de Kentucky tem jurisdição temática sobre uma queixa apresentada por um cidadão de Massachusetts contra um cidadão da Califórnia em Kentucky, apesar do fato de ambos os litigantes serem de outros Estados; assim, não há motivo para acreditar que a corte vá favorecer uma das partes. De igual modo, um kentuckiano que aciona um californiano no Kentucky pode apresentar a queixa a uma corte federal, mesmo que não tenha razões para temer a parcialidade das cortes estaduais locais.

A norma é também escassamente abrangente. Por exemplo, se vinte e cinco kentuckianos processam vinte e cinco californianos e um kentuckiano no Kentucky, o fato de haver

---

23. Ver *Strawbridge* versus *Curtiss*, 7 U.S. (3 Cranch) 267 (1806). A Constituição poderia ter permitido ao Congresso conferir, às cortes federais distritais, poder sobre queixas em que a diversidade não fosse completa. Mas o Congresso preferiu não fazê-lo. Ver *State Farm Fire & Cas. Co* versus *Tashire*, 386 U.S. 523 (1967).

pelo menos um kentuckiano de cada lado impediria o exercício da jurisdição de diversidade, embora a presença de tantos californianos entre os acusados pareça convidar a uma justiça desigual.

No caso da jurisdição de diversidade, portanto, a linha precisa traçada pela norma legal torna-se difícil de explicar no terreno das políticas. A norma da diversidade ilustra o problema, discutido no Capítulo 2, de identificar uma política legislativa que explique adequadamente uma lei, sobretudo quando este se fundamenta numa série de compromissos rudimentares. Ilustra também a tendência das normas rígidas a serem excessiva ou escassamente abrangentes.

Conclusão

Os capítulos precedentes tiveram um único objetivo: ensinar as técnicas de pensar como um advogado. Já deve ter ficado claro, porém, que o raciocínio jurídico não é um processo mecânico, mas antes um processo que envolve o exercício de apreciações. Desse modo, o resultado que o advogado persegue por intermédio do raciocínio jurídico pode depender, em muito, das políticas ou valores que, a seu ver, a corte preferirá[1]. Quando o advogado está aconselhando o cliente, deve deixar claro que mais de um resultado é possível, explicando-lhe as considerações que militarão em favor de cada um deles. O conhecimento que o advogado tiver das preferências políticas das cortes locais pode ajudá-lo a avaliar a possibilidade de uma corte chegar a determinado resultado. Quando o advogado atua na defesa, a ética profissional exige que ele inste a corte a preferir as políticas que conduzirão ao resultado mais favorável ao cliente, independentemente de suas próprias preferências.

O processo de raciocínio jurídico, portanto, trabalha com defesa e previsão, não com verdades fixas. O advogado não é obrigado a explicar mecanicamente o que o direito é, mas ape-

---

1. Uma velha piada reflete essa verdade inalterável. Fez-se a um matemático, um economista e um advogado a seguinte pergunta: "Quanto são dois mais dois?" O matemático sacou papel e lápis, rabiscou por algum tempo e declarou: "Quatro." O economista consultou uma série de gráficos, comparou-os e disse finalmente: "Se a tendência atual persistir, minha projeção é que a resposta será quatro." O advogado levantou-se, fechou a porta, correu as cortinas, inclinou-se para o interrogante e perguntou, em tom conspiratório: "Quanto você *quer* que seja?"

nas a formular uma série de argumentos sobre o que o direito deveria ser quando aplicado a uma situação. Nesse processo, os valores políticos e morais desempenham papel tão importante quanto a lógica ou a razão.

Em face da natureza eminentemente política do direito, os advogados adotam uma variedade de posturas. Alguns acreditam que não têm outro dever exceto o que lhes é imposto pelo código de ética profissional e que podem se valer de suas habilidades em proveito de quem quer que os venha a contratar. Outros encaram cada caso como uma defesa política e acham difícil representar alguém cujos pontos de vista não sejam os seus próprios. Muitos, enfim, se vêem entre esses dois pólos: de modo geral gostariam de representar a maioria dos clientes ou casos, mas não todos.

Ao escrever este livro, evitei emitir juízos sobre os motivos que levam ou deveriam levar um advogado a propiciar representação jurídica. Tentei apenas, na medida do possível, ensinar os truques do jogo.

Em outras palavras, o presente livro é uma espécie de manual de "como fazer". Os autores de livros desse tipo, de algum modo, dão poder às pessoas, mas não controlam os meios pelos quais esse poder é exercido. O manual técnico de automóveis pode ser facilmente utilizado tanto para preparar o carro de fuga quanto para consertar o ônibus da igreja.

Um manual de "como fazer" pode igualmente distrair a atenção do fato de que substituir talvez seja melhor do que consertar. O manual técnico de automóveis torna possível manter uma geringonça andando por mais algum tempo, quando o proprietário na verdade gostaria de jogá-la fora e comprar um carro novo.

Embora eu tenha evitado emitir juízos sobre questões de política e valores morais, espero não ter levado o leitor a esquecer que essas questões são inerentes a todos os atos de raciocínio jurídico. Espero, também, que ao aprender a pensar como homens e mulheres do direito, não nos esqueçamos de julgar como pessoas de consciência.

Bibliografia selecionada

Livros

Ackerman, B. *Reconstructing American Law*, 1984.
Altman, A. *Critical Legal Studies: A Liberal Critique*, 1990.
Atiyah, P. e Summers, R. *Form and Substance in Anglo-American Law*, 1987.
Brint, M. e Weaver, W. (orgs.), *Pragmatism in Law & Society*, 1991.
Burton, S. *An Introduction to Law and Legal Reasoning*, 1985.
Dworkin, R. *Taking Rights Seriously*, 1977.
_____. *A Matter of Principle*, 1985.
_____. *Law's Empire*, 1986.
Gilmore, G. *The Ages of American Law*, 1977.
Hart, H. e Sacks, A. *The Legal Process*, 1994.
Herget, J. *American Jurisprudence, 1870-1970: A History*, 1990.
Horwitz, M. *The Transformation of American Law, 1780-1860*, 1977.
_____. *The Transformation of American Law, 1870-1960*, 1992.
Kairys, D. (org.), *The Politics of the Law: A Progressive Critique*, 1990.
Kelman, M. *A Guide to Critical Legal Studies*, 1987.
Levi, E. *An Introduction to Legal Reasoning*, 1949.
Llewellyn, K. *The Bramble Bush*, 1930.
Luban, D. *Legal Modernism*, 1994.
Malloy, R. *Law and Economics: A Comparative Approach to Theory and Practice*, 1990.
Polinsky, A. *An Introduction to Law and Economics*, 2.ª ed., 1989.
Posner, R. *Economic Analysis of Law*, 4.ª ed., 1992.
Purcell, E. *The Crisis of Democratic Theory*, 1973.
Radin, M. *Reinterpreting Property*, 1993.
Unger, R. *Knowledge and Politics*, 1975.
_____. *The Critical Legal Studies Movement*, 1986.
White, G. *Patterns of American Legal Thought*, 1978.

Artigos

Ackerman, "Law, Economics, and the Problem of Legal Culture", 1986 DUKE L. J. 929 (1989).

Balkin, "The Crystalline Structure of Legal Thought", 39 RUTGERS L. REV. 1 (1986).

Blatt, "The History of Statutory Interpretation", 6 CARDOZO L. REV. 799 (1985).

Boyle, "The Anatomy of a Torts Class", 34 AM. U. L. REV. 1003 (1985).

_____. "The Politics of Reason", 133 U. PA. L. REV. 685 (1985).

Brest, "Interpretation and Interest", 34 STAN. L. REV. 765 (1982).

Carrington, "Of Law and the River", 34 J. LEGAL EDUC. 222 (1984).

Chow, "Trashing Nihilism", 65 TUL. L. REV. 221 (1990).

Coleman, "The Normative Basis of Economic Analysis: A Critical Review of Richard Posner's *The Economics of Justice*", 34 STAN. L. REV. 1105 (1982).

Cornell, "Toward a Modern/Postmodern Reconstruction of Ethics", 133 U. PA. L. REV. 291 (1985).

Dalton, "An Essay in the Deconstruction of Contract Doctrine", 94 YALE L.J. 997 (1985).

Ernst, "The Critical Tradition in the Writing of American Legal History", 102 YALE L.J. 1019 (1993).

Eskridge & Frickey, "Statutory Interpretation as Practical Reasoning", 42 STAN. L. REV. 321 (1984).

Farber, "Legal Pragmatism and the Constitution", 72 MINN. L. REV. 1331 (1988).

Farber & Frickey, "Practical Reasoning and the First Amendment, 34 U.C.L.A. L. REV. 1615 (1987).

Fiss, "Objectivity and Interpretation", 34 STAN. L. REV. 739 (1982).

Golding, "Jurisprudence and Legal Philosophy in Twentieth Century America – Major Themes and Developments", 36 J. LEGAL EDUC. 441 (1986).

Gordley, "Legal Reasoning: An Introduction", 72 CAL. L. REV. 138 (1984).

Gordon, "Historicism in Legal Scholarship", 90 YALE L.J. 1017 (1981).

_____. "Critical Legal Histories", 36 STAN. L. REV. 57 (1984).

Graff, "Keep Off the Grass", "Drop Dead", and Other Intedeterminacies: A Response to Stanford Levinson, 60 TEX. L. REV. 405 (1982).

Grey, "Langdell's Orthodoxy", 45 U. PITT. L. REV 1 (1983).

_____. "Holmes and Legal Pragmatism", 41 STAN. L. REV. 787 (1989).

Hantzis, "Legal Innovation Within the Wider Intellectual Tradition: The Pragmatism of Oliver Wendell Holmes, Jr.", 82 NW. U. L. REV. 541 (1988).

Hoeflich, "Law and Geometry: Legal Science from Leibnitz to Langdell", 30 AM. J. LEGAL HIST. 95 (1986).
Johnson, "Do You Sincerely Want to Be Radical?", 36 STAN. L. REV. 247 (1984).
Kelman, "Trashing", 36 STAN. L. REV. 293 (1984).
Kennedy, "Legal Formality", 2 J. LEG. STUD. 351 (1973).
_____. "Form and Substance in Private Law Adjudication", 89 HARV. L. REV. 1685 (1976).
_____. "The Structure of Blackstone's Commentaries", 28 BUFF. L. REV. 205 (1979).
_____. "Cost-Benefit Analysis of Entitlement Problems: A Critique", 33 STAN. L. REV. 387 (1981).
_____. "Distributive and Paternalistic Motives in Contract and Tort Law, with Special Reference to Compulsory Terms and Unequal Bargaining Power", 41 MD. L. REV. 563 (1982).
_____. "A Semiotics of Legal Argument", 42 SYRACUSE L. REV. 75 (1991).
Kennedy & Klare, "A Bibliography of Critical Legal Studies", 94 YALE L. J. 461 (1984).
Kennedy & Michelman, "Are Property and Contract Efficient?", 8 HOFSTRA L. REV. 711 (1980).
Leff, "Economic Analysis of Law: Some Realism About Nominalism", 60 VA. L. REV. 451 (1974).
Llewellyn, "Some Realism About Realism – Responding to Dean Pound", 44 HARV. L. REV. 1222 (1931).
Lyons, "Legal Formalism and Instrumentalism – A Pathological Study", 66 CORNELL L. REV. 949 (1981).
Markovits, "Duncan's Do Nots: Cost-Benefit Analysis and the Determination of Legal Entitlements", 36 STAN. L. REV. 1169 (1984).
Michelman, "Norms and Normativity in the Economic Theory of Law", 62 MINN. L. REV. 1015 (1978).
Minda, "The Jurisprudential Movements of the 1980s", 50 OHIO ST. L. J. 599 (1989).
_____. "Jurisprudence at Century's End", 43 J. LEGAL EDUC. 27 (1993).
Moore, "The Interpretive Turn in Modern Legal Theory: A Turn for the Worse?", 41 STAN. L. REV. 871 (1989).
Note, "'Round and 'Round the Bramble Bush: From Legal Realism to Critical Legal Scholarship", 95 HARV. L. REV. 1669 (1982).
Peller, "The Metaphysics of American Law", 73 CAL. L. REV. 1152 (1985).
Posner, "The Decline of the Law as an Autonomous Discipline 1962-1987", 100 HARV. L. REV. 761 (1987).

Pound, "Mechanical Jurisprudence", 8 COLUM. L. REV. 605 (1908).
_____. "Law in Books and Law in Action", 44 AM. L. REV. 12 (1910).
_____. "The Scope and Purpose of Sociological Jurisprudence", 25 HARV. L. REV. 489 (1912).
Radin, "Reconsidering the Rule of Law", 69 B. U. L. REV. 69 (1989).
Radin & Michelman, "Pragmatist and Poststructuralist Critical Legal Practice", 139 U. PA. L. REV. 1019 (1991).
Schanck, "Understanding Postmodern Thought and Its Implications for Statutory Interpretation", 65 S. CAL. L. REV. 2505 (1992).
Schauer, "Easy Cases", 58 S. CAL. L. REV 399 (1985).
_____. "Slippery Slopes", 99 HARV. L. REV. 361 (1985).
_____. "Precedent", 39 STAN. L. REV. 571 (1987).
_____. "Formalism", 97 YALE L. J. 509 (1988).
Schlag, "Rules and Standards", 33 U.C.L.A. L. REV. 379 (1985).
_____. "The Problem of the Subject", 69 TEX. L. REV. 1627 (1991).
Schlegel, "American Legal Realism and Empirical Social Science: From the Yale Experience", 28 BUFF. L. REV. 459 (1979).
_____. "American Legal Realism and Empirical Social Science: The Singular Case of Underhill Moore", 29 BUFF. L. REV. 195 (1980).
_____. "Notes Toward an Intimate, Opinionated and Affectionate History of the Conference on Critical Legal Studies", 36 STAN. L. REV. 391 (1984).
Shiffron, "Liberalism, Radicalism and Legal Scholarship", 30 U.C.L.A. L. REV. 1103 (1983).
Singer, "The Legal Rights Debate in Analytical Jurisprudence from Bentham to Hohfeld", 1982 WISC. REV. 975 (1982).
_____. "The Player and the Cards: Nihilism and Legal Theory", 94 YALE L.J. 1 (1984).
Smith, "The Pursuit of Pragmatism", 100 YALE L.J. 409 (1990).
Solum, "On the Indeterminacy Crisis: Critiquing Critical Dogma", 54 U. CHI. L. REV. 462 (1987).
Stick, "Can Nihilism Be Pragmatic?", 100 HARV. L. REV. 332 (1986).
Summers, "Pragmatic Instrumentalism in Twentieth Century American Legal Thought: A Synthesis and Critique of Our Dominant General Theory About Law and Its Use", 66 CORNELL L. REV. 861 (1981).
Symposium, "Symposium on Critical Legal Studies", 36 STAN. L. REV. 1 (1984).
_____. "Interpretation Symposium", 58 S. CAL. L. REV. 1 (1985).
_____. "Symposium on Post-Chicago Law and Economics", 65 CHI.-KENT L. REV. 1 (1989).
_____. "Symposium on the Renaissance of Pragmatism in American Legal Thought", 63 S. CAL. L. REV. 1569 (1990).
_____. "Symposium on the Future of Law and Economics", 20 HOFSTRA L. REV. 757 (1992).

Turley, "The Hitchhiker's Guide to CLS, Unger and Deep Thought", 81 NW. U. L. REV. 593 (1987).
Tushnet, "Critical Legal Studies and Constitutional Law: An Essay in Deconstruction", 36 STAN. L. REV. 623 (1984).
_____. "Following the Rules Laid Down: A Critique of Interpretation and Neutral Principles", 96 HARV. L. REV. 781 (1985).
_____. "Critical Legal Studies: An Introduction to Its Origins and Underpinnings", 36 J. LEGAL EDUC. 505 (1986).
_____. "Critical Legal Studies: A Political History", 100 YALE L. J. 1515 (1991).
Vetter, "Postwar Legal Scholarship on Judicial Decisionmaking", 33 J. LEGAL EDUC. 412 (1983).
Wellman, "Practical Reasoning and Judicial Justification: Toward an Adequate Theory", 57 U. COLO. L. REV. 45 (1985).
_____. "Dworkin and the Legal Process Traditions: The Legacy of Hart and Sacks", 29 ARIZ. L. REV. 413 (1987).
White, "From Sociological Jurisprudence to Realism: Jurisprudence and Social Change in Early Twentieth Century America", 58 VA. L. REV. 999 (1972).
_____. "The Inevitability of Critical Legal Studies", 36 STAN. L. REV. 649 (1984).
_____. "From Realism to Critical Legal Studies: A Truncated Intellectual History", 40 SW. L.J. 819 (1986).
_____. "Law as Language: Reading Law and Reading Literature", 60 TEX. L. REV. 415 (1982).
Williams, "Critical Legal Studies: The Death of Transcendence and the Rise of the New Langdells", 62 N.Y.U. L. REV. 429 (1987).
Winter, "Foreword: On Building Houses", 69 TEX. L. REV. 1595 (1991).
Woodard, "The Limits of Legal Realism: An Historical Perspective", 54 VA. L. REV. 689 (1968).

Índice remissivo

Abstratas, idéias 144
Ação específica 252
Acusado
　jurisdição do Estado sobre o 296-304
Administrativos, departamentos 6
　leis dos 26
　regulamentação dos 50-1
Agressão 262-3
　Decisão judicial 10
　exemplos de questões na 50-3, 57
Ames, Champion v. 283
Analogia 59-60, 81, 83, 128-30
　indeterminação na aplicação da 109-10, 112-4
　modelo de 110-2
　na defesa 117-24
Antifundacionismo 177, 180
Anulação de denúncia 12
Apelação, cortes de 14-5, 30, 130-2, 295
　decisões de causas 30-41
Aplicação de políticas. *Ver* Apreciações de políticas
Apreciações de políticas 93-7, 133-4, 184, 230-1
　combinação 93-4, 96-7, 116
　compromisso 219
　consistência nas 221-2, 225-9
　e *dictum* 101
　e eficiência econômica 167
　e sentenças anteriores 119-21, 126, 133, 135-6, 138. *Ver também* Precedente
　equilíbrio de políticas nas 98-9, 116, 133-4
　fins e meios nas 93, 114-5, 133-4, 228, 230-1, 235-6, 283, 292
　indeterminação das 231-6
　linha demarcatória nas 97-8, 116
　na defesa 105-9, 117, 119, 121, 124, 224, 226
　na interpretação da lei 293-4
　políticas conflitantes nas 114-6, 121, 171-2, 222-3
　políticas independentes nas 223-5
　uso ortodoxo das 165-6
　Ver também Políticas
Argumentos do "terreno resvaladiço" 108, 123, 127
Aristóteles 179
Artigos da Confederação 281
Asahi Metal Industry Co., Ltd. v. *Superior Court* 300
Audiência 6
Austin, John 199
Autonomia, como política 122, 214-5, 218, 222
　e paternalismo 191-4
　em normas de jurisdição 308
　no comércio interesdadual 283-4
Autoridade tradicional 142, 144, 146

Benefícios de políticas. *Ver* Apreciações de políticas, equilíbrio de políticas nas
Bentham, Jeremy 148, 196, 199, 217
Berkeley, George 143
Bill of Rights 147, 278, 285-6
Bohr, Niels 155
Brennan, William 292, 300, 304

Carta requisitória 15
Causas civis 12
Causas penais 12
Ceticismo 142-4, 154, 161
Ceticismo radical 143
Champion v. *Ames* 283
Cidadão 309
Ciências sociais 160-1, 163, 170
Cláusula de comércio. *Ver em* Constituição, Estados Unidos
Cláusula de proteção igual. *Ver em* Constituição, Estados Unidos
Cláusula de supremacia. *Ver em* Constituição, Estados Unidos
Cleveland Park Club v. *Perry* 261-2
Clube Metafísico 177
Coase, Ronald 166
Código Comercial Uniformizado 164
Código dos Estados Unidos, artigos 4-6, 295
Coerção 123, 151, 193
Cohen, Felix 161
Comércio interestadual 281-3, 298, 304
Comércio, fluxo de, norma 300, 304
Comissão Federal de Comércio 6
"Common law" 3, 41, 90, 134, 147, 167
  codificação 164
  e vontade popular 190
  federal 7-8
  inglesa 7
  intersticial 7
  mudanças 132-8, 190. *Ver em* Jurisprudência
  na lei estadual 8, 148. *Ver também* Lei estadual
"Common law" intersticial 7
Common Law, The (Holmes) 159
Comportamento humano 154
Comportamento social 163
Comunidade, vontade da 214-6, 280
  e vontade individual 189-91, 194-5
Comunitarismo 173, 183, 218, 271, 274
Confiança prejudicial, doutrina da 243, 249-50
Conflitos de políticas. *Ver* Políticas, dualismo e oposições
Congresso 5-6, 8, 295, 297, 305
Conhecimento 143, 155-6, 184
  visão pós-modernista 171, 176-7
Consentimento
  implícito 298
  na lei das infrações 261-4
Consentimento popular 147, 183, 190, 199
Conseqüencialismo 156
Conseqüências jurídicas de norma 20-1, 81-2, 119-21, 203, 208, 233-4
  na analogia 111-2
  na defesa 103, 106, 119
  no modelo dedutivo 85
Considerando 36-40, 50, 111, 114-5, 130-3, 135, 228
Constituição, Estados Unidos 4, 141, 147, 277
  cláusula de comércio 282-4
  cláusula de processo devido 290, 293, 296-7, 302
  cláusula de proteção igual 293
  cláusula de supremacia 8, 25-6, 281, 285
  e jurisdição 305

Ver também Emendas constitucionais; Interpretação constitucional; Direito constitucional
Constituições, Estados 5, 25
Contextualismo 156
Contradições 51, 54-7
na interpretação de leis 90-3
Contraprestação, doutrina da 247-8, 250
Cook, Walter Wheeler 160
Corbin, Arthur 160
Corte de apelação. *Ver* Apelação, cortes de
Cortes de primeira instância 8, 10, 295
Cortes distritais 8-14, 295
e casos "contemplados" pela lei federal 306-7
Cortes estaduais 7, 295-8, 305
Cortes federais 6-8, 305
e lei estadual 7-8
Ver também Apelação, cortes de; Cortes distritais; Jurisdição; Suprema Corte
Cortes. *Ver* Apelação, cortes de; Cortes distritais; Decisões judiciais; Revisão judicial, doutrina da; Jurisdição; Suprema Corte; Cortes de primeira instância
Credibilidade 78-9
Criação da norma de direito 91
e apreciações de políticas 64-6, 69
e casos anteriores 63, 183
e generalidade 62-6
na defesa 64, 67-8, 103
oposição à 68-9
Ver também Síntese de norma de direito; Normas de direito
Critério judicial 166
Cuidados razoáveis 103, 264, 270

Da origem das espécies (Darwin) 154

Dailey, Garratt v. 261
Dano 19, 261-2, 266
causa próxima do 268
causação 267-9
emocional 254
indenização por 258, 266-7
teste do "não fosse" na negligência 267-8
Dano emocional 266
Danos, na lei dos contratos 254-5, 257
Darwin, Charles 154-5
Decisões coercitivas
na jurisprudência 37-41
na lei promulgada 4-5, 100, 130-1
Ver também Considerando
Decisões judiciais 83, 114, 130, 132, 160
componentes das apeladas 30-41
de caráter político 172
previsíveis 237, 239
Declaração da Independência 146
Declaração extrajudicial 76-7
Declaração privilegiada 78
Dedução 60, 81-3, 100-2, 128, 130
indeterminação na aplicação da 85-99, 114
modelo 83-5
na defesa 102-9
Ver também Formalismo; Normas de direito
Defesa 66-8, 102-3, 106-7, 119-20, 311-2
analogia utilizada na 117-24
apreciações de políticas 106-9, 118-21, 124, 226
dedução utilizada na 102-9
generalidade na 104-5, 107-9, 118-20, 122
Democracia
jacksoniana 147
políticas que afetam a 148, 162-3, 166, 189, 191, 199-200

Denckla, Hanson v. 303
Depressão, Grande 158
Derrida, Jacques 172
Derrogação 101, 133
Descartes, René 143-4, 146
Descoberta, normas de 74
Desconstrução 172, 174. *Ver também* Estudos Jurídicos Críticos
"Desfile de Horrores", argumentos 108, 123, 127
Determinismo econômico 154
Dewey, John 156, 177
Dictum 36, 38-40, 68-9, 228
 na analogia 117-8, 129
 na dedução 100-2, 129
 na defesa 103, 121
Direito 8-14, 132-3, 135, 271
 conceitos de 147-8, 159, 161, 175-6, 182
 escolha da teoria do 16-20
 fonte do 198-9, 202-3
 Ver também Raciocínio jurídico; Relações jurídicas; Normas de direito
Direito constitucional 24-6, 54-7, 277-94
Direito e economia 166-70, 179, 183
Direito estadual 7-8, 18-20, 37-8, 286
 e direito federal 17-8, 25-6
 Ver também "Common law"
Direito fundamental 290-2
Direito natural 141, 145, 147, 181, 195, 201, 216-7
 e direitos individuais 146-7, 285-6
Direito privado 242
Direito processual 241. *Ver também* Processo civil
Direito público 242
Direito substantivo 241-2
Direitos 43-4, 149
 absolutos 197
 fundamentais 290-2
 imposição dos codificados 147
 Ver também Direitos individuais; Direitos e obrigações
Direitos civis 306
Direitos e obrigações XII-IV, 8, 20-2, 41-5, 61, 149, 202, 291
 desenvolvimento jurídico realista de 163-4
 e normas de direito 53-4
 e padrões 205
 e política 22-3, 97
 na analogia 111
 na defesa 103-4
 no modelo dedutivo 84
 Ver também Obrigação; Direitos
Direitos *in personam* 43
Direitos *in rem* 43
Direitos individuais 107, 146-9, 168, 175, 195, 281, 285
 interpretação constitucional 287, 290-2
 Ver também Liberdade de expressão; Teoria dos direitos
Direitos naturais 146-7, 218
Direitos reais de propriedade 43
Disposição, na opinião 37
Dispositivos, fatos 35, 64-5, 67-9
 uso na analogia 112-4, 118
 uso na defesa 120
Distribuição de riqueza 152, 169
Diversidade de jurisdição. *Ver em* Jurisdição
Domicílio 309
Douglas, William O. 160
Doutrina da preempção 25
Doutrina da responsabilidade industrial estrita 274-6
Doutrina do contrato tradicional 243-9
Dworkin, Ronald 175-7

Economia. *Ver* Direito e economia, movimento

Eficiência, como política 167-9, 183, 214-6, 222
e direitos individuais 168
e justiça 194-5
na lei das infrações 264, 266, 269, 274
na lei dos contratos 243, 245, 247, 250, 254-5
nas normas jurisdicionais 307-8
Einstein, Albert 155
EJC (CLS). *Ver* Estudos Jurídicos Críticos
Ejusdem generis 89, 91
Emendas constitucionais
Décima Emenda 281
Décima Quarta Emenda 286, 290
Nona Emenda 286, 291
Primeira Emenda 286-7, 290-1
Quinta Emenda 290
Ver também Constituição, Estados Unidos
Empirismo 142-4, 152, 154, 156, 160, 181-2, 214-5, 217
Epistemologia 142, 144-5, 154, 156, 215-9
Erie R. R. Co. v. *Tompkins* 7
Escolha de teoria jurídica 16-20
Escolha intencional 300-1, 303
Escolhas privadas 250
Estado, vontade do 194, 219, 259-60, 304
e vontade individual 188-9
na lei das infrações 259-60
Estado-foro 300-2
Estóicos 146, 199
Estruturalismo 171
Estudos Jurídicos Críticos 170-4, 176-7, 179-80, 183
Exceções. *Ver em* Normas de jurisprudência; Normas de direito
Existencialismo 157
Expresio unius est exclusio alterius 89

Expressão individual. *Ver* Liberdade de expressão

Falta 264-5, 272
Fatos 8-15, 71-4, 111-5, 237-9
como elementos de norma 20-1, 71-4. *Ver também* Normas de direito
desenvolvimento histórico dos 156, 161-2
determinantes 35, 64, 67-9, 112-3, 118, 120
dispositivos 35, 112, 118, 120
em *continuum* 162, 207
na analogia 111-4
na dedução 81, 84-5, 114
na jurisprudência 14-5, 30, 33-6, 83, 135, 137
necessários 35-6, 67-8, 120, 307
no formalismo 161-2
questões de 9, 12
relevantes 10, 72, 118, 120
suficientes 35-6, 67, 120
Ver também Indício; Predicado factual; Pesquisa factual; Padrões
Fatos necessários 35-6, 68, 120, 307
Fatos suficientes 35-6, 68, 120
Federalismo 280-5
e normas jurisdicionais 305, 307-8
Ficções jurídicas 137-8, 298-9
Filburn, Wickard v. 282
Finalitismo 211
Fins e meios, política 93, 114-5, 134-5, 228, 230, 232, 235-6, 283, 293
na interpretação constitucional 283, 293
Formalismo 85, 141, 149-53, 165, 182, 201-10, 215-9, 226-7, 264
como ortodoxia 165
críticas ao 153-63
e instrumentalismo 201-13

na interpretação da lei 210-3
na lei dos contratos 243, 245-6
na negligência 269
nas normas de direito 150, 152, 161-2, 201-2, 208
nas normas jurisdicionais 304
Formalismo jurídico. *Ver* Formalismo
Fórmula Hand 168, 270-1
Forum shopping 19
Frank, Jerome 160
Freud, Sigmund 154

Garantia implícita 260, 274
Garratt v. *Dailey* 261
Generalia specialibus non derogant 90
Generalidade 45, 209
  e dualismos de políticos 215, 217
  na defesa 104, 107-8, 118-20, 122
  na interpretação dos direitos 290-1
  na lei das infrações 260-1, 263
  na lei dos contratos 245-6
  e federalismo 281-2
  na política 95-6, 105, 218, 227-9, 232-3, 235, 284-5
  nas normas de direito 23-4, 45, 62-3, 65-6, 68-9, 85, 113-4, 162, 232
  nas normas jurisdicionais 303-4
Gerald D., Michael H. v. 292
Gibbons v. *Ogden* 282
Governo estadual, e federal 280-5
Governo, limites ao. *Ver* Federalismo; Poder
Guilherme de Ockham 145

Hand, Learned 168, 270
Hanson v. *Denckla* 303
Hart, H. L. A. 199
Heidegger, Martin 157

Heisenberg, Wernerl 155
Hess v. *Pawlowski* 298
Hierarquia social 157-8
Holmes, Oliver Wendell, Jr. 158-9, 177, 260
Horwitz, Morton 170
Hume, David 143

Idade da Razão 145
Igualdade social 151-2, 158, 162
Igualitarismo 173, 175, 183
Iluminismo 142-6, 153-4, 156, 181
Impedimento promissivo 243
Implicação 138
Imunidade 41-2. *Ver também* Jurisdição
Imunidade soberana 42
Indeterminação 93, 117, 156, 164, 172, 174, 201, 203, 271, 290
  da Constituição 277
  e apreciações de políticas 114-6, 195, 231-2, 235
  na analogia 109-10, 112-6, 126
  no modelo dedutivo 85-96, 102
Indício 73-6
  admissível 73-5, 78
  exclusão de 75-8
  substancial, em apelo 130-1
Indícios substanciais 31
Individualismo, como política 142, 176, 183, 214, 216-8
  e majoritarismo 189-91
  e utilitarismo 198
  na interpretação constitucional 285, 289-91
  na interpretação dos direitos 290-1
  na lei das infrações 260-74
  na lei dos contratos 243, 246-8, 250, 253, 255
  nas normas jurisdicionais 302-4, 308
Indivíduo 142-4, 155, 171, 176, 214-6

vontade do 188-91, 259-60
Ver também Individualismo
Indução 60-1, 83, 129, 144, 149-50
Infração intencional 261-4
   políticas subjacentes 263-4. *Ver também* Individualismo, como política
Inglaterra, "common law" 7
Injustiça 74
Instrumentalismo 177, 179, 201, 203-5, 209-11, 215, 217
   crítica do 205
   e apreciações de políticas 202-3
   e formalismo 201-13
   e normas jurisdicionais 304
   na interpretação da lei 210-3
   padrões flexíveis do 203-5, 208-9, 224
Integridade 176
Intenção 211, 261-2, 280
Intencionalismo 211-2, 279
International Shoe Co. v. *State of Washington* 298-9, 303
Interpretação constitucional 277-80, 291
Interpretação de leis 29-30, 54, 88-93
   e restrição judiciária 279
   teorias de 210-3
Interpretativismo 279
Intuição 82, 116, 143-4, 146, 159, 175
Invasão 56, 59
Investigação factual 72-4

James, William 156, 177
Jefferson, Thomas 146
Jones & Laughlin Steel Corp. NLRB v. 282
Julgamento sumário 131
Jurisdição 19, 295
   contato do acusado com a 296-304
   de diversidade 308-10
   de questões federais 306-8
   específica 299-301
   geral 299, 302, 305
   pessoal 296-304
   políticas subjacentes à 302-4. *Ver também* Individualismo, como política
   temática 305-10
Jurisdição de questões federais. *Ver em* Jurisdição
Jurisdição específica. *Ver em* Jurisdição
Jurisdição geral. *Ver em* Jurisdição
Jurisdição pessoal. *Ver em* Jurisdição
Jurisdição temática. *Ver em* Jurisdição
Jurisprudência 3-6, 60
   análise de decisões 30-41
   coercitiva 37-41. *Ver também* Stare decisis
   e controle anterior 112, 239. *Ver também* Precedente
   e leis 25
   fácil/difícil 165, 184
   fatos limitados da 135, 137
   interpretação constitucional na 277-8
   mudança anterior 3-4, 132-8, 165
   particularização 179-80, 215-6
   Ver também Analogia; Normas de jurisprudência; "Common law"; Dedução
Jurisprudência Sociológica (movimento) 160
Justiça igual 24-5
Justiça, como política 176, 189, 194-5, 200, 214-6
   na lei das infrações 265, 268, 272, 274-6
   na lei dos contratos 254

Kant, Immanuel 154, 196
Kennedy, Duncan 170

Langdell, Christopher Columbus 149-50
Lei contrária 25-6
Lei das infrações 55, 259-76. *Ver também* Infração intencional; Negligência; Responsabilidade estrita
Lei de admissão 7
Lei de limitações 10
Lei dos contratos 13, 157, 243-60
  confiança prejudicial na 249-50
  contrato opcional 251-2
  cumprimento substancial da 253-4
  danos 254-8
  doutrina da contraprestação na 247-9
  norma de zelo perfeito 253
  obrigações na 249-52
  perda e responsabilidade na 247, 253-8
  políticas na 243, 246-8, 250, 253-6. *Ver também* Individualismo, como política
  prejuízo na 247-8, 255-7
  promessas na 247, 249-58
  relações das partes na 251-2
  testes de oferta e aceitação 244-7
Lei federal
  e lei estadual 17-8, 25-6, 280-1.
  Ver também Federalismo
Lei promulgada 4-6, 26, 88, 100, 129. *Ver também* Leis
Leibniz, Gottfried 143
Leis 3-8, 99, 128
  e intento legislativo 27-30
  e jurisprudência 25, 309
  e política 22, 27-30, 295
  linguagem das 4, 29-30, 52, 88-9, 92-3
  normas de 49-54, 310
  texto das 8, 88-9, 92-3

Ver também Lei promulgada; Interpretação de leis; Normas de direito
Lévi-Strauss, Claude 171
Liberalismo 145-7, 176
  e formalismo 151
Liberalismo econômico 151
Liberdade 153, 159
  proteção da 147, 281, 283-5, 290
Liberdade de expressão 121, 190-1, 230-1, 279, 286-9. *Ver também* Obscenidade
Liberdade econômica 145
Liberdade individual 145-6, 151, 181, 192-3, 219, 235, 283-5
Liberdades, ameaças às 308
Linguagem 154-5, 157, 178
Litígio civil. *Ver* Processo civil
Litígio. *Ver* Processo civil
Llewellyn, Karl 91-2, 160, 164
Lochner v. *New York* 158-9
Locke, John 143-4, 175, 196, 217-8
Lutero, Martinho 142

Majoritarismo, como política 214-6
  e individualismo 189-91
  na interpretação dos direitos 284, 288, 290-1
  na lei das infrações 259, 261-3, 265-6, 269, 274
  na lei dos contratos 243, 245-6, 248, 250, 253
  nas normas jurisdicionais 302-4
Marx, Karl 154
Maus antecedentes 77-8
Metafísica 144-5, 153, 156, 161, 181, 198, 215-6, 219
Método científico 144
Michael H. v. *Gerald D.* 292
Mill, John Stuart 148
Moções 11-2
Montesquieu, barão de 146
Moore, Underhill 160, 163

Moralidade 176, 199

Não-interpretativismo 279
Não-originalismo 211, 213, 279-80, 291
Naturalismo, como política 147-8, 152, 198-202, 215-6
   e positivismo 198-201
   na lei dos contratos 243, 253, 257
Neff, Pennoyer v. 297-8
Negligência 264-72
   culpa de 39
   história 264-5
   políticas subjacentes 265-6, 268, 270-1
   responsabilidade na 167-8, 264, 268
   Ver também Individualismo, como política
Neopragmatismo 177
New Deal 158, 162
New York, Lochner v. 158-9
Newton, Isaac 145
Nietzsche, Friedrich 156
Niilis 174, 180
NLRB v. *Jones & Laughlin Steel Corp.* 282
Nominalismo 145, 153, 161, 182-3, 214-6, 219
Norma da queixa bem-pleiteada 307-8
Norma do colega 134
Norma do fluxo de comércio 301-4
Norma do zelo perfeito 253
Norma dos contatos mínimos 298-9, 303-4
Normas de direito 9, 32, 39, 41
   análise 19-21, 24
   aplicabilidade 21
   aplicação jurídica realista das 162-4
   aplicação ortodoxa 165
   como escolha de valor 148, 171-2
   complementares 55-6
   contraditórias 54-7
   cumulativas 53-6, 249-50, 292, 306
   descoberta de novas 59-60. *Ver também* Criação de norma de direito
   e escolha de análise de lei 17-20
   e generalidade 23-4, 45, 62-6, 68-9, 85, 113-4, 162, 232
   e normas gerais 3, 45, 47-53, 60, 63, 128-9, 159, 203-4
   e política 22-3, 64-6, 68, 81-3, 93, 95-6, 204-7, 232, 234
   especificidade nas 87-8
   estatutórias 49-50, 52, 54-5, 310
   exceções às 51-3, 57-9, 206
   fatos como elementos das 21, 23-4, 48-9, 55, 57-9, 64, 67-8, 86-7, 137-8. *Ver também* Predicado factual
   imposição 54-5
   inconsistências nas 55-7
   írritas 24-6
   limitadoras 51-3, 55, 266
   muito/pouco abrangentes 203-6, 294, 309-10
   mutuamente excludentes 55
   na analogia 81, 111
   na defesa 67, 102-5
   na interpretação constitucional 281, 283, 287, 290-1, 293-4
   na jurisdição 296, 299-305
   na lei dos contratos 244, 246, 253-6, 258, 261, 263-4, 266-71, 275-6
   no modelo dedutivo 81, 84
   relações de normas nas 48-57
   seleção de fatos nas 72
   subnormas 48-50, 87, 205, 210, 307

Ver também Normas de jurisprudência; *Dictum*; Formalismo; Considerando; Instrumentalismo; Conseqüências jurídicas de norma; Criação da norma de direito; Síntese de norma de direito
Normas de jurisprudência 147, 287
 e normas estatutárias 49, 54, 309
 exceções nas 51-2, 136-7
 na defesa 102-9
 política subjacente 22-3, 35, 96-9, 119
 relações normativas nas 47-9, 53-4, 129
 texto de 4, 32-3, 88-9
 Ver também Jurisprudência; Normas de direito
Normas Federais de Processo Civil 295, 297
Normas gerais de direito. *Ver em* Normas de direito

"O absurdo transcendental e a abordagem funcional" (Cohen) 161
O'Connor, Sandra Day 300, 304
Objetivismo 209, 212, 217
Obrigação 43, 148
 na lei das infrações 259, 264-6, 271-2
 na lei dos contratos 244, 249-50
 Ver também Direitos e obrigações
Obscenidade 287-9
Oferta e aceitação, doutrina da 244-7, 304
Ogden, Gibbons v. 282
Oliphant, Herman 160
Opinião judicial. *Ver* Decisões judiciais
Originalismo 279
Ouvir-dizer 76-7

Padrão de revisão 14-5, 31

Padrões 203, 205-6, 209-10, 217, 223, 301-2
Padrões jurídicos. *Ver* Padrões
Particular 214-8, 222
Paternalismo, como política 122-3, 214, 216, 218, 283-4
 e autonomia 191-4
 na lei dos contratos 243
 nas normas jurisdicionais 308
Pawlowski, Hess v. 298
Pennoyer v. *Neff* 297-8, 304
Pensamento jurídico, objetivo do XI-II. *Ver também* Raciocínio jurídico
Perry, Cleveland Park Club v. 261-2
Pesquisa factual 71-2
Pesquisa jurídica 21
"Pessoa razoável" 244, 263, 269
Pierce, Charles Sanders 177
Planck, Max 155
Platão 145
Poder 41, 281, 283
 das cortes 15, 296-7
 do governo 16, 284-5, 290
Poder soberano 199-200
Políticas 22, 82-3
 aplicação jurídica realista de 159, 162-3
 apreciações de 165-6, 217-8
 consistente 216-9, 221-2
 dualismo e oposições de 185-200. *Ver também* Individualismo, como polítca
 e generalidade 95-6, 105, 215-8, 220, 232, 235-6
 e normas de direito 22-3, 64-6, 68, 81-3, 94-6, 172-3, 206-7, 231-6
 história legislativa 27-30, 162-3, 237
 na interpretação da lei 27-8
 na lei de apelação 35-6, 96-7

Ver também Instrumentalismo; Apreciações de políticas; Padrões
Pós-modernismo 153-4, 157, 171
Positivismo jurídico 159
Positivismo lógico. *Ver* Positivismo
Positivismo, como política 148, 152, 159-60, 182, 198-203, 215-6, 218
e naturalismo 198-201
na lei dos contratos 243, 253, 255, 257
Posner, Richard 166, 179
Pound, Roscoe 160
Pragmatismo 160, 177-81, 183-4
Precedente 228
na analogia 111-4, 117-27
na previsão da decisão judicial 238-9
Ver também Apreciações de políticas, e sentenças anteriores
Predicado factual 20-1, 24, 39, 62-4, 67, 69, 137
na defesa 67, 102-3, 105-6, 118
na interpretação dos direitos 287-8, 293
nas normas jurisdicionais 299
no modelo dedutivo 84-5
Ver também Normas de direito
Preferências de políticas. *Ver também* Apreciações de políticas, equilíbrio de políticas nas
Prejulgamento 77-8
Prepotência privada 192-3
Previsibilidade 204-6, 208-9, 256, 258, 268
Princípio da Incerteza (Heisenberg) 155
Princípio dos efeitos 283
Princípio protetor 283
Prisão ilegal 262
Privacidade, direito de 278, 291
Processo civil 295-310. *Ver também* Jurisdição

Processo devido 290-4. *Ver também em* Constituição, Estados Unidos
Processo substantivo devido 290, 292-3
Promessas
implícitas 251
na lei dos contratos 247, 249-58
Propriedade 43, 159
conceito formalista 152-3
e processo devido 290
exemplos de questões de 55-6, 61, 63

Qualificação nos contratos 247
Quase-contrato, doutrina do 243
Questões de direito 9, 12, 132, 271
Questões de fato 9, 12. *Ver também* Fatos
Questões mistas de direito e fato 9-10, 13

Raciocínio jurídico XIII-V, 9, 60, 95, 141-2, 178
desenvolvimento formalista do 150
e generalidade 24, 48
modos de 83
ortodoxia 165-6, 183-4
Ver também Analogia; Dedução; Indução
visão pragmatista do 178, 184
Raciocínio prático 179
Racionalismo 142-4, 154, 175-6, 214-5, 217
Ramo executivo do governo 5, 146. *Ver também* Administrativos, departamentos
Ramo judicial do governo 6, 147. *Ver também* Cortes
Ramo legislativo do governo 5, 146
Rawls, John 175
Razão 142, 146, 154, 156, 176, 199. *Ver também* Racionalismo

Razoabilidade 301-2
Realidade 153, 155
Realismo 145, 153, 181, 214-6, 218-9
Realismo jurídico 142, 159-65
Redhail, Zablocki v. 293-4
Reforma 142
Regra Áurea da interpretação de leis 29
Regras de conflitos de leis 16
Regulamentações. *Ver* Departamentos administrativos
Relações jurídicas 41-4
　na lei dos contratos 250-1
　Ver também Direitos e obrigações
Relatividade, teoria da 155
Renascimento 142
Res judicata 194
Responsabilidade 54
　na lei das infrações 262, 265
　na lei dos contratos 253-8
Responsabilidade estrita 272-6
　políticas subjacentes à 274, 276
　Ver também Individualismo, como política
Responsabilidade industrial 273-6
Restrição judicial 279
Revisão *de novo* 14-5
Revisão de processo 11, 37
Revisão judicial, doutrina da 7-8, 26, 31, 53
Revogação 40, 55, 138
Revolução Científica 142
Risco 260, 266
Roosevelt, Franklin Delano 158, 162
Rorty, Richard 177
Rules Decision Act 7
Rules Enabling Act 295

Sapir, Edward 155
Sartre, Jean-Paul 157
Saussure, Ferdinand de 154

Scalia, Antonin 292
Sentença 11
　em matéria de direito 11
　sumária 12
Sentimento da maioria 158
Separação de poderes 147, 277
Silogismo 83, 87-8, 95, 129, 159
Síntese de norma de direito 104
　esboço 57-9
　indeterminação na 62-6
　relações normativas na 48-57
　Ver também Criação da norma de direito; Normas de direito
Sistema de júri 10-4, 73, 76, 78, 130-2, 245
Soberania popular 147
Spinoza, Baruch 143
Stare decisis 37-40, 60, 112, 123, 228-9
State of Washington, International Shoe Co. v. 298-9
Stewart, Potter 289
Sub silentio 136-7
Subjetivismo 209, 212, 217
Sujeição a processo 297
Superior Court, Asahi Metal Industry Co. Ltd. v. 300
Suprema Corte 7, 15, 152, 278, 282-3, 295
　decisões previsíveis da 236-9
　e comércio interestadual 282, 300-1
　e direitos 286-7, 290-4
　e normas jurisdicionais 297-9, 302-4
Supremacia do legislativo 3, 5, 7, 25, 52, 55

Teoria dos direitos individuais. *Ver* Teoria dos direitos
Teoria dos direitos, como política 175, 183, 214, 216
　e utilitarismo 195-8

na lei das infrações 265, 268-9, 272-5
na lei dos contratos 253, 257
relativamente às medidas de proteção constitucionais 287-8
Teoria lingüística 154-5, 157
Teorias do contrato social 175
Teste da relação racional 290, 293
Teste de *Miller* 288
Teste de relação racional 290, 293
Teste objetivo
    da lei dos contratos 244
    de cuidados razoáveis 269-71
    do consentimento na lei das infrações 263-4
Teste subjetivo da lei dos contratos 246
Testemunhas 75-7
Testemunho 75, 77
    com risco pessoal 76
Textualismo 85, 88, 210-1, 279
Theory of Justice, A (Rawls) 175
Tompkins, *Erie R. R. Co.* v. 7
Tradição historicista 155
Tradição romântica 155
Transações privadas 283
Trubek, David 170

Unger, Roberto 170

Universal 214-6, 218, 222
Utilitarismo, como política 107-8, 148, 156, 214-8
    e teoria dos direitos 195-8
    na lei das infrações 265, 268, 271-3, 275
    na lei dos contratos 253-5, 257
    na proteção à livre expressão 287-9

Valores 148, 171. *Ver também* Política
Verdade 142, 156, 160, 180, 184
Veredito 11, 31, 130
Vontade do povo 200-1

Whorf, Benjamin Lee 155
Wickard v. *Filburn* 282
Wittgenstein, Ludwig 157, 178
Woodson, World-Wide Volkswagen Corp. v. 300
World-Wide Volkswagen Corp. v. *Woodson* 300

Yntema, Hessel E. 160

Zablocki v. *Redhail* 293-4